U0505415

商学院里的闲聊

苏锡嘉 著

上海人民出版社

序

大约三年前，我所服务的中欧国际工商学院市场部的同事约我为学校的网站写一点杂文，题材不限，长短随意，为此还在官网中为我辟了一个专栏曰“苏氏漫谈”。三年来时断时续，或短或长，也写了几十篇。承同事和同学校友厚爱，不时给予鼓励，让我产生错觉，以为自己写得还行，于是有勇气一直写到今天。懒人要干成一点事，常常需要别人的推动、鞭策。三年中时不时有朋友对我说几句鼓励的好话，在他们或许只是客套的敷衍，在我却是实实在在的续命补药。在此一并谢过了。

当初我把自己写作的范围大致定为管理、生活、世态三个主题，并以“另类观察、别样体验”的格调自激。写着写着才发现，所谓另类，所谓别样，其实也是知易行难，这些小文，落入俗套的居多，稍有新意的极少。创新谈何容易啊。

鲁迅谈诗，谓一切好诗，到唐已被作完，此后倘非能翻出如来掌心之齐天大圣，大可不必动手(郑逸梅:《艺林散叶》)。话虽如此说，鲁迅还是照样大写其诗，一不小心还留下了广为传颂的名句，如“横眉冷对千夫指，俯首甘为孺子牛”。

中国的散文杂文也是汗牛充栋，佳作名篇珠玉在前，没有天大本事的照理不应该再来凑热闹了。但偏偏有大量的人前赴后继，一篇接一篇地写。所谓笔耕不辍，在有些人来说是道德文章的奉献，在有些人却是不自量力的充数。我很不幸就是后一种人，惭愧。

今年是中欧国际工商学院30周年的校庆。但凡庆典，喜庆中总要有人来献礼。没什么礼好献的，献丑或许也是无奈中一点心意的表示。中欧是一个宽容的平台，有这样一个平台与朋友交流、分享，荣幸之至。

我已经到了可以“老夫”自居的年纪，无论是写作还是上课，或许逃不脱“倚老卖老”。卖给谁？平素都是卖给商界学界的有缘人，这本书却希望能带来与外界人，特别是年轻人的文字缘。我不敢说这本书有什么好，但我可以保证，书是我自己写的，完全没有人工智能的帮助。总有一天出版物都需要标上“纯手工”的保证，我就来当个先驱吧。

上海人民出版社的编辑项仁波女士和中欧国际工商学院市场部的江雁南女士对本书的写作和出版给予了极大的鼓励和帮助，专此感谢。

苏锡嘉

2024年4月16日

目 录

管理

商学院里的闲聊

生活

世态

管理

主业与副业

国学大师章太炎一次被人问起他最擅长的究竟是经学还是史学时，给出了一个令人相当意外的回答：都不是，是医学。名中医陈存仁在他的回忆录《银元时代生活史》中说，章太炎确实读了不少传统的医书，自己也不无自得地说会脉诊开方。他还应邀担任过几个中医协会的会长，虽说只是虚衔，但也说明他的中医知识是得到相当认可的（他开的药方过于古旧，没人敢用）。仅仅读了几本医书就觉得自己可以行医，以今天的眼光来看真是匪夷所思。但旧时读书人信奉的是"不为良相，便为良医"，求取功名不成，比较现实的退路或是悬壶济世，或是为人师表。因此，即使无意行医也熟读医书的在读书人中比比皆是。

以我的揣度，章太炎之所以这样回答，除了要给别人一个意外，更想显示自己在主业之外的博学广闻。他在主业上的造诣尽人皆知，怎么说也不会让人感到惊奇。唯有另辟蹊径，出人意表。好作这类惊人之语的并不只是章太炎，明朝的青藤老人徐渭（文长）以画名传世，自己却说是字第一，诗第二，画第三。电影明星赵丹演技出众，晚年却常说自己是字第一，画第二，第三才是演电影。自夸旁技而轻贬主业，看穿了未尝不是先抑后扬的俗招。

文人的这一招，做企业的似乎也很受用。格力的董小姐面对媒体和公众从来不提空调,说的都是汽车、芯片。万达的董事长一再提醒大家不要把万达当地产公司看待,尽管除了万达广场,公司并没有多少能够让公众记住的产业。这样一种姿态,在主业兴旺发达时,让说的人显得无所不能、睥睨天下。似乎在提醒别人:连顺带做的副业都可以做得如此风生水起,主业就更不用说了。可惜,自夸副业的背后常常是主业难以言说的隐忧或不济。

有段时间,企业界对追逐第二曲线充满热情。第二曲线的本意是当原先的第一主业出现增长瓶颈和拐点、生命周期趋向沉寂时,及时探索另一尚处于上升期的新产业的战略性选择。但很多中国企业简单地把第二曲线当成了主业之外的随意跳跃。在民爆化工主业上卓有所成的盾安集团,曾连续16年跻身中国民营企业500强。主业的成功让盾安信心爆棚,贸然跨进现代农业、新能源、新材料等副业。副业消耗了太多的资源,整个集团步履沉重,最后陷入了巨大的债务危机。

主业之外,不是不可以开辟新的副业。关键在于你要有超凡的学习能力和创造能力。日本的雅马哈就是这样一个让人啧啧称奇的典范。从维修乐器和医疗器械起家,然后开始制造乐器,生产的钢琴畅销全球,又生产电子钢琴、音响设备、摩托车、发动机、家具、半导体、电子产品,等等。公司在全球乐器市场的占有率达23%,摩托车市场占有率居世界第二,船外动力机市场占有率为世界第一,这等成绩任挑一个放到任何一家企业都足以傲视群雄。老板山叶寅楠一点也不客气地宣称:"你很难说清我们公司是干什么的,因为我们最爱做的是跨界打劫。"这样的公司你能学得来吗?

有没有做稳、做大副业的能力,有时甚至会决定公司的生死。进入数码相机时代，胶卷公司主业凋敝，柯达只能倒闭了事，而富士却能凭着在副业异军突起的能力在生物医药、化妆品、医用器械、高性能材料和打印复印等领域大放异彩，演了一出精彩的东山再起大戏。同样是背水一战的柯达也在转型方面做了许多尝试，可惜行动迟缓，开拓副业的多元化能力不足，始终没能找到足以替代胶卷的新主业。

回到国内，比亚迪起家的主业是电池，后来一脚踏进汽车行业，汽车由副业很快变成了主业。新冠肺炎疫情刚起时，比亚迪以跨界拓展副业的超强能力硬生生砸出一个口罩生产的新产业。华为最早做的是电话程控交换机，后来让华为名震天下的却是手机和大型电信设备。雅戈尔在大家的印象中始终是一家服装企业，其实雅戈尔的销售收入中服装的老大位子早已被房地产取代，服装的盈利水平更是远远低于金融投资。服装在公司的版图中逐渐由主角变成了配角。

一个可能的反面例子或许是苏宁了。苏宁的主业(苏宁电器和苏宁易购)其实一直不错，给京东相当大的压力。但苏宁在诸多副业，如PPTV、SN电竞队、足球队等方面不加节制的投入，把公司拖进了现金流几近枯竭的困境。副业不仅没有锦上添花，还火上浇油了一把。

可见，中国企业有能力兼顾主业和副业的并不少见，但栽在副业上的也屡见不鲜。我觉得，要在主业辉煌的同时把副业做得有声有色，关键是看清并守住自己的能力边界。做企业，在开拓副业上很难在一开始就看清什么是对自己企业最合适的，试错不可避免。适合做什么可以慢慢摸索，但是不做什么却从一开始就要想清楚。超过自己能力边界的产业再有吸引力也不能碰。

写到这里不免有些心虚。我的主业是会计教学，现在却花不少时间写一些不咸不淡、不伦不类的小文章。主副业的关系看来一直没有处理好,但副业一旦开始做了,不是想收就能收得住的。我写的几篇小文,同事校友出于礼貌,偶尔也会说几句肯定的客套话。浅薄如我,竟然把客套话当真了,于是一写再写。当同事建议我把这些杂文做成一档播客节目时,我居然答应了!写文章时我曾一再提醒别人不要随便跨过自己能力边界,结果别人有没有跨我不知道,自己倒是先跨出去了。做自己不擅长的事,难免笑话一场。做好了让人看笑话的准备,那就开场吧。

企业也要讲“三观”

（根据在中欧国际工商学院的一次讲课记录整理）

今天这个时代，怎么样才能做好企业？

我认为企业的成功和安全需要有正确的“三观”：财务观、业绩观和风险观。

财务观：做企业归根到底是一件很俗的事情

做企业不能靠情怀、不能靠讲故事，做企业归根到底是一件很俗的事情，最终能够征服市场、打动投资人的，只能是数字。我很怕有些企业家做着做着就成了思想家，说出话来满口哲理，老想着什么时候能够把企业做进哈佛的案例，走进哈佛课堂宣讲。这就脱离了根本。作为财务出身的人，我始终认为，能够让市场信服的就是数字，是结果，是看得到的前方。

讲数字就一定会讲到规模，规模意味着你的市场份额、溢价能力。从财务上来讲，规模是摊薄成本的基础，是重中之重。通常财务上讲规模有三个指标：收入规模、资产规模、利润规模。

1. 收入规模:溢价能力的三种境界

很多时候,收入的重要性是被相对忽视的。其实,收入在很大程度上比利润更重要。世界500强是按什么来排名的?从来都是按照收入排名,而不是按照利润,所以收入指标确实有它强悍的地方。

首先,收入实际上是市场愿意为你的产品买单的最直接证据,是产品在市场上是否有征服力的最简单的指标。其次,收入是一个先导性指标,收入永远是在前面,有了收入,后面才有利润,才有现金流。只有收入进来,你才可以对利润跟现金流有所期望。再次,从财务上来讲,收入指标比利润指标稍微干净一点,也就是说,人为判断的因素相对要少。最后,收入拆开来就是“数量”乘以“单价”,只要把收入这一指标琢磨透了,就能琢磨透这家公司的数量和单价。数量是市场规模、市场份额,单价则是议价能力。

一个善于分析收入的人可以很轻松地看透你在市场上的规模、你跟同行业其他公司在规模上和份额上的差距,以及你议价能力的高低。

企业为产品定价体现了自己的议价能力,说起来也很有趣,它有三种境界。

最凄惨的企业,定价的目的很简单的,就是能把东西卖掉,不要砸在手里;市场上有很多这样的企业,不惜一切代价,定一个可以把东西卖出去的价格,甚至根本顾不上能不能赚钱,只求能活着,这是最凄惨的企业。

过了这一阶段,要上一个台阶,企业的定价就变成了销售产品、实现利润;换句话说就是,不仅要把东西卖掉,还要有一定的利润。

真正好的企业不能停留在这个层次上，最终是要通过定价锁定目标客户、体现品牌价值。绝大部分企业应该想清楚，不是所有人都是你的目标客户，经济学的大量研究也证明了一点，绝大部分企业都有一部分客户，大约占 20%到 30%，只给你贡献收入，却不会给你提供利润。他们出于各种各样的原因，如要求特殊、订单量小、订单更改频繁、服务复杂、付款不及时等，实际上只给你一个热闹，不会贡献实际的利润。

最典型的例子就是银行营业大厅里排长队办业务的人，银行基本上赚不到他们的钱，银行的主要利润都来自网上的大额交易。所以，做企业一定要想清楚，谁才是你真正的目标客户，用什么样的办法把你真正的目标客户吸引过来，这与你的定价策略息息相关。

2. 资产规模：轻资产还是重资产？

资产规模重不重要？当然很重要，但是现在做企业，特别是创业企业特别喜欢做轻资产，不喜欢做重资产。

轻资产容易上，更容易转。但是这样的特性也决定，竞争对手也容易上，容易转。

相比较之下，重资产的好处就多了。当年刘强东在京东提出自建物流体系，很多人是不看好的，大家普遍认为电商应该用轻资产的方式来经营，重资产自建物流跟行业规律相违背。如今回过头来看才发现，如果当年刘强东没有做物流体系，可能现在分分钟会被人踩在脚下。

到底是轻资产还是重资产？在我看来，重资产回报会低，但重资产有很多不可替代的好处，做企业毕竟不只是赚钱的。

马斯克前几年说过他不喜欢巴菲特，我非常理解他。巴菲特在某种意义上讲是英雄,赚了很多钱,但是如果你进一步问,巴菲特给人类社会创造了什么?似乎还真想不出来。当然也有很多崇拜他的人会说巴菲特投资的企业创造了很多价值,但仅从个人直接创造的价值来说,巴菲特远不如马斯克的成绩令人信服。马斯克做的很多产品、很多创新是改变行业、改变世界的。

轻资产改变不了世界,改变世界的都是重资产,重资产能够达到的目标,通常是轻资产无法企及的。

当然,企业到底是轻资产还是重资产也需要符合行业特点。举一个有趣的例子,一家做催账讨债生意的公司,试图在纳斯达克上市,我观察了好几年发现这家企业一直没能上市。我看了这家企业递交的上市报表,很是意外,其固定资产占资产总额超过 34%。这是什么概念?钢铁行业里,固定资产的占比在 25%到 30%,上海汽车这么重资产的公司也就 25%左右。这家公司如此不合理的资产结构一定会引发质疑,所以这家企业至今没有在纳斯达克上市。

总结来说,资产结构不仅要符合行业特征,而且要符合经营的规律,不然外界不会看好。

3. 利润规模:增加收入,降低费用

企业从本质上来说就是要创造价值的,而利润就是价值创造的体现。

利润实际上就是收入减去费用,即你得到的比你为取得收入所消耗的资源要多,这是做企业的本质追求。也就是说,要创造价值,但不能消耗太多。

追求利润规模有两方面可以入手:增加收入和降低支出。

● 增加收入的悖论:老用户重要还是新用户重要

如何增加收入?从财务角度看,就两条路可以走:一条路是获得更多的新客户;另一条路是让老客户买得更多一点。

前者是市场力的体现,需要努力攻克的对象是新客户,后者是产品力的体现,努力攻克的对象是老客户。做企业要想清楚,新客户和老客户哪一个对企业发展更重要?

每一个人都知道是老客户,经济学研究也证明了,一个老客户的价值通常是新客户的 4 到 5 倍。但是再想一想,企业如果有新的优惠政策,最优先给的是新客户还是老客户呢?大家都知道一定是新客户,全世界范围的企业都一样。

这是一个非常有意思的悖论,每个人都知道老客户更重要,但每个人努力巴结的都是新客户,为什么?我个人认为,企业不合理的经营行为背后,通常是有一个不合理的业绩观。

在绝大部分企业里,如果能够拉到一个新客户,尤其是一个比较重要的新客户,通常可以记为非常大的业绩,这是一个 0 到 1 的飞跃性发展,得到重大奖励的概率是非常高的。但你让已经在企业消费的客户每个人多买一点儿东西,在任何企业都是一个很不显眼的渐进增量,得到重大奖励的概率要低很多。

这个时候,做企业的人一定要想清楚,从长远来看,一个老客户离你而去,再回来的可能性几乎是零了,维护好一个老客户比拓展一个新客户要重要。

● 减少费用:创造价值型费用与消耗型费用

说完开源,来说节流。

我一直保持一个说法:做企业不能一味追求省钱,做企业的目的从来都不是降成本、降费用,因为一个企业如果片面追求降成本、降费用,最后导致的结果很可能是转移成本、转移费用。

举个例子,今年老板心血来潮要求员工的费用一律降 5 个点、10 个点,最后导致的结果很可能是因为用工不足、用工质量下降,造成返修率上升、良品率下降、客户满意度下降,最后的结果并不是降低成本、降费用,而是转移成本、转移费用。

那到底要如何节流?我们先从企业成本费用的两大类型说起。

一类企业成本是创造价值型的,这种成本费用一定不能降。一旦降这方面的成本,其实就是不作为、不做事情。比如说,设备维护、市场开拓、产品研发这些费用都是一定要花出去的。

如何判断哪些费用是创造价值的,不能省的,这又牵扯到绩效观的问题。研发、营销成本如果不花,今年的业绩一定不会受影响,利润自然就会上去,但未来的竞争能力会受到伤害。所以一定程度上来讲,选择把钱花在研发、营销上,说明是一个负责任的管理层。

另一类企业成本是消费消耗型的,这种费用是一定要想办法省下来的。

每个企业都可能有细究起来莫名其妙的职能、岗位和人员。据说沙皇时代末期的俄国,沙皇在宫殿中享受着警卫环绕簇拥的保卫,但他对空荡荡的广场中央站立的一个警卫十分困惑:他为什么要站在那里?有一天实在忍不住了,走过去问:你为什么站在这里?卫兵回答说:我不知道,是队长让站在这里的。问队长,回答说是总队长关照的。再问总队长,回答说我不知道,是前任总队长传下来的。好奇之下沙皇一问到底,才明白女沙皇叶卡捷琳娜某年冬末在广场中央的石缝中看到钻出来的一枝花,觉得春天真的来了,非常开心。她生怕有人不小心把花踩了,于是安排一位警卫看护。近两百年过去了警卫仍然站在那里!

想想,哪家公司敢保证没有这种经不起细究的费用项目!

有的费用不仅浪费了钱财,对公司文化还有很大的伤害。最坏的费用就是冗员成本,也就是多余人员;第二坏的成本是过度生产,企业有的时候出于各种目的宁愿多生产,把产品积压在仓库里或者压到客户那里,以摊薄成本,追求业绩,其实这是不可取的,最后这些费用全部会倒回来。

在财务角度上,我经常提醒大家,利润指标是有相当大的人为调节的余地的。这几年经常看到有企业为了达到某种短期目的,比如保住上市地位,维持某种融资条件,会把某一年的利润做高,不过很快就会原形毕露地掉下来。因为利润指标有人为调节的空间,所以要格外小心。

业绩观:警惕业绩指标,它会直接改变员工行为

业绩观可以变得很致命,因为业绩往往跟激励挂钩,一旦给员工业绩指标,他的行为就会随之改变。

企业喜欢用指标,特别是财务指标,因为可以量化,可以比较。但是任何指标都有一个问题:指标会改变人的行为,而很多时候,这个行为是你绝对不想要的。

美国曾做过一项研究,医院把手术成功率作为一个考核指标,最后成功率肯定是提高了,但带来的结果是,凡是带疑难问题的病人,医院都不愿意接收,因为这直接影响医院的成功率,最后导致的结果就是这类人得不到及时有效的治疗,最终不管因为什么原因死亡都不会影响医院的业绩指标。

同样的问题也体现在美国教育体系上。美国的州立小学要提高学生成绩,有些学生明显跟不上教学,学校就会用各种理由把这些同学编排到其他班上,或者用其他名义临时借读,等等。

所有业绩考核都要想清楚的,因为业绩考核一旦定下来一定会影响人的行为。如今商界学界对业绩指标反思的声音越来越大,因为业绩不仅仅影响行为,而且会减少人与人之间互相合作的意愿,减少人帮助他人的意愿。

激励的手段很多,激励不一定要给钱,给钱不一定是激励。激励的手段应该很丰富,给钱只不过是外在激励的一种,更好的激励是内在激励。如果我现在告诉你,把喝完的瓶子拿到废品回收站回收会有一定的收入,相信对很多人来说,拿着一堆瓶子去换收入未必是件体面的事情,可能不是让他有自豪感的事情。换句话说,给钱未必是能够激发出好行为的做法。

决定一个人能不能成为一个优秀的管理者取决于哪些条件?我个人认为有四点:第一,有没有能力;第二,肯不肯努力拼命;第三,个性适不适合领导团队,有没有领导力;第四,道德是否足以让别人尊重、服从。概括地说就是:第一能力,第二努力,第三个性,第四道德。如果你也同意我的话,其实很容易就看清楚,激励能够改变的只有一样东西,那就是他的努力程度,因此激励不能完整地改变一个人。

想清楚了这一点之后,你就能明白,很多时候对企业来讲,更重要的是挑选、筛选人,而不是用激励的方式,让他创造更好的业绩。有的人确实瓶颈在那里,你给再多的钱,他也做不了更多事情。

对管理者来讲,按指标给钱是最偷懒的办法,也是最容易做的办法。但是,人除了要钱之外,还要公平,还要自己做的工作有意义、有满足感,所以业绩观、激励观是件很复杂的事情。

风险观:企业出问题都是人出了问题

万科前两年提出“要活下去”的口号,当时很多人觉得万科矫情,万科这么大一个企业怎么会有活着的压力,今天回过头来看会发现,万科当时的提法不算过分。注重自己即将面临的风险,及早为防范风险作好充分的准备,是当今所有企业必须要有的态度。

应对突如其来的风险,企业能不能活下去跟平时的风险文化建立有着密切关联。但是做风控、内控工作最大的问题是,这个部门注定永远是成本中心、费用中心,也就是说,你从来看不到利润中有多少是他们贡献的。

从风控角度来讲,这份工作能做到的最高境界就是公司里风平浪静、大小事情一点都不出,但如果公司真的风平浪静、大小事情都不出,公司里一定有人会嘀咕说:“我们这么好的公司,本来就不会出事情,要这些人干什么?”这就是做风控、内控的难处,他们的工作是要防卫,病没有发出来之前就治好、预防好，但问题是，病没有发出来，很多人根本不相信自己有病，你治好了很多人也不信。

所以对于风险管理这件事情，管理者清醒的认知是非常重要的。所有企业出问题都是人出了问题。换句话说，所有业绩都是人创造出来的，所有灾祸也是人带来的。怎么样看住人，怎么样让人做好本分工作，而且积极向善，是每个企业都要研究的。

我们做管理的人，是改变不了人性的，我们能够做的就是在自己力所能及的范围内，在你管理的小环境里，创造出一个小的文化、局部的环境，让所有在这里面工作的人都努力把自己身上高尚、光明、体面的一面展现出来，努力把自己身上比较自私、苟且、低俗的一面压制下去。

我一直对中欧的同学讲，请大家想清楚一件事情，我们做企业的，手下都有很多年轻人，这些人每一个都是父母眼里的宝贝，让这些人健康地成长，最后成为对社会有用的人，其实是做企业家很大的社会责任。要让他们成为对社会有用的人，而不是最后做到监狱里去。我们要创造一个干净的环境，让他们觉得努力向上是件体面的事情，也是对个人而言得益最大的事情，这就是做企业做到最成功的地方。

好人与好企：不确定时代成功的几点要素

（根据在中欧国际工商学院的一次讲课记录整理）

“商学院应该教什么？”我一直用一个段子回答这个问题。

有一位高管问老板：“你花了这么多钱培训管理层，三年以后这些人要是都走了，你怎么办？”

老板回答：“你不能这样想问题，你应该想，如果我不培训他们，三年后他们又都不走，我怎么办？”

这就是境界和格局的差别，所谓“打工思维”和“老板思维”的差别。“打工思维”无论碰到什么事情先想自己的KPI（关键业绩指标），想自己的业绩，而“老板思维”碰到事情先想公司的根本，想公司的价值创造。好的商学院就是要让学员建立“老板思维”，摒弃“打工思维”，因此拥有更高的格局和境界。

以我的浅见，做企业的人，不管是创业者、职业经理人还是投资人，做到最后都是做人，因为你的人格、你的境界、你的格局能决定你能走多远。

好人：好的创业者需要的品质

我们是君子，还是小人？其实大多数人都是善恶兼具、时好时坏的。我们身上有高尚、光明、善良、体面的一面,也有自私、猥琐、不那么体面的一面,这就是人性的现实。换言之,如果善于勾引,每个人身上都有黑暗面;如果善于引领,每个人身上都有光明面。

做企业的人要想清楚,我们改变不了人性,但我们可以在力所能及的范围里,创造出一个小环境、小的文化,让在这个环境、这个文化里工作的人都努力想把自己身上高尚、光明、体面的一面展现出来,都把自己身上不那么高尚、光明、体面的东西压制下去,这就是最成功的管理。

如果我邀请你来思考一下,好人应该具备什么特质?你的回答大概率会包括诚实、正直、善良、同理心,等等。

现在换一个角度来问:一个创业的好人,应该具备什么特质?相信你思考的答案会有所不同。

是的,放在创业环境里,我们对好人的要求是不一样的。要知道,创业是对人性的极大考验,因为创业过程中一定会有挫折,一定会有困境,一定会面临捷径的选择,这些都是对人性的考验。

以我浅见,创业者的如下品质最重要:

1. 担当

创业者绝对不能忘了你是“老大”,“老大”这两个字的分量是非常重的。有创业者对我说:“创业公司是有限责任公司,但创业者是无限责任,什么都逃不掉的。如果创业者不能担当,是没有人会担当的;如果创业者不能扛过去,没有人可以扛过去。”对于创业者来说,有担当、能担当恰恰是很多人愿意跟着你走下去的重要原因。

2. 善良

善良绝对不是做老好人,也不是随波逐流,跟大多数人的意见走,而是在你最困难的时候,还能想着别人,想着尽量帮助别人。

最典型的例子是新东方的俞敏洪,也是我们创业营的校友。教培双减规定一棍子下来,新东方几乎遭遇灭顶之灾,在其大量收缩教育网点之时,在那么沮丧、挫败的时候,他还能想到把课桌椅捐给更需要的人。不仅不把它们变卖成资金,反而是花钱把它们送给更需要的人,这就是创业者的善良。

人的天性导致对自己和对别人的要求从来都是不一样的。

有个段子说,在马路上开车最恨两种人,一种是开车加塞的人,另一种是不让我加塞的人。人对自己、对别人天生不一样,这一点我们改变不了,但我们尊敬对待别人依旧能善良的创业者。

3. 坚韧/厚实

说得直白一点就是皮厚肉糙,不会因为失败而哭天抢地、寻死觅活。在创业最艰难、最黑暗的时刻,即便遭遇天大的挫折和失败,创业者都需要坚强、坚定地走下去,做不到欣然,那就淡然;做不到淡然,那就凄然,反正你要熬过去。这些都是成长过程中必定会经历的。

4. 对商业趋势敏感

坦率地说,创业者往往预先把一切想得很好,一旦投入进去,能按照自己想法一路做下去的,绝少。往往投身去做才会发现当初的想法有很多不切实际的地方。

所以创业者要做好什么未必得想清楚,但是不做什么一定得想清楚。不碰的东西,任何时候不能动摇,这是很多创业者通过血的教训得出来的结论。

做企业很多时候会受到诱惑,觉得这是一个好机会,那是一个好机会,都想加入。成功的企业家通常把自己的能力边界看得很清楚,边界就到这里,越过这个边界就是超越自己的能力了。

美的创始人何享健一路走过来,很多高管恳求何享健让他们也做彩电、做手机,何享健斩钉截铁地说:“美的没有黑电基因,美的只做白电,我们的能力不到那里。”如今,高管们佩服得五体投地,如果那时候冲进去,势必就是高位接盘侠。

然而,看清自己的能力边界并没有那么容易,何享健这么有定力的人,有一个东西没忍住跳进去了,那就是汽车。现在很少有人知道美的做过汽车,因为他自己很快就知道做不了,这就是成功企业家的厉害之处,及时止损。止损后,时时刻刻把这个当作教训,提醒自己不能越过能力的边界。

成功的企业家对商业趋势的敏锐从来不是从教室里学来的,要么是天生的(说起来让人嫉妒),要么是在社会上摸爬滚打学来的。这一技能不能指望从商学院学来,但是到商学院有个极大的好处,你可以跟你的同学交锋、讨论、探讨,这些会给你带来巨大的灵感、启示和提高。

中欧国际工商学院提供的是一个平台,这个平台上你会碰到各种人,他们可能会打击你,可能会挑战你,可能会磨炼你,毫无疑问这是成长的助推器。

5. 善于沟通

我一直强调,做管理最重要的能力是沟通能力。何为沟通能力?直白地说,就是能够倾听并让别人愉快地接受你的想法的能力。

很多人会误解,认为沟通能力最重要的是怎么样说服别人,其实沟通能力最重要的是"倾听"。太多做企业的人对自己过于自信,老是觉得自己有一肚子的话要说,其实在企业界,真正更有价值的是倾听,从倾听中看出商业机会、看出自我不足、看出我所需要的资源。

- **跟投资人沟通:真诚、及时**

今天的商业世界里需要跟各个利益相关方打交道,做企业的首先要学会跟投资人打交道。有一个创业者同学说,他创业有一半时间是用在跟投资人沟通上。作为创业者和投资人打交道,最后的底线是,不能让投资人从媒体上了解到企业情况。一定是创业者主动提前告知投资人,而不是投资人从其他任何渠道知晓。这就是沟通的意义,让对方感觉到你在意他。

- **跟中介沟通:尊重专业知识的同时保持独立思考**

创业者的另一大沟通对象是中介,企业成长过程中免不了跟各种中介打交道,投行、律师、财务顾问、合规顾问、注册会计师等。怎么样跟中介打交道?

首先要清楚,中介是专业人士;尊敬人家的专业,专业的事情让专业的人干。

其次要清楚,中介是商人;中介不是来"学雷锋"的,他是来赚钱的,通过提供服务及分担风险来赚钱。中介最在意、最擅长的是如何保护自己,其次才是怎么帮助客户。

所以创业者跟中介沟通时,要充分尊重对方的专业知识,同时保持独立思考,绝对不能被中介牵着鼻子走。

● **跟合伙人沟通:坦白、直接**

最频繁(往往是每天都需要面对)但也最难处理的沟通,就是跟合伙人的沟通。

凡是碰到有同学说:“我们两个人一起做了一家企业,十几年了。”我都非常尊敬,因为两个合伙人这十几年还能合作愉快真不容易。

有个校友创办了一家互联网公司,前几年看到了好的机会准备 all in(全力以赴),结果几个合伙人经过了长期的争论、观望、犹豫,最终错失了好的入场机会,被巨头抢了先机。之后,他痛定思痛,把 700 多人的企业精简到 300 多人,还“精简”掉了创业伙伴,他说:“我就摊开来说,我们中间必须走一个人,我觉得你走比较合适。”

还有一个创业校友,一开始在自己的企业大门口贴上“欢迎回家”的标语,让员工进公司如同回家。直到企业难以为继,他才猛然醒悟,开始在公司旗帜鲜明地反对“家文化”。他说:“创业以来最大的教训就是,一开始让大家把企业当成家,现在我才知道,这是害人的。创业企业没资格这么奢侈,企业不是家,并不能让你有安逸的感觉。我现在提的口号是,企业没有责任培养你,你能干就干,不能干走人。”

如果需要跟不同人每天沟通,“直接”是最有效的沟通方法,用适当的方法把自己想说的话说出来,并且尽量不要让对方失去尊严。有的时候,拖在那里,遮遮掩掩,吞吞吐吐,对大家都是伤害。

6. 果敢决断

创业者必须杀伐果断。我这种人有自知之明,我只能在学校里混,因为我优柔寡断,做企业创业这是最忌讳的事情,因为很多事一瞬之间必须要作决断,而且很多时候不能有一点点犹豫,不能有一点点不忍,因为这可能牵扯到你活下去最后的机会。这种果断和决断一定会得罪人。有时候我们去校友企业发现,很多"创二代"感慨说,从父母手里接过来企业后,发现父母这样做有问题,于是毅然决然按自己想法做,甚至不得不跟父母产生矛盾,说起来都要忍不住掉眼泪。

但做企业就是这样,亲情、人情都不能动摇你作出正确决断的决心。当然我们说起来容易,身处其中的亲历者有太多苦衷。

好的创业者需要管控的性格特征

说了好的创业者需要具备的特性,那么好的创业者需要管控的性格特征有哪些? 我认为有以下四点。

1. 逐利

人的本性是逐利的,但是创业者需要清楚地认识到,我自己追求自身利益最大化,同时,我所有的员工亦是如此,自己追逐利益的同时,要容忍别人也追逐利益。

形容企业经常有一句话:"财聚人散,财散人聚。"你不能忽视下面的员工对财富的追逐。如果你真的要求下面的人放弃财富,那么你自己首先要放弃。马云刚创业的时候,下面的人为什么能这么死心塌地?就是因为他把所有的钱摊在桌面上一起分。对于员工来说,工作辛苦可以,但是不可以只让员工苦,老板在享福。

2. 避险

人的本性是要避险的,但创业者的避险必须在所有人的后面,因为很多风险,别人可以避,创业者是避不了的。如果创业者也习惯性地去避险,那很有可能会避掉很多商业机会。

做企业之前要想清楚,不管有多少资源,创业一定是冒险的,不敢冒险不要创业,不要做企业。

风险意味着什么?你要想明白,风险往往也意味着收益。所以我一直固执己见地认为,银行的不良率如果大幅度低于同类银行,未必是件好事儿。因为如果不良率明显偏低,意味着经营太保守。如今经济高速增长的时代,经营太保守会错失很多机会,做企业要看准机会,敢于承担风险,只有这样才能够成功。

3. 懈惰

经济学早就证明了,人有偷懒的倾向,我们今天之所以没有偷懒,是因为我们没有100%的把握让别人看不出来。人想轻松、想偷懒、想躺平,这是人的天性。但是对创业的人来讲,别人可以懈惰,你没有这个机会,因为你懈惰的成本比别人高太多。

创业之前一定要想清楚,这条路绝对不会轻松,而且几乎可以说,没有一天会是轻松的。创业意味着“放弃”,做企业之前不妨掂量一下,你到底能放弃多少,放弃你个人的兴趣爱好,放弃你跟很多朋友对酒当歌的欢乐,甚至放弃你陪伴家人的天伦之乐。

4. 情面

我们活在这个世界上就是活在关系网中,我们有各种面子需要给,各种关系需要打点,能够处理好这些关系是件非常困难的事情,所谓情商不是每个人都具有的。

很多时候我听到人感慨:“他得罪我没关系,但是他本来可以让我多一点尊严地得罪我。”换句话说,我们做很多事情,同样的结果可以有更好的办法来达成,这需要历练,需要感悟。

好企:一个好的企业的七种表现

刚才说好人,现在来讲什么是好的企业?我认为有这七种表现。

1. 落足好行业、好赛道

行业赛道太重要了,我个人认为,行业甚至比企业更重要。我的观点是:好的行业不是每个人都能做得好,但是差的行业基本上没人能做得好。

那一个好的行业应该具备什么特征?

- **成长性**

成长的行业跟成熟的行业有很大区别。成长的行业会给每一家都带来自然增长的机会，你不需要从别人手里抢份额。而成熟的行业，你的增长通常意味着别人的萎缩，竞争激烈得多。

● **顺政策、顺周期**

中国是一个强势政府的环境，强势政府的好处是高效率、集中资源、一呼百应，但是强势政府的坏处是一旦跟政策导向不一致，你可能会处处遇阻，甚至遭遇灭顶之灾。

● **规模足够大**

如果一个行业最多也就5个亿、10个亿，那你可能根本找不到对你感兴趣的投资人，因为空间就这么大，缺乏想象余地，难以激发市场憧憬。

● **有护城河，有行业壁垒**

护城河或壁垒有两种：花钱可以买来的和必须靠时间熬出来的。真正靠得住的壁垒只能是靠时间熬出来的，没有个十年八年你连门都摸不到，这样的壁垒才能让你享有独特的优势和令别人垂涎的高毛利、高份额。花钱买来的，无论是品牌、专利，还是设备、人员，别人只要舍得花钱，一样可以买。

此外，好行业必须没有形成寡头垄断，还需要有真实的、有支付意愿支撑的需求，有成熟的供应链配套，等等。

2. 恰当可行的战略

我一直坚持认为，战略不是让你选定一条路一头扎进去，战略是让你看清自己真实的能力边界，然后在自己能力边界内，找到灵活战胜每一个挫折、每一个竞争对手的最有效的办法。

战略不能僵化成贴在墙上的标语、一成不变的教条。战略不一定是直直的一条路,而是根据不同的竞争对手,制定不同的战略,灵活地对待每一个人。灵活性是战略重要的维度,这是很多人忽略的点。

3. 独特的技术/产品

最能打动投资人的往往是,企业有独特的技术,并且这个技术已经可以产生出适用的产品。技术跟人、跟组织也需要相适应,你一定要让投资人看到,真正掌握核心技术的人,也是在股权中占最重要位置的人,这样的组织才稳定,投资人才放心。

4. 真实的需求

美国做过一个调查,企业创业失败最大的原因是什么? 最主要原因是需求有问题。什么叫需求有问题? 大概有三种情况。

- **这个需求是空想出来的**

最典型的是日本一家公司叫"七个梦想家",其人工智能的技术非常厉害,最后做出的产品让大家眼前一亮,融资了 9 700 万美元,产品叫"自动折叠衣服机"。

就是一件衣服进去,电脑会分析这件衣服最佳折叠方式和熨烫方法,大概需要十几分钟。这个机器,每个人都夸技术厉害,但没有一个人愿意出钱买,最后项目泡汤。

很多创业企业的产品听上去很美好,其实你仔细想想就明白,产品背后的需求是创始人坐在屋里想象出来的,没有人真正需要这个产品。

- **需求是真实的，但是没有付费意愿**

最典型的是旅游攻略，当年好几家企业做旅游攻略的平台网站，刚开始确实很热闹，用户很多，等攻略要收费时，所有用户全部消失，因为大家觉得旅游经验的分享是别人贡献的，你只是收集一下，你凭什么收钱？这就是典型的需求是有的，但是没有付费意愿。

- **需求是真实的，人家也有付费意愿，但是做一下才发现你满足不了这个需求**

最典型的是当年的导医，医疗资源紧张，想看名医挂不到号，有些网站做起来了，帮助挂名医的号，然而医院一旦政策卡死，这个需求你就无法满足了。

5. 良治文化

企业文化最大的威力是把认同某个价值观的人聚拢到一起，把不认同价值观的人驱离企业，久而久之企业就有同质性。

人确实是追求利益的，但是人到一个企业来，仅有利益，是不能把他留下来的，他一定需要比利益更高一点的追求，你需要让他看到在这家企业做事情是有意义的，这可能比给他钱更重要。

好的文化也是好的业绩的重要前提。我以前在香港教书时，有个学生是一家美资集团大中华区总经理，他很困惑："我工作非常卖力，业绩也非常好，但是每年集团排名我从来都是第二名，第一名永远是墨西哥的分公司。我一直纳闷，那家墨西哥公司怎么会比我厉害？直到有一天我到墨西哥出差，我一进那家公司的大门就明白为什么他的业绩比我好，因为那家公司每个人看上去都那么开心，每个人脸上都是笑容,干活的时候都是哼着小调,很享受的样子。如果大家都这么心情愉快,那业绩肯定会好。”

这就是我一直强调的,世界上美丽的产品,从来都不是奴隶可以生产的,美丽的产品和美好的业绩只属于心灵自由而愉快的人。

6. 稳定的团队、默契的分工

这个很好理解,就不赘述。

7. 好运气

运气太重要了。

我们今天身处一个好的时代,好时代意味着有很多机会。可以说,我们今天的成就,在相当大的程度上说是时代给的。但是不成熟的创业者往往有一种错误的认知,企业做成功了,就认为完全是自己的本事,做失败了,那就是运气不好。

我一直用一个小故事去提醒这些人要谦卑一点。

有一个人要去开一个非常重要、绝对不能迟到的会,他按时到了会场,结果遇到大麻烦:找不到停车位。他在停车场转啊转,一个停车位都没有,眼看就要迟到了,他急得满头大汗。在万般无奈、走投无路之时,他闭上眼睛对着天空默默祈祷:“上帝啊上帝,我真的走投无路了,请你帮助我。如果你能帮助我找到一个停车位,我从今以后一定做一个虔诚的基督徒,每个星期都上教堂。”祈祷完睁开眼睛,边上奇迹般地出现了一个停车位。他赶紧抬起头对天空说:“上帝啊,不麻烦你了,我自己已经找到停车位了!”

我一直劝做企业的人，要谦卑一点，要有感恩之心。做企业的人，碰到一个有各种机会涌现出来的好时代，这是我们的幸运，我们要感激，更要珍惜。

我们之所以要谦卑，其中一个重要的原因是人类很渺小，与浩瀚的宇宙相比完全无足轻重。人的生命又是非常短暂、非常脆弱的。人与其他动物的一个主要区别是：人，只有人，知道自己最终的结局一定是死亡，但还是要满怀希望、满腔热情地活下去。为了能有尊严、有理想地活下去，我们必须要给自己的生命找一个意义。在座的我们大部分人应该没有明确的宗教信仰，这是我们的教育背景和文化基础所决定的。但我觉得我们应该培养一点“绅士情怀”。所谓“绅士情怀”，无非是敬畏自然、尊重生命、关爱他人。让这个世界因为我们的存在和我们的努力而变得稍微好一点，这大概就是我们生命的意义。

开车乱弹:“导航”是不是好员工?

开车用导航,总感觉到似乎有个人坐在你身边为你服务。叨叨絮絮,绵绵不尽,时间一长,禁不住对身边这位看不见的服务员(姑且称为“小导”)作一番考量。他/她是一位好员工吗?

小导最值得称道的优点无疑是目标坚定,决不动摇。一旦知道了自己的战略目标便义无反顾地疾奔而去。哪怕开车的三心二意,在旁门左道上兜兜转转,小导也会不厌其烦地为你重新规划路线,非要把你拉到目标地不可。把战略目标牢记在心,不动摇、不迷惘,不为外界的诱惑所误导。这样一心一意、一根筋走到底的员工在今天纷杂的世界中显得尤其难能可贵。

更为可贵的是,小导不仅目标坚定,而且能为达到战略目标规划最经济、最具效率的路径。目标不能动摇,但实现目标的方法路径则可以、也必须随时根据当前的实际情况灵活调整。小导会不时提醒开车的人:发现另一条路线,可以节省时间若干,请问要不要更改?目标坚定相对而言还是容易的,能为实现目标主动出谋划策,被人拒绝再三也毫不动摇,这样的员工境界格局就大不相同了。

目标坚定、行动能力又强的员工,多少都有点脾气。小导却不然,任你虐他/她千百遍,他/她却依然淡定平和,从容如初。即便你背道而驶，一意孤行，导航给你的指令始终是不疾不徐的一句“请在最近的路口掉头”。重复到你掉头为止，修养好到让你自叹不如，情商高到让你发不了脾气。

对规则的重视和对可能违规行为的善意提醒应该是小导合规意识的集中体现。“当前路段限速××，您已超速”“事故多发地段，请小心驾驶”对司机无疑是及时的提醒。而“前面路段有多个摄像头”“此处违规人数较多”的提醒听起来不是那么正气凛然，言下之意过了这一段就可以放松了。在大多数企业这种人情味十足的员工都会如鱼得水、左右逢源吧？你说他立场模糊吧，他可并没有给你留下任何纵容错误的把柄；说他助人为乐吧，似乎缺了点正气。亦正亦邪，收放自如。这种员工，有的人喜欢，有的人厌恶，但到哪里都能看到他们的踪影。

对当领导的来说，小导最难能可贵的是不要报酬，更不计较工作时间和劳动环境。做老板的，谁会喜欢那些在没有证明自己能力之前索要高报酬好待遇的员工？以后碰到这种人，领导不妨以导航的例子相劝。

小导的职业道德让人不得不钦佩。尽管一直都在车内，各位在车上说的话他可是听得清清楚楚，但你什么时候听到他插过嘴？不仅不插嘴，他还从来不把道听途说的种种在外面作为谈资卖弄。很多公司原本好端端的文化硬是被喜欢八卦的人添油加醋，搞得乌烟瘴气。埋头干活不多嘴的员工值得提倡。

小导最让人诟病的应该是缺乏明辨是非的能力或意愿。目标是否定错，是否会带来灾难性后果从来就不是他所关心的。你把目标定在池塘，他就敢把你往水里带；你把目的地设在山中，撞到山脚你都听不到一声停止。这种员工，最适合在类似核电厂一类严格要求按照制度流程操作、不允许任何创造性发挥的成熟企业。在创新成为时代潮流的今天,他们未免显得有些不合时宜。当然,人各有短长,小导的短处在缺乏独立规划战略目标的能力。如果你一定要他自己确定战略目标,那就是你的错。小材大用,偏材正用,错在用的人缺乏知人之明。

缺乏内在自主能力是小导的另一个缺点。别看他在繁华地段欢快活跃地为别人指点江山,一旦到了深山僻壤,信号中断,小导便完全丧失了工作能力。要么哑口无言,要么信口开河,没有一点靠谱的样子。真正优秀的员工必须在最黑暗最无望的时候拿出自己的担当来,从这一点看,小导无论如何也算不上优秀。

小导的另一个特点是对所有人一视同仁,决不歧视,也毫无私情。往好里说,这是极致的公平,往坏里说则是没有忠诚感、不懂感恩的冷血动物。谁都希望员工在跟随自己较长时间后产生感情和默契,一个眼神、一个表情双方就心领神会,给过帮助也有感恩之心。小导则相反,每次待你如初见,每天陪伴却心静如水,任你怎么拉拢也丝毫不会表达感情。裁掉这种员工是最没有阻力和负担的。员工是用是弃,很多时候的决定因素不是能力,而是感情上的亲疏远近。有些员工是注定要流水般地来来去去。

导航到底是不是好员工?我不禁有点犯难了。想来很多企业主管在评定员工表现时也会有类似的困惑。困惑的背后是人性的复杂多变,一览无遗的好员工和一望便知的坏员工毕竟是例外而不是常态。管理之所以是艺术,原因恐怕就在这里。

想着想着,车偏到了莫名其妙的地方,导航在不急不缓地提醒我。赶紧回过神来,再好的员工也不能代替你自己的用心啊!

放贷的悲剧

——从夏洛克的命运说起

2022年初从国外回来，因疫情关系需要在酒店隔离两周。与世隔绝，斗室盘桓，三餐之外，唯有读书打发时间。趁此机会，把莎士比亚的四大悲剧和四大喜剧（梁实秋译，中英文对照）粗粗读了一遍。说来惭愧，这么经典的莎翁名剧，我还是第一次老老实实地从头看到尾。

四大喜剧中最有名的应该是《威尼斯商人》（*The Merchant of Venice*），说的是犹太富商夏洛克（Shylock）向另一位威尼斯商人安图尼欧（Antonio）放贷三千元，约定三个月后归还的故事。贷款虽不收利息，但到时如不能还款，夏洛克可以从安图尼欧身上割一磅肉来抵债。到了还款日安图尼欧凑不到钱还债，夏洛克便要威尼斯公爵秉公办事，按契约让他从安图尼欧身上割一磅肉。虽然安图尼欧的朋友愿意为他加倍偿债，公爵也反复规劝，但夏洛克不为所动，坚持要割下对他而言毫无用处的一磅肉而不是回收贷出去的巨款。公爵请来的高人在劝解无效后判定夏洛克可以按契约割一磅肉，但不能流一滴血，也不能比一磅的分量多或少一丝一毫。夏洛克立刻傻眼了，问能不能反悔并取回贷款。请求被拒绝，家产被处置，还被强迫改信基督教。欠债的那一方则由悲转喜，完婚团聚。

虽说是喜剧，但梁实秋认为《威尼斯商人》是莎士比亚喜剧中最富于悲剧性的，我读起来也觉得悲剧意味甚浓。虽然，夏洛克的得寸进尺和蛮横凶狠令人气愤，他狼狈的结局和两手空空的下场又满足了观众对善恶必报的期望，但德国诗人海涅却认为(根据梁实秋的转引)，除了几位女性人物，夏洛克其实是剧中最体面的男人了。夏洛克所做的，不过是一个长期被迫害的人睚眦必报的不妥协而已。

《威尼斯商人》的剧情围绕借债放款而展开。债务融资无疑是最古老的商业行为之一了。债务就是放款；既然有放款，就会有催账；既然有催账，少不了要动肝火。《世说新语》中的阮裕，自备有车，乐意借予他人使用。一次因为有人欲借而不敢开口，愤而自责焚车。这样乐意出借的债主毕竟少见。催债人的嘴脸一般都不是令人愉悦的。《威尼斯商人》中夏洛克的无情固然让人难以认同，但换个角度想一想，要是债务人都拒绝还债，债务融资的大门就被关上了。没有债务融资，哪里还会有今天繁荣的经济景象？

读着《威尼斯商人》，不能不对放款借债问题的是是非非感慨不已。

虽然借款放债全球通行，但中国人普遍保守，传统上是不愿意背上债务的。即使有债务，也是以小额短期为主。但如果过于保守，在经济学上则是自缚手脚。不借债，代价是发展缓慢。债务用好了，就是用别人的资源帮助自己发展；而债权人也可以赚取一份利息，尽管他并没有付出与财富创造相应的努力。所以，借款放债做好了是双赢，做不好有可能两败俱伤。

在莎士比亚时代，民间的放款取利受到宗教教义的影响甚至约束。这些约束集中体现在两个方面：负债要不要偿还以及放债能不能计息。

《圣经》虽然没有说欠债必须还钱，但做人不能亏欠的道理则是写得明明白白。《罗马书》告诫：除了爱不要亏欠别人任何东西；《诗篇》中也说神不喜悦那些不按时偿还债务的。至于能不能计息，似乎多少留了一些可作不同理解的空间。《圣经 · 旧约》中的《申命记》(*Deuteronomy*)明确要求："你借给兄弟的银钱、食物或任何能生利之物，都不可以取利"，但又说"对外方人你可取利，对兄弟却不可取利，好使上主——你的上帝在你要去占领的土地上，祝福你进行的一切事业"。何为外方人？有人认为就是敌人，敌方阵营外的非本教的教徒也不可以收取利息；也有人认为非本教的教徒就是外方人。犹太教一向采取后一种解释，所以比基督徒和伊斯兰教徒更早从事有息借款的金融业务。换言之，按照犹太教的教义，夏洛克完全可以收取利息却自愿放弃了收取利息的权利。

莎士比亚本人对借款放债持避而远之的谨慎态度。在另一出戏剧《哈姆雷特》中，他借助剧中人物之口教育年轻人："不要当债奴，也不要当债主；借贷会让你在失去钱财的同时还失去朋友(Neither a borrower, nor a lender be; For loan oft loses both itself and friend)。"他讨厌的是挥霍无度，到处设法举债来满足私欲的生活态度："只要有钱，我就要借账，不管凭交情还是凭名望(Where money is, and I no question make, To have it of my trust or for my sake)。"

再回到《威尼斯商人》。需要借钱的其实是巴珊尼欧(Bassanio)，安图尼欧只是担保人。巴珊尼欧为什么要借钱？为了装体面去博取一位富家孤女的欢心，去得到她和她的妆奁。借钱的目的并不高尚，还债的能力也非常可疑，还债的主要希望都在担保人身上。担保人手上没有可变现的资产，让他具备担保资格的是漂浮在海上的几条货船。从债务管理的角度看，夏洛克对借款人的背景调查和资格审核是不到位的。如果夏洛克对借款人有明确的资格要求并对放款有严格的管理流程，这笔款估计放不出去，后面的种种冲突和难堪也就无从谈起了。可见，以存贷款为主业的任何企业和个人，对贷款人的资格审核和把握是后续到底是赚钱还是赔钱的关键。放款人为了款项的安全，需要把部分风险转移出去，方法无非是抵押和担保。所以，银行放款有所谓关注三品的说法，即产品、押品和人品。所谓产品，就是借款人的经营是否稳定，产品是否能正常销售和回款；押品指的是抵押物的可控程度和变现难易；人品则无非是借款人和担保人的信用记录和为人是否可靠。三品之外，更重要的是司法环境和社会的契约精神。在《威尼斯商人》中，没有产品和押品，人品似乎也不怎么可靠，唯一可依赖的是有法必依的精神和不折不扣按契约执行的传统。看来，要维持一个良性运作的借贷市场，外部环境的健康和严刑峻法的传统比企业内部的管理水平更重要。

借款人和放款人的关系除了商业往来，更应该是在相互信任基础上的一种信托。这种关系一旦掺杂进其他复杂的是非曲直，放款条件和还款意愿就会扭曲。在三千元借贷发生前，夏洛克和安图尼欧关系如何？夏洛克恨安图尼欧把钱借给别人都不收利息，把威尼斯放印子钱的利率都拉低了。在夏洛克眼里这完全是无理取闹，有机会一定要痛痛快快地报这一段旧仇。而安图尼欧对夏洛克也是极尽侮辱之能事——辱骂，把痰吐在他胡须上，像踢野狗似的把夏洛克踢出门外，还余恨未消地说以后还会这样做，如果你继续收取利息的话。虽说夏洛克声称把所有的侮辱完全忘去，但显然他没有如此的气度。于是，这笔交易从一开始就注定了不寻常的结果。

《威尼斯商人》的戏剧性来自非常出格的违约处罚：从安图尼欧的胸口割一磅肉。夏洛克声称定这个处罚是出于闹着好玩（in a merry sport），从当时的情况看确实应该是玩笑的成分居多。安图尼欧的船队只要回来一两艘，偿还区区三千元债务完全没有问题，更何况他还有那么多富商朋友。所以安图尼欧对这份契约是满意的，认为夏洛克“够交情”（Content, in faith: I'll seal to such a bond, And say there is much kindness in the Jew）。谁知船队全军覆没，尽管事后证明是误传。而那些富商朋友一个个都是口惠而实不至，虽然他们对这份严苛的契约心知肚明。一份不合人情、有悖常理的契约要不要履行？剧中的最高行政长官公爵明显没有更改履约条件的权力和意图；安图尼欧除了抱怨和求得同情，也没有废约的权力；唯一可以废除契约的是签约并可以据约获取利益的一方。无论是大权在握、名动天下，还是群情激愤、众口嚣嚣都不能动摇契约铁一般的约束力。非如此不能建立规则社会。虽然几百年过去了，我们对规则和契约的敬畏还远远不如当年的欧洲。这足以让我们自省和思考。

安图尼欧的富商朋友在他为如何才能凑到钱还债发愁时，一个个如隐身般都不见踪影。等到夏洛克在公爵府邸坚持不肯改变契约规定时却又纷纷表示愿意拿出钱来。教训是明显的：债务危机时指望有朋友挺身而出是不现实的。有些朋友动不动就拍胸脯承诺，但一旦真的需要他们帮忙，大多避而不见，等到雨过天晴时又会出来卖个顺水人情。一旦有债务危机，即使朋友愿意帮忙，也要按市场规则厘定分寸，否则真会朋友和钱财两头落空。在乐视和恒大债务危机中挺身而出的朋友，我猜对此应该深有体会。

刻薄一点说，如果夏洛克更精明一些，把契约写得更滴水不漏，喜剧只好改成悲剧了。比如，契约规定割一磅肉必须由债务人自行完成，安图尼欧就很难全身而退了。由此可见，债务契约的细节设计对后续的履约关系重大。这就是为什么设计复杂重要的债务合同都需要有符合资格的律师参与。对于中介的专业知识和专业能力，做企业的应该借重和尊重。但是，中介也是商业机构，以营利为目的。中介擅长专业服务，更擅长自我保护，经营企业的对此要有清醒的认识。不要以为万事交给中介就天下无忧了。适度的参与和不时的过问既是对企业的保护，也是对中介尽心履责的提醒，这并不妨碍你对中介的尊重。要知道，市场上得益最大的永远是最挑剔的客户。

资金借贷对工商活动有放大规模的作用，所以也称为杠杆。规模通常意味着市场份额和影响力，意味着议价能力，也意味着摊薄成本的机会。这就决定了市场和投资者首先会用规模来衡量评价企业，企业把规模当作自己的追求是很顺理成章的事。在股权资本扩充受到限制的情况下，债权融资就是企业的必然之选。前几年的一项研究表明，中国上市公司的平均资产负债率为51.1％，非上市公司为64.7％，远高于发达国家的水平（英国分别为22.7％和32.7％）。* 高负债对规模扩充的推动作用十分明显。2015年到2020年间，A股市场资产规模增长最快的5家公司（欢瑞世纪、顺丰控股、北汽蓝谷、浙江建投和协鑫能科）无

* 曾绍华、于春超、郭俊聪：《上市与非上市公司资本结构分析》，载《商情》2014年。

一例外都在负债率上升最快的 7 大公司之列。收入增长和负债率上升也有类似但稍弱的相关关系。高负债也给公司带来利息支付和本金偿还的巨大压力。对数据完整的 2 254 家上市公司的分析显示,2018—2020 年间,利息费用占费用总额小于 1%的差不多有 1 000 家(1 024 家至 1 082 家),大于 5%的约有 300 家,个别公司的利息费用比接近 100%。债务融资就是一把双刃剑,在推动扩张的同时稍不留神就摧毁价值。事实上,倒闭破产企业几乎无一例外都倒在了现金断流、债务爆表、经营难以为继这些症状上。债务的可怕我们这些不在市场中打拼的人都时有耳闻,难道那些赫赫有名的企业家还不知道?当然知道,但对债务负担的这点疑惧在规模扩张的诱惑前不值一提。更何况,企业做大了难免有大而不倒的侥幸心理。据说海南航空的当家人当年经常说的一句话是:钱借多了你就睡得着了,因为现在睡不着的肯定不是你了。没有了敬畏心,企业的结局料想也好不到哪里去。殷鉴不远,我们应该引以为戒。

本文话题由阅读梁实秋的译本引起,到这里忍不住要说几句与梁译相关的题外话。

梁实秋的译本颇符合他学者的身份,书中加了不少译注和背景介绍,对我这种初读者帮助极大。梁译莎著,译笔有赞有贬,但以一己之力完成全集的翻译,其毅力和坚持让读者肃然起敬。重译莎士比亚全集的提议者是胡适,在他倡议下徐志摩、闻一多、叶公超、陈西滢和梁实秋等五个欧美留学归来的青年才俊摩拳擦掌,下决心合译全集。聪明人的热情起得快,消退得也快,加上身兼多职,分身乏术,很快便纷纷退出。只有梁一人坚持了下来,断断续续花了三十年时间将莎翁全集译出。梁实秋曾自嘲说,译莎翁全集者需三个条件:(1)没有学问于是不会改道去做研究;(2)没有天才所以不会去搞创作;(3)活得足够长。他自谦地说,因为自己三个条件都具备,所以最后完成了这项工作。其实,支撑他坚持下来的主要是对胡适的承诺,是父亲的叮嘱,是妻子在背后长期默默的支持。

有志者事竟成,翻译如此,做企业也不例外。有志还不够,还要活得长。人能不能活得长并不完全由自己掌握;相反,企业的生存绝大部分情况下都在自己的掌握之中。活下去是硬道理,希望做企业的在诱惑面前能始终牢记这个道理。

风险控制

——企业必不可少的"安全气囊"

新冠肺炎疫情把世界经济拖入了一个高度不确定的时代,连万科这样的优秀企业也喊出了"活下去"的励志口号,企业生存的压力之大可想而知。在这样的环境下,判断风险、管控风险的能力往往决定了一家公司的存续机会。

管控风险的前提是知道风险的存在或可能,预警风险于是成了风控的一项重要任务。但是,预警不当却有可能造成不必要的恐慌。20 世纪 60 年代,英国药物安全委员会发出警告:第三代口服避孕药会使服药女性罹患血栓的风险增加一倍,即 100%。当服药群体从媒体获知这一耸人听闻的消息时,惊恐不已,纷纷停服避孕药,导致意外怀孕和堕胎率骤升。没有人会对 100%的增长掉以轻心,但如果你知道所谓 100%的增长是从 1/7 000 的患病率提高到 2/7 000,你还会如此紧张吗?*

相对风险增加了 100%,而绝对风险其实只增加了 1/7 000。这一表述上的不严谨导致本已持续下降的堕胎率转而上升,极大地伤害了

* 见 Gerd Gigerenzer, *Risk Savvy: How to Make Good Decisions*, 2014;中文版见[德]格尔德·吉仁泽:《风险与好的决策》,王晋译,中信出版集团 2015 年版。

英国女性的健康，并重创了国民医疗保健体系，还使医药类企业的股价大幅下挫。教训不可谓不深刻。事实上，带来危害的经常不是风险本身，而是对风险的恐惧。空难发生后坐飞机的人会显著减少，其实自己开车的风险比坐飞机大多了。数据证明，开车约 20 公里的风险与坐一次飞机的风险大致相当。也就是说，把车开到机场，一次旅行的风险大部分就已经过去了。

对概率的误读有可能带来致命的后果。概率高并不等于确定。艾滋病检测呈阳性不是百分之百得病的证据，假阳性的可能在 4%左右，所以标准检测流程要求做两次 ELISA 加一次免疫测试。艾滋病检测刚问世时，美国佛罗里达有 22 位献血者被告知检测结果呈阳性，其中 7 人在不知道结果是否属实的情况下选择了自杀！

认知和管控风险是不确定环境下经营企业必不可少的一项修炼。大部分风险可以用概率来计算和表达，如自然灾害、交通事故、质量偏差等。有些风险则很难事先用概率表达，如“9·11”恐怖袭击和新冠肺炎疫情。防而不灾和灾而不防都会带来损失，但两者具有完全不一样的后果。防而不灾的成本是可以预知、可以控制的；灾而不防却有可能将多年的努力毁于一旦。因此，宁可防而不灾，决不能灾而不防。

风险控制执行层面的工作通常由风控和内审部门的人员来承担，他们在企业的作用类似安全阀：防止灾难而不是直接创造价值。因为他们对价值创造的贡献是间接的，因而容易被低估、被忽视。想象一下，他们的工作做到完美、极致，企业一定是风平浪静，安然无事。如果真是这样，很多人或许会质疑：我们这么好的企业，本来就不会出事，要他们何用？没有人可以证明是因为这些人持续不懈的努力企业才没有出事,还是企业本来就不会出事。

显然,对风控和内审部门要有足够的理解和宽容。他们的工作性质需要他们在风平浪静时找出问题和隐患,在别人扬扬得意时发现漏洞,得罪人是必然的。风控和内审的工作准则很简单:相对独立、合理怀疑。所谓“相对独立”就是要独立于任何业务部门,如财务、法务、总办等。他们直接对董事会、总经理和分管的副总经理负责。所谓“合理怀疑”就是要始终以审慎的质疑眼光分析经营行为。然而,风控和内审不能做成内部警察,不能与经营相对立。对他们工作的评价标准不是查出了多少问题,而是帮助业务部门解决了多少隐秘问题,提高了多少经营效率。

风控和内审的基础建设是设计、建立完整规范的内部控制制度,并确保能按设计要求有效执行。内控有效性必须要有三道防线来保障:运营及管理、内部监控与监督,以及内部审计。第一道防线由掌管业务的经营人员来完成,把控制的意图嵌入管理流程。第二道防线由专业人员来独立完成,术业有专攻,各种专业职能(财务、质保、人力资源等)从各自的角度完善控制流程。第三道防线依赖审计人员以独立、审慎的态度在经营的各个阶段对制度执行的过程和结果作出评判。

内控有效的前提是对企业可能面临的风险有足够的认识,即风险识别。只有识别出风险才有可能对风险采取有效的控制措施。按监管要求,风险识别要做到量化分析,从发生概率和可能后果两方面量化定义每一项风险并归类成不同的风险等级。

什么是好的内控制度?我们可以参考监管部门对 IPO 企业的要求:发行人的内部控制制度健全且被有效执行,能够合理保证财务报告的可靠性、生产经营的合法性、营运的效率和效果。监管部门的要求可以概括为健全、有效。所谓“健全”包括机构健全和体系文件健全，前者指组织架构和劳动合同上证实机构和专职人员的存在，控制活动有留痕（如会议记录）等；后者指具象化的内控文档，如内控手册。所谓“有效”，一般指不出事，遇事能自证清白，经得住监管部门检查等。

推行内控制度，要始终牢记内控的核心：“组织目标、合理保障。”内控没有自己单独的目标，内控服从并保障组织目标的达成。内控的保障不是绝对的、完全的；绝对的风险防范代价大到无法承受。因为做不到绝对的保障，所以管理层必须保持必要的警觉和谨慎。制度不能取代人的作为。

在企业内建立和推行内控制度一定会遇到阻力，对此任何想要完善内控建设的企业必须要有充分的思想准备。阻力一般来自两个方面：有碍办事效率和触动利益格局。安全和效率通常是矛盾的，每一个增加的控制环节和措施都会带来办事效率的降低。企业必须平衡安全和效率；绝对的安全从来不是我们想追求的，因为绝对的安全意味着绝对的没有效率。内控制度之所以会对利益格局产生影响，是因为控制制度会压缩管理人员决策中自由裁量的空间，从而减少利益交换的可能。压缩的空间越大，抵制的意愿越强烈。

企业的所有业绩都是人创造出来的，但企业的灾祸往往也是人带来的。在一定意义上说，风控就是理解人性，把握人性，用制度约束和引导人性。让员工和管理人员没有犯错误的意愿和机会是最大的人性关怀，风控和内审工作的意义就在于此。

赢在知止

——多数成功企业的倒下始于“加一勺糖”

当教授的,离开自己的专业而涉足一个完全不相干的领域,听起来有些疯狂,其实热衷此道的大有人在。台湾师范大学的哲学教授张起钧(1916—1986)即为一例。张教授1938年毕业于西南联大,到台师大干的营生是教中国先秦哲学,对老庄之道深有研究。但真正让他广受推崇的却是一本《烹调原理》,有人甚至将其誉为划时代的著作。

《烹调原理》讲了一个有趣的故事。乾隆下江南时曾到扬州,扬州盐商为巴结皇帝倾全力准备了一桌淮扬佳肴。以盐商的财力和用心,不难想象这一席酒菜的精美。盐商想当然地认为,以乾隆对美食的热爱和鉴赏能力,一定会对他们恩赏有加。谁知酒席送进去如泥牛入海,一点赏赐的意思也没有。盐商们大惑不解,不应该呀,乾隆是识货的人啊。硬着头皮去问太监,是不是我们送来的菜皇上不喜欢?太监冷冷一笑:你们送来的菜还会不好吃?你们也不替我们想想,回宫后万岁爷又想吃这些菜了我们该怎么办?所以,每个菜送上去前我都加了一勺糖。

调味得当的佳肴被硬生生加了一勺糖,味道的失和可想而知。过犹不及,莫此为甚。

企业的管理又何尝不是这个道理?许多原本还算成功的企业最终

倒下去,深究其原因,不少就是从主业之外“加一勺糖”开始的。

海南航空(以下简称“海航”)就是一个很好的例子。常坐飞机的都知道,海南航空在国内航空业一向以优质服务为人所称道。地处海角一隅的一家地方性航空公司能快速成长为让三大传统航空巨头都刮目相看的后起之秀,海航理所当然地成了商学院竞相研究的案例。或许是因为2003年的传染性非典型肺炎对航空业冲击太大,或许是因为对自己的能力过于自信,海航很快一头扎进了跨国并购的不归路。开始还是围绕航空主业收购国内外航空公司,不久收购的范围就扩大到外围的酒店、保障、租赁、地面服务等业务。接下来,商品零售、旅游、金融、物流、船舶制造、生态科技等业态也进入海航的经营范围。截至2017年,海航集团全资和控股的子公司数量已经达到454家,其中海外公司数量达到45家。终于,糖盖过了主菜,海航也到了不得不黯然收场的时候。

做企业的之所以忍不住要“加一勺糖”,通常都是因为快速做大做强的诱惑太大。恰到好处的企业可能无法快速突破,在企业家心态普遍浮躁的今天,安心按自然规律一步一个脚印踏踏实实成长的企业太难得了。担心增长太慢被边缘化,很多做企业的宁愿冒一点险采取非常规手段寻找新的增长点,殊不知这一个增长点也许就是让企业经营变味的那一勺糖。曾见过几家线上经营服装、饰品还不错的企业,他们的业务每年也有相当不错的增长,但总觉得不如别人耀眼。于是贸然走到线下开店,所谓“线上线下两翼齐飞”,结果碰得头破血流。我总觉得,能抵挡快速成长的诱惑是中国企业家急需的一种修炼。糖未必是坏东西,要控制的不是糖而是老想着加糖的那只手;手一抖,一勺糖下去,微妙的平衡便被打破了。守住能力边界其实就是控制住想要加一勺糖的冲动。

“加一勺糖”的风险在于这一勺糖下去滋味会如何演变全然不是你能预知和控制的。在一个充满不确定性的世界，本来或许是相宜得当的一勺糖，在一个意外事件的影响下可能变得面目全非。比如那个毅然走到线下的服装饰品企业，刚铺开网点便遇到新冠肺炎疫情的冲击，所有美好的计划都随风而逝。加糖之前，大有必要做好风险防范、危机化解的准备，努力让糖只甜不苦。

在中国，最有加糖冲动的通常都是发展空间狭小的行业如服装，而最让企业家忍不住想要加的糖不外乎金融和房地产，钱来得容易又快速。知名的服装企业雅戈尔，一直不甘心赚取服装微薄的利润，先后涉足金融和地产。现在雅戈尔是中信证券的第三大股东，来自金融和房地产的收入和利润远超服装。

当然，加一勺糖未必一定会导致灾难临头、全军覆没。加得恰到好处、迎来锦上添花的也不是没有，这也许就是为什么好此道者层出不穷。麦当劳本来就是做快餐的，咖啡不过是附加的饮品，但麦当劳在咖啡上持续发力，硬是把麦咖啡(McCafe)做成了响当当的子品牌。2021年6月1日，可口可乐宣布在中国开始卖酒了，首先推出的是一款苏打气泡酒托帕客 Topo Chico。立志要做全品类饮品供应商的可口可乐，卖酒卖出一个新市场想来问题不大，前景可期。细究起来，这些大公司能加糖成功，一是因为体量大，一勺糖不管是否适宜，加进去都不足以拖累大局。二是加糖前做好功课，确保这勺糖能提升口感而不是败坏风味。

知止者活，善谋者成，敢断者赢，做企业大抵如此。

教会计的，从《烹调原理》开始乱发议论，这勺糖加得很是不合时宜。

管理处处要谈判

企业的经营过程从一定意义上讲就是人和人的沟通、交涉和协调，其实就是不同形式的谈判。不仅是经营活动，我们的日常生活实际上也处处都在谈判。一大早你的孩子磨磨蹭蹭不肯吃早饭，你告诉他把鸡蛋牛奶面包都吃下去，放学回家让你在手机上玩半小时游戏；他说半小时太少了，要一小时。这不就是谈判吗？可以说我们每个人都是谈判局中人，尽管你未必意识到你在谈判。因为是无意识中的谈判，很少有人会认真总结、提高自己的谈判技巧，所以有可能达不到最佳的谈判结果，甚至自己利益受损不说，还让对方十分不满。学一点基本的谈判知识和技巧对企业的管理人员来说实在是太有必要了。

什么是谈判？谈判是一个“影响并改变别人以达到符合预设目标又能为双方所接受的结果的过程”。

首先，你要有一个明确的目标，即“有所求”。谈判成功与否端看目标是否达成。目标很可能是一个区间，而不是一个僵硬的数值，比如可接受最高 10 元、最低 8 元的报价；力争最高，确保最低。谈判过程或许有进有退，有争有让，但目标的坚持必须贯穿始终。不管对方的态度是蛮横还是友善，是处处算计还是小利相诱，你都要万变不离其宗地围绕着目标出招。

其次，你手里要有筹码，即“有所给”。对方之所以愿意和你谈，就是因为你握有他希望得到的东西。如果这个东西只有你能给，你必然处于强势的谈判地位；反之，如果你只是众多可能的提供者之一，对方就变得强势了。替代选择多的一方在谈判桌上永远处于优势地位，所以谈判准备中必须仔细评估双方的替代选项(Best Alternative To a Negotiated Agreement, BATNA)。有时，筹码需要自己创造。电影里经常可以看到，发生绑架事件后警察赶到现场，第一件事就是切断现场的水、电和电话。绑匪想要恢复，就必须释放几个人质。在这里，切断水电就是创造谈判筹码。

再次，最后的结果必须是双方都可以接受的；只要有一方不接受，谈判就会破裂或中止，但未必是失败的。有时候，中止甚至退出谈判也是一种谈判手段。谈判要达到双方都能接受的结果，必须要作出让步；而让步通常都是双向的、交替的。坚持之后有让步，让步以后再坚持，谈判就是这样慢慢达到双方可以接受的中间点。

此外，谈判是一个过程，费心耗时。时间紧迫的一方往往被迫先作出让步；而时间充裕的一方可能只要耐心地把谈判拖下去就能等来期待中的让步。据说当年美国和越南在法国巴黎举行停战谈判，美国代表团在一家酒店包了一层楼，每两个星期延一次租约，而越南代表团一到巴黎就在城郊租了一个别墅，租约为两年。双方在谈判中心态的不同可想而知。一个月的时间越方一直在纠缠谈判桌应该是圆的还是长方的，反正慢慢跟你磨。事后美方代表团成员心有余悸地说，在这种压力下我们居然还能谈出一个过得去的结果，实在值得庆幸。

谈判最怕碰到的不是谈判高手，而是对谈判一无所知的小白。不按套路出牌的小白自己吃了亏还可能让对方很不自在。设想一下,你出门要买一件心仪已久的家具,在商场找到以后发现,标价 8 000 元,比你心目中的价位 5 000 元整整高了 3 000 元。一场讨价还价的谈判显然是不可避免了。掂量一下后你对走过来的售货员开价了:“你们的标价也太离谱了!走遍天下也没见过这么开天价的。4 000 元卖不卖?”

接下来,场景 1,店员一脸不可置信地看着你,以不屑的口吻说道:“我进价都不止 4 000!还价也不是这么还的。”经过一番口干舌燥的你来我往,终于以 5 500 元成交。场景 2,店员爽快地说:“4 000 就 4 000!我还要送你一个仿古花瓶,放在一起真是绝配。”好了,在场景 1 中你花了 5 500 元,在场景 2 中你只掏了 4 000 元,哪一种结果让你更舒坦?当然是场景 1,那是你辛辛苦苦砍出来的价格,可能越想越得意。如果 4 000 元买回家,你一定会痛苦地想:我为什么不开价 3 000 元呢?也许他也会一口答应的。

那个店员稍有些谈判知识就不会犯这么低级的错误,因为谈判的铁律是坚决不能接受第一次报价。这就是为什么许多大公司在谈判前有时会把对手送去参加谈判培训,为的就是不要无谓地浪费彼此的时间。

谈判的外行常常以为谈判就是先声夺人地提出自己的诉求,咄咄逼人地要对方接受我方的条件。其实,谈判优势一般是通过倾听和观察而取得的。因为谈判中拥有更多信息的一方必然更容易找到对方的弱点,而信息的获取除了谈判前的搜集,更多地是在谈判过程中察言观色而得来的。从倾听中获取信息需要有相当的经验和观察力,因为对方会想方设法掩盖、误导。谈判中对方有时会“不小心地”让你看到某个信息,而无意中得来的信息恰恰是你急于想知道的。这时,你一定要视而不见,或者你可以调侃一下:小心一点,别让我看到了。

谈判桌上留一后手是很多谈判高手都希望达成的结果,比如加上一个条款:“本协议需经公司某人或某部门批准方能生效。”留后手的好处是万一发现协议不如人意还可以合理合法地反悔、推翻。后手尽量不要明确哪一个人,否则容易自绝后路。比如你说需要董事长批准,万一对方有人与你的董事长非常熟悉,当场打电话确认,把你的后路生生掐断。你的后路一定要留在他打不到电话的人身上,比如需要风险控制委员会、合同审核小组同意。反过来,如果你希望把对方的退路掐断,可以在谈判开始就问清楚:如果我们今天达成协议,你们有没有最终的决定权?如果没有就请有决定权的人来谈。

谈判的一个原则是计较利益,不要计较态度。成熟的谈判者不能被对方的态度左右。激怒对手有时也是谈判的一个伎俩。一个有趣的例子是赫鲁晓夫在联合国的“发怒”。他干过闻名于世的一件事是在1960年的联合国大会上脱下皮鞋敲桌子,抗议菲律宾代表的批评。法新社在当年的报道中写道:“他(赫鲁晓夫)脱下右脚的鞋,一只精心打蜡的黄色鞋子,在头上挥舞,用全力敲在桌子上。”事后有人发现,他脚上的鞋子并没有少一个。那个用来表示愤怒的鞋子看来是事先准备好的。很多时候,谈判者拿到桌面上激怒你的东西,只不过是他的手段。利益才是最终目标,其他东西都可以轻轻放下。

谈判的难点在于让步。太容易的让步会给对方错误的信号,引来步步紧逼、寸步不让;而一再拒绝作出让步会让你与本来有希望成功的合作失之交臂。我们在实务中经常不无遗憾地看到,有的人随随便便就放弃本来有希望得到的利益;之所以这么轻易地放弃,是因为在他眼里或许这只是蝇头小利的几分钱。要知道,谈判得来的每一分钱都是净利润。想一想,我们在经营过程中,节约每一分钱都要花费非常大的努力。在谈判中却轻而易举地放弃了,实在不应该。

谈判的让步有一些基本的规律。首先,让步必须是双方互让,己方的让步必须换来对方的让步。在对方也作出让步前己方不能一让再让。如果我让步,报了一个价格,对方迟迟不予回应怎么办?没有经验的可能要着急了:是不是对方放弃与我们的谈判了?要不要赶紧再报一个更好一点的价格?如果你真的再报一个更优惠的价格,精明的对手就会继续保持沉默,等你再出价。正确的做法可以告诉对方:我们上次的报价有效期到下星期就失效了。请在有效期内告诉我们是否接受报价。记住:决不让步,除非他也让步。让步切忌太过爽快,每一次让步都应该表现出痛苦和不甘,让对方有占大便宜的快感。

其次,让步的幅度必须逐步缩小,让对方感受到我们正在接近底线,很快就不会再让步了。千万不能来个一口价:我干脆给你一个底价,再让一分我是你孙子!真要这么做了,你很可能真的会“做孙子”。可能的话,最后的让步请你的老板出面,一方面表示重视,另一方面也是告诉对方:你看,老板都出来了,没有可能再让了。

让步的一种特别形式是各让一步,比如卖方要10元,买方只肯出8元,各让一步就是取中间值,以9元成交。新手在这样做的时候要小心,不要被老手带沟里去。当你建议是不是各退一步,用中间价9元成交时,老手或许会故作沉吟地说:“嗯,你的价现在是9元,我还是要10元。9元,10元,这1元的差价怎么解决?”最终的成交价大概率会变成9.5元。

谈判中的一个敏感问题是能不能撒谎。成熟的谈判者一般不会撒谎,但也未必把实话告诉你。撒谎不仅是道德的缺陷,而且可能带来法律责任。故弄玄虚、放烟幕弹和尔虞我诈、故意撒谎之间有着微妙的差别,分寸的把握全看经验和智慧。美国曾有一个地产商拿到一块土地,在开发了一个商场后心生倦意,于是便想把未开发的部分卖掉。因为商场已经建成,他不想看到紧邻商场的土地上盖起与商场格格不入的建筑,尤其是医院。于是他问来投标的开发商会不会盖医院。那个开发商确实有点盖医院的念头。他不想撒谎,也不想说实话,于是他十分滑头地反问了一句:我盖了这么多项目,你有没有看到我建过一个医院?这个滑头的开发商很可能会得逞,但他未来在行业内说的每一句话都会被别人用怀疑的心态仔细盘查。

谈判桌上一般都是强者占优,但也不尽然。早年的日本商人普遍英语较烂,尤其是口语。于是,在谈判桌上,日本商人在美国人说完后经常说没听懂。哪里没听懂?全部都没听懂!美国人只好从头再来一遍。一而再,再而三,美国人的耐心一点点消磨殆尽,只想早些逃出生天。这时的让步恐怕挡也挡不住。让对方尽量多地投入时间或其他资源,比如让他提供所有产品的细节比较,让他比较各个选项的长短。投入越多,退出的成本就越高,越舍不得放弃。

现在谈判都说双赢,但是,双赢的前提是我要赢。在我可以赢的前提下,在尽可能的范围内照顾到你的利益和你的体面,显示出我把你当成一个长期的合作伙伴。双赢和谈判中的激烈交锋并不矛盾;激烈的讨价还价让双方对谈判结果都格外珍惜,因为来之不易,是努力争取的结果。

谈判的议题一般可以分为对立性、可交换性和相容性三类。对立性议题指双方立场完全对立,重要性程度对双方也大致相当。你得就是我失,针锋相对。在可交换性议题上双方也是利益相对,但对双方的重要性程度不一样,从而使交换成为可能。比如你最在意的是A项,而对方在B项上有必争的心态,于是各自在自己相对不那么在意的议题上作一点让步,换取对方在我更在意的项目上投桃报李。在相容性议题上双方其实利益是一致的,可以共同往一个方向努力。对于对立性议题,因为双方针尖对麦芒,都不可能轻易让步,一定要管理好对方的预期,让他们知道我们的坚定,有理有节地一步步争取对我方最有利的结果。对于可交换性议题,事先要排列各议题对我方的重要性程度,力争在重要性相对较低的地方首先让步。

如何在谈判中区别不同类型的议题?通常需要事先和在谈判中收集信息,合理推测;也可以彼此之间先建立信任,直接提问,也把自己的意向告诉对方;或者,把议题打包,让对方选择何争何让。

谈判陷入僵局是常有的事,绕开僵局常常需要另辟蹊径,多问几个"如果这样"(What if)的试探性问题。比如价格谈不拢了,问一下如果我全额付现金会怎么样?如果我把采购量再放大一些,你觉得会怎么样?如果我把验货条件再放宽一点,我们会怎么样?把其他各种可能变通的办法引进来,说不定在价格上面,你会发现还是有可谈空间。

在谈判桌上纵横捭阖是能力,适时拂袖而去也是一种能力。离开有时是表示态度:我非常不满、非常愤怒,你太不讲理了。有时是留下转圜余地:我们都冷静一下,看看能不能找到新的方向、新的交换空间。要知道,谈判这件事往往不是一次可以解决的,要学会随时离开。离开是态度,但回来是目的。任何时候都要给自己留下足够的腾挪空间。

当谈判结束,最重要的是要重复双方的协议跟承诺,特别是一些关键细节,确认我们真的达成完全一致意见了。然后,争取由我方起草合同,因为合同的字里行间多少会带有一点偏向性,所以起草的一方通常会占一点便宜,至少不会给到对方设陷阱的机会。

谈判桌上的最后一块钱是最贵的,协议达成后,千万不要节外生枝。曾经有一家小公司跟一家跨国公司谈判,全谈成了,第二天,跨国公司已经宣布了要举行一个签字仪式。就在这一天晚上,小公司打来电话说,想来想去有一个地方我们还是要争取一下,如果你们不给,明天我们就出席不了签字仪式。跨国公司妥协答应了,但也下令,从此不得再与这个公司有任何的交易往来。所以为争取一点利益,把一个财神得罪了实在不值当。

此外,永远不要幸灾乐祸。想象一下,协议签字以后,你笑嘻嘻地告诉对方,如果你们再坚持一分钟,我们就准备让步了,哈哈。对方一定对你恨之入骨。真正的谈判高手会很绅士地和对方握握手说,你的表现让我非常敬佩,我很欣慰有一个让我尊敬的对手。说这种话一点成本都没有,但是双方在未来的交往会愉快得多,而且你个人的绅士风度,也会给你带来很好的口碑,何乐而不为?

谈判史上有一件一直让人津津乐道的趣事。1912 年,美国总统大选即将举行,罗斯福的竞选团队正在为一场极其重要的演讲做宣传准备工作。为罗斯福服务的竞选经理突然发现,一张演讲宣传海报上印制的罗斯福照片尚未取得摄影师的授权,而该海报已经印制了 300 万份放在仓库,正待分发。重新设计和印制新的海报已经来不及,而如果强行分发出去,根据当时的版权法规定,摄影师事后最高可索取每张海报 1 美元的赔偿。你该怎么办?紧急联络摄影师,付一笔可以承受的款项让他同意授权?或是把他拉进竞选团队变成自己人?

那位竞选经理别出心裁地给摄影师发了一个电报:“我们正准备印制和分发数百万张罗斯福宣传海报,此举将同时为提供罗斯福照片的摄影师带来极大的知名度,如果您希望我们使用您拍摄过的照片,请即刻向我们报价。”

只提报价,不说谁给谁付钱,竞选经理不厚道。摄影师的回复有点受宠若惊:“我们还没有做过类似的事情,但在目前的情况下,我们将很高兴向您支付 250 美元。”

沟通与说话

有本书叫《会说话的运气都不会太差》。其实,这话反过来说可能更确切:职场上四处碰壁的大多与说话不当有关。会说话,就是知道如何得体地把自己的意思表达出来。是不是得体,自己说了不算,要由听的人来判断。所以,说话就是听、说双方一来一往的沟通。

在一定程度上可以说,管理就是沟通,是有效交流信息。作为管理者,每天的工作就是接收、理解、编撰和发出信息,就是沟通。人类自有分工开始,劳动就是一项需要协调的努力,协调依赖有效的沟通。管理者境界和能力的高下通常就表现为沟通能力的高下。其实,沟通不仅是管理水平的体现,更是人品和修养的集中表现。

翻书时很意外地发现,哲学家叔本华居然向往一夫多妻制。理由是一夫多妻制下妻子众多,做丈夫的不必与妻子的娘家人有密切的关系和深入的交流,“与其有一个丈母娘不如有十个”([英]阿兰·德波顿:《哲学的慰藉》)。一个哲学家对深入的沟通如此恐惧,可见沟通对很多人而言都是痛苦而棘手的事情。

沟通之所以痛苦,首先是因为准确表达内心想法不容易。用词的斟酌、语气的把握、表情的掌控、时机和场合的选择,任一方面稍有差池就会让充满善意的一番话听起来似乎醋意、恶意、嘲讽意十足。

其次，对方未必如你所愿地接受你的表达。同样的话，有人欣然接受，有人暴跳如雷。即便是同一个人，这次的欣然接受绝不意味着下次也是如此。

沟通的基础是事实，对事实描述的基本要求是客观真实，但什么是客观真实却难有切实可靠的衡量标准。于是，我们看到的结果可信度常常可疑，可靠性因人因时而异。如果只是描述略有偏差倒也可以忍受，毕竟基本事实还在，大节不亏。可怕的是有人会扭曲甚至编造事实，以貌似公正的态度误导他人。即便是说事实，怎么样说还是大有讲究。“屡战屡败”和“屡败屡战”说的是同一个事实：一仗接一仗地打，一场连一场地败。但前者听起来窝囊晦气，不把当事人削职问罪难平众怒；后者则似乎充满励志精神，不加鼓励都觉得有违常情。因为对同一事实的描述可以有如此之大的差别，描述者（信息提供者）的亲疏好恶经常决定了舆论走向和处置结果。信息提供者能正直自律的还好，如果为人圆滑塞责，甚至雁过拔毛、贪得无厌，沟通描述中恐怕再也看不到是非曲直了。

虽然口头上我们都喜欢别人直言相告，其实别人要是真的直言不讳，我们未必能够接受。有鉴于此，我们自己说话也尽量避免过于直率，以免使人不快。东汉光武朝的一代名将马援，征战万里时曾有一封给兄弟和儿子的家书。信中一反他“老当益壮”“马革裹尸还”的豪情，告诫兄子为人处世要“敦厚”“谨敕”，不可轻易说人短长。他还以当时的两位名人为例，一个（龙述）“敦厚周慎”，从不轻易发表意见；另一个（杜保）敢言敢行，豪侠好义，不失赤诚血性。让世人意外的是马援居然要家人仿效龙述，尽管他内心敬重的是杜保。一代名将，面对世俗，也不得不降格屈从,让家人谨小慎微。可见,有勇气当面说真话是不容易的。

其实,遇事究竟是率性坦诚还是曲意回护,性格使然的成分居多,后天未必能装得出来。陆逊和卢毓都是魏晋时的名人,一个是名将,一个是尚书。一天,卢毓的孙子卢志在大庭广众之下问陆逊的孙子陆机:陆逊是你什么人?如此连名带姓问一位先人,按当时的规矩很是失礼。陆机回答得也不客气:和卢毓是你什么人一样。出得门来,陆机的弟弟陆云抱怨说:何必这样,他或许是真的不知道。陆机昂然答道:我祖父名播海内,宁有不知?兄弟俩性格的不同跃然纸上。东晋名相谢安就凭此事判定了两陆的优劣。但兄弟两人在谢安眼里究竟孰优孰劣,史书并无记载,留给后人去猜想。无论在官场还是职场,陆云应该更容易生存,更如鱼得水。但要说成就事业,开疆拓土,陆机必然更胜一筹。后来,文武双全的陆机虽成就了一番大事业,却最后命丧谗言,连弟弟和儿子的性命也搭进去了。

以我的观察,职场中许多人的辛勤努力,常常在不经意中被自己不必要、不得体的几句话给抵消掉了。我对同学的忠告通常非常简单:努力少说话。在企业里观察一下你就不难发现,有些人只要把自己要讲的话减少一半,他们的人际关系就可以成倍地改善。少说话其实不是我的主意,中外名人类似的忠告多不胜数。莎士比亚就提倡:努力倾听,谨慎说话(Give every man thine ear, but few thy voice)。孔子说:"君子欲讷于言而敏于行"(君子言语要谨慎迟钝,工作要勤劳敏捷),又说"古者言之不出,耻躬之不逮也"(古人言语不轻易出口,就是怕自己的行动赶不上)。

心里有话要说,能忍住不说的都是高人,一般人不容易做到。当你觉得马上要说出口的是奇思妙想,要振聋发聩,你怎么忍得住?修行不到一定的层次控制不住自己说话的欲望。控制不住怎么办?消极一点的办法是减少与别人的交往,遵循古训:“上士闭心,中士闭口,下士闭门。”道行不足,做不了上士中士,还是先闭门修炼,从下士做起。

避免不恰当的说话,首先要力戒的是容易引起别人反感或误会的话。什么话最好少说?我觉得应当奉行“当面不说自己好话,背后不说别人坏话”的原则。前者是自吹自擂,风度尽失;后者是背后诋毁,暗播仇怨,两者都会引起别人讨厌甚至憎恨。当面说人好话怎么样?如果说者真心诚意,发自肺腑,听者一定如沐春风,心怀感激。但如果说者心口不一,敷衍虚伪,听者难免疑窦丛生,怀疑你背后有什么见不得人的言行。因为,按常理推测,“好面誉人者,亦好背而毁之”(《庄子·盗跖》)。

我们说出去的话都希望给别人留下深刻的印象,而平平淡淡的话绝难让人记住。所以,有效的沟通是需要说一点过头话的,所谓语不惊人死不休。想一想,如果你说有几本经典的书值得好好读,估计没有人会留下什么印象。换一种说法呢?民国学人黄侃(季刚)说“八部之外皆狗屁”,人人都记住了,而且都想知道是哪八部(毛诗、左传、周礼、说文解字、广韵、史记、汉书和文选)。类似地,金圣叹批六才子书(庄子、离骚、史记、杜诗、水浒和西厢),六部本来并不怎么相关的著作被捆在了一起,从此备受文人学士关注。

沟通可分为口头和书面。一般而言,口头的交流较随意、更方便,而书面的沟通更正式、更容易追溯,也更让人放心。管理行为留痕是企业内部控制的基本要求,但相对口头表达,书面的交往费时费力,沟通的方便和安全成了一对难以兼顾的矛盾。微信流行以后,朋友圈里的文字沟通有时也难以辨别真伪。已经发生过好几起有人冒名建立朋友圈,然后冒用领导的名义要求财务人员转款的事件,竟然也有成功的。如何兼顾安全和效率是企业风险管理和内部控制的一个难点,有效的沟通既是解决这一矛盾的手段,也是平衡二者的一个体现。

人际沟通既然是一个普遍的难题,就一定会有专家学者开发出工具和方法来帮助职场中有困惑和需求的人来提高。乔哈里信息窗(Johari Window)就是一种改进沟通技巧常用的理论。根据这个理论,人的内心世界被分为四个区域:公开区、隐藏区、盲区、封闭区。

	我知道	**我不知道**
别人知道	公开区(The Open Arena) 企业或组织中你知我知的信息	盲区(The Blind Spot) 别人知道关于我的信息,但我自己并不清楚
别人不知道	隐藏区(The Hidden Facade) 我自己知道别人不知道的信息	封闭区(The Closed Arena) 双方都不了解的全新领域

沟通最简单有效的应该在公开区,所以企业应该形成拓展公开区的文化,不断增强信息的透明度、公开度和诚信度。当大家都努力交流信息,建立彼此的信任和交流习惯,公开区就会不断扩大,成为企业信息交流的主要窗口。开诚布公必须是双向的,反复验证的。真正有效的沟通只能在公开区内进行,因为在此区域内,双方交流的资讯是可以共享的,沟通的效果是最令双方满意的。但在现实企业中,很多沟通者缺乏对彼此的了解,很无奈地进入了封闭区,双方的沟通或是曲解,或是隐瞒,效果不如人意。盲区的存在让你不舒服,可能也会让你忧心忡

忡。其实想通了就明白，盲区多少都会有一些，只要我坚持坦诚相对，别人也会愿意和我分享我本来欠缺的信息。隐藏区是我的优势，也是我取得别人信任和好感的资本，前提是我能够主动和别人分享我的私有信息。

为了获得理想的沟通效果，就要通过提高个人信息曝光率、主动征求反馈意见等手段，不断扩大自己的公开区，增强信息的真实度、透明度。在沟通的策略上，可以在隐藏区内选择一个能够为沟通双方都容易接受的点来进行交流，这个点被叫作“策略信息开放点”。当双方的交流进行了一段时间，“策略信息开放点”会慢慢向公开区延伸，从而实现公开区被逐渐放大。

“情商高，会说话，擅沟通”是今天职场中成功管理者必不可少的能力要求。让别人愉快地接受你的想法不仅是个人魅力的体现，更是长期修炼才能达到的境界。要达到这一境界，我们需要把自己的岗位看成是一个信息交流点，把自己的身份看成一个信息交流员。

写了一大篇，好像什么都没说清楚。不得不承认我是一个不可救药的低效沟通者。

真话与信息披露

——该如何说“狗死了”?

道听途说的一则故事:某人素闻河豚美味,但慑于其毒,始终不敢尝试。某日终于下定决心,冒死一尝。为防万一,事先准备了一条狗和一桶肥皂水。如意算盘是:让狗先试一下,狗若安然无事我就吃;要是毒性要过一阵才发作,我就用肥皂水逼着自己把胃里的食物都呕吐出来。只见狗吃了几块鱼肉,丝毫没有异常。不一会儿狗走了出去,男子愉快地享受起他的河豚美食。还没吃完,一个朋友慌慌张张走进来告诉他:不好了,狗死了!男子大骇,立刻捧起肥皂水往嘴里拼命灌。阵阵恶心把胃里刚吃进去的美食都逼了出来。惊魂甫定,才想起问朋友:狗死得惨吗?朋友回答说:太惨了,让大卡车压成了一摊血肉!

原来,狗是被车碾死的。

这一桶肥皂水灌得可是够冤的,但能怪朋友吗?朋友说的难道不是真话吗?

讲真话够不够?这是信息披露让人十分困惑的难题。众泰汽车近两年亏损超 200 亿,业务几近停滞,却成了 2020 年 A 股除新股之外的“涨停王”。在 100 个交易日内竟收获了 60 个涨停、20 个跌停。其股价在 1.14 元和 8.30 元之间剧烈震荡。原因无他,就是公司信誓旦旦地告诉市场正在与意向投资人洽谈重整,白衣骑士就在路上。不久又宣布两家投资人或退出或推迟,重整搁浅。意向重整投资人未必一定是虚构的,但在获得实质性承诺前就向市场披露很难有实际结果的"真话",不是坑人又是什么?大股东趁机减持的行为更坐实了投资者的猜想。

类似的例子还有欧菲光。2021 年 4 月 16 日晚间,欧菲光发布公告,称对业绩预测致歉。业绩从原来的盈利 9 亿元,修改为亏损 18.5 亿元。大幅度调减盈利预测的背后是公司被苹果从供应商名单剔除的无奈,似乎情有可原。但联想到这家公司已经不是第一次因披露问题向市场道歉,这番"实话实说"总让人感到疑窦丛生。面对这种"真话",交易所气愤不已但又找不到公司造假的实锤,只好谴责一番了事。

说真话不得体有风险,于是通过他人之口便成了另一种披露方式。SOHO 中国董事长潘石屹于 2012 年 10 月 23 日 14 时 24 分在个人微博发布了某上市公司中标 SOHO 上海地产幕墙项目的信息。几分钟后,该公司的股价开始急速上升。当天下午,潘石屹通过微博回应称两件事"纯属巧合"。中标公司 23 日没有正式披露中标消息,而是在当日股市收盘后十几分钟,在公司的官方微博转发了潘石屹在收盘前发布的相关微博信息。潘石屹微博公布的信息和中标公司股价攀升是否存在必然的关联?是否有人从中获利?显然,这一切是很难找到证据来证实的,事后公司没有受到监管处罚的事实充分说明了披露违规要抓到真凭实据相当不易。重大信息的披露稍一不慎就会成为一些人收割中小投资者的利器。

做信息披露的有一条不成文的铁律:真话不全说,说的是真话。因为任何信息一旦披露出去,白纸黑字,覆水难收,由此带来的法律责任是所有人都不得不有所顾忌的。但是,没有法律要求你把所有真话都说出来。什么该说、什么不该说是难以通过法规来界定的。李嘉诚入院治疗要不要披露?一方面你可以说这是事关公司经营前景的重大事项,必须披露;另一方面你也可以说,事关个人隐私,必须保密。其实,法律想要规定也难乎其难。入院体检算不算入院?入院治疗白内障算不算健康问题?当年苹果公司在乔布斯得病期间一直受到舆论的压力,公众要求披露他的健康状况,但苹果公司一直回避,最多就是提一下他有没有出席董事会。A股市场有一个有趣的案例。2017年10月9日晚间,上市公司游久游戏发布涉及诉讼公告,称因公司第二、第三大股东刘亮和代琳因结婚未及时披露被证监会处罚,被股民提起诉讼,两笔诉讼共计索赔达2 425.54万元。股东结婚未披露居然被罚被诉,当事人一定觉得冤枉。但如果因利益关系改变导致其他股东在未知情情况下受损,起诉显然是有道理的。披露界线确定之难,由此可见一斑。如果事涉李嘉诚、乔布斯这样的名人,公司不披露还有狗仔队来填补空白。非公众人物要逃避舆论的监督就容易多了。

受法律严管的披露内容是内幕消息,因为利用内幕消息赚取超额收益会严重损害市场的公平和信心。但内幕消息如果界定得太宽泛,把进行中的交易都披露出来,又容易损害公司的竞争力。香港地区的法律因此对内幕消息有严格的界定:消息必须具体(如接洽中的交易,不包括谣言臆测或希望),消息非市场普遍了解,市场如知悉这一消息证券价格有可能出现重大波动。同时又通过所谓"安全港"条例给公司在特殊情况下不予披露的豁免权,比如法律或执法部门禁止公开披露的,又或是根据商业协议有责任保密的。豁免披露的消息一旦在市场上被人泄露则公司必须立刻公开披露。

说到这里,你是否对信息披露造假的人有些义愤填膺?其实大可不必,因为不说真话某种程度上是人的天性。前几年有一本书,书名就叫《人人都在说谎:大数据、新数据以及互联网暴露的真实你我》,作者是前谷歌数据科学家塞思·斯蒂芬斯-达维多维茨(Seth Stephens-Davidowitz)。他用有趣的数据证明,戴上面具说的话通常都是你希望别人相信的话,只有面对搜索引擎时真相才会暴露出来。比如在一项关于美国成年人性生活的社会学调研中,社会学家根据问卷发现,女性提供的性生活次数和使用的避孕套数量,是一年要用掉 11 亿个避孕套;而男性提供的数字,则要用掉 16 亿个避孕套。那么究竟哪个数字比较准确呢?尼尔森的调查显示,美国一年出售的避孕套数量在 6 亿个,远远少于男性和女性提供的数字。“其实人人都在撒谎,只是程度问题。”塞思对此解释道。

看来,提高信息披露质量要从大家都养成讲真话的习惯开始,我们都需要修炼。

回到开头的故事,朋友应该怎么说狗死了?说“狗被汽车压死了”行不行?恐怕有风险。你想啊,要是狗是因为中毒了,昏昏沉沉,步履蹒跚才被汽车压死的,你这样说是不是离“隐瞒重大事实”也不远了?说“狗被汽车压死了,死前状态如何我不清楚”总可以了吧?听起来又不免有点欲盖弥彰的意味,监管不查你查谁?哎,说真话也不容易。

节俭不当亦为祸

——哪些钱企业不能省?

有时省钱会省出大祸,美好的初衷可以带来可怕的结果。

老干妈提供了一个省钱得不偿失的例子。2018 年市场传出消息,老干妈在创始人陶华碧退出日常经营并由儿子接班后改变辣酱的用料。原来的贵州辣椒被更便宜的河南辣椒取代。据“北京时间”财经频道引用一位经销商的说法称:“贵州辣椒在全国辣椒中都是最好的,价格基本维持在 12—13 元/斤,河南辣椒价格是 7 元/斤。老干妈一年要用 1.3 万吨辣椒,所以他们知名度起来之后,就开始慢慢减少贵州辣椒,不断增加外地辣椒的用量,直到 2011 年彻底不用。消费者一般吃不出来,只有做辣椒的人才知道。”消费者虽然吃不出来,但得知内情后的失望和不满是显而易见的。更换辣椒事件对老干妈品牌的伤害恐怕要远远超过成本的节约。

做企业的目的是赚钱,但管理层每天实际在做的事情却是花钱。花钱是赚钱的铺垫,赚钱是花钱的成果。花一样的钱,结果可以天差地别。从这个意义上讲,花钱是艺术,花钱有学问。

企业经营的目的是创造价值,而不是降低成本费用。盲目降低成本费用很可能陷入类似老干妈的窘境。之所以省钱会得不偿失,盖因为各类成本费用具有不同的性质。大致而言,成本费用可以划分为两类:价值创造类和消费消耗类。对于价值创造类的费用,不花钱就是不做事,典型的例子如设备维护和渠道开拓。而消费消耗类的费用则必须大力压减,而且经验证明消费消耗类的费用永远有压减的空间。有人打了一个非常形象的比喻:成本费用就像人的手指甲,时不时地要剪一下,但剪过头了你会很难受。

有做精密模具的校友告诉我,他的客户基本上都是对精密度要求极高的跨国公司。在这些公司中苹果公司鹤立鸡群,精密度要求比一众知名跨国公司要高出一大截。但是,还有一家公司比苹果的精密度要求高出一个数量级,几乎有些蛮不讲理,但人家付给你的价格也是蛮不讲理的价格,你还是得替它完成。这家公司就是乐高。那位校友感慨地说:做过乐高的模具你就知道,为什么市场上看不到乐高的假冒高仿品。高质量产品的背后常常是坚持不懈的投入,包括人力的投入和物质资源的投入。

可以说,市场最关注的费用是研发和市场营销。因为这两类费用在相当程度上代表着企业未来的增长潜力。研发和营销费用的支出一般对当期的收入帮助不大,它们的作用主要体现在未来。可以想象,一个只在意本期业绩的管理层是不愿意在这两个项目上花大钱的。更何况这两项费用所带来的未来利益具有很大的不确定性,属于高风险的投入。一个比较有趣的例子是,2008 年时有人对世界著名跨国公司研发投入占销售收入的比重做了一个排名,诺基亚排名第 8,苹果排第 80。而同年的另一张榜单按创新能力排名,苹果排第一,诺基亚则掉到了无足轻重的地位。可见,研发投入并不能确保创新能力的建立。据我的经验和观察，专注研发的企业和喜欢在市场营销上大手笔投资的公司在文化气质上是会发生变化的。典型如哈药六厂，广告打得铺天盖地，研发却少有投入。带来的结果是公司卖来卖去只能是钙片和维生素，当然这个市场也大到足以让不少公司生存。中国的医药类企业重营销轻研发的弊病多年来广受诟病却少有改进。一项研究显示，2019 年我国 330 家 A 股医药保健类上市公司的研发费用总额仅相当于美国强生公司研发费用的 55%。知名药企恒瑞医药 2019 年的销售费用高达 85.25 亿元，高于其营业成本、管理费用和研发费用之和。销售费用中最大的开支是学术推广活动，全年居然举办了 24.29 万场，日均 665 场，匪夷所思。* 令人稍感欣慰的是，我国医药类企业正在急起直追，纷纷加大研发投入，假以时日，一定会有让世人赞叹的成果问世。

如果说市场营销和研发费用是带来未来成长的好费用的话，罚没就是最典型的坏费用。消耗资源不说，还对公司形象造成负面影响。以我管见，对企业伤害最大的费用莫过于过度采购、过度生产带来的库存成本。企业经常因贪图价格优惠而一次性过量采购，表面上看似乎成本有所节约，其实库存积压带来的后续损失几乎无一例外都会给企业造成令人心痛的代价。但是，企业中很多人都会出于部门利益而希望过度采购：采购部门会因此而降低单位采购成本，业绩会显著改进；生产部门也欢迎过度采购，生产成本可以有所降低，业绩也会提振；甚至销售部门也会因为销售价格有可能随着成本的降低而下降，销售指标容易完成而赞同这样做。部门业绩提高的代价是公司整体利益的受

* 黄世忠、李诗：《透析我国医药保健行业"一高一低"现象》，载《云顶财说》2020 年 5 月 24 日。

损,值得我们警惕。

对成本直接影响有限但对企业文化和士气伤害甚大的是冗员成本。冗员充斥的地方一定是非不断、怨声四起。无所事事而又精力充沛的人不寻事生非还能干什么呢?冗员充斥的企业往往让原本积极工作的人难以安心,久而久之一定把企业的士气打压下去。然而,身为冗员还能在企业安身立命,要么是有功在前,要么是后台过硬,一般人是奈何不了他的。

潜在影响最大的费用我觉得还是隐秘的费用,如库存资金成本。试想一下有两件产品完工入库,同样的单位成本,以同样的单价出售,但一件是入库当天销售,另一件过了三个月才销售。从财务报表看,两件产品的销售利润一模一样。但常识告诉我们:第二件产品躺在仓库里的每一天都消耗着公司宝贵的资金,而资金的成本非常昂贵。很多公司的业绩上不去,原因之一就是莫名的各类资产占用拖累了资产使用效率,从而拉低了资产利润率。从这个意义上说,减少占用就是创造价值。

降本增效是企业提高经营业绩很自然会选择的路径。值得警惕的是,降本和增效并没有天然的关联。降本不当,非但不能增效,反而会让公司的长期利益受到伤害。通过减配或使用低质材料来降低成本,短期内或许可以提高公司的账面利润,长远而言却极有可能伤害品牌、丢失客户。中国摩托车在越南市场的兴起和衰落就是一个典型的例子,管理者不能不察。

《虞美人》与企业价值

假日里无聊，偶然读到清代诗人朱杏孙一首《虞美人》，有感而发。

词曰：

孤楼绮梦寒灯隔，细雨梧窗逼。

冷风珠露扑钗虫，络索玉环，圆鬓凤玲珑。

肤凝薄粉残妆悄，影对疏栏小。

院空芜绿引香浓，冉冉近黄昏，月映帘红。

作为诗人，朱杏孙并不出名。这首词，工稳妥帖，清通可颂，但并不特别出色。难得的是，这是一首回文词，倒过来一样工整稳妥：

红帘映月昏黄近，冉冉浓香引。

绿芜空院小栏疏，对影悄妆，残粉薄凝肤。

珑玲凤鬓圆环玉，索络虫钗扑。

露珠风冷逼窗梧，雨细隔灯寒，梦绮楼孤。

这还不算，把断句、标点改一下，马上又变成一首七律回文诗：

孤楼绮梦寒灯隔，细雨梧窗逼冷风。

珠露扑钗虫络索，玉环圆鬓凤玲珑。

肤凝薄粉残妆悄，影对疏栏小院空。

芜绿引香浓冉冉，近黄昏月映帘红。

颠倒过来还是一首七律,而且颔联和颈联都还保持工整。服了吧?文字游戏玩到这种程度,不由人不叹服。朱诗人想来也是相当自得的。然而,他作为诗人的地位并没有因此而有什么增色改变,能让后人记得住的好像也就这首词了。毕竟,好诗要靠高人一等的意境、格调、灵动、词句和气势。自鸣得意的小技巧往往作用有限。

由此想到的是,做企业,推产品的道理其实也一样。好的产品不能靠自我陶醉,产品是用来卖的,不是用来自嗨的。做企业,做产品,眼里一定要有客户。目中有己,产品出来自己津津乐道,客户未必肯买单。目中有人,以客户的真实需求为目标,产品才能在市场上站住脚。从这个意义上讲,客户肯掏钱,肯持续掏钱才是硬道理。当年让乔布斯都赞不绝口的创新产品平衡车 Segway 一出来就好评如潮,商业上却是一败涂地,从来没赚到钱。Segway 败就败在始终没有弄清楚创造价值的路径。在路权问题没有界定清楚、车不能上公众道路的时候,Segway 的目标客户群极为狭窄。如果连究竟谁才是产品的目标客户都没有界定清楚的话,单靠公众的好奇心是不足以长期支撑一个产品的。

以此推论,判断企业价值创造能力最直观的指标应该是销售收入。

说到这里,有人可能要不同意我了。要说价值,不是更应该看利润吗?事实上,大部分人分析企业的时候都会格外关注利润表的最后一行,即利润(所谓 bottom line),而较少关注列在第一行的销售收入(所谓 top line)。利润指标当然重要,但销售收入给我们的信息有时比利润更多,也更重要,只要想一想世界 500 强按什么排名就可以明白了。

销售收入是客户愿意为你的产品付钱的具体体现,也是所有利润和现金流的先导指标。与利润多有人为调剂空间不同,销售收入很少有操纵的机会,可信度较高。进一步拆开来看,销售收入就是销售数量乘以销售单价,前者是市场份额的体现,后者则是议价能力的结果。从这个意义上讲,看清企业的销售收入也就看清了企业的市场份额和议价能力。同样是销售收入增加,通过提高单价还是通过增加数量来实现,其意义有很大的区别。这不仅是因为提价实现的难度更大(想象一下有人告诉你经常购买的东西提价了,你是不是很愤怒?),而且在成本不变或较少变动的前提下单价的提高对利润增加有放大效应。所以,能时不时提一点价的产品都是难以替代的,奢侈品行业里手表的定价就是这个道理。

就产品定价而言,处于不同层次的企业定价的动机是很不一样的。最辛苦的企业定价只有一个目标:把东西卖掉,别砸在手里。卖不动了怎么办?只好打折。过了这个阶段,定价就必须考虑利润。而真正优秀的企业在定价时必须保证通过定价来锁定目标客户,体现品牌价值。品牌背后必须是对质量的坚持。今天的消费者对产品质量已经很难有真正的鉴别能力(想象一下有机食品就不难明白),只好转而希望有企业珍惜羽毛,爱护声誉。品牌的价值建立在“一旦品牌受损企业损失巨大”的假设上。我在厦门路达公司看到,公司为不同品牌贴牌生产水暖产品。比如,他们所生产的水龙头既有欧美高档品牌的,也有本地小品牌的,市场售价差别显著。听起来明智的消费者应该买非名牌产品,因为是同一家企业生产的,看起来也差不多呀。其实,名牌产品对每一个细小零部件的要求都不一样。差别更多在你看不到的地方。窃以为,中国市场最需要也最缺乏的是对高质量产品的鉴赏能力、拥有欲望和支付溢价的意愿。重赏之下,一定会有工匠精神的。高品质的最大敌人叫“性价比”。

再换一个角度来看企业的销售收入，可以把收入拆解成客户数量乘以购买数量。换言之，想要增加收入，要么引来新的客户，要么从已有的客户身上产生更多的销售。前者体现的是企业的市场力，后者体现的是产品力。除了个别特殊或重大的客户，利用产品力增加销售的企业更让人信服。更进一步讲，发挥市场力增加销售要说服的是新客户，而依靠产品力增加销售就要让老客户多下单、多掏钱。老客户和新客户哪个更重要？说起来都认为是老客户，但实际上企业更多讨好的往往是新客户。比如，新的优惠措施出来，新客户一定比老客户更有机会享受。这种言行不一的做法背后，我以为是业绩观的一个误区。增加新客户看起来是从0到1的飞跃，让老客户多买产品则感觉上更像是从1到2、2到3的变化。前者是显性的突变，后者是隐性的渐变，受关注的程度天差地别。

当然，并不是所有的企业都要把产品力放在市场力之上。杭州最出名的饭店是“楼外楼”，那是游客的首选，但本地人很少光顾。游客的议价能力低下，但消费目标明确。楼外楼必须保证进来的每一个人都能吃到西湖醋鱼、响铃和东坡肉。吃到了，基本需求就得到了满足。每个旅游城市都有自己的楼外楼(上海的绿波廊和老饭店、香港的桥底辣蟹似乎也可归在此类)，基本都不指望客人一来再来。其实，凡客户流动性大的如游乐场和著名景点都必须强化市场力的培育。比较令人失望的是，这些地方好像连市场力都懒得着力打理，全靠老祖宗留下来的一点家产吃老本，反正这辈子是吃不完的。

读了一首词，生出这许多联想，足以证明会计学教授的无聊胜过任何诗人。

问答之间见心机

——再说真话与披露

还是一则传闻。某日有人敲门，开门后只见敲门的是一位陌生人。陌生人自我介绍说是楼下的邻居，并说："我在您楼下，房型和您的一样。现在准备要装修，想问一下您当初装修买了多少地砖？"某人回答："我买了 500 块地砖。"邻居道谢后离去。过了一段时间邻居又来敲门，开门后只见邻居十分困惑地说道："我的房型和您的一样，为什么我买了 500 块地砖居然还剩下 200 多块？"某人一脸无辜地回答道："这有什么好奇怪的，我也剩下 200 多块呀！"

一问一答，看似滴水不漏，无懈可击，结果却是错得南辕北辙，各生怨恨。想象一下你我就是那位邻居，面对一堆不知如何处理的剩砖，我们该责怪谁呢？

实话实说却暗藏心机，这不正是信息披露中常有人玩的把戏吗？

在这里，没有半句谎话的信息披露之所以害人不浅，首先不得不说问题确实没问好。如果你问买了多少，又用了多少，想来要钻空子也不容易。我觉得，在和披露者交流中问对问题是提高信息披露质量的起点。

信息披露，一般情况下都是投资者被动地接受信息。在这种情况下,披露者掌握主动,筛选需要披露也愿意披露的信息。但披露者有时候也会处于被动回答的地位。个人投资者可以在股东大会上提问,也可以打电话或网上提问,但得到的回答通常简短且相对空泛。如果是机构投资者调研的提问,公司当然要慎重得多,毕竟市值管理离不开机构的配合。最让公司坐立不安的提问来自监管部门。最近几年 A 股市场的监管力度显著加强,2021 年前两个季度上海和深圳证券交易所共向 A 股公司发出了 560 份和 994 份关注问询函。监管部门的问询函经常挑战上市公司交易事项的合理性。比如,2021 年 7 月 27 日,深交所向奥赛康发出问询函,要求公司解释为什么要用现金 8.34 亿元购买经营业绩有明显下滑迹象的江苏唯德康公司 60%股权。“请你公司进一步补充说明进行本次收购的目的,是否有利于上市公司增强持续经营能力。请独立财务顾问核查并发表专业意见。”面对交易所如此尖锐的提问,公司或虚与委蛇,或避重就轻,或闪烁其辞。实在找不到说得过去的理由就申请延期回复。2021 年 5 月 28 日上交所对起步股份的年报披露发出监管问询函,公司居然在两个月的时间内 7 次申请延期回复。

信息披露的质量通常体现在公司对坏消息的态度。好公司应该及时如实地向市场披露坏消息,但如何披露坏消息却是大有讲究。反话正说,大事小说,重事轻说都是信息披露常玩的把戏。知名跨国公司飞利浦 2011 年录得少见的巨额亏损,公司的年报上却是振振有词地说道:“2011 年全球尤其是欧洲的经济环境挑战重重并变幻无常,市场持续疲软。在这种情况下公司的重要业务仍然实现了良好业绩,并且全年实现了稳健的财务表现和现金流。同时,短期经营问题也在整个公司范围内得到了快速而有力的解决。公司在全球的 120 000 名员工也充满了谋求发展、向更高目标奋进的热忱。”不知道的还以为公司的业绩改善了呢！负责任的公司应该及时而如实地披露坏消息。要知道如果市场对坏消息有所耳闻而公司迟迟不予披露，等到坏消息确认时市场的负面反应往往成倍上升。

信息披露的质量还体现在超出规定披露范围的自愿披露上。公司自愿披露的内容多集中在社会责任履行(如捐赠赞助)、战略规划、盈利预测、内部治理、可能的外部环境变化影响等领域。所有披露都是有成本的，如果披露有误更是得不偿失，企业为什么还要自找麻烦自愿披露呢？企业不惮麻烦自愿多披露额外信息的原因无非两个：降低融资成本和减少诉讼风险。降低融资成本的不二法门是让市场认同我们是个好公司，自愿披露自己在一些重大社会事件中的努力和贡献(如赞助奥运或环保事件)无疑有助于树立公司是负责任的社会一员的良好形象。而事先自愿披露公司的经营细节以及可能面临的风险在问题暴露后或可以大大缓解公司的法律责任。毕竟，事先提醒过投资者和一味隐瞒市场在法庭上可以获得的谅解是完全不一样的。

中国 A 股市场一向以强制披露为主，上市公司，特别是早期的上市公司，普遍缺乏自愿披露的意愿。但近年来自愿披露也日益得到监管部门和市场参与者的重视。去年(2020 年)上交所对科创板公司颁布了自愿信息披露的指引，强调“自愿披露不是随意披露和任性披露，科创公司在自主判断和决策的同时，也需要遵循信息披露的基本要求”。可以预见，自愿披露在中国资本市场也将逐渐成为上市公司争取投资者好感的利器。有点令人意外的是，许多上市公司自愿披露的请求目前并不容易得到监管部门的批准。拒绝批准背后的原因,我猜想,应该是监管部门对披露可能产生的股价异动始终不无担心。

评价信息披露质量还有一个更为直接明了的办法:好公司会尽量把复杂的事情说得简单易懂,而问题公司则喜欢把简单的事情说得云山雾罩。当年的安然就是用专业人士都难以看明白的众多"特殊目的实体(SPE)"把大量债务隐瞒起来。在隐瞒真相的同时安然又在年报中大言不惭地宣传自己的公司价值:尊重、诚实、沟通(倾听)和追求卓越,实在是一个讽刺。要知道,投资者在意的是披露(我告诉你你想知道的事)而不是宣传(我告诉你我想让你知道的事),而公司擅长也喜欢做的却往往是宣传。从事信息披露工作的当引以为戒。

积极行好未必好

——为什么企业管理者不要急着做好事?

《世说新语》里很出名的一则故事:赵夫人有女出嫁,在女儿临行前叮嘱道:到了婆家,切记不要急着做好事啊(慎勿为好)。女儿不解地问:不做好事,难道还要做坏事?母亲叹道:好事都不要急着做,更何况坏事呢(好尚不可为,其况恶乎)!

细想起来,很多人、很多企业的问题不就是出在大家都太急于做好事、做大事吗?

急于表现自己,特别是当能力难以匹配职务要求时,管理动作就容易变形。这时,积极性越高,对自己、对企业的伤害可能就越大。很多大企业的CEO上任伊始就急于大手笔并购,急于表现自己经常是最直接的动机。最典型的例子莫过于当年惠普的卡莉·费奥利那(Carly Fiorina)。她在1999年出任CEO后不多久就不顾一切地启动收购同行业对手康柏的兼并行动。市场营销出身的她缺乏把惠普这样的世界级大公司带上一个新台阶的能力,把企业的盘子做大于是就成了最现成的显示业绩的选择。这样背景下的并购行为无法得到市场的认可,卡莉·费奥利那在2005年初黯然离职,消息宣布竟立刻带来6.9%的股价上升。这一事件折射出来的对个人对公司的伤害令人扼腕。

不要急于表现是不是意味着我们就应该理直气壮地躺平？我以为，急于表现的反面不是“躺平”，而是以平常心为人做事，做事的节奏方法都不受个人利益和境遇的影响。这道理说起来容易，真正要做到太难了。企业中的高管和员工都不是生活在真空中，而是生活在别人的期望中。这种期望相当大的一部分是通过业绩指标和绩效考核来体现的。业绩指标是标杆，达成指标可以得到续约，得到奖励，得到晋升。毫不夸张地说，今天的企业管理者和员工都是受业绩指标驱使的“经济动物”。

其实，业绩激励的本意并不是给钱，而是促使大家努力作为。但员工努力与否无法直接观察，能够观察的只能是努力的结果，把结果量化就成了业绩指标。细想一下，业绩除了与员工努力与否密切相关外，也要受很多其他因素的影响，如市场景气度、要素价格等。因此，业绩指标最多就是近似反映了努力的程度，还有很多运气的成分。相当一部分行业的经营业绩与行业大势密不可分，大宗商品、金融、房地产都是典型的大势驱动型行业。

值得注意的是，业绩指标一经确定，被考核人员的行为就会发生相应的改变。作为理性经济人，员工会以各种方式提高业绩以使自己的利益最大化。这些利益最大化的努力经常是以牺牲公司整体利益为代价的。有一家生猪养殖企业的高管曾痛苦地对我倾诉他在业绩考核下的纠结。他的部门负责猪仔养育，养到一定规格后转移到成猪部门。他的业绩考核指标是成活率，必须尽量避免猪仔死亡。但有些猪仔以他们的经验即使转到下游部门也不可能成长成健康的肉猪，及早淘汰对公司更有利。但一旦在他手里淘汰，猪仔成活率就下降了，整个部门的奖金都会受到影响。“为什么不能让我自主淘汰不良猪仔并把它们排除在成活率计算之外？这不是为公司作贡献吗?”他对我感叹道。我回答说:“只要公司高层无法辨别区分合理淘汰的死猪和养育不当的死猪,你的抱怨只能听听而已。谁知道你会不会把养育不当造成的死猪都说成合理淘汰?”这就是业绩指标确定的困难所在。

更让我们为难的是,员工不仅要激励,要奖金,更要公平。而公平是比出来的,横向和其他同事比,纵向和以前各期比。无数事实证明,获取公平对待对大部分人来说比实际金额的大小更重要,所谓不患寡而患不均。要知道,无论什么激励方案都不可能让所有人都感到公平。这也就是为什么薪酬常常变成心仇,发钱常常发出怨恨。

薪酬激励早已成了管理学中的显学,研究成果汗牛充栋,但结论五花八门。十多年前,鲍勃・卢茨的《绩效致死——通用汽车的破产启示》和天外伺郎的《绩效主义毁了索尼》相继出版,引起了企业界对薪酬激励的反思。心理学家艾尔菲・科恩更早在 20 世纪 90 年代就写出了《奖励的恶果》,提醒企业界滥用激励可能对员工士气和企业精神的负面影响。时至今日,中国企业的很多实践和教训充分证明了“激励不当还不如不给激励”的道理。

说得极端一点,激励不一定要给钱,给钱不一定是激励。把一件很多人都尝试失败的任务当众交给你,并告诉你大家都认为只有你才有可能完成。你觉得对你是不是一种强烈的激励？所以,绩效考核需要有健康的企业文化作基础。和一群志同道合的人一起为一个共同向往的目标努力拼搏,何尝不是一种真正值得长期珍视的奖励?

我还想说,今天的企业界应该看到激励的作用相当有限。以我浅见,决定一个人能不能成为优秀管理者大致取决于这样几个因素:能力、努力、个性(是否有领导力)和道德(能不能让其他人尊重信服)。在这四个因素中唯一能被激励改变的是努力。换言之,激励永远不可能完全改变一个人。做企业的,一个一个台阶往上走,在一定的阶段只能通过换人而不是通过多给钱解决你面前的难题。

话虽如此,我还是要补充一句:伟大的公司都是舍得给钱的,尽管舍得给钱的很少是伟大的公司。奈飞公司(Netflix)七条公司文化中最引人注目的就是第六条:支付市场最高工资(Pay Top of Market),简简单单这么一条就引无数英雄折腰入彀。激励还是有用啊!

生活

吃　素

常见人发急时会说“我也不是吃素的”，或者“别以为我是吃素的”。在这里，吃素似乎成了孱弱、可欺的同义词。在大家印象中，吃素的人就应该文弱纤瘦。如果你红光满面、体格健壮，却声称自己吃素，估计要解释半天才会有人相信。

素食，或茹素，在古汉语里并不一直都是吃素菜的意思。《诗经》中的“彼君子兮，不素餐兮”，是君子不吃白食的意思。素食也有生吃或平平常常的饮食之意。素食在港澳地区更多地被称为食斋，形容人虽然吃素但心地并不仁厚，就说“斋口不斋心”。虽然吃斋的本意主要是指过午不食，但按我们现在的习惯吃斋与吃素并没有什么区别。

素食在中国成为饮食现象与佛教的兴起有相当大的关系。中国的佛教源自印度，但印度的佛教小乘教派并不笼统地反对肉食。佛陀确实反对杀生，但也不主张彻底的素食。具体而言，佛陀要信徒不吃三种肉：自己杀的、亲眼所见为你而杀的、听说或有理由相信是为你而杀的。中国佛教徒比较彻底的素食习惯应该与南朝的梁武帝萧衍的大力提倡和身体力行有关。他颁布了《断酒肉文》，不仅要求佛教徒严守不杀生、不吃鱼肉的戒律，就连气味浓烈的蔬菜，如葱、蒜、韭等所谓“五辛”也不应该吃。寺庙里的僧侣之所以愿意也能够像梁武帝要求的那样严格素食,前提条件是寺庙有田产,不需要到处化缘求食。泰国的和尚外出化缘,收到什么只能吃什么,不完全实行素食是完全可以理解的。

中国素食的发达应该是从南北朝开始的。据记载,南北朝时代单单在洛阳、嵩山一带就有1 367座寺庙。北宋年间在汴梁城内也有寺院道观100多座。寺庙多,素食一定盛行,当时顶尖的素席"蟠龙宴"菜品有60道,主菜"外形雄奇,色彩富丽"(李朝霞:《中国名菜辞典》)。同时应运而生的还有丰富多彩的素食原材料,如有素席"四大金刚"之称的竹笋、香蕈、豆腐和面筋。

早年,周作人把吃素的缘由分作两大类:道德的和宗教的。今天似乎还应该加上因健康原因而吃素的。虽然吃肉过多可能导致健康问题是普遍认同的结论,但吃素是否一定有益于健康其实从来没有定论。中国式的素食为追求口感和视觉效果,往往用油、用糖、用酱油过多。素食者可能摄入过多的淀粉和碳水化合物,但维生素D和碘摄入不足。朋友中不乏长年吃素却胆固醇偏高的。英国的一项研究得出的结论是:全素饮食会让你更健康,但不会让你更长寿。

素食与道德挂钩,大概脱不开甘于清贫一类的说法。因为素菜价廉而易得,味道却不如鱼肉丰腴可口。能够长期坚持素食,嚼得菜根香,无疑是要有一点毅力的。宋四家之一的黄庭坚题南唐画家徐熙所画的白菜:"不可使士大夫不知此味,不可使天下之民有此色。"前半句是道德感召,后半句是政治宣言,文人说话一向如此。素食者经常以能吃苦自诩,他们中却又不乏努力精进厨艺,力争把蔬菜做得不输肉菜美味的,细究起来与甘于吃苦的原意很不相符。

历史上的吃素有时候是迫不得已。饥荒年代,吃糠咽菜,能填饱肚子已属万幸,哪里还敢指望吃上一点肉。即使没有饥荒,吃肉有时也不是可以轻松办到的。我们幼时,猪肉需要凭票定量供应,大致上三五天能吃上点肉,这还是在京沪这样的大城市才能享受的待遇。那时的职工食堂,菜单上是有肉菜的,但一盆土豆炒肉片,放眼望去只有土豆,有人愤而走上前,把黑板上的“炒肉片”改成“炒肉骗”。我 70 年代末去厦门读大学,吃肉还需凭票,还算一种享受。迫于无奈的基本吃素,现在的年轻人是很难理解了。

李渔在《闲情偶寄》中说:“饮食之道,脍不如肉,肉不如蔬,亦以其渐近自然也。”这话我觉得大有可商榷之处。人类的饮食进化之道我感觉应该是从渔猎开始的,蔬菜一定是炊具非常完善以后才成为日常饮食的一部分。也就是说,吃肉才是渐近自然之道。没有炊具的时代,食物需要放在火上烤,只有鱼和肉才适宜火烤。如果一定要回归初民的生活状态,我们应该大块吃肉才对。今天烧烤摊上虽然也有烤蔬菜的,但适合放在火上烤的蔬菜绝大部分都不是远古时代在野外可以找得到的。

中国人的吃素有时还是一种表态,向上天表示自己的虔敬,表示自己能够克制欲望和俗念。如果要去庙宇烧香,一般前一天就要表示自己已经进入虔诚敬畏的状态,最简单的表态就是沐浴和吃素。记得以前邻居老太每个月总要吃几天素,算是定期清空内心的杂念,希望菩萨更能接受自己。吃素有时还是一种默默的抗议。明太祖朱元璋一直想找借口杀了大臣宋濂,有一天终于忍不住了,派人去取其性命。马皇后知道旁人的劝阻难以改变朱的杀心,于是突然要吃素了。朱好奇地问:好端端的为什么突然想起来吃素了?马皇后回答:听说今天要杀宋濂,我救不了他，只好吃素遥祝他在冥地有福（“闻今日诛宋先生，妾不能救，聊为持斋，以资其冥福耳”，[明]张岱：《快园道古》）。朱元璋听了这话，顿感愧疚，忙命人快马赶去颁布赦令。

香港名人蔡澜有一方很出名的闲章《未能吃素》，深得我心。一般人大概都和我一样，偶尔也会冒出“何不吃素”的念头，但还没等决心下定就知道自己不可能坚持。于是，自欺欺人地以多吃点蔬菜的理由来安慰自己。我女儿还在上初中的时候突然有一天告诉我们：我现在开始吃素了。我们以为孩子心血来潮，几天过后就会知难而退。谁知二十来年过去了，她还坚持着。后来问她怎么会突然想起来要成为素食者，她告诉我们说在街上看到一辆塞满活猪的货车，车上的猪几无活动空间，只好哇哇乱叫。她觉得我们人类太不尊重动物的生命，于是决定不再吃肉吃鱼。内子担心她营养不足，和她商量能不能我们全家每星期吃一天素，她每星期吃一天鱼和肉。以三个人一天的克制换一个人一天的放纵，我们觉得这个交易还是公平合理的。谁知女儿断然拒绝：我吃素的决定不是拿来和你们做交易的。

我女儿婚后继续一个人吃素，但怀孕后我们觉得孕期吃素恐不利婴儿的发育，劝她暂时放弃素食。她犹豫了一阵，经不住我们以“婴儿健康”这么堂皇的理由一再劝说，终于动心。她多方打听，找到一家以自由放养、人道宰杀而被人称道的养鸡场，还实地去观察考证。从此家里餐桌上多了一些以“快乐鸡肉”(happy chicken)烹制而成的菜肴。

素食者之所以吃素，很多人是因为看到了动物被宰杀的血腥场面而生同情之心，进而拒绝再食用动物“被残害的尸体”。现在的年轻人看到屠宰牲畜，直接的感受是血腥残忍。说起来惭愧，我们这一代人年轻时缺油少肉,一看到屠宰,居然会被"马上要有好吃的"的兴奋感支配,根本来不及想是不是道德。想当年,逢年过节在石库门的天井里宰杀鸡鸭是必不可少的节目,也是小孩最喜欢看的场景之一。一边害怕一边看,当时并没有觉得有多血腥残忍。如今牲畜家禽都提倡集中屠宰,血腥的场面一般人看不到,你能看到的只是超市里堆放得整整齐齐的包装肉,长此以往,肉食者的心理压力应该会减少很多。以前过年过节时邻居间常听见有人问:"谁会杀鸡?"记忆中总有人挺身而出,愿意提刀一试。以后,恐怕看到过杀鸡的人都不好找了。有句形容人文弱的熟语叫"手无缚鸡之力",这句话以后怕是不能再说了,听的人可能会一脸困惑地问:好好放在冷藏货架上一盒盒的鸡为什么还要缚起来?

吃肉,心理压力最大,也让素食者最反感的应该是吃牛肉了。传统经济条件下,牛被称为耕牛,为人类口粮的生产劳作一生。耕牛是农户最重要的生产资料,是有生命的长期资产。陪伴自己一生的老牛,即便到了迈不动腿的年纪,农民也不忍心将其杀了作食物。更何况据说牛通人性,被宰杀时会流泪甚至下跪,直让人下不了手。牛在印度被当作神灵备受尊崇,大摇大摆走在街上,从来不担心有人会对它们下狠手。长期以来,中国食谱中牛肉一直不是主要的动物蛋白来源。《随园食单》中牛肉的篇幅甚至还不如鹿肉,我以为便是一个明证。牛大规模地成为人类餐桌上的常见食材有赖于两个条件的满足,即牛不再是主要的生产工具及大规模饲养技术的成熟。牛肉进入日常食谱需要有大量而稳定的供应,且价格要与其他肉类相当。前提条件是菜牛、奶牛的养殖要成为有利可图的产业,这需要有一整套相关产业如饲料、种育、防疫、仓储、运输等的配合。当然,牛肉烹调技术的精进也是必不可少的条件。与猪肉、羊肉等其他肉类不同，牛肉流行的烹调方法有相当一部分是从外邦引入的，如牛尾汤、罗宋汤、牛排等。比较讲究的牛肉，如安格斯牛、神户和牛等也是舶来品，更不要说与牛肉烹调相关的技术，如干式熟成。

不吃鱼肉不等于马虎随意，吃素也可以是很讲究的事。南北朝时的太子问清贫寡欲、常年吃素的大臣周颙，蔬菜中何味最佳，答曰：春初早韭，秋末晚菘(即大白菜)。蔬菜讲究的是时令和产地，孔子讲“不时不食”，针对的只能是蔬菜，不能是肉类(少数水产，如大闸蟹、刀鱼等也有季节性)。夏天还在卖腌笃鲜的饭店，不去也罢。腌笃鲜只有在春笋当令的时候才能尝到那种特别的鲜味。有次到欧洲，进到饭店每家都推荐白芦笋，说是一年中只有这段时间才能尝到。对当季蔬菜的热爱显然不受地域的限制。蔬菜的季节性在现代化农业生产大规模引入大棚方式后发生了很大的变化，很多本来是季节性的菜品变得常年在菜摊上都能看到，南方的蔬菜在北方也可以轻易买到，善莫大焉。一方面是方便，另一方面又有些怅然失落，失去了对时令蔬果的期待。好在某些蔬菜，如竹笋，即使在今天还是需要从野外采集，多少还给我们留下一点时令尝鲜的乐趣。

东亚国家，如中日韩，我感觉是对素食者相对不友好的地区。在欧美的快餐店里一般都供应素食的汉堡、三明治，但在我们这里却找不到。我在香港地区工作的时候接待过几位来访的素食者，请他们吃饭是很让人头疼的事。我们虽有素菜馆，但供应的素菜在印度客人的眼里简直比荤菜还要可疑。往往到最后他们只要一碗米饭、一杯酸奶。上海的小杨生煎曾有一段时间供应素的生煎包，那是女儿的最爱，离开上海时都要带一盒上飞机。没多久素生煎包就从菜单上消失了,估计是需求不足,或是成本太高,可惜。一家有相当规模的连锁餐馆都无法坚持供应一道甚受一部分顾客喜欢的素食点心,素食者在我们这个市场的弱势可见一斑。

我们饭店里提供的素菜,大抵可以分成两类:以假乱真型和素颜见人型。前者把素菜的做法向荤菜靠拢,用香菇、豆干、魔芋、面筋、芋头等食材深度加工,配上与同名荤菜一样的酱汁和调料,做出来的成品从外形到口感都像肉一样,真可达到以假乱真的程度。起的名字也是以假乱真:素佛跳墙、糟熘鱼片、素狮子头等。素颜见人的,有高级和普通之分,共同点是不借荤菜的光。所谓高级,无非是食材的高贵、烹调的讲究、摆盘的精致,起的名字也让人浮想联翩:五色如意、半月沉江、映日荷花,等等。普通的就直来直去:辣椒炒豆干、毛豆炒咸菜等。此外,还有一类蔬菜只在寺院里供应,算是佛门附属机构,起的菜名必须禅意十足:菩提串烧、慈云仙子、佛牛袈裟、观音坐莲,不一而足。我慧根浅,在厦门南普陀寺吃过很多次素宴,到今天还是俗气难消,肉食欲念难断。可见靠食物来提高境界是极不现实的。要去餐馆吃素,我对模仿鱼肉、依傍荤菜的菜品深恶痛绝。吃素就干干净净吃蔬菜、菌菇、豆类,放下执念,暂时摆脱肉类的诱惑。

最不可思议的蔬菜菜肴大概要算《红楼梦》里的茄鲞了。不同版本的《红楼梦》对茄鲞做法的描述不尽相同,但基本的套路都是先去皮,再去穰子,只取茄子的净肉。或切细丝,或切碎丁,加入各种高级食材,用鸡汤煨干,香油收,糟油伴,瓷罐密封,要吃时取出用鸡爪子一拌。看到这里,稍有点下厨经验的都知道,茄子早就烂成泥了。所以,红学家俞平伯认为茄鲞不过是曹氏开的一个美食玩笑。所谓“鲞”，就是鱼干，套在茄子身上不是玩笑是什么？《红楼梦》问世两百多年，从来不曾有人复制出像样的茄鲞来。近年有好事的饭店推出红楼宴，菜单上都少不了茄鲞。吃过的都摇头，说无非就是个不伦不类的炒杂拌，与小说的描写大相径庭。

一桌人吃饭，如果有一位说：对不起，我现在吃素了，同桌的会有什么反应？除了佩服，我想多少会有点愧不如人的自疚。不知为什么，素食者往往给人一种“注重健康、自律、关爱弱者生命、热爱生活”的印象，似乎有难以言喻的道德优越感。素食者如果还热爱运动，那更不得了，脸上好像有一层圣洁的光芒。好几次在饭桌上碰到素食者，轻描淡写地要其他人尽管大鱼大肉、大碗喝酒，给我一碗白饭，一碟青菜就可以了。我不知别人怎么想，我反正是自惭形秽，这顿饭一定吃得索然无味。

吃素有不同等级，在这一点上老外比我们讲究。最宽松的，不吃肉，但可以吃鱼，这类人在英文中被称为 Pescetarian。比这更进一步的，不吃鱼肉但可以吃蛋和奶，英文中叫 Vegetarian。再进一步，蛋和奶也不吃的，英文叫 Vegan。还要严格的，只吃水果和坚果，被称为 Fruitarian，现实生活中应该极为少见。最严格的素食者，据说连水果也只吃掉在地上的，因为从树上采摘也是对生命的不尊重。这是一位印度客人告诉我的，我高度怀疑是不是真有这样的人。这些不同等级的素食者在中文中似乎没有很合适的对应叫法。

蛋和奶算不算荤菜？如果站在是否杀生的角度看，蛋和奶的取用确实不伤害动物，符合素食者的诉求。但换个角度看，蛋是生命的前奏,吃蛋就是人为终止生命孕育的过程。吃一个鸡蛋就是吃了一个“未来的鸡”。而牛奶是牛崽的口粮,喝牛奶就是牛口夺食,很可能影响到小牛的健康成长。对蛋、奶的争论其实是素食者鄙视链的一种表现,不吃蛋、奶的素食者觉得吃蛋、奶的没有资格称自己是素食者。作为局外人,我觉得吃素不是做给别人看的,无须别人的背书。但求心安,何必在乎他人的议论。

不知为何,有些素食者经常会举出一些吃素的名人来证明吃素是多么正确的选择。你看,这么高尚又伟大的人物也吃素,足见吃素是多么体面的事,你们还不赶紧摆脱肉类的诱惑?美国作家赖恩·贝里(Rynn Berry)写过一本《经典素食名人厨房》(*Famous Vegetarians and Their Favorite Recipes*),引经据典地把几位历史名人拉进了素食圈:古希腊思想家毕达哥拉斯、释迦牟尼、中国的老子和他的道教徒、柏拉图、耶稣基督、达·芬奇、雪莱、托尔斯泰、圣雄甘地、萧伯纳,等等。此外还有一串当代的名人和名演员。别的名人我们或许没有资格评论,老子我们还是知道的吧?把道家的道法自然理解成必然吃素,即使不算凭空捏造,也绝对是牵强附会。书中列出来的老子厨房是水果干与坚果,以及道家萝卜煲。说起来真是贻笑大方,作者居然钻研出萝卜煲的原材料:胡萝卜、菱角、豆腐、青葱、辣豆瓣酱、黑豆酱油。在老子生活的年代,这些东西没有一样他老人家看到过,遑论凑出一道菜来。关于耶稣基督是不是素食者,作者给出的证据也缺乏说服力。在那个时代,羊是重要的家庭财产,放羊是重要的生产活动,羊肉理所当然是当时的主要蛋白来源。作者一方面承认耶稣是素食者的证据大部分只是推测,另一方面却坚信推测也是强有力的证明。所谓证据,主要指有传记作者论证,耶稣所生活的地区属于一个严格茹素的基督教支派。其实,耶稣的影响力根本不需要茹素这个因素的加持。

素食者不太希望别人提起的一个知名素食者是希特勒。希特勒据说受音乐家瓦格纳的影响吃素并憎恨犹太人。每当有人把吃素与世界和平联系在一起讨论时,总有不知趣的人问:希特勒的吃素又作何解?于是,有人在浩瀚的文档中寻寻觅觅,希望找出希特勒吃素仅仅是一种宣传伎俩的证据。据说证据真的找到了,还写出了许多论文,说希特勒喜欢巴伐利亚香肠和鱼子酱,既不吃素,也不节俭。但 2013 年 4 月,曾任希特勒的试食员,当时已年届 95 岁高龄的玛格特·沃尔克(Margot Wölk)打破多年沉默,向媒体和公众透露了希特勒晚年的饮食习惯。据她说,在她于"狼穴"工作的两年半时间里,希特勒真的只吃素。其实,即使希特勒真的吃素,也丝毫不能减轻他的罪孽,更不会影响历史对他的判决。

唐伯虎写有《爱菜词》:"菜之味兮不可轻,人无此味将何行?……我爱菜,人爱肉,肉多不入贤人腹。厨中有碗黄齑粥,三生自有清闲福。"我不是贤人,腹中菜肉夹杂,惭愧莫名。年岁渐增,健康大不如前,为了自己的健康也该吃素了。

写到这里,看到一位著名的素食提倡者更正别人的一句话:我不是为了自己的健康而吃素,我是为了鸡的健康而吃素。不消说了,即便改吃素,我也还是俗人。

吃　茶

沪语把烟酒茶的享用一概称为“吃”，吃烟，吃酒，吃茶，其他地方的人很是不解。我必须承认，吃烟确实有些唐突离谱，毕竟没有任何东西吃进去。茶酒用吃，其实还算合理。唐宋时的茶靠煮而不是泡，有实实在在的内容，说吃茶才算正确。君不见，传统戏曲里，邀来邀去都是吃酒吃茶。吃茶，和喝茶类似，是非常口语化的说法。落到纸面上，饮茶、品茶、啜茶似稍显得体些。

中国人过日子，最要紧的是什么？当然是开门七件事，柴米油盐酱醋茶；尤其是前四项，缺一样便难以举炊。茶忝列末位，是唯一和每日三餐没有直接关系的，属常需而不是刚需，性质类似于锦上添花。令人想不通的是，同样都有佐餐助兴的作用，为何酒就列不进去？一个可能的原因是，酒能乱性而茶不会。从来只见有人仗着酒劲撒泼打滚，掀桌骂人的，却没见过有人喝茶喝着喝着拍案而起，拳脚相加的。茶似君子而酒恰如躁汉，二者从维稳的角度看差别太大，古今中外似只有禁酒的记录而没有禁茶的先例。

然而，酒亦有远胜于茶的地方。酒能助兴并激发创作灵感。意兴遄飞、诗兴大发只能在酒后而不是茶后。书画诗词的逸品佳作多有趁酒兴而产生的。“仆醉后，乘兴辄作草书十数行，觉酒气拂拂从十指间出也”(苏东坡),这样借着酒意率性而作的神品真是可遇而不可求,喝茶是无论如何喝不出来的。

茶虽温和,美国独立战争却是因着茶的名义而发动的。1773 年 12 月发生的“波士顿倾茶事件”(Boston Tea Party)引发了美国独立战争。起因是英国政府对茶税的操弄使东印度公司占尽便宜,引起本地茶商和民众的愤怒,从而将一船茶叶倾泻在波士顿湾以抗议英国的茶税法。茶与当时欧美民众日常生活的密切联系由此可见一斑。

虽说都是吃茶,但我总觉得欧美饮用的和我们消费的茶还是有一些差异。按我们的分类习惯一般把欧美的茶归类为红茶,尽管英文明明是“黑茶”(black tea)。究其原因,无非是其口味与中国的红茶相似。民国初学生去欧美留学蔚然成风,带回来的不仅是学位和学问,也带回了很多欧美生活习惯,包括饮茶文化。锡兰(即今天的斯里兰卡)红茶加牛奶、方糖成了时尚生活的标配。钱钟书杨绛夫妇留学归国后据说一直保留着喝锡兰红茶的习惯。杨绛先生在《我们仨》中,记录了一家人喝茶、拼配茶叶的乐趣:“每晨一大茶瓯的牛奶红茶也成了他毕生戒不掉的嗜好。后来在国内买不到印度‘立普登’(Lipton,现在译成‘立顿’)茶叶了,我们用三种上好的红茶叶掺合在一起作替代:滇红取其香,湖红取其苦,祁红取其色。至今我们家还留着些没用完的三盒红茶叶,我看到还能唤起当年最快乐的时光。”以一杯自制的红茶开始一天美好的生活,读者似乎也感受到钱家其乐融融的生活情趣。

欧美茶文化,我感觉是英伦独领风骚。参加国际会议时,会场供应的饮料,除咖啡之外主要就是英式茶包,包括英式餐茶(English Breakfast)、伯爵茶(Earl Grey)和大吉岭茶(Darjeeling)。最近几年多了绿茶和果味茶，符合“清新健康”的潮流。

茶饮对我等首先是生活需要，其次才是口味的享受。如果有所追求，不过是喝点好的、寻常不易得到的。虽说什么是好茶见仁见智，但真正的好茶大多数人还是有大致趋同的认识，所谓“味有同嗜”。喝茶喝到极致的追求、艺术的境界，非寻常茶客所能办到。明末文学家张岱大概可以算是其中的佼佼者。

张岱（字宗子，号陶庵）被黄裳誉为“绝代散文家”，也是知堂老人周作人十分推崇的文章高手。张岱在《陶庵梦忆》中曾绘声绘色地讲述了他与制茶高手闵文水的过招。

有朋友向张岱推荐闵，但二人几次互访都错过。后张岱专程去闵府拜访，进得门来闵不在家。稍后回来，张岱原以为是一“少年好事者”，见面才知是白发皤然的老者，颇意外。互相介绍后聊了一小会儿，闵突然站起说手杖忘在别人家了，要去取，说罢离席而去，视张岱如无人。张岱虽意外，却下决心今天非等到你不可！俄顷，闵回，见张岱仍在，斜眼问道：你还在啊，有什么事吗？张：听说先生精饮事，特来见识一下。闵大喜，立即起火煮茶，“速如风雨”。

茶成，引张岱进一室，幽窗净几，茶具精绝。张岱试了一口茶，问此茶何产。答曰：阆苑茶。张岱说：别骗我，是阆苑制法，用的却不是阆苑茶。闵匿笑问可知是何产？张岱又啜了一口，说应该是罗岕。闵吐舌称奇。张岱又问泡茶用的是什么水，回答说无锡惠泉水。张岱斩钉截铁地说：别骗我！惠水到此千里，一路晃荡，水的圭角早已磨平，不可能生磊如此。到这里，闵文水算是彻底被制服了，于是详细解释怎么取水，怎么运水才能保证水体不劳，水性不熟。闵重新沏了一杯茶，张岱品鉴后铁口直断:香朴烈甚,味浑厚,此春茶也。刚才喝的是秋茶。精饮事五十余年,闵文水总算找到了知音,“遂相好如生平欢,饮啜无虚日”。

虽说也是几十年的老茶客了,喝茶能喝出水的特征,我是无论如何也做不到,想都不敢想。

周作人也是爱茶的人。他把自己的书斋名从苦雨斋改为苦茶庵,可以说是苦相依旧,茶味日浓。他对喝茶的态度也是相当的冲淡清雅:“喝茶当于瓦屋纸窗之下,清泉绿茶,用素雅的陶瓷茶具,同二三人共饮,得半日之闲,可抵十年的尘梦。”梁实秋想看看何为苦茶,专去拜访知堂老人,端出来的也就是江浙流行的绿茶。可见年轻时养成的饮茶习惯是很难改的。

品茗要达到“味入襟解,神魂俱韵”([清]廖燕:《半幅亭试茗记》)的境界,在地点、时节和茶伴的选择上也不能不讲究:“地宜竹下,宜莓苔,宜精庐,宜石砰上;时宜雨前,宜朗月,宜书倦吟成后;侣则非眠云跂石人不预也。”按此标准,地不难找,时不难候,唯称意的茶伴不好找。“煮茶得宜,而饮非其人,犹汲乳泉以灌蒿莱,罪莫大焉”([明]高濂:《遵生八笺》)。揣度再三,不得不承认在下绝对算不上是合格有风致的茶伴,怪不得月下树前的品茶雅会从来没有人请我。

其实,以茶作日常饮料的人是不需要也不可能找人伴茶的。一喝茶就要找人,还要不要干活了?所谓“一人得神,二人得趣,三人得味”,各有各的情趣。天天得神,不时得趣,偶尔得味,适意人生大抵如此。

因为饮茶非生存必须,贫困时便不得不舍弃。梁实秋当年考入清华,新生同学有一人来自产茶大省安徽。那同学看梁实秋取一撮茶叶放入杯中冲泡,非常好奇。原来,在他的印象中,茶叶都是烘干打包上船,沿河运到沪杭求售。只有剩余的茶梗才是用来泡水喝的。种茶人喝不上茶,这让京城世家子弟出生的梁感慨万千。我辈年幼时,普通民众的生活普遍清简贫寒,买茶叶是要算计算计的,无论是自用还是待客,总以实惠为原则。想喝茶手头又偏紧的,可以降格买茶叶末,有人戏称为精细茶。有茶喝便好,何必在意别人的眼光。

我自幼在喝绿茶的环境中长大,习惯了泡一大杯绿茶喝半天。后来到厦门读大学,有本地同学请我喝功夫茶。第一次看到这么小的杯子还以为他在戏弄我。读书期间除了绿茶,也慢慢喜欢上了几种福建的名茶,如乌龙、水仙、铁观音等。再后来到香港工作,接触到普洱。记得有一次学校的爱茶协会请专家来介绍普洱茶,还说有万元老普洱的品鉴机会。我和同事陈杰平教授兴冲冲赶去,耐心等到老普洱上场,一人只一小杯。端起杯,很有风度地抿了一口。两人不禁面面相觑:怎么一股霉味?是不是放坏了?不识趣竟至此,组织者要知道了,非赶我们出去不可。

中国人喝茶,常常是泡一杯或一壶,边喝边续水,可以慢慢喝个半天。这和西方人喝茶的习惯大不相同。老舍先生当年到莫斯科开会,苏联人知道中国人爱喝茶,倒是特意给他预备了一个热水壶。可是,他刚沏了一杯茶,还没喝几口,一转脸,服务员就给倒了。老舍先生很愤慨地说:“他妈的!他不知道中国人喝茶是一天喝到晚的!”(汪曾祺:《寻常茶话》)国骂三字经都出来了,想来老舍先生实在是忍不下去了。要是碰到我这种修养比较差的,估计会和服务员上演抢夺茶杯的好戏。

绿茶是中国茶叶中时令性最鲜明的。每年一开春,春意初现,春茶的炒作就开始了。以前名贵的春茶讲究时节,社前(大约在春分时节,

3月20日左右)、明前(清明之前)和雨前(谷雨之前)茶价格大相径庭。现在云南也大量产绿茶,新茶问世的时间于是大大提前。但南方的茶生产周期短,通常卖不出好价钱。2022年春季,被新冠疫情封闭在住宅的上海人,集体错过了品尝新茶的最好时机。茶客损失的不过是品尝的乐趣,而茶农损失的很可能是一年的生计。可发一叹。

绿茶贵在新,所以不耐久藏;对茶商而言,新茶在手,每一天都在减值。相反,普洱以陈茶为上品,久藏则价扬,所以可反复交易。凡是可以反复交易、多次转手的,都有金融属性,都可以炒作。市面上装饰得富丽堂皇的茶叶专卖店,几无例外都是卖普洱的。一饼茶炒至千万元以上的时有所闻,金融学里面的估值模型在这里大概要碰壁的。朋友和校友中不乏普洱的追捧者,见面常用上好的普洱招待,还要说明这个茶如何难得。说老实话,我这个粗人完全喝不出究竟好在哪里。出于礼貌,还经常假充深得其中三昧的样子,频频点头附和,罪过罪过。

中国的茶叶虽然品类繁多,但一直苦于没有广为人知的品牌。人们习惯于以产地和品类来区分:狮峰龙井、黄山毛峰、洞庭碧螺春、安吉白茶,等等。背后的出品商是谁好像没多少人关心,似乎也不重要(大益的普洱茶是少有的例外)。带来的后果是中国的茶企很难享受到品牌溢价,一般都做不大。让中国茶企难堪和揪心的是,长期以来数万家中国茶企加在一起,收入和利润还比不上立顿一家。稍微令人感到安慰的是,这几年以立顿为代表的跨国茶企业绩大不如前,而若干中国茶企却积极迎合年轻一代的品位,成功引入战略投资,在创立品牌方面持续发力,做得风生水起。假以时日,中国茶企应该会在国际茶业舞台上占重要的一席之地。

我喝茶，对表演色彩浓厚的茶道始终敬而远之。试想一下，一方硕大的茶海，一靓丽古装女子，在悠扬的古乐声中娴熟地将茶水倒过来倒过去，又烫壶又烫杯。折腾好大一阵才将小小一杯茶奉到你面前，深情款款地看着你喝。你还能说什么呢？喝茶就应该是喝茶，简简单单地喝茶。一定要把喝茶提升到文化高度的，不喝也罢。

包装精致的茶叶常常是礼尚往来的媒介。以茶相赠，在赠送者方面是比较稳妥的选择。茶总是要喝的，即使你不喝，家里一定还有爱茶之人。万一家中无人喝茶，你也可以转送他人。在受赠者方面，送你茶叶而不是其他俗物，说明人家尊你是情趣高尚的人。必须承认，我属于经常收到茶礼的人，惭愧惭愧。因为我主要喝绿茶，比较少喝普洱、水仙一类发酵、半发酵的茶，不喝红茶。所以收到茶礼会区别对待，绿茶迫不及待地尝新，普洱肉桂大红袍用来调剂口味。红茶只好送人了(很对不起好心送红茶的各位)。

旧时接待客人，主人端起茶杯就是送客的表示，识相的客人要赶紧起身。想不到饮茶一道还有信号作用。写到这里，我依稀已看到读者在纷纷端起茶杯。就此打住。

吞云吐雾

每当和人聊天，说起我的下乡经历，常有人对我在农场六年多居然从来没抽过烟表示不敢相信。其实，农场里不抽烟的男知青并不少见，但相对而言一直都是少数派。毕竟，“饭后一支烟，赛过活神仙”，抽烟还是当时枯燥的知青农村生活中少有的、还能负担得起的享受。

据记载，烟草于明朝末年传入中国。烟草初入中国的时候，人们用外来译音称其为淡巴菰，不久又冠以美丽的名称：金丝、相思草、八角草等，富有诗意。明朝姚旅《露书》记载：“吕宋国出一草曰淡巴菰，一名醺，以火烧一头，以一头向口，烟气从管中入喉，能令人醉，且可辟瘴气。”明万历年间，福建籍水手将烟草自菲律宾携回福建的漳州、泉州一带种植。中国人的勤奋加上农业技术的先进，使福建烟草的产量很快超过菲律宾，而且作为商品还返销于菲律宾。烟草这个称谓虽始于明代，但普遍使用于清代。民国时期，为了区别烟草与鸦片，人们通常把烟写为“菸”。早期中国抽烟的分旱烟和水烟两派，我们小时候还见过：或长或短的烟杆，或大或小的烟袋，抽完了在鞋底上一磕，磕出烟灰。后来就越来越少见，慢慢只剩下卷烟和烟斗。现在连烟斗也很少见了，卷烟一统天下。

烟和酒都是社交的媒介，是人际关系的润滑剂，也是解忧浇愁的好帮手。但烟和酒的作用又有相当的区别。人和人的交往,到能一起喝酒,总要有一个铺垫,一个前奏。等到可以一起喝酒了,有酒没菜总觉得欠点意思。酒和菜齐备,这成本和场面就上去了,没有一点企图的轻易不会发起酒局。而素不相识的两个人,见面递上一支烟则丝毫不显唐突。递烟是陌生人拉近彼此距离最简捷、最廉价的方式,当然持续的时间也可能是最短暂的。递烟最尴尬的是对方不接,生生把你的好意打回去。如果对方不抽烟还好,抽烟的不接你的烟,要么是根本不领你的情,要么看不上你的烟,无论如何是让递烟的人难堪的。对烟民来说,比递一支烟更简便的搭讪方法是借火,凑上去借个火,顺势搭个话头聊两句,就此交个朋友也未可知。借火,虽说是借,却从没见人还的。而且,出借一方毫无损失还帮了别人,借入一方则可能大大解了困,皆大欢喜,所以借火大概是世界上最不会被人拒绝的商借了,无怪乎俗语有“易过借火”一说。

抽烟到底有什么魅力或益处让抽烟的人着了迷似的不离不弃?每次看到在禁烟环境中憋了很久的烟民手足无措的样子不免感到同情,但看到他们一支烟在手陶然享受的样子又顿生羡慕之情。从小得到的印象是抽烟有助于思考,以前的影视剧中的人物但凡碰到伤脑筋的事几无例外地都要大抽其烟,非如此不能想出妙策。痛苦烦恼的时候,最自然的动作就是从口袋里掏出一支烟。似乎凭着小小的一支烟,人们便可以达到“俗虑尘怀,爽然顿释”(沈复:《浮生六记》)的境界。抽烟所带来的愉悦只有烟民才能体会。曾经看到过一个排行榜,把 21 种给人们带来愉悦感的行为按带来快乐因子多巴胺的多少排序,抽烟高居第四位,仅次于投资交易、男欢女爱和还清债务,远高于听音乐、看书、喝酒、享受美食这些我们通常孜孜以求的享受,更不可思议的是,抽烟带来的愉悦居然还高于涨工资和工资到账！难怪乎，尽管抽烟引发多种疾病早已被医学研究证明，但依然有一大批烟民我行我素。

在医务界专家和控烟环保人士的长期努力下，烟雾缭绕的镜头终于从银幕和荧屏上消失了，还观众一个清净。随着吸烟镜头消失的还有香烟的广告，这在我看来多少有点可惜。因为财大气粗，烟酒的广告一般都拍得十分好看。印象中万宝路(Marlboro)香烟和喜力啤酒(Heineken)的几个经典广告真是精彩，在后来的烟草官司中有好几位原告回忆起自己吸烟的经历，都说就是被万宝路广告中帅气的牛仔形象所吸引而开始吸烟的。1970年生效的美国法律禁止在电视中播出香烟广告。上有政策，下有对策，烟商便钻空子生产“迷你”雪茄，因为雪茄广告不在法律禁止范围内。当时流行的广告语是：“How can anything that looks so wild taste so mild?”(怎么会有看起来如此狂野抽起来却如此舒心的东西？)，真是创意十足。

学贯中西的大作家林语堂是个烟瘾很大的人，有一次对一位有同样嗜好的朋友说：“有人认为不抽烟的人，大多是清标霜洁道德高尚的，当然他们可能有超群逸伦、在人前足以夸耀的地方，但是那些人不知不觉中已经失去了人类一种最大的乐趣和享受。我们抽烟的应当不否认抽烟是一种道德上的弱点，可是在另一方面，我们要跟那些毫无弱点的人相处，千万要小心谨慎，他们永远清醒，绝不做出错误事情来的。他们的习惯是有规律的，生活是机械化的，情感永远被理智克制的。我当然也喜欢明白事理的人，可是那些仁兄整天道貌岸然，凡事彻头彻尾都讲究合情合理。请想，这样一位板板六十四的朋友，多么乏味，可有什么交头呀。”(唐鲁孙：《中国吃》)现今留存的林语堂照片大多都是叼着烟斗,绅士味道十足,难怪他老人家看不起我们这些不吸烟的俗人。

吸烟使引火成为必需,抽烟的都要备有火柴或打火机,今天的烟民应该不会觉得这是一个问题或负担。但在烟草刚流行时,火柴既不安全,也不便宜。据史料记载,马克思曾抱怨他的《资本论》版税微薄,不仅不够他写作时买雪茄烟抽,而且连用来买火柴都不太够(林行止:《拈来趣味》)。工作狂的马克思是资深烟民,写作时全靠雪茄、烟斗提神。可是他写作时经常点了烟却又陷入沉思,浑忘现实。等到想起来要抽一口时,发现烟火已灭,只好再划一根火柴。

抽烟改变历史的一个有趣的事件是促发了点燃辛亥革命火焰的武昌起义。革命军原决定 10 月 11 日以后起事,不料 10 月 9 日起义者中有人(刘公的弟弟刘同)在好奇参观炸弹制作时漫不经心地点燃了香烟,香烟意外引爆炸弹。爆炸声招来了俄国巡捕,起义所用印信、旗帜和人员名册都被搜走,并随即交给了湖广总督。三位起义骨干因此被抓并被处死。随后发生的一系列的紧张和意外迫使革命军提早起事,10 月 10 日武昌起义爆发,导致清朝政府倒台。如果刘同不抽烟,就不会有炸弹意外爆炸;如果没有意外爆炸,起义就可能推迟,清廷或有时间镇压起义的官兵。历史的进程有时候就是由一连串意外事件改变的。

“抽烟会损害健康”这一结论几乎没有人质疑,因为证据太充分了,大量的医学研究都确凿无疑地证明了许多疾病都与吸烟有直接的关联(如癌症、心血管疾病、中风等)。那么问题来了,这么恶名昭彰的杀人害人利器为害人世几百年怎么还没有被禁绝呢?个中原因可能很复杂,但我以为最主要的还是三大诱因:利益、习俗和潜伏(即因果关系被较长的潜伏期所掩盖)。

利　益

烟草是暴利的行业，这从来不是秘密。改革开放前，上海卷烟厂是全市唯一一家需要每天报税、缴税的企业。因为税额太高，上海市财政局在卷烟厂有常设办公机构。中国烟草的一位领导曾经很自豪地告诉我，不要说我们集团，就是我们一家下属企业，甚至仅仅下属企业的一个单品，给国家贡献的利税就足以碾压一大半上市公司。他所说的单品就是上海卷烟厂的“中华烟”，一年产生的利税据说超过500亿元。这样一个下金蛋的母鸡谁舍得下重手打击？在国外，国际烟草巨头菲利普·莫里斯(Philip Morris)每年的营业收入高达近千亿美元，其他烟草跨国公司也不遑多让。财大气粗的几大巨头聘得起最厉害的辩护律师，养得起最有势力的游说团体(烟草、军火和步枪协会是美国最强悍的三大院外游说组织)，一般人还真拿他们没办法。因为烟草行业产生巨额税收，各国政府对烟草生产的态度多少都有点暧昧，最好在我这里生产，拿到别的地方去销售和消费。烟草的跨国贸易从来都是敏感的议题。

习　俗

吸烟习俗在中国的形成说起来也是有点不可思议。烟草是舶来品，中国人抽烟是后来者，吸烟的习俗也是后来养成的，照理说我们应该是烟草消费小国才对。没想到,烟草在中国找到了最适宜的生存环境,中国的烟民居然占到全球三分之一,香烟的消费量也是多年稳居世界第一。因为烟民比例高,不吸烟就显得不合群;吸烟成了维系社会关系的必要条件。掏出一包烟,每人递上一支,陌生人马上变成朋友。无论是贩夫走卒还是官绅名流,在烟面前大致还是给面子的。无论是深思,还是痛苦,或是犹豫挣扎,典型的表现就是抽烟。抽烟成了情绪宣泄最方便、最现成的渠道。最近一二十年,周边似乎又多了一些吸烟的年轻女性。为迎合这种需求,烟商还专门推出了细枝烟,害人不浅。我猜想,年轻女子抽烟的目的不外乎两个,要么是要强,在男性主导的世界里争得一个平起平坐的感觉;要么是显酷,借此增添一点妩媚婀娜、特立独行的色彩。秀口一张,袅袅烟出,郁郁菲菲,想起来也是别有风姿。总之,吸烟者觉得吸烟这件事在相当程度上定义了自己的社会身份和形象。

潜　伏

我经常在课上问抽烟的同学知不知道抽烟会增加患肺癌的概率,回答都说知道。知道了为什么还要抽?他们说服自己继续抽烟的理由很简单:看看周边抽烟的人,绝大部分到老死都没有得肺癌,而躺在医院病床上的肺癌病人很多根本不抽烟。抽烟与患肺癌是关联关系而不是因果关系;抽烟不一定得肺癌,戒烟也不保证一定不会得肺癌。再者,如果现在戒烟,失去的是一个实实在在的享受,而换来的不过是一个虚无缥缈的可能:可能患肺癌的概率会降低。放弃的和得到的太不平衡，想想还是不戒了。其实，长期抽烟导致的疾病远不止肺癌，人体的很多脏器都会因吸烟而受到难以逆转的伤害，抽烟对身体有百害而无一利。可惜，抽烟的害处在未来，很难催生今天的行动，犹如财务上将遥远的收入以可观的贴现率折算成现值，再大的未来收入都可能显得不值一提。

烟草有害，最直接的受害者就是烟民。受害了就想找施害者讨回公道，于是就打官司。美国从 1954 年开始出现烟草诉讼，尽管早期的烟草诉讼多半胎死腹中，但是至少人们的反烟草意识已经被唤醒。美国烟草业的首次挫折出现在 1984 年(想想吧，居然三十年毫发无伤，烟草业的财雄势大着实非同一般)。是年，由新泽西一位长期吸烟后死亡的死者的家属对烟草公司提出责任案，从而抖出了几千页的内部材料。材料显示，一些烟草公司其实早就知道吸烟对健康的危害，公众的愤怒因此被点燃。舆论界呼吁：对于吸烟每年给美国造成 1 000 亿美元以上的经济损失和 40 万人丧生，烟草业应负法律上的责任。克林顿总统上台后，顺应这一潮流，一再作出决定，将烟草业在本国的经营逼入死胡同。1997 年 6 月，美国政府与烟草行业达成史无前例的协议，规定在 25 年内向烟草公司索取高达 3 685 亿美元的巨款，用于治疗同吸烟有关的疾病，以换取限制对烟草公司提起诉讼。当年 11 月，加州法庭判决，美国洛里拉德烟草公司向加州一位因吸烟而损害健康的人赔偿 150 万美元，这是美国烟草商首次公开向吸烟的受害者作出赔偿。从此，美国的烟草商再无宁日，打不完的官司在前面等着他们。1999 年 3 月，美国俄勒冈州波特兰市的一个法庭判罚菲利普 · 莫里斯公司赔偿一位吸烟受害者威廉姆斯家庭大约 82 万美元的损失，此外还须缴纳 7 950 万美元的惩罚性赔偿金。而此前的三个星期,加州旧金山地方法院也判决菲利普·莫里斯公司向53岁的帕特利西亚·亨雷女士赔偿5 150万美元,后者因长期吸万宝路香烟而导致肺癌。

让烟草官司此起彼伏的,少不了律师的一份功劳。善于兴风作浪的律师看中了这门生意,发动烟民组织起来集体诉讼,由数十名受害者代表数万甚至数十万烟民向烟草公司"伸张正义、讨回公道",这种待决的讼案目前在美国据说不下百宗,烟草公司的狼狈可想而知。更有甚者,美国的州政府和联邦政府有样学样,也起诉烟草公司,理由是烟草引起的疾病令政府的医疗开支入不敷出。1998年烟草公司与州政府代表达成庭外和解,同意在未来25年对全美50个州作出2 460亿美元的赔款。菲利普·莫里斯公司的股东异想天开地也来起诉公司管理层,理由是他们处置不当,造成股价大跌。最后以1亿美元的庭外和解收场。据说更多的人欲以"二手烟受害者"的身份起诉烟草公司,这个官司要是也能打起来,烟草公司恐怕真的没有活路了。

在没完没了的诉讼官司面前,美国烟草公司纷纷把手伸到其他行业,给自己找一条退路。老大菲利普·莫里斯公司从20世纪70年代开始先后进入啤酒、饮料、造纸、房地产、化学化工、重型机械和包装工业。其中最成功,也最为人所熟知的是米勒(Miller)啤酒公司和七喜(7Up)碳酸饮料公司。1989年菲利普·莫里斯公司的非烟草营业额第一次超过了烟草收入,但烟草仍然是公司贡献盈利最多的板块。2022年底菲利普·莫里斯公司宣布完成对瑞典无烟烟草公司Swedish Match的收购,正式进军电子烟行业。可见,即便面对社会的非议和压力,烟草公司也不会轻易放弃这一利润丰厚的产业。当然,烟草公司也希望与时俱进,以“良心企业”的形象出现在公众面前。各大烟草公司每年都会拿出总计过亿美元的资金在世界各地实施一系列社会公益项目,通过对教育、科学研究、环保、防灾抗灾、流行病防治等领域的慷慨捐助来改善自身的形象。

中国的烟草诉讼很难走进法庭,仅有的数例也以吸烟受害者的失败告终,公众对此似乎也不热心。好在经过许多部门的协同努力,香烟广告已经在各种媒体上绝迹,烟草公司也被排除在各种赛事的赞助商名单之外。对我这样不吸烟的人来说,最好的消息是公共场合吸烟已被明令禁止。记得以前在外面吃饭,回到家经常要把外衣挂到室外,因为烟味太重了。从这点看,社会还是在进步的,只不过进步的步伐没有我们预期的那么大。

有吸烟的,就有戒烟的。戒烟是世界上最容易,也是最困难的事。如果你问一下周边吸烟的朋友,相信他们中绝大多数人都曾戒过烟,有的还不止一次,达到“八戒”的也不乏其人。当年在加拿大读博,办公楼都是无烟区。吸烟的必须走出大楼,在门洞里抽烟。要知道外面的气温冬天时经常低至零下二三十摄氏度,那些走出去抽烟的不愿意为几分钟的时间把室外冬装全部披挂起来。一般都是披一件外衣,抖抖索索站在门洞里把烟抽完。看着他们一副可怜兮兮的样子,我说你们为什么还不戒烟啊。他们苦笑着回答,戒过几次了,以后还会继续戒。有些朋友下了很大的决心戒烟,结果也是死灰复燃。问他们原因,大部分都是在饭局上或老朋友聚会时破的戒,酒酣耳热之际,经不住别人死劝。戒烟者最顾忌的一句话是:烟都能戒,还有什么事情干不出来?戒烟失败后最能安慰自己的一句话是:不为无益之事何以遣有涯之生?

以我的观察,定好一个日期(比如明年1月1日)开始戒烟的,基本上都不会成功。因为这些人在订立计划时早已为完不成计划想好了借口,为修改计划拟好了理由,大不了再重新确定一个日期。戒烟成功的都是想清楚了悄然行动,烟扔垃圾箱,烟具销毁,从此不再回首。戒烟成功最可能的诱因是来自医生的恐吓,生死面前,这支烟还是放得下来的。但如今的年轻人戒烟,据他们说,最主要的理由是社会压力。因为抽烟不再被人认为是酷的行为,抽烟显得粗鲁,品流不高。戒烟成功后再看还在抽烟的,常常会暗自庆幸:我终于上岸了!梁实秋戒烟后碰到有人在他面前吞云吐雾,态度是退避三舍,心里暗自吐槽:"我过去就是这副讨人嫌恶的样子!"

烟草的流行很意外地在中国催生了两种工艺美术:鼻烟壶和香烟牌;鼻烟壶今天在旅游景点还有出售,香烟牌则早已不见踪影了。

据说利玛窦在明朝万历年间以鼻烟入贡,鼻烟很快风靡朝野。鼻烟是唯一不用点火的烟,吸时以指端蘸烟少许,在鼻孔上一抹,再猛吸气,异香怡人(不好意思,这都是书上看来的,信不信由你)。大户人家待客,需要备好鼻烟,不仅烟有优劣,装鼻烟的壶也能显示品位和身份。讲究之下鼻烟壶就发展成了一门独特的手艺。据说早期讲究的是材质,有水晶、玛瑙、玉石、翡翠的,还要精雕细镂。后来都用透明的玻璃,以极细的彩笔从里面画出山水人物,栩栩如生,细致动人,巧夺天工。这样细致的功夫,在景区商店里也不过是三四十元的价格,真不知道是怎么画出来的。

香烟盒里放一张印刷精美的卡片,是烟商博得顾客青睐的竞争手段,其确切来历已经很难考证了。最初不过是山川文物、花鸟鱼虫一类比较赏心悦目的画面，随着竞争的加剧，成套的画片被不断推出。从成语典故、民间笑话，到三国、水浒、西游、红楼，一套比一套多。而且每套都有一两张特别少见甚至根本看不到，引得热衷者到处托人并开出高价想收齐全套。这套手法在马季的相声《宇宙牌香烟》中也借用了一次，算是遥远的回响，其实听这段相声的应该都没见过香烟牌。

嗜烟酒的人有一个习惯说法叫“烟酒不分家”，有烟有酒的不应私秘，不可独享。其实，不分家的主要还是烟，酒不是那么容易分享的。给在座的每一位抽烟的人敬上一支似乎是我们这里约定俗成的抽烟礼仪，国外没有分烟的习惯。把本来不多的烟拿出来分享，在供应短缺的日子里并不是所有人都愿意的。以前在农场，曾看到一群人围在一起打牌，有人掏出烟，说“对不起，只剩最后一支了”，从烟盒里取出烟给自己点上，把烟盒扔到地上。过一会儿像突然想起来似的：“哎，刚才烟盒里好像还漏网了一支”，捡起烟盒一看，当然还有，继续自己独享。这套把戏玩多了就不灵了，后来就有人把扔在地上的烟盒捡起来，笑着说：“我替你再看看，别遗漏了什么。”

实话实说，我看到有人抽香烟就敬而远之，对香烟味也十分不喜欢。但对抽雪茄或烟斗的就有相当不一样的观感，说过一点就是仰慕。因为烟斗、雪茄在印象中就是派头，和文豪、大亨、名作联系在一起。有人透露，邱吉尔在二战中每逢重大决策关头都要把自己关在房间里，脱个一丝不挂，叼起雪茄，满屋子不停地转悠。雪茄一支接一支，直到灵光一现，决策完成。诺曼底登陆的决策据说就是这样作出来的。我以为，伟大决策的催生婆一定是雪茄烟。脱光衣服转悠只能产生荒唐，不会产生灵感，你试试就知道了。

咖啡的江湖与生意

我不喝咖啡,不要钱的也不喝,换个名字(什么拿铁、摩卡)还是不喝。

所以,看我写下这个题目,内子一脸的愕然。大概以为我要转行行骗了。毕竟,会计财务出生的离行骗的距离本来就不远。

今天生活在上海,不管你喝不喝咖啡,每天都会被咖啡包围着,周边几乎人手一杯,而且都努力摆出一副没有咖啡根本活不下去的样子。上海居然成了全世界咖啡门店最多的城市,在我们这个年纪的人眼里真是不可思议。在 2021 年底上海有多达 7 200 余家各式各样的咖啡店,更有无数小型咖啡机分布在办公室和家庭,让你不出门也能方便地喝到热咖啡。

其实,回过头去看,很长一段时间里上海曾经是咖啡的荒漠。记忆中,20 世纪六七十年代的上海,咖啡馆屈指可数。最出名的是南京西路铜仁路口的上海咖啡馆,高端而神秘。不像其他几家附设在嘈杂拥挤的大众化餐厅里的咖啡座,上海咖啡馆的主业就是咖啡。但一杯咖啡似乎所费不赀,每天进去喝一杯的绝对是高薪阶层。

从咖啡的荒漠到沃土,这一切是怎么发生的呢?我觉得,一半是消费能力的提高和消费习惯的改变,一半是资本力量的推动。

清末奇人张德彝(1847—1918 年)是清朝培养的第一批外语人才,

曾任光绪的外语老师。他一生八次出国，在国外度过二十七个年头。每次出国，他都写下详细的日记。请看他是如何向国人介绍红酒和咖啡的："红酒，系洋葡萄所造，味酸而涩，饮必和以白水，方能下咽；加非系洋豆烧焦磨面，以水熬成者。"评价似乎不是很高，红酒完全是糟蹋了，咖啡估计是皱着眉头喝下去的。

其实，在张德彝出洋之前的《广东通志》中就有洋行中人对咖啡的介绍："黑酒，番鬼饭后饮之，云此酒可消食也。"咖啡居然被归为酒类。

等到番菜馆在京津沪穗等大城市抢滩成功，普通人也有了品尝咖啡的机会。美食家唐鲁孙在他的《天下味》中是如此描写他第一次喝咖啡的体验："咖啡是用克银咖啡壶端上来，倒出来是整整两茶杯。醇厚带涩，微得甘香，从此才知道领略咖啡啜苦咽甘、沁入舌本的妙谛。"这时，咖啡应该算是在中国站住脚了。

如果说咖啡也就是一种有点特别的饮料，咖啡馆的功能就要复杂多了。咖啡馆可用于社交，可用于商务沟通洽谈，更可供人遐思冥想。如同法国哲学家福柯所说："西方文明合理化的时间是从欧洲第一家咖啡馆开幕那一年开始的。"据说伦敦劳埃德证券、伦敦航运交易所（即波罗的海航运交易所）和英国东印度公司的发起都离不开在咖啡馆里奇思妙想的碰撞。要是没有咖啡馆提供的空间，J.K.罗琳可能就没办法写出《哈利·波特》了。

将咖啡馆与茶馆作一个对比是很有意思的事。相较于中国人的茶馆，咖啡馆的格调似乎要略高一些，顾客的品流好像也好一点。茶馆总给人喧嚣嘈杂、蒸腾热闹的印象。以前江湖中人有冲突、有矛盾时，茶馆就是谈判调停的地方，谓之"吃讲茶"。讲茶吃不好是要掀桌子，甚至拔刀子的。咖啡馆适合慢声细语,很难想象在咖啡馆里恶语相骂、拳脚相加。不是不可以,而是气氛不对,血脉偾张不起来。

茶馆的高峰总是在早上,可以说茶馆不嫌早,咖啡馆不嫌晚。早起的以老年人为主,所以茶馆的常客是老男人。咖啡客越夜越有精神,所以咖啡馆里年轻人居多。茶馆的桌上好像总要有点吃的,瓜子、花生、糖果都可以,除非是天天来的茶客。咖啡馆里大多数人都是一杯在手,心满意足,了不起加几块饼干。进茶馆自己带茶叶是常有的事,从来没见过在咖啡馆里掏出自带的咖啡豆的。茶馆没有不让续水的,而咖啡馆不给续杯(free refill)非常普遍。

茶馆和咖啡馆相克的可能似大于共生。咖啡馆林立的地方茶馆一定会式微,而茶馆兴旺的城镇咖啡馆不易生存。随着老虎灶的消失,上海街头的茶馆已经难觅踪影了。城隍庙湖心亭的茶馆更像是刻意的观光摆设,而不是市井生气的延续。

记得我小时候,煮咖啡要用一个特制的小壶,顶上有个玻璃球,能看到沸腾的咖啡在玻璃球里忽上忽下,香气弥漫开来,一幢楼都知道有人在煮咖啡了。邻居闻香而来,要一杯咖啡尝尝鲜是常有的事。20 世纪六七十年代,上海的市面上只有一种咖啡,就是上海咖啡厂出的上海牌罐装咖啡。动荡年代里上海咖啡厂居然没有被革命浪潮吞噬,说起来也是一个奇迹。改革开放以后,不知什么时候,突然冒出了雀巢速溶咖啡。纯正的外国血统,简易的冲泡方法,再加上那句魅力无限的广告词:“味道好极了”,雀巢于是风靡一时。不夸张地说,中国人的咖啡味蕾是被雀巢唤醒的,咖啡情结是雀巢调教出来的。

旧店新开和洋店空降是开放初期咖啡店扎根上海市场的两条主要

路径，前者如东海咖啡馆，后者的典型是上岛。星巴克的出现让国内的咖啡市场重新洗牌，咖啡江湖至此分为“星巴克”和“其他”两个阵营。打破星巴克神话的是名不见经传的瑞幸。无孔不入地开店，肆无忌惮地烧钱，难以置信的折扣，让舍不得掏钱的人也过了一把咖啡瘾。虽然造假丑闻让瑞幸受到打击，但瑞幸不按常理出牌的打法启发了一大批后来者。咖啡江湖从此群雄并起，各领风骚三五天。

喝咖啡的人多了，讲究也就多了。从咖啡豆产地的选择，到烘焙和磨制的方式、冲泡的手法、杯中呈现的艺术，每一样都可以讲出许多门道来。讲究一多就容易走火入魔。梁文道是资深的咖啡客。他一直觉得喝咖啡是轻松自在的享受，直到他在日本一家特别的咖啡馆喝了一次咖啡。

那是一家巷角小店，老板兼着侍应，全店就一个人。开门先警告：我们这里只有咖啡，没有其他的，最多配两块小饼干。店里两三桌客人，祈祷般安静，全神对待眼前的小白杯，沉默恭谨。再走出去未免失礼，于是梁文道硬着头皮走进来，坐下，点单。老板兼侍应面无表情地回到吧台，挂上围裙，开始了虔诚的、宗教仪式般的咖啡制作过程。其间手续繁多，过程复杂，动作奇特。耗时约半小时，咖啡端上来。味道如何梁文道已没有什么特别的印象了，只记得那天原本只是想找个地方歇脚稍息，走出店门却是额头出汗，仿佛经历了一场考试。“遇上户外吹来的晚风，才感到呼吸的恢复。”

日本人对手冲咖啡的这种虔敬严谨，这种走火入魔，似乎在中国也渐成风气。精品咖啡大行其道便是一个明显的证据。据说上海黄浦区瑞金二路全长 1 517 米的街道上分布着 83 家精品咖啡店（增减变化应该每个月都会有),平均每20米一家。近几年上海的精品咖啡店不仅订单量每年都有超过50%的增长,消费圈层也在不断扩大,50岁以上人群和学生打卡精品咖啡的消费订单明显增长。

每天靠咖啡续命的,会不会鄙视我这种不懂咖啡妙处的?我猜十之八九会有一点。当年上海一个海派清口演员,拒绝与北方同行合作,说喝咖啡的怎么能和吃大蒜的相提并论?他给出的理由很奇特:喝咖啡尝到的是苦味,给别人闻的却是香气;而吃大蒜的自己享受美味而把臭气甩给别人。你看,喝咖啡不仅高档,还高尚。上海人之不受人待见于是多了一条理由。其实,既喝咖啡又吃大蒜的多的是,何必非此即彼,势不两立?

都是咖啡客,应该同声相应,同气相求了吧?大谬不然。咖啡圈内卷到不可思议,自认是半个咖啡专家的比比皆是,说起来头头是道,于是产生了一系列的鄙视链:喝阿拉比卡豆的看不起喝罗布斯塔豆的,喝手冲的看不起喝美式的,喝美式的看不起喝拿铁的,喝拿铁的看不起喝挂耳的,喝挂耳的看不起喝速溶的。即便都是喝速溶,喝三顿半的看不起喝雀巢、麦斯威尔的。更不用说还有猫屎、蓝山这种冷僻小众的。有次我和一位同学在咖啡馆聊天,随手点了两杯蓝山。咖啡端上来,同学喝了一口,皱起眉问服务员:这是蓝山吗?小伙子点头说是。同学说,正好今天我有空,我给你讲讲什么叫蓝山。牙买加哪座山,海拔高度什么范围出产的咖啡豆才能叫蓝山。每年产量一共是多少,日本人要买走多少,能够流入中国的大概是多少,经销商都有谁,做出来的咖啡大概要卖什么价,如数家珍般说完,再问服务员:你还敢说这是蓝山吗?碰到这种不依不饶的咖啡狂,小伙子除了认怂还能说什么?

我第一次去巴黎,对巴黎街头的三多印象特别深:花店多,电影院多,咖啡馆多。而且咖啡馆坐着喝和站着喝价格还不一样。事后细想,区别对待站客与坐客也不无道理,因为他们购买的是不同的产品。坐客买的是休闲,是调性,是社交,是老友相聚,咖啡不过是媒介;站客买的就是饮品,是喜欢的口味。对咖啡馆而言,坐客与站客的意义不尽相同。

今天上海的咖啡行业也可以分为面向坐客的咖啡馆和面向过客的咖啡站。前者有星巴克、Tims、Peets,后者有瑞幸、M Stand 和 Manner。两类咖啡商的产品还是相当类似的,美式、拿铁、卡布奇诺、澳白、摩卡是最受欢迎的咖啡五兄弟,而手冲咖啡、冷萃咖啡、冰滴咖啡则成为 2021 年销量上涨最快的品类。此外,还有融入桂花、陈皮、酒酿甚至辣椒等中国元素的新锐咖啡,赚尽眼球。

咖啡馆和咖啡站遍地开花,背后是资本争先恐后地投入。2013—2017 年,咖啡市场投融资总额 51.95 亿元。2018 年跃升至 101.69 亿元。咖啡市场的投资在 2018 年后因“瑞幸造假风波”陷入低迷。两年后,资本以更大的热情重新涌向咖啡市场,2021 年的投资额达到了 170.59 亿元(智研咨询),创历史新高。市场依旧,主角却换了几茬。线上的新面孔有三顿半、隅田川、永璞等,线下则有 Manner(半年内连获四轮融资)、M Stand、Seesaw 等,估值都达到或超过 10 亿元。2022 年初,咖啡市场仍旧火爆。精品咖啡“鼻祖”Blue Bottle 首店于 2 月 25 日开进上海,“排队 7 个小时”成为头条新闻。

2022 年 6 月初,华为申请注册了“一标”咖啡,浓眉大眼的高科技企业也来咖啡市场分一杯羹。在华为之前的还有李宁、旺旺、狗不理、中国邮政、两桶油、同仁堂等跨界新秀,惨烈的“厮杀”不可避免。

与投资热情相对照的是拿不出手的咖啡企业经营业绩。5 月 3 日，星巴克公布了 2022 财年第二财季财报(截至 2022 年 4 月 3 日)，中国市场净收入下降 14%。在同店销售环节，星巴克也表现黯淡：由于同店交易量下降 20%、平均客单价下降 4%，星巴克在中国市场的同店销售额下降 23%。星巴克尚且如此，其他弱小新品牌的生存就更困难了。据说在中国 Tims 对模仿星巴克的开店模式不无后悔，这种重资产的经营模式对品牌、规模、产品力和价格都是极大的考验。如今能得到投资者青睐的咖啡经营模式据说是二没有：没有座位，没有厕所。也就是说，资本的偏好变了，现在喜欢的模式是小小的门面、简单的产品、尽快的流动速度和极度的成本节约。盲目烧钱的时代已经过去了。

资本的钱从来都不是白给的，拿了投资者的钱就要交出让他们满意的业绩。所谓业绩，通常就是增长和盈利。增长要体现在布点的速度和单店客单量的变化；盈利则主要是趋势和前景，要能证明商业模式有持续盈利的可能。如果投资者的期望没有得到满足，企业的估值就有可能下降，再拿钱就困难了。重压之下，奇招昏招迭出，于是有了瑞幸业绩的造假。瑞幸造假会不会有后来者？谁也不敢肯定。可喜的是，就在刚刚过去的 2022 年 5 月，瑞幸咖啡自创立五年来首次实现盈利。跌倒了能原地爬起来，一方面证明了瑞幸的勇气和纠错能力，另一方面也一定程度上证明了这个商业模式的可行，对同业后来者极富启发和激励作用。

在香港，廉政公署请喝咖啡是预示某人有问题的委婉说法。如今，内地的纪检和监察部门也开始请喝咖啡了。看来，喝咖啡还是自己掏钱心安。今天你喝了吗？

寒风送香煲仔饭

北风一起，寒意顿生，缩手缩脚时，总想有点暖身暖心的食物帮助御寒。所谓“不时不食”，有些食物只有冬季才会被人想起。以前在上海，火锅是冬季御寒的恩物。现在火锅横扫天下，一年四季长盛不衰，反而失去了季节性特征。在香港，枝竹羊腩煲和煲仔饭至今还是只有冬季才会在饭店供应的菜式。虽然已经有饭店推出四季煲仔饭，估计也就是持续时间长一点而已。盛夏烈日下无论如何是没有多少人会点煲仔饭的。

讲究饮食健康的人，如今对碳水化合物即米面类食物心存戒惧，总以为米面致肥胖，菜肉保健硕。其实，吃惯米饭面条的人，刻意戒避米面，难免经常要与自己的欲念作抗争，如此一来怎么会健康呢？毕竟，“粥饭本也，余菜末也”（[清]袁枚）。

煲仔饭在香港是平民美食，高档饭店里是看不到的。因为米饭上放点鱼肉，很难卖出高价，一百港币大概已经是高限了。总不能把鱼翅鲍鱼、鹅肝松露都放上去吧？九龙的庙街以前排档林立，光顾的多是贩夫走卒，除了果腹，还希望耐饥。冬季的煲仔饭就理所当然成了首选。今天的庙街排档已经扫荡一尽，硕果仅存的“兴记”早搬进室内，在庙街上连开六家，余威不减。在香港，好事者经常为哪家煲仔饭最好吃争论不休。不同的人可以评出各自的八佳十佳,就像上海有不同的生煎馒头锅贴排行榜一样。不过,在大多数排行榜里,坚尼地城的“嚐喜”、西营盘的“坤记”、石塘咀的“永合成”、油麻地的“兴记”和四季及大埔的“陈汉记”都是常客。

煲仔饭最经典、最传统的是腊味,一般包括一个腊鸭腿、一根腊肠、一根润肠(香港特有的鸭肝肠,颜色比一般的香肠深)、一块腊肉和一两棵青菜。现在当然是百花齐放了,许多茶餐厅动辄几十种列在菜单上,差不多什么都可以放进去。凤爪、牛肉、咸鱼、牛蛙、鳝鱼、排骨、猪肝,甚至西班牙火腿、神户牛肉都可以煲进去。

煲仔饭一般用一个单柄小型砂锅(香港人习惯称之为“瓦煲”),炉子则有炭火、天然气炉和电烧烤炉之分。炭火占地大、烟气大,也不容易掌控,用的人越来越少。决定煲仔饭好坏大约有四个因素:米、覆盖在饭上的菜料、酱油,以及火候时间的把控。米用泰国的好像是大家的共识,新米还是陈米就各有所爱了。米要先浸水,要浸透但不能浸到一碰就碎。烧饭的水滚后就可以快速把菜料放进饭里。虽然说什么都可以放,还是以会出油的腊肉腊肠为佳。把香肠划一刀,油脂渗入米饭,开盖就是香气四溢,令人食指大动。至于浇在饭上的酱油(香港人叫豉油),各家饭店都会自己烧制,对外号称“秘制”。超市和电商网上都有现成的煲仔饭酱油供应,稍贵一些而已。手边没有时,我们在家用老抽加料酒和糖熬一下,效果基本一样,现在就不买现成的了。烧煲仔饭,难在要有饭焦,但不能焦糊了,时间的把握不容易。一锅煲仔饭端上来,吃到最后居然没有饭焦,吃的人难免失望。如果饭真的烧焦了,苦味难掩,更是无法下咽。

好消息是，市面上高档一点的电饭煲现在都有“煲仔饭”一键，烧出来虽然火气欠猛，太过温和，但胜在方便，可以随时在家炮制，而且有饭焦。想象一下外面冬雨淅沥，北风卷地，残雪泥泞，你却可以大门不出，二门不迈，暖暖地窝在家中，一碗煲仔饭，一杯热茶，伴着若有若无的香气，时续时断的评弹，不远不近的家人，大好时光就这么打发了。

最后说几句扫兴的话，煲仔饭热量偏高（1 000 至 1 300 卡路里），含盐量也过高，天天称体重、量腰围的朋友还是少吃，吃了也不要告诉医生。

戏里戏外

香港前几年开发了一个西九龙文化区，包括一个壮观先进的剧院，叫香港戏曲中心，专门用于各种戏曲的演出。有趣的是，戏曲中心的英文名叫 Hong Kong Xi Qu Centre。在英文应用普遍的香港，居然找不出能够对应戏曲的英文词，可见戏曲是非常具有中国特色的表演形式。

中国的戏曲包含戏剧和曲艺，林林总总，包罗万象，显然不是一个英文词 drama 可以涵盖的。虽然中国戏曲可以追溯到汉代甚至更早，但元代杂剧毫无疑问是中国戏曲真正成熟的一个高峰，关汉卿的《窦娥冤》、白朴的《梧桐雨》、马致远的《汉宫秋》、王实甫的《西厢记》都诞生在元代。明清两朝赓续前人的辉煌，又出现了《牡丹亭》（汤显祖）、《桃花扇》（孔尚任）、《长生殿》（洪昇）等杰作，至今还时不时被人翻演。

与今天的戏剧不同，早年的戏剧剧本本身往往就是优秀的文学作品，读起来赏心悦目，文采斐然。在国外，莎士比亚（还有莫里哀、萧伯纳等人）的剧本也是文学经典，光耀千古。好的剧本不仅要有文采，也要在情节构造和人物安排上考虑舞台呈现的需要。所以优秀的剧作者要兼有文学修养和舞台演出经验。正如民初剧作家翁偶虹的夫子自道："也是读书种子，也是江湖伶伦；也曾粉墨敷面，也曾朱墨为文。"他写的《锁麟囊》剧本既便于演员行腔，又文辞优美："收余恨，免娇嗔，且自新,改性情,休恋逝水,苦海回身,早悟兰因”,“风声断,雨声喧,雷声乱,乐声阑珊,人声呐喊,都道是大雨倾天。”读来朗朗上口。

相比之下,今天大部分剧本的文学性似乎已大不如前,即便是戏剧名家如曹禺、老舍、魏明伦的剧作也很少被人当文学作品来颂读,与这些作品在舞台上引起的轰动和赞誉完全不相匹配。我以为,产生这一反差的可能原因是现代舞台的表现手法随着声光电技术的进步和多功能舞台的发展而大为丰富,剧本的文学性在打动观众上不再起压倒性作用。

从一些前辈文人对民国时代童年生活的回忆(如陈巨来的《安持人物琐忆》、汪曾祺的《说戏》)可以看出,看戏是城乡居民日常生活中的重要内容。尤其在中国农村,一场大戏就是一个盛世节日。在民间,戏剧大体承担了普及历史知识和灌输道德教化的功能。旧时没有受过基础教育的底层民众,他们对中国历史的认知和对忠奸善恶的判断很大程度上都来自戏剧舞台。白脸的曹操,红脸的关公,一奸一忠,这个案在底层老百姓那里是很难翻过来的。

我曾在香港生活了十多年,但凡有大陆京昆和评弹剧团来港演出,几乎是每次必看。在香港看这类演出最大的好处是让你觉得自己年轻,因为观众中少有年轻人,来看戏的多是白发苍苍的耄耋老人,蹒跚而行。我混迹于遗老遗少中,几不知今日何日,恍若隔世。观众以京津和江浙人士居多,其中不乏名人。出现最频繁的是金庸(也许是我能认出的名人太少),几乎每次都见到。看演出其实也是老人相聚、互报平安的一种方式。

虽然各地有各地的剧种,各人有各人的爱好,京剧却毫无疑问是最有全国性影响力的戏剧。20 世纪三四十年代是京剧演出空前绝后的高峰,可谓是名家辈出,各有所好。民众热爱看戏,报纸热衷评戏,文人喜好捧角。各种排名雅号充斥版面,最为人所熟知的就是“四大须生”“四大名旦”。1931 年 6 月,上海名人杜月笙借杜氏祠堂落成在上海浦东高桥举办了一场举国轰动的堂会。杜遍邀南北京剧名角,把当时国内的知名演员几乎全数请到,到场的大牌有 57 位之多。据说有些资深演员如龚云甫、杨小楼连超级戏迷慈禧都不一定能请出来。三天的演出不仅让有幸到场观看的人大呼过瘾,也成就了中国戏剧史的一个神话。这个神话到今天只留下一张合影让我们追念。在这张合影中,梅兰芳只能站在第二排,而神话创造者杜月笙本人却只出现在了照片后排不起眼的地方。大亨之所以成为大亨,自有其道理。要得到“春申门下三千客,小杜城南五尺天”的奉承,少不了要有些笼络人心的手段。

余生也晚,童年已是样板戏铺天盖地的时代,所谓“八亿人民八台戏”。每天反反复复灌在耳朵里的就是那几出戏,尤其是最早问世的《红灯记》《沙家浜》和《智取威虎山》,几乎是人人会念会唱,演出中的任何差错或改动都瞒不过观众听众。小孩嬉戏,开口都是样板戏里的台词:“天王盖地虎,宝塔镇河妖”(稚童好像都爱模仿反派人物)。在那个年代,对样板戏的不敬是一个非常严重的政治问题。轻者挨批挨斗,重者身系牢狱,甚至还有为此送命的。记得当时有地方业余演员排演《红灯记》,在“痛说革命家史”一场的开始,演鸠山副官的人来拘捕李玉和,台词应该是“鸠山队长请你赴宴”。演员毕竟是业余的,一上场昏了神,脱口而出“鸠山同志请你赴宴”。台下哗然,把他轰下台重新来过。没想到重新上台更紧张了,涨红了脸说出口的居然还是“鸠山同志”,坐实了污蔑篡改样板戏的罪名,结果可想而知。

“文化大革命”后百废待兴,戏剧也不例外。但老一辈演员如俞振飞、谭富英、童芷苓等都已过了鼎盛时期,再难重现辉煌。20 世纪 80 年代中期,我曾短暂在上海电视台做过一点咨询工作。有次在电视台的大演播厅看到俞振飞先生正在边上候场,一副老态龙钟的样子直让人替他担心如何还能上场演戏。谁知不一会儿灯光亮乐声起,俞先生就像换了一个人似的,精神抖擞,又演又唱,头牌小生的风范隐隐约约又回来了,让边上的人惊喜不已。仅仅十几分钟后,气喘吁吁的俞先生演不下去了,由助手搀下台休息。老人的脸上满是对舞台的眷恋和盛年不再的无奈。

老一辈名家虽然淡去,他们的后代中有志继承父业的还不少,这些所谓“世家演员”虽未必有父辈的天赋和努力,但多少满足了观众追念前人的心愿。20 世纪 80 年代北京京剧院组团访演台湾,引起极大的轰动。梅葆玖上场,施施然边走边舞,一举手一投足无不带有乃父的神韵,观众看呆了,觉得活脱脱又一个梅老板来了。但梅葆玖一开口唱起来,观众立刻从天上回到人间,直言差距不可以道里计。倒是从北京战友文工团征借来的叶少兰得到了观众的交口称赞,据说与鼎盛时期的叶盛兰相比也有过之而无不及。

20 世纪 90 年代中期我在香港城市大学任教十多年,学校有一个中国文化中心,振兴弘扬京昆剧是中心的主要任务之一。主持中心的郑培凯教授人脉深广,请来白先勇先生和青春版牡丹亭的全套班子驻扎在学校,讲座、座谈、演出,一场接一场。中心还遍邀大陆和台湾的京昆名家来访问交流。先后来访的演员我还能记得起来的有华文漪、岳美缇、蔡正仁、计镇华、马长礼、裴艳玲、汪世瑜、张继青、魏海敏等。观众能在台下向这些名家高人随意请教,至今怀想仍觉得运气好到不可思议。我曾和马长礼先生调侃:您演了这么多角色,能让全国人民念念不忘的还就是一个刁德一。他闻言大笑,点头称是,还告诉我他童年学戏的种种不易。

虽然我对相关人士为中国传统戏曲救亡继绝所作出的不懈努力不胜钦佩,但私心里以为重现传统戏曲当年辉煌是不可能完成的任务。时代不同了,对传统戏曲认同的文化基础已不复存在。我幼时,邻居的一个小孩啼闹不止,哭声震天。有邻居不堪其扰,抱怨了一句:你养了一个金少山啊!一众邻居哄然大笑。今天还有多少人把京剧演员挂在嘴上?把戏剧化入日常生活的这种群众基础早已荡然无存,振兴戏曲从何谈起?更何况今天娱乐的方式如此多元丰富、变化迭代如此快速,像京剧这种高度程式化、虚拟化的表演可能难以让年轻人产生共鸣。少数人孜孜以求,多数人似有所闻,中国戏剧未来的景象大体如此。

我一向以为,提高产品质量的关键不在于生产者的上进而在于消费者的苛求。试想一下,如果消费者只想要好产品、对好产品有足够的鉴赏能力且愿意为好产品支付溢价,生产者怎么会没有动力去提高产品质量?同理,好的戏剧、好的演员必须有识货的观众来造就。观众越内行越挑剔,演员便越卖力越认真。旧时,演员最怕的是在演出时被观众喝倒彩;倒彩意味着台上的演出出错了,倒彩是棒喝,也是羞辱。据说有一位名演员在台上被人喝倒彩,回到后台百思不得其解:我没有出错呀?于是让管事的去找这位观众询问。观众答道:你今天在台上走楼梯,上楼走了八步,下楼走了七步,这是什么楼梯?有观众如此挑剔,不由得你不兢兢业业。

观影看戏，最烦有人剧透。早早知道了结果，少了多少猜测剧情进展和结局的乐趣！但看京剧(或按更传统的说法，听京戏)大为不同，进剧场的很少有不知道剧情的，很多观众可能已经看了不知多少次，每一个细节都了然于胸。连戏迷都算不上的我，《锁麟囊》一剧在剧场就看了两三次。情节既然不再是重点，关注的自然是演员的表演。某一个演员在哪里展示了什么绝活，哪个唱腔今天有什么变化，哪个动作刚才没有表演到位，久久不愿散去的观众围绕这些话题可以争论很久很久。所以，演员不仅活在舞台上，也活在观众心中。

由观众而戏迷，由戏迷而票友，由票友而下海成专业演员，这或许是戏剧爱好者的终极进阶之路。然而，当戏迷容易，自己粉墨登场当票友就不那么容易了。有师有伴有心有闲之外，多少还要有点天赋，有点勇气。从这个意义上说，愿意在晚会上走上舞台，面对一群外行唱一段绝大多数人根本听不懂的京剧的，实在值得我们尊敬。当然，票友也不是没有回报的。同道的一声叫好，观众的一片掌声，都是一帖抚慰心灵的补药。我的老邻居也是我尊敬的长辈林老师，是京剧老生行当的票友。她年过九十，健康欠佳，只有京胡和鼓点响起来才能让她神采重现。

票友如果还想进剧场演出，除了天赋还要有一定的财力。如果票友不仅要进剧场演出，还要有专业演员为他/她配戏，对财力和人缘的要求就更高了。毕竟，爱惜羽毛的专业演员轻易不会同意把自己的声誉押在舞台表现难有保障的业余演员身上。让声誉卓著、名满天下的知名专业演员来配戏是所有票友的终极梦想，能做到的似乎只有袁世凯的公子袁克文和文化界名流张伯驹。票友下海成专业演员，除少数特别有天赋的（如俞振飞、程砚秋），结局往往都不是很愉快。观众对票友和专业演员的衡量标准是完全不一样的，对前者尽可以宽容，对后者则非苛评不足以显示自己的眼界和品位。

细想起来，我们每个人、每个企业其实都在戏里，都在社会和组织体系中扮演着某种角色。守住自己应该扮演的角色，不出戏，不串戏，不抢戏，大概也是避免失败需要遵循的原则。一个有趣的反例是上海的多伦股份公司。2015 年在互联网个人消费金融（即 P2P）热门的时候多伦居然把公司名字直接改为"匹凸匹金融信息服务有限公司"，主业从建筑卫生陶瓷改成互联网金融。是不是很像一个铜锤花脸看到《杨门女将》《锁麟囊》大火，毅然宣布改唱旦角？抢戏到这个份上，失败是必然的。两年亏损后在舆论和监管的压力下不得不悻悻然将公司名字改成"岩石股份"。令人不解的是，第一次改名带来股价 6 个涨停板，第二次改名又带来两个涨停板。也就是说，改唱旦角虽然没有成功，慕名而来的观众还是不绝于途。难怪这么多人喜欢抢戏！

入戏太深，不能自拔是戏剧演员的另一个大忌。试想一下一个扮演皇上、扮演宰相的演员忘了自己只不过是一个演员，在大幕落下以后还以戏中的身份自居、行事，或者走上舞台还跳不出上一出戏中的角色，处处碰壁、人人嘲笑恐怕是必然的结果。同理，坐上企业管理的高位，千万不要忘了我们只是一个过客，所谓"铁打的营盘流水的兵"。坐上众人仰慕的高位是责任，离开万众瞩目的中心是必然，离开了就应该放下，顾盼流连就有点入戏过深了。在管理职位上做出的任何成就，反复念叨在自己嘴里是笑话，经久流传在别人口中才是赞誉。

乐视的贾跃亭或许就是一个入戏太深的演员。他创造了一个“生态化反”的魔幻概念,开始大概只是想以新奇概念吸引舆论与投资者,说着说着就当真了。为了自圆其说,泡泡越吹越大,自己似乎也相信了。最后是骗人又骗己,坑人也坑己,活生生把乐视做死,把一大群供应商拖进无底深渊,自己也有国难归,落一身骂名翻身无日。

人生如戏,戏如人生,诚哉斯言。

退　休

晚清名臣李鸿章在六十岁生日时以相当自得的口吻写了一副自寿联:“已无翰苑称前辈,犹有慈亲唤小名。”李二十五岁中进士,六十岁时高堂老母仍健在,而先他进入翰林院的前辈都已殂谢。以当时的平均寿命而言,李鸿章确实有理由自豪。

放在今天,退休时仍需伺服父母的比比皆是。即便体弱如我,退休时父母均健在,安享天伦。而同事中年长于我的虽然不多,却还是有几位的。所以,这副寿联只有半幅适用于我。以后如还有机会行走于庙堂和江湖之间,我或可以半个李鸿章自居。

古人称退休为“致仕”,意指还官位于君王。余秋雨的文化散文《文化苦旅》和《山居笔记》当年甫经出版便一纸风行,不料被人指出书中将“致仕”意思完全弄反了。本来,行文有误是常有的事,不值得大惊小怪,大方认个错就是了。谁知余巧言强辩,拒不认错,硬生生弄出一场笔墨官司,十分无趣。

因为礼记中有“大夫七十而致事”的记载,有人便以此认定中国是世界上最早规定官员退休年龄的国家。其实,这条规定对大多数人而言并无实际意义,因为“人生七十古来稀”。古时能在官位上熬到七十岁,还乡安享“荫补”“恩例”退休待遇的并不多见。更多的是未及七十却因昏老难胜其任而被请退,或者不请自退。

官位上坐习惯了,即便有俸禄可领,甚至可以在致仕时升一级两级,官员普遍还是不愿意告老还乡的。唐代大诗人白居易曾写了一首“不致仕”来讽谏那些恋栈不退的人:“七十而致仕,礼法有明文。何乃贪荣者,斯言如不闻?”“年高须告老,名遂合退身。”可见,想方设法赖在官位上不走的古已有之。

古时的致仕,只限于进入朝廷官僚体系的。一般的士农工商阶层应该是没有退休一说的。年老失去工作能力的,只能由子女赡养。老人越长寿,子女的负担便越重。在我记忆中,即便是上海的老人,五六十年前有退休金的也不多;就是有,也不足以应付生活所需,子女贴补是难免的。老人退休后凭自己的退休收入就可以维持有尊严的生活,其实也就是这几十年的事,说起来真是令人感慨。如今的上海(其他大中城市也差不多),中午的平价餐馆都被退休而精力仍旺盛的老人占据,人声鼎沸,一片喧腾。晚上他们则转战大小广场,乐声喧闹,舞姿欢快,蔚然已成城市一大景观。

中国人一向有尊老的传统。“乡人饮酒,杖者出,斯出矣”(《论语》),吃顿饭也要让老人先离席。到一定年龄,老人就可以杖乡、杖国、杖朝,在一定范围内不妨倚老卖老,享受褒贬时政、臧否官员的特权。杖这杖那,听起来似乎很威风,其实和大多数中国美德一样,这项特权永远停留在纸面上,从来没有真正实行过。清朝轰轰烈烈办了几次“千叟宴”,也不过是把老人弄来吃一顿,除了歌功颂德,其他是轮不到你说的。“老子到处说”在历朝历代都是底层百姓一厢情愿的痴想而已。一般人之所以礼让老人,并不是因为他们智慧过人,能力超凡。恰恰相反,人到高龄,难免体弱昏聩,行动不便。在这点上,人老了要有自知之明,我经常这样提醒自己。

当今中国企事业单位的退休年龄,大多定在六十岁左右。以如今的医疗健康管理水平而言,六十岁正是精力充沛、经验丰富的大好年纪,就这样打道回府未免可惜。更何况,每天在一堆杂务中忙惯的人,退下来安享清闲,与其说是享福,不如说是受罪。尤其是平日天天在单位里呼风唤雨、指点江山的,退休回家不啻是一种酷刑。经常看到生龙活虎的人退休没多久就精神委顿、了无情趣、百病丛生。让这些人退休后还能有所作为其实是对他们的解救。可惜,并不是每个人到退休年龄都还有延续职业生命的价值和能力。与其背一个厚此薄彼的骂名,企事业单位宁愿在退休年龄上奉行“一刀切”的做法。现在,退休后还能发挥余热的,大概主要就是大学里的老师了。朋友中有狠人一针见血地说:退休老师回来上课,不仅不能领课酬,还应该自掏腰包交上课机会费。因为上课机会就是你们延年益寿的补药!还好,在下所服务的学校,主事者都是善良宽厚之人,免收我们上课机会费之余还给我们一笔体面的收入来养家糊口,幸福指数顿时上升。

我身边的退休同事大多数都还经常到校上课,享受与年轻人交流、碰撞的乐趣。我也不例外,退休后仍时常在教室滔滔不绝,越是碰到有挑战性的学员越是感到满足。退休一年多,课量似乎没有明显的减少,真是不应该啊。遇到同事来约课,总感到却之不恭。内子常劝我,千万不要等到没有人愿意听你上课才退下来。“老而不死是为贼”(《论语》),老而不退应该也是挺让人嫌的。人贵有自知之明,我其实就是一个可有可无的人。在一个充满活力又友善互助的地方上课真是一种享受,且上且退吧。

美国有一老教授,老而弥坚,九十多岁仍坚持到教室诲人不倦。据说他每次上课都以一段调侃开场:知不知道到我这岁数还有什么让我不爽的?那就是到饭店吃饭,当你点完菜时侍应经常会面带歉意地对你说:先生,能不能请你现在先把账结了?

我希望我也能活到九十多岁,到那时还有体力和勇气走进教室,还有心情来一段调侃。

梦想还是要有的,谁说不是呢?

酒中天地

(上)

和周边的熟人相比,我的朋友真是少得可怜,而且随着年龄的增长似乎越来越少。我自己有时也会自问为什么朋友这么少。想来想去,除了性格过于慵懒、言语不招人喜欢、外形太德高望重外,最主要的原因,我以为还是滴酒不沾。酒,是社交的媒介,是人际关系的润滑液,是感情升温的助燃剂。酒之为用大矣哉!

设想一下,一群人欢欢喜喜聚到一起,再三谦让下入座,简单几句话决定了今晚喝什么酒,接着就是开酒、醒酒、斟酒、敬酒。此时,你怯生生地说了一句:"对不起,兄弟我滴酒不沾。"接着,还有一两位不知趣的也跟着说:"我也不喝酒。"座上气氛立刻凝重起来,这时如果有人走进来,或许会以为座中有人因债务纠纷或情色矛盾陷入尴尬了。真可谓是一人向隅,举座不欢,不喝酒的人之不近人情、不受人待见由此可见一斑。

我虽然不喝酒,其实还是蛮喜欢看人喝酒的,尤其喜欢看人喝醉酒。自抬身份说一句,在这一点上有点像苏东坡。苏东坡也不太能喝酒(他其实是太过自谦了),但喜欢看朋友畅饮:“余饮酒终日,不过五合,则天下之不能饮,无在余下者。然喜人饮酒,见客举杯徐引,则余胸中为之浩浩焉,落落焉,酣适之味乃过于客。”

酒的确切起源众说不一,缺实据而多传说。大致可以推测的是,古人因为蔬果意外发酵酿出的汁水有令人愉悦的口味而刻意模仿,因而形成酿酒的工艺。中国传说中酒的发明者有仪逖(夏朝)和杜康(周朝)两种说法。因为夏朝的存在缺乏足够的考古证据支持而受到一些质疑,所以说起酒的起源历来似乎还是把功劳算在杜康头上的居多。最有名的莫过于曹操的《短歌行》:“慨当以慷,忧思难忘,何以解忧,唯有杜康。”即使从周朝算起,酒在中国的历史也有近三千年了。

酒在国外的历史似乎更长。大约在九千年前的新石器时代,用粮食和水果酿的酒已经出现在古埃及和两河流域。但那时的酒酒精度低而糖度高,更像是一种含酒精的饮料。

我们常说“灯红酒绿”,酒似乎应该是绿色的。虽然今天已经见不到绿酒,但古人喝的似乎就是绿酒,有白居易的诗和晏殊的词为证:“绿蚁新醅酒,红泥小火炉。晚来天欲雪,能饮一杯无”;“绿酒初尝人易醉,一枕小窗浓睡”。据白玮在《历史的味觉》一书中考证,古人口中的绿蚁、醁酒确实是泛绿色、浮绿沫的绿酒,最早产自衡阳的酃湖地区,酃醁因此成为古文中美酒的代名词。估计是因为工艺繁复,效率大不如其他酿酒方法,绿酒早已失传。

从诞生的第一天起酒就给人们带来无尽的享受、刺激、烦恼、痛苦,甚至灾祸。带来享受是酒的功劳,造成烦恼和灾祸的却往往是控制不住自己酒瘾的人。

为了防止酒后失德失态,中外都有不少法规制度来惩罚约束酒徒。尚书就有“酒诰”篇,告诫世人以酒为戒,可见几千年前国人就有饮酒过度的坏习惯。但限酒禁酒的律法似乎是最难施行的。汉萧何造律:“三人以上无故群饮,罚金四两”,但史书未见有切实处罚的记录,估计也就是说说而已。最有趣的禁酒闹剧发生在美国。1920 年 1 月 17 日 0 时,美国宪法第 18 号修正案——《禁酒法案》正式生效。根据这项法律规定,凡是制造、售卖乃至于运输酒精含量超过 0.5%以上的饮料皆属违法。自己在家里喝酒不算犯法,但与朋友共饮或举行酒宴则属违法,最高可被罚款 1 000 美元及监禁半年。梁实秋当年正在美国留学,实地感受了一下禁酒的荒唐。有次他去纽约,朋友说带他去喝酒。到了一家中餐馆,熟门熟路地绕到后院一间密室,大模大样喝起了五加皮。正喝着,突然闯进一个警察。梁大惊失色,朋友叫他别慌。只见警察对他们视而不见,找一张空桌坐下,把佩枪铿然放到桌上。伺者马上端上一瓶五加皮,警察端酒就喝了起来。一会儿酒瓶见底,警察趴在桌上酣然入睡。“1933 年禁酒废,真如一场儿戏。民之所好,非政令所能强制。”梁大为感慨。

类似的地下酒吧(当时被称为 Speakeasy,意为“轻声说话”)几乎遍布美国各地,仅纽约一个城市就有几万家。禁酒令大幅减少了政府的税收收入,但并没有使酒精的消耗减少,反而使私酿酒猖獗、假酒泛滥、执法官员收贿腐败,黑手党更借由运贩私酒获得庞大利益。有趣的是,禁酒令催生了大量的学术研究,但结论却莫衷一是。有的研究证明禁酒令成功地减少酒类消费数量、肝硬化死亡率、因酒精性精神病而要进入州立精神病院的人数、因公众醉酒而被捕的人数以及旷工率,也有研究证明禁酒令刺激了隐蔽、有组织、广泛的犯罪活动，甚至还有研究证明在禁酒区醉酒驾驶而导致交通意外的概率比在非禁酒区还要高。看来不管政策好坏，只要有折腾学者都有活干。

能比较持久有效禁酒的其实还是宗教的力量。大多数宗教都有禁酒、限酒的要求，包括犹太教、伊斯兰教、佛教等。但不同宗教对禁酒的态度多有差异，摩门教地区和某些伊斯兰国家对禁酒比较决绝，佛教相对宽松。清末民初在中国几个主要的大城市流行过一阵理教(也称在理教)，理教严格禁酒。据说当时在饭桌上只要说“兄弟在理”，立刻有人把你的酒杯收走。这么有效的拒酒理由如今只有“今天我开车”差可比拟，没想到汽车时代带给我们的还有这么一个好处。

酒桌上颇让人困惑的现象是劝酒、敬酒。劝酒似乎是中国独有的饮酒文化，南北方都盛行，北方显然更胜一筹，发展出一套说辞，被敬的不喝就很难下台。什么“人在江湖走，哪能不喝酒”“客人喝酒就得醉，要不主人多惭愧”，押韵又顺口。劝酒的动机很可能是热情、尊敬，但看在外人眼里总觉得有点强人所难。在饭桌上看到有人强势敬酒时，我时常疑惑:酒到底是不是好东西？如果是好东西为什么自己不喝而一定要让别人喝？如果不是好东西为什么要强加给别人？“敬酒不吃吃罚酒”从来都是不识抬举的表现，但在我看来敬酒罚酒都是喝酒的借口，所谓酒桌文化我这种无趣的人注定是无法理解的。

因为要敬酒劝酒，能喝酒就成了社交场合和职场应酬中不可或缺的“核心竞争力”。需要频频与别人打交道的采购、销售部门能喝尚属正常，现在据说连做财务的也要会喝，不然在银行、税务面前说不上话。平时公事公办的态度到了酒桌上一定多有松动，说话放肆一点别人也不好意思太计较。借着酒意开口的仿佛借了个胆,壮着酒胆答应的有如用别人的钱在承诺,虽然彼此都明白酒桌上说的话大多不能兑现。酒桌上气氛比平时轻松,但规矩可一点都不少。晚到的要自罚三杯;下级对上级、晚辈对长辈通常要说“我干了,您随意”;干杯时下级、晚辈要尽量把酒杯放低一点,如此等等。酒桌表现出来的酒德、酒品很多人还是非常在意的,常听人提起某人酒量不行,酒品还不错。所谓酒品好,通常也就是敢喝,来者不拒。感觉中每个单位好像都有那么几位以善于喝酒见长的,往往还是女士。一到有重要应酬需要就慨然出动,在酒桌上斩敌于杯下,好不威风。

劝酒、敬酒的后果之一就是喝醉,通常都是从一开始的彬彬有礼到脸红微醺,一路再到醉意渐露、醉眼惺忪、醉态酩酊,最后或胡言乱语,或酣然入睡。其实,喝酒买醉也是一种情绪的宣泄,是暂时摆脱社会身份束缚的自由,是回归原始快乐的生活体验。有人认为,喝酒最怕的是喝十次醉十次的,一点自制力也没有,不能做朋友。喝酒更怕的是喝十次一次也不醉的,没有烟火气,太冷静,也不能做朋友。这个说法和明代的张岱类似:“人无癖不可与交,以其无深情也;人无疵不可与交,以其无真气也。”人以群分,这个群不仅是能不能喝酒,而且还要进一步分为能不能喝出深情和真气。我这种滴酒不沾的连进入群体的资格都没有,惭愧。

中国人喝酒习惯以菜伴酒,以酒带菜,于是生出一种特殊的菜肴类别叫“下酒菜”(千万不要给外国人解释下酒菜,他们根本无法理解)。下酒菜一般要有几个特点:一是不怕时间长了变凉,所以一般都是冷菜;二是不容易饱腹,以免影响后面的正餐;三是容易取得,容易准备和添加;四是没有明显的地域偏好,皆大欢喜。网上曾有十大、五大下酒菜的评选,不管谁来选,花生米一定名列榜首。来一碟花生是许多人喝酒的前奏曲。花生居然和喝酒出双入对,估计老外是无论如何也想不通的。宁绍一带的茴香豆,北方的拍黄瓜,江浙地区的卤豆干也普遍受到酒客欢迎,但多少有点地域性。

喝酒除了令人失态,也能激发创作灵感,所谓诗酒人生,无酒难有好诗。明清小品说得明白:“多情者必好色,而好色者未必尽属多情,……能诗者必好酒,而好酒者未必尽属能诗”([清]张潮:《幽梦影》)。多情与好色的关系因为周边的朋友都不承认自己好色(我也不承认)而无法确证,诗和酒的关系却不难从朋友中找出实例。同事许定波教授诗情磅礴,据说诗都是酒后写的,不喝酒是写不出来的。他酒量惊人(也有说不过如此的),在会计教授中鹤立鸡群。酒量和诗情相匹配,顺理成章。我不能诗,才情不够或许是个原因,但更主要的我以为还是不能喝酒。这样一想,心里顿时倍感宽慰。

中国历代诗人,出名的基本都是能喝酒爱喝酒的,李白和刘伶无疑是他们中最有代表性的。杜甫有诗:“李白斗酒诗百篇,长安市上酒家眠。天子呼来不上船,自言臣是酒中仙。”你看,酒杯端起来连皇帝老子都懒得理了。竹林七贤之一的刘伶是酒名最盛的文人,流传下来最著名的作品是《酒德颂》:“唯酒是务,焉知其余?”他“常乘鹿车,携一壶酒,使人荷锸而随之,谓曰:死便埋我”(《晋书》)。喝酒喝到不顾生死,刘伶的境遇也是让人唏嘘不已。爱喝酒的诗人还可以举出一大串来,陶渊明、杜甫、贺知章、苏东坡、辛弃疾、陆游,等等,不胜枚举。

除了刘伶的《酒德颂》,历代文人还留下了许多赞美酒德、规劝滥饮的文字，如西汉扬雄的《酒赋》、三国曹植的《酒赋》、北宋张载的《鄙酒赋》、明朝袁宏道的《觞政》，等等。酒蕴含的美好、酒带来的陶醉、酒醉后的忘我，流动在字里行间。文人与酒，千百年来便是这样相伴而行。

书法家的佳作往往也在酒后诞生。草书的巅峰是唐朝的张旭和怀素，二人均好酒，且酒后狂放不羁，佳作一挥而就，留下了“颠张醉素”的美谈。苏东坡的书法神品也大多产生在酒后：“仆醉后辄作草书十数行，觉酒气拂拂从十指间出也。”可谓酒催神助，常理无法解释。

中国女性喝酒喝出大名的要数杨贵妃了。据说杨贵妃是因为唐玄宗爽约未能来一起赏月而闷闷不乐，以酒解闷，喝出了千古一醉。梅派名剧《贵妃醉酒》让人看到醉态也可以美不胜收。要是杨玉环能预知自己的结局，大概她会宁愿一醉不醒，神归天界。

最令人心寒的喝酒大概要算赵匡胤的“杯酒释兵权”了。黄袍加身坐上皇位的宋太祖生怕别人如法炮制，一场酒宴，一脸苦相，一杯浊酒，让一起拼杀出来的兄弟乖乖交出兵权回家安享晚年。老板的酒是不好喝的。

文人喝酒，总要弄出点助兴的名堂，于是便有了酒令，有了“曲水流觞”和投壶。

酒令考验的是文史知识的积累和临场应变的急智。没有满腹诗书的难免要张口结舌、窘相毕露。“曲水流觞”和投壶都是酒令的早期形式。所谓“曲水流觞”，就是一群雅士，在山水间择一蜿蜒小溪，众人沿溪散坐。从上游取杯斟酒，将杯放入水中顺流而下。杯停在谁的面前谁就要饮酒赋诗，诗不成便要罚酒。诗酒交融的“曲水流觞”显然是自信有七步成诗之才的文人才喜欢的游戏。投壶是执箭投壶，现在早已失传,想来应该是未投中的罚酒,相对比较简单。

余生也晚,行酒令的雅事无缘见识,于是只能从小说中一窥其貌。《红楼梦》有不少酒令的描写,连贾母也喜欢行令助兴:“咱们先吃两杯,今日也行一令才有意思。”书中令官鸳鸯行的是骨牌令,“无论诗词歌赋,成语俗话,比上一句,都要合韵。错了的罚一杯”。大观园中各人行的令雅俗不一,却都揭示了各自的性格和命运。今天在酒桌上已没有了酒令的踪影,偶尔能看到的只有猜拳。“哥俩好啊,跑不了啊……”,热闹倒是真热闹,烦人确实也是真烦人。

英国前首相丘吉尔据说是杯不离手,嗜酒如命。有人嘲讽他“只在吃饭和不吃饭的时候喝酒”,他自己辩称“我控制酒的时间肯定比酒控制我的时间多”。你看,会喝酒的经常以酒量自豪,但对于被人当成酒鬼又耿耿于怀。百般人生,酒中见微。性格人品,酒桌尽显。美酒当前,顾不得那么多了。

这一杯酒,得意时助兴,困顿时解愁,低落时分忧,思乡时催梦。借着这杯酒,文人成诗,乡人交友,商人牟利,闲人度日,小人播谗,游人愁归,情人圆梦。这一杯酒,真真是人世间第一宝物。

(中)

酒幌轻拂,酒意微醺,酒话继续。

以前上海人喝酒,如果不是特别说明,一般就是喝黄酒,所谓“吃老酒”。黄酒以绍兴产的最出名,所以又称“绍酒”。据说当地人家生女孩,一定要酿一坛好酒深藏起来,直到女儿出阁才打开,称之为“女儿红”。因为用大米酿成,很多人笃信黄酒有益健康,多饮无妨。一坛好酒,要米好、水好、麴好、手艺好、储藏好,缺一不可。以前庄户自行酿造时代,酿出上好的黄酒除了要有耐心,还要有运气。现在工业化生产,酒好不好除了看品牌,更多的是看年份。在大家的印象中,越陈的酒越好。虽然我总觉得这种年份和品质的线性关系假设太单一,但除此之外倒也找不到简单易行的品质判断标准,你总不能一坛一坛试过来吧?

香港才子蔡澜有次在港接待外国名厨,拿一瓶陈年黄酒招待,醇香厚重、回味悠长的酒味让客人赞不绝口。可见,能欣赏黄酒的不只是江浙人士,不只是炎黄子孙。而且,很多人都赞同最能代表中国士大夫文化品位的应该就是黄酒。但黄酒在国内却消费群体狭窄,地域性很强,虽有酒商多番努力,但黄酒的主要消费群仍然只能局限在江浙一带。

黄酒宜热饮,这个热,不是煮而是烫,这应该是黄酒的独特之处。烫酒而饮,并不是近代才有的习惯。三国演义里的“温酒斩华雄”,关羽到战场上去杀个大将,回来酒还是温热的,既显示了杀人的麻利,也说明了酒烫得到位。热的酒容易给人酒味氤氲的联想,场景温暖可人。想象一下初冬时节,烟雨江南,寒意逼人。烫一壶酒,凑几个伴,就着一碟茴香豆,在滴滴答答的雨声中漫说天下千秋,消磨无尽岁月,何等的惬意!可惜,这一番知堂老人笔下的闲适似乎早已离我们远去。

我小时候,一般人买酒都是买散装的,谓之“零拷”,街角巷尾的酱油店和烟纸店都有供应。酒瓶需自带,店家用酒吊而不是杆秤确定酒量,从没见买卖双方对此有争议的。也有小孩拿碗打酒,尽管一路小心翼翼,也难免不滴滴答答留下酒痕。这景象,真如前人所描写的:“沽酒客来风亦醉，卖花人去路还香”，活脱脱一幅市井风情画！那时，酒瓶似乎比酒更难得。黄酒还可以连瓶带酒一起买，啤酒却必须拿酒瓶去换购，瓶口有缺口的店家还拒绝接受。早年啤酒远比白酒普及，特别是夏季的家庭用酒，几乎是啤酒的一统天下。为此，每家每户都会存几个啤酒瓶，酒瓶成了喝酒的本钱，今天的年轻人听起来一定觉得匪夷所思。

白酒的诞生和普及有赖于两个技术的产生：蒸馏和勾兑，前者使酒精度大幅提高，后者则有助于酒品风格的形成和稳定。蒸馏法产生于何时素有争论。因为出土文物中曾发现东汉的青铜蒸馏器，有人认为当时就有了蒸馏酒。但李时珍的《本草纲目》言之凿凿地说：烧酒非古法也，自元时始创其法。这个说法应该是比较可信的。

相对于非蒸馏的低度米酒，白酒似乎有先天的优势。而且白酒的优势好像不受地域、职业、场合、年龄等因素的影响。我曾问过好几位酒徒为什么中意白酒，回答无非过瘾、豪放、上档次、口味佳。适口者珍，酒类的评判标准从来就没有科学可靠又普遍认可的标准。用量化标准来界定每一款酒的优劣，那是只有洋人才干得出来的事。红葡萄酒的评分、鉴别便提供了一个明证。

葡萄酒（包括红和白，红远多于白）无疑是全世界饮用最多的酒品，喜好者遍布世界各地。饮用的人多了，难免各有所好，喜好到一定程度就容易走火入魔，具体表现是极力说服别人我喜欢的这款才是真正的好酒。怎么判断红酒好不好？一般认为，香气、色泽和口感是最重要的评价指标。香气和色泽多少还有讨论的余地，口感就只能各说各的了。一说口感，逃不过的一个词叫“单宁”，说老实话我从来没弄懂过。“鞣质（tannin）又称单宁、丹宁，是植物细胞的单宁体中的一种防卫用化学成分,用来封锁蚜虫的口腔以收防止蚜虫攻击之效。""单宁在为葡萄酒增添涩味的同时,也为葡萄酒增添了酒体的复杂度。""它影响着葡萄酒的颜色、陈年能力以及葡萄酒的结构,但它却闻不到也品尝不了,不过你却可以真实地感受到它。"这是我从网上找来的解释,是不是很莫名其妙? 看了这个解释,再回想以前别人对我煞有介事地说这瓶酒的单宁如何如何,心中不免涌起曾受愚弄的感觉。

为了帮助外行找到值得一试的好酒,有人开始尝试为葡萄酒打分。打分的人一多,难免要相互竞争。于是,葡萄酒评分也成了一个竞争性行业。为葡萄酒打分最出名的无疑是罗伯特·帕克(Robert Parker, R.P.),他的影响力大到可以让一家历史悠久的酒庄门可罗雀,也可以使某一无名餐酒销量和价格一夜之间飙升数倍。他被誉为酒中帝王(the emperor of wine),有人甚至因为自己投资的酒得到低分而以死亡相威胁。作为美国人的帕克,大学读的是历史,爱喝的是可乐而不是红酒。据说有一年他追随女朋友去法国,因法国的可口可乐过于昂贵而被迫改喝葡萄酒,从此与葡萄酒结下了不解之缘(你看,爱情的力量有多大!)。帕克于 1975 年开始从事与红酒相关的文字记录工作,并于 1978 年开始将自己的评分刊登于与红酒相关的专业报纸上(引自梁文道:《味道之味觉现象》)。

帕克的评分非常直截了当,以 100 分为满分,评分越接近 100 越好; R.P.93 就比 R.P.91 好。有人质疑他怎么可能喝出 1 分 2 分的差别,但帕克信誓旦旦地说他真有这个本事。据记载,帕克经自己的品尝认定 1982 年的法国波尔多葡萄酒果香厚重,单宁不强,在橡木桶中的初期阶段充满青春活力,因此适合收藏。对此,帕克不惜赌下他一生的信誉,向公众宣称1982年是20世纪葡萄酒最好的年份之一。而有些专家则认为这不是能久藏的年份,果香淡去之后,可能没有足够的单宁支撑酒在瓶中进一步发展。虽然有不少人对帕克的说法持观望态度,但是相信帕克的人开始买期酒(wine future)。最终,事实正如帕克所言,1982的波尔多在上市之后确实成熟极慢,潜力无穷,成为20世纪的最佳年份之一,82年的红酒价格更是连翻几番。自此,帕克奠定了他的声望,追随者与日俱增,在红酒界的影响力越来越大。而他那些明显有误的评分也被视而不见。

有经济学家觉得帕克和与他类似的评分者太过主观随意,带有个人偏见,太不"科学",因此另辟蹊径。1988年,美国普林斯顿大学的著名经济学教授艾申费尔特(Orley Ashenfelter)决定从研究葡萄着手开发一套红酒评鉴标准。他从拍卖行取得过去五十年的波尔多红酒拍卖价,再从气象部门取得这一期间的降雨和气温记录,根据回归分析发现在温度较高及雨量较少的年份出产的葡萄更能酿出高质量的红酒。这一假设被拍卖结果所证实。根据推断,艾申费尔特在酒评家普遍看淡1988年波尔多红酒的时候反其道而行之,将1988—1990这三年的红酒誉为"必饮之酒"而大力推荐。结果大获全胜,1989年及1990年的红酒现已被视为"五十年来最佳葡萄酒"。艾申费尔特学究式的评酒方法毫不意外地遭到其他酒评家的猛烈抨击,帕克就指责说不试酒而评酒有如不看电影而写影评,荒诞不经。

红酒的生产地一向有旧世界与新世界之分。"旧世界"主要指法国、意大利、西班牙等有着几百年历史的传统葡萄酒酿造国家。而"新世界"则指美国、加拿大、阿根廷、澳大利亚等新兴的葡萄酒酿造国家。

但是“新世界”里的少数国家如阿根廷等也有上百年的葡萄酒酿造历史,所以在时间上新世界与旧世界葡萄酒的界限越来越模糊。法国的葡萄酒由于几大著名酒庄的存在而显得与众不同。法国人对其他国家生产的葡萄酒难免有居高临下的优越感。1976 年 5 月,英国葡萄酒专家斯珀里尔(Steven Spurrier)在巴黎歌剧院请 9 位评审对 20 瓶隐去外部特征的美法葡萄酒盲评。试饮时法国的评审员信心十足,一会儿赞叹这才是法国酒应该有的口感,一会儿又不屑地说口味如此平淡,一定是加州货。真相让评审员尴尬无比,名列前茅的居然都是加州酒。美国报刊兴高采烈,法国舆论一片哗然,认为一定有人做了手脚。这结果也让组织者大吃一惊,斯珀里尔事后说,早知道是美国酒赢我就不搞了。毕竟,他是在法国做生意的。30 年后斯珀里尔再次召集一班酒界精英,对法国和美国加州的顶级好酒重做盲试,希望让法国人挽回一点面子。结果再次震撼酒界,法国酒又一次在众目睽睽之下败给了新世界的后起之秀。

中国其实也是葡萄酒的酿造大国,有着数千年的酿造历史。但考古发现的酿酒遗迹虽然有葡萄的痕迹,其实和我们今天流行的葡萄酒应该没有什么关联。1892 年张裕葡萄酿酒公司的成立才是中国工业化酿造葡萄酒的真正开始。改革开放以后,中国葡萄酒产业发展迅速。据 2015 年统计,中国葡萄园面积 82 万公顷,居世界第二;葡萄酒产量 11 亿升,居世界第九;葡萄酒消费量 16 亿升,居世界第五。中国地域辽阔,气候差别大,给各种葡萄的种植提供了良好的条件,由此形成了若干个葡萄酒产区,如吐鲁番、甘肃武威、银川、贺兰山、渤海湾,等等。在引进了世界优良葡萄酒品种和知名葡萄酒专家以后,中国葡萄酒的品质突飞猛进。假以岁月,中国应该也会给世界贡献几个让人交口称赞的葡萄酒品牌。

中国产的葡萄酒日渐为外部世界所接受,但中国人喝红酒的方式却是老外闲聊时的笑话。红酒刚进入中国时,大概因为国人对略有酸涩味的红酒一时还不能适应,于是有人加话梅,有人掺可乐。听在老外耳朵里,就好像我们听到别人往茅台里掺可乐一样不可思议,暴殄天物啊!我刚出国时,有人送我一瓶葡萄酒。我不喝酒,尤其没有独自一人喝酒的雅兴,于是打开用作厨酒。房东看到,脸上现出一副不可思议的表情:"你居然把我买不起的高档红酒拿来烧菜,太过分了。"我有点不好意思,问她要不要拿去喝。她问我什么时候打开的。"昨天?可惜,已经不能喝了。"我知道,从此我就成了他们喝酒聊天的一个笑话。

每逢宴请,中国人讲究的是菜肴,西方人似乎更讲究配酒。还是刚到国外的时候,有次请老外朋友吃饭。饭前聊天,我感到需要开一瓶酒助兴。还好,手边正有一瓶别人送的。于是打开给朋友斟上。把酒递上时他脸上掠过一丝意外。事后他告诉我,那是烈性酒,通常在餐后喝。这才知道人家喝酒要分餐前、餐中和餐后。餐前酒用来开胃,一般挑酒精度低且比较不甜的,如马蒂尼(martini)、苦艾酒(vermut)、坎布里苏打(campari soda),最高级的开胃酒是香槟。餐后酒要有助于消化,所以一般是酒精度高的烈性酒,如白兰地、威士忌。

不仅喝什么酒有讲究,怎么点、怎么上酒也有不少规矩。在高级餐厅,你先要在饭店提供的酒单上点一瓶(或一杯)酒。饭店的酒单就是这家店品位和组合能力的体现,特别是主推的那瓶酒(即 House Wine 本店特荐)。香港半岛酒店的中餐厅有次破天荒地把一款内地产的红酒用作“本店特荐”，这件事居然还被登上了报纸。每家店的酒单上都会有一些特别昂贵和特别便宜的，但他们知道一般人只会点中间价位的，既不肉痛，也不掉价。不一会儿，伺者拿着酒来让你确认，确认后再拿去开瓶。再次出现在你面前的这瓶酒会包上毛巾，一来防止酒滴掉落，二来也避免手长时间握着酒瓶影响酒的温度和口感。有的饭店会用一个小碟装上软木酒塞让你查看。葡萄酒正确的保管方法应该是平放，这样的话酒塞就是湿的，膨胀的酒塞避免了过多的空气进入。然后，伺者会倒一点酒让你品鉴。现在你需要做的是握着酒杯，晃动一下，再煞有介事地抿上一口，再庄重地点点头，开瓶仪式到此算是结束。我还从来没有看到过有哪位客人试酒后不识趣地摇头表示不满。毕竟，这是你点的酒，别告诉我你从来没喝过。

就买醉这件事而言，中国恐怕是全世界最自由的地方了。买酒没有地点或时间的限制。在某些国家，酗酒是严重的社会问题，于是便对买酒、喝酒施加了种种限制。饭店如果没有酒牌，食客是不能在店里喝酒的。如果饭店门口没有 BYOB(Bring Your Own Bottle，意为“可以自带酒”)的标识客人不能自己带酒进来。此外，在加拿大的华人超市出售的厨用黄酒是加了盐的。因为醉眼迷离的酒鬼很难在正规的酒类专卖店买到酒，而且可能也买不起。便宜又好喝的中国酒，特别是价格低廉的厨用黄酒便成了最好的替代品。为了防止被滥用，华人超市就在厨酒中加盐使之不易入口。

“不喜欢葡萄酒的人永远不会做出任何对人类有益的事”，把话说到这么斩钉截铁的不是等闲之辈，而是大思想家卡尔·马克思；这是他给女儿亲家的信中所说的话(林行止：《好吃》，第 46 页)。马克思早年喜欢喝葡萄酒,他那当律师的父亲还曾经拥有过自己的酒庄。在大学求学期间马克思还担任过酒友会(drinking society)的会长。1842 年起马克思为科隆《莱茵日报》撰稿。他大肆抨击普鲁士政府的税务和关税政策,因此而饱受迫害,不得不流亡法国。香港著名报人林行止曾感慨地写道:"假如当年普鲁士政府'接受批评',征收进口酒税及把征收营业税'合理化',则马克思有可能留在故乡,过农场主酿酒商饮酒为乐的舒适生活。果如是,这个世界便大不同了。"现在,马克思的故乡推出了马克思牌的葡萄酒,估计买酒的主要是去参观故居的中国游客。

20 世纪 80 年代中期,我第一次出国回来,在免税店想买瓶酒带回来显摆。问同行的该买什么酒,得到的建议是买一瓶 XO 威士忌。我看了一下价格,觉得太贵,自己下调了一个档次,决定买一瓶 VSOP 级的。一看,还是有点贵,咬咬牙在这个档次中买了一瓶稍微便宜一点的,拿回家才发现是日本产的,老实说多少有点买错了的懊恼。后来才知道日本和爱尔兰、英国一样,属于威士忌的旧世界产地,所产的威士忌在世界上享有盛誉。这瓶酒,到今天还原封不动地放在家中,也不知道还能不能喝。想不到的是,多年以后不喝酒的我竟然也 XO 常伴左右。这个 XO 不是酒而是酱料。香港半岛酒店的一位名厨琢磨出了一款用上等干贝、火腿、虾米等食材打造的酱料,大受欢迎。为了显示这款酱料的名贵,他将之命名为 XO 酱。XO(Extra Old)的本意仅仅是指酒在橡木桶中储存的时间足够长,与品质并无直接的关系。现在被他这么一搞,XO 就代表了高级、矜贵。不知道将来会不会有人弄一个 XO 商学院出来让教书匠也沾点贵气。

人以群分,人也以酒分。酒的鄙视链一向与酒精度相关联,高度白酒高高在上,低度黄酒屈居其下,啤酒果酒忝居末座,洋酒(西洋和东洋)则自成鄙视链体系。不过,在提倡健康生活和个性化消费的今天,清新爽口的低度果酒和精酿啤酒在年轻人中越来越受欢迎。以烈为尊的酒世界或许真的会改变?

酒不醉人人自醉,人一醉话就多,而且都是平时不敢说的话。酒话连篇、咬文嚼字是不喝酒的醉态,很可能比真喝了酒的还招人厌。这样一想,我提醒自己该停下来了。再一想,我说停下来别人会信吗?酒鬼酒仙清醒的时候谁没说过以后不喝了?一杯到手,笑逐颜开,说过的话都不算数了。我也差不多,欲罢不能,酒话待续。

(下)

醉里且贪欢笑,杯中自有天地,酒话欲罢不能。

酒是享受,酒是文化,酒更是生意,一门大生意。

国家统计局数据显示,2021年全国酿酒产业规模以上企业总计1 761家,产量同比增长3.95%;销售收入8 686.73亿元,同比增长14.35%;利润1 949.33亿元,同比增长30.86%。整个行业收入利润双双增长,一片欣欣向荣的景象。此外,2021年还进口了各类酒(包括乙醇)合计约55亿美元,其中葡萄酒约17亿美元,啤酒7亿美元。

其实,一片繁荣掩盖不住的是不同酒类的苦乐不均。白酒不仅收入高居榜首,盈利水平更是其他酒类难以望其项背的:产量占全国饮料酒总产量的16.62%,营业收入占74.66%,利润占87.31%。白酒行业的利润总额是啤酒业的9倍多，黄酒业的100倍，葡萄酒业的520倍。

白酒中又有一个所谓“T8峰会”，包含了中国白酒行业的八家顶尖企业：茅台、五粮液、洋河、泸州老窖、汾酒、古井贡酒、郎酒和牛栏山。这8家企业2021年营业收入占全国白酒的45.89%，利润占58.18%。2022年一季度这两项数据继续攀升至51.74%和76.71%。

白酒，尤其是高端白酒，在渠道端、资本端、舆论端呈现出前所未有的热度。特别是以酱酒为代表的产业投资热在2021年达到顶峰。

白酒的火热引来的是一拥而上的投资和并购。其中最令人瞩目，也是最令人唏嘘的是国际酒业巨头轩尼诗对文君酒的收购和放弃。文君酒厂原为剑南春集团全资拥有的附属公司，2007年法国轩尼诗（奢侈品大本营路易·威登LVMH旗下酒厂）斥资近1亿元购入其55%股权，剑南春则继续持有45%的股份。在中国已经苦心经营了二十多年的轩尼诗成功入主文君后开始了雄心勃勃的改造工程，以他们熟悉的酒庄经营模式来改造文君。当时的文君酒厂，用“一穷二白”来形容一点都不过分：设备严重老化，没有正规的办公楼和公共设施，厂区到处堆积着煤渣，男女通用一个厕所。产品更是凄楚，所生产的文君酒不过是把头酒交给剑南春以后的低端货。

这样一个烂摊子是如何让顶尖奢侈品牌路易·威登动心的呢？吸引轩尼诗的是“深厚的文化底蕴”。据说轩尼诗对合作酒厂有一个硬性要求：窖池的窖龄至少要有50年以上的历史，这是营销奢侈品高端白酒的本钱。当轩尼诗的总经理面对文君古街和明代万历年留下来的古窖池，不动心都说不过去了。接下来的故事就比较老套了：大手笔的投入，轰轰烈烈的改革，焕然一新的厂区和生产流程，全新的酒瓶设计和产品调性,交口称赞的口味,换来的却是始终无法突破的销量。十年以后,轩尼诗黯然退场,股权回归剑南春。

让轩尼诗折戟的,除了国内高端白酒市场对新锐品牌的排斥,更多的是把高端中国白酒推出华人市场的困难。在海外市场,中国高端白酒如茅台和五粮液,主要消费客群始终无法突破华人圈。在这一点上,俄罗斯的伏特加似乎要成功得多。伏特加无论是调制鸡尾酒还是单独饮用,在欧美市场都是烈酒消费的主流产品之一。轩尼诗本以为作为国际酒业呼风唤雨多年的巨头,即使无法在中国国内突破一众强势品牌的围堵,至少在国际市场应该可以有所作为。不说让文君酒超越伏特加,至少可以并驾齐驱吧?谁知烈酒消费是“隔酒如隔山”,口味的偏好难以撼动,文君酒硬是打不进欧美的酒吧。

与文君酒类似,国际酒业巨头帝亚吉欧在2007年曲线入股水井坊,随后不断增持,到2012年实现真正控股。收购伊始,帝亚吉欧派来了中国白酒行业的首位洋掌门,声称要在五年内实现水井坊外销占比40%的目标。结果是海外营收不增反降乃至可以忽略不计,公司业绩下滑态势明显。国内企业也对白酒情有独钟,维维收购了贵州醇,联想收购了武陵酒、乾隆醉和孔府家酒,可惜都无功而返。白酒行业既定格局的坚固和消费习惯的顽强由此可见一斑。

同样是清白如水的白酒,日本的清酒也值得一说。清酒是不经蒸馏的低度白酒,酒精浓度平均在15%左右,和中国南方农家自酿的白酒如崇明老白酒相类似。清酒是日本的国酒,英文名就是日语的发音Sake,没有用意译,大家也都接受了。这一点上我觉得我们应该向日本人学习,翻译时没有必要太迁就西方的阅读习惯。有个香港作家对此忿忿不平:为什么日本寿司的英文是Sushi,而我们的“肉夹馍”却要翻译成中国汉堡(Chinese Hamburg)?按理说汉堡的中文名称应该改为外国肉夹馍才对,毕竟肉夹馍的历史要比汉堡长得多。好像很有道理,你觉得呢?

日本清酒的爱好者众多,随着日本餐馆在世界各地的流行,清酒也随之流行各国,中国也不例外。清酒的酿制,无非是水、米、麹和酵母的结合,但日本人硬是把这几个要素做到了极致。水要讲究软硬,讲究水源地的土质和环境。除了酿造酒类时所使用的原料水需要受到规范,用来清洗酒瓶及厂房设备的水亦需受到监督。因为若使用劣质水清洗酒瓶和机具,残留下来的水滴会影响酒的纯度及品质。米不仅要限制品种,而且要将米粒外层含有蛋白质和脂肪的米糠磨掉,好的酒要把米磨去40%(称为精米步合60%)。酵母则由日本酿造协会在大规模采集、评鉴、选择基础上形成一系列的推荐品种,酒企在推荐范围内按自己的要求选用。精心酿制的酒装在设计精美的酒瓶里,配上令人赏心悦目的酒贴,日本清酒能卖高价似乎并不令人意外。长期的精益求精和优胜劣汰汰选出一些世界知名的品牌如月桂冠、日本盛、獭祭、白鹤等,以及日本的五大酒庄。相比之下崇明的老白酒至今还是装在塑料桶里、没有任何知名品牌的便宜货。说起来真让人感慨和不平。

中国有句不怎么禁得起推敲的俗语叫“酒香不怕巷子深”,听起来好像只要你的酒口碑好,大家口耳相传,销量一定没有问题。广告的作用被严重低估了。其实大不然。如果没有铺天盖地的广告,会有多少人知道并记住中央电视台的标王“秦池”?即便是国人皆知的茅台酒,不也需要在黄金时段砸重金在电视上反复宣传“国酒茅台”吗?酒类企业在广告业的大客户名单上长期处于头部位置，证明了酒的口碑或者口味其实并没有决定性作用。

酒类广告做得最巧妙的我觉得还是当年的三星白兰地。民国初年有酒家想推广还不为大众所熟悉的洋酒，于是在报纸上登出有奖征联，上联就是“三星白兰地”，一时应征踊跃。最后得奖的下联是一副无情对（字字工整相对而整联毫不相干）“五月黄梅天”，文人墨客无不赞叹，“三星白兰地”于是成了当时的明星酒品。这种中国文字特有的广告形式巧妙而趣味盎然，今天已很难复制了。

酒类“宣传”最震撼人心、影响最久远的莫过于唐代诗人王翰《凉州词》中的名句：“葡萄美酒夜光杯，欲饮琵琶马上催。”虽然王翰决无推销葡萄酒的意图，他所说的葡萄酒与我们今天流行的也完全没有可比性，但如此深入人心的唐诗名句让葡萄酒的美誉度达到了任何广告都难以企及的高度，难怪乎经销商最愿意把这句话挂在嘴边。

如果说王翰诗里的葡萄酒还是遥远的借用，那么康熙皇帝的推崇就是直接的背书了。康熙四十七年，因太子废立风波，康熙龙体欠安，心悸严重。传教士伯纳德·博德斯（Bernard Bodes）建议服用葡萄酒，没想到效果很好。“西洋上品葡萄酒乃大补之物，高年饮此，如婴童服人乳之力。谆谆泣陈，求朕进此，必然有益。朕鉴其诚，即准所奏。每日进葡萄酒几次，甚觉有益，饮膳亦加。今每日竟进数次。”（王诗客：《新滋味：西食东渐与翻译》）看来向康熙推荐葡萄酒的人深得中国文化的精髓，把葡萄酒包装成滋补品，皇帝哪有不喜欢的。

可惜，虽有唐诗名句的加持和康熙皇帝的背书，葡萄酒在白酒面前还是抬不起头来。2021 年国产葡萄酒的销售总额不到 100 亿元，占酿酒行业总规模的1%,仅与古井贡旗下的一个单品“年份原浆”相当。更令人难以理解的是2021年已经是国产葡萄酒产量连续9年下降。

国产葡萄酒失去的份额一部分是被白酒抢去了,还有一部分是被进口葡萄酒和洋烈酒侵蚀了。

据统计,2022年1—7月中国葡萄酒累计产量达到11.2万千升,同比下降24.3%;进口量为21.5万千升,同比下降15.6%。澳大利亚、法国、智利、意大利及西班牙包揽了中国主要葡萄酒来源国的前五名。目前,中国已是全球葡萄酒消费大国,但离产量大国还有一定的距离。据国际葡萄与葡萄酒组织(OIV)公布的统计数据,2019年中国大陆以7%的消费量份额位列全球第五大葡萄酒消费市场。

国产葡萄酒产量下降的另一个原因是酿酒葡萄投入高、收入低,农户种植积极性下降,没有充足的资金去提高葡萄品质,其结果是葡萄酒产业被资本市场所遗忘。据不完全统计,2022年上半年葡萄酒行业仅有3起融资事件。目前,我国葡萄酒相关企业约有600家,其中有10余家上市企业,主要分布在新疆、宁夏、山东等葡萄酒发展较为发达的地区。从企业格局来看,以张裕、长城为代表的行业龙头企业占据过半的国产葡萄酒市场份额,中小型企业生存甚为艰难。

在中国酒类市场中,有两个酒品显得非常与众不同。一个是中国的茅台,另一个是法国的拉菲。

茅台是白酒中当仁不让的名酒之花,2021年的利润额高达557亿元,占酿酒行业利润总额的29%。现在的茅台,每天净利润约在1.6亿元,比A股市场大部分上市公司的年利润还要多。2001年8月贵州茅台上市,每股发行价31.39元,融得资金22.4亿元。到2021年底,茅台累计支付的现金股利高达 1 485 亿元,在资本市场的付出远远高于其得到的。用某位投资专家的话来说,“茅台就是活菩萨,给大家送钱”,中国资本市场中靠投资茅台实现财富自由的不在少数。到 2022 年三季度末,贵州茅台以 2.35 万亿元总市值超越腾讯,在 A 股市场位居第一。偌大一个中国,市值最高的居然是一家酒企,还是靠一个单品打天下的酒企。真不知道应该为公司喝彩还是为市场的偏爱叹息。

茅台也不想躺在一个单品上过一辈子,于是不停尝试各种多元化产品,包括咖啡、果酒、精酿、红酒,可惜都是昙花一现。一个神话产品派生出来的竟然是一个接一个的笑话,看来茅台的品牌力也不是法力无边的。最新的尝试是茅台冰激凌,反响相当热烈。加了不到 2%的茅台酒,冰激凌的价格就可以高过以贵著称的哈根达斯,茅台勇气可嘉。我忍不住试了一下,老实说不过如此。当然,茅台冰激凌针对的决不是我这样的老顽固。不难想象,靠一大批喜爱但买不到或买不起茅台酒的年轻人支撑起一个单价不过几十元又带有茅台标记的产品对经销商而言应该是没有什么难度的事。

再说说拉菲。一个总产量不过二十万瓶的酒被陆续卖出几百万瓶,四十年后还可以一年卖出近十万瓶,称它为神酒应该不为过吧?这个酒就是 82 年的拉菲。现在的售价据说每瓶已超过 8 万元,一个空瓶也可以卖到 4 000 多元,假酒的猖狂不难想象。拉菲古堡(Chateau Lafite Rothschild)身世不凡,是法国波尔多最有名气和实力的酒庄之一,曾是法王路易十五的御用酒庄。庄主是阴谋论中经常涉及的罗斯柴尔德家族(Rothschild),拉菲也是法国总统招待外国元首最喜欢拿出来的葡萄酒。

其实,拉菲并不是最贵的法国红酒。比如,勃艮第的头牌酒庄罗曼尼康帝,单瓶价格往往是两三万美元,在欧美的名气还在拉菲之上。那为什么拉菲在中国一枝独秀呢?

一方面,拉菲确实是好酒。拉菲的好首先是香港人认可的。82 年的拉菲从 20 世纪 90 年代初进入适饮期,正值风味上的巅峰,又碰上了香港经济活跃,有钱人喜欢炫耀品位和财富,来自欧洲大陆的拉菲就很合适了。那时,"拉菲 1982"简直是港产片里有钱人的标配,从赌神到古惑仔,从官绅到富商,一开口就是"来瓶拉菲"。

另一方面,拉菲的中文翻译也简单而朗朗上口。法语单词的发音对中国人一般不友好,不好学。法国的其他几个一级酒庄的名字就不容易发音,但是"Lafite"这个单词就不一样,易读易记。有业内人士说,如果拉菲译成三个字的词组,恐怕最流行的就不是它了。

茅台、拉菲会不会永远流行下去?不好说,因为未来是年轻人的世界,而年轻人的品位未必与他们的前辈相同,甚至相近。年轻人的喜好将决定酒品世界的胜负。现在的年轻人,喜欢轻松,喜欢独特。针对他们的喜好,这几年精酿啤酒和低度酒大行其道。

所谓精酿(craft beer),是相对工业啤酒而言的另类酿酒方式,简单来说就是用更多更好的原材料酿造的高质量高浓度啤酒。更特别的是,各家精酿酒厂都可以加入不同辅料如巧克力、咖啡、水果,甚至木头来调味。因此,精酿啤酒的口味千奇百怪,创作意味浓重。一般而言,精酿应该是小型(年产量少于 600 万桶)、独立(非精酿酿造者所占股份不能超过 25%)、传统(风味应从传统或者创新的原料与发酵工艺中获得)的。据说精酿啤酒容易让人上瘾,有所谓"一入精酿深似海,从此工啤是路人”一说。

所谓“低度酒”是指酒精度在15度以下的酒，包括即饮酒、啤酒和红酒。最近比较流行的是即饮酒(RTD，含有酒精的预调饮料)，包括预调鸡尾酒、苏打酒、嗨棒(highball)、咖啡酒、茶酒、花果酒等。2021年国内即饮酒的增速接近20%，感兴趣的用户客群增加了一倍多。越来越多的人(尤其是年轻人和女性)关注到这个新兴的品类，开始品尝和热爱即饮酒。尽管增长势头良好，但即饮酒还是一个小众的品类，在可预见的将来都不可能对白酒和葡萄酒形成真正的威胁。

饮酒究竟是有助于健康还是相反？无论是高阳酒徒还是一般大众都想知道答案。可惜的是，长期的研究似乎并没有给我们一个靠得住的结论。一项早期在18个发达国家进行的研究发现：增加饮酒量(尤其是葡萄酒)和降低缺血性心脏病发病率之间存在明显的重要关联。后续的大量研究证明，适量(每个研究用的量都不一样)饮用葡萄酒有助于降低冠状动脉疾病的概率。2006年，有研究人员质疑这些研究的设计存在漏洞：研究中的不饮酒者包含了那些因生病或年老已经减少或停止饮酒的人群。这就可能导致不饮酒者的健康状况看起来远低于一般人群。当把这些人剔除出不饮酒样本后，原来的结论都不能成立了。

更坏的消息是，无论酒精对心脏病的发病风险是否存在影响，它都能够以各种各样的其他方式加速死亡。世界卫生组织的报告显示，饮酒可以增加抑郁和焦虑、肝硬化、胰腺炎、自杀、暴力和意外伤害的风险。酒精也可能导致女性患口腔癌、鼻癌、喉癌、食道癌、结肠癌、肝癌和乳腺癌。全世界4%至30%的癌症死亡都可归因于饮酒，即便是适量饮酒也会增加风险。

现在的局面是，一边有人坚称适量饮酒有助于降低心脏病和其他疾病的概率，另一边则有人毫不犹豫地把酒精饮料归在一类致癌物中。于是，想喝的继续喝，在他们眼里戒酒的都是“傻瓜”；不想喝的坚决不喝，世间饮料多不胜数，我何必要选可能有害的酒类？高兴的是做研究的，只要结论不是一边倒，就有人源源不断地拨款，以继续研究。

不知不觉中酒话已经写了三篇。酒可以过三巡，酒话断不可过三篇。按喝酒的状态，写第一篇是酒意略显，脸色酡红，妙语连珠；写第二篇是酒意微醺，强打精神，言不达意；写到第三篇已经是酒态酩酊，癫狂骇俗，语无伦次。

喝醉酒的，最讨人喜欢的是一醉便睡，万事与我无关，酣然入梦。最烦人的是滔滔不绝，欲休还说，强人所难。所谓知趣，通常就是知止。酒话到此即止。

杂说饭店

起　源

社会学家曾经为一个问题困惑了很久：为什么人类会产生按顿、定时吃饭的习惯，而其他哺乳类动物都是在获取食物或饥饿时才进食？社会学家认为，比较合理的解释是只有按顿吃饭才有可能和别人同时进食。人是社会性动物，有社交的需求，而一起吃饭差不多是最自然、最轻松自如的社交方式。其实，按顿吃饭也是饭店能够存在的前提条件之一。试想一下，如果大家的习惯是有饥饿感时随时进食，每个人需要进食的时间都不一样，开饭店的就只好处于随时待命的状态，显然是没办法持续的。

饭店存在更直接的诱因是一部分人“不能（或不愿）回家吃饭”变成常态。虽然缺乏直接的证据，但很多人猜测，接待信件往来和押送发配罪犯的官方驿馆应该是固定对陌生人提供餐食的饭店雏形。驿卒上路，短途的尚可用干粮对付，长途的必须要有地方可以歇脚、吃饭。官家办的客舍兼饭店于是应运而生。

从为特定的旅人服务到为一般旅人服务，再到为四邻服务，只有完成这个转变，商业性饭店才算正式成为一种经营模式。虽然营业性饭店的雏形可以追溯到公元前的古埃及时代，但严格意义上饭店的出现要晚得多。

所谓严格意义上的饭店，大致要符合这样几个条件：(1)固定的营业场所；(2)对一般公众开放；(3)有菜品可供选择；(4)桌椅齐备，可供堂食，并有侍应服务；(5)营业时间大致稳定。根据已有的史料，普遍认为中国的宋朝，尤其是北宋时期的开封和南宋时期的杭州，已经成行成市地出现了符合这些条件的饭店。饭店出现在宋朝，小说家高阳认为与桌椅凳的流行与普及不无关系(高阳：《古今食事》，第35页)。宋朝之前，人们习惯席地而坐，据案而食，餐桌必须低矮，只适合一个人进食。有了桌椅，餐桌容易拼拆，多人共同进餐才有可能。因为多人可以共桌吃饭，饭店才能成为聚会交流的场所。桌椅凳到宋朝才普及，对高阳的这一断言，说老实话我是将信将疑的。但餐饮业到宋朝而大盛，应该是相当可信的事实。

此外，这个时期饭店的分布与某些行业(如戏院、妓院和赌场)的兴衰有很强的关联，这不仅说明了饭店选址的重要，更说明饭店和某些行业有共生关系，一荣俱荣，一损俱损。换言之，这个时期饭店的客户与某些娱乐、消费场合高度重合，对这些场合抗拒的人可能就不大愿意走进饭店。可以想象，当时到饭店吃饭和不去饭店的是截然不同的两类人。士绅官府阶层喜欢的饮宴场所还是局限在府邸或官场。

快餐店的启示

麦当劳、肯德基一类快餐店的出现在一定程度上动摇了传统饭店的定义,饭店的边界因此而大大拓展。快餐店与传统的饭店相比,异同互见。相同之处在于,二者都有堂食,都有餐牌可供选择,都可以让你饱餐一顿,扪腹而出。除此之外,似乎一切都不一样了:在快餐店你需要去柜台,或者通过手机点餐,需要自己去取餐,吃完自己把餐具送回回收处(国内大多有清洁工收拾)。快餐店的桌椅简单紧凑,服务乏善可陈,背景音乐激越快速,让人难以久留,或许这正是快餐店经营者的意图所在。

以麦当劳为代表的洋快餐店杀进中国,给中国餐饮行业上了很好的一课。麦当劳让中国同行看到,把饭店的厕所弄干净对改善客户体验有多重要。旧时国内的饭店对厕所的卫生状况很不上心,请国外的朋友吃饭,经常在吃得兴高采烈之时,跑一趟厕所,回来往往变得神情大不自在。麦当劳给中国同行的另一个启示是让小孩流连忘返会带来多少回头客。一个小小的玩具、一个当红动画电影人物的玩偶、一个别致的儿童套餐都可以让小孩拽着父母往店里挪。

麦当劳以汉堡包为主打产品。其实,中国的成年人喜欢吃汉堡包的人并不多,但麦当劳对我们仍然有相当大的价值,因为在某些特定的场合它可以大大降低我们的选择成本。设想一下,你在遥远的非洲或南美洲一个不知名的小地方,饥肠辘辘却对街边的小店心存戒心,正犯愁该到哪里去吃点东西,远远看到一家麦当劳,你会怎么样?大概率会精神一振,知道这个地方我可以放心去。一家快餐店,可以在全世界各个地方都给你这样的信心,细想起来实在是了不起的成就。快餐店征服人的不是口味有多惊艳,而是质量始终如一的稳定,这恰恰是我们许多餐饮店所忽视的。

除了提供食品,麦当劳还在许多国家,尤其是美国,承担了很特别的社会职责。很多美国人的第一份工作经验以及可以自己做主的零花钱都是学生时代到麦当劳打工攒下来的。快餐店为培育年轻人的职场纪律和敬业精神作出了可观的贡献,要知道这些乳臭未干又缺乏经验的学生其实未必能替麦当劳承担多少实际的责任。有趣的是,香港人排队的习惯在相当程度上是麦当劳带来的。香港学人梁文道写过一篇文章,题目就叫“麦当劳是香港人的排队老师”(梁文道:《味道之人民公社》,125 页)。梁引用一篇研究报告说:“从一开始还需要经理在场督导,到大家自动自觉列成队伍,大概只花了几年时间。我们排队,是因为这是家文明餐厅(或者美式文明餐厅);无论是入乡随俗,还是为了不失体面,在麦当劳排队都是很正当的。”

点菜与菜单

进饭店要做的第一件事恐怕就是点菜了。在家吃饭,端上来什么你就吃什么。要点菜至少要提前一天,因为需要去市场采买。要是主持中馈的主妇脾气硬朗一点,或许你根本没有点菜的勇气。饭店一定要提供选择,少则一二十项,多则上百项,众口难调之下给你足够的选择空间。对有些人,这是多元的福利,对有些人则是无所适从的苦恼。中餐和西餐的点菜有很大的区别。中餐因为是围食,只要有一人点菜即可。点菜需要考虑预算,兼顾口味,凸显特色,平衡浓淡,殊非易事。有的人将点菜视为畏途,推诿再三,决不开口;另有些人非自己点菜不能满足。一桌食客之中,没有人愿意点菜固然尴尬,要是几个人抢着点菜,场面更不容易控制。张三说这家店葱油鸡不错,李四马上补上一句:“鸡是发物,我不吃。”王五打圆场:“要不点一条干煎带鱼?”赵六不紧不慢地卖弄一下:“你们难道都不知道干煎带鱼是饭店毛利最高的菜?”话到这份上,后面想接话的不能不掂量一下会不会冒犯还没有开口的。

西餐馆(不知为何,西餐比较少用饭店二字)的点菜相对简单,每个人点自己的,不碍别人的事。但如果每个客人都挑最贵的点,请客的那一位有可能下不了台。反过来,每个人都替主人着想,尽挑便宜的,主人的脸色也不好看。据说某些高级的西餐馆只有递给主客的菜单上有价格,其他人拿到的都是不标明价格的菜单。这样大家点菜的时候可以轻松些,尽管看到菜名你对价格也可以猜个八九不离十。每个人自己点菜,好处是可以把自己的需求最大限度地表达出来,即使是同一道菜,各人的要求可能很不一样。比如牛排,有人要 5 分熟,有人要 3 分熟,端上来还真的不一样。牛排能烤得这么精准,我一直觉得很神奇,后来读了香港名笔林行止的《英伦采风》才知道,即使是像他那样从来没有下厨经验的人,求学期间利用暑假到餐馆打工,很快就学会在牛排上按几下判断生熟程度。看来其远不如中餐爆炒的难度大。

西餐中的菜单又分成几种比较特殊的类别,如 Á La Carte(单点)、Prefix(套餐)和 Tasting Menu(品尝菜单)。单点的菜单与我们的习惯比较吻合,挑你喜欢的点就是了。对不熟悉本地菜品或怕麻烦的顾客,套餐(如 A 餐、B 餐)是最省事的。套餐中前菜、主菜、甜品及餐后茶饮都包括在内,客人容易点,因为点的人多,饭店准备充分,所以上菜也快。旅游景点的饭店就是靠这一招来打发蜂拥而至的客流的。品尝菜单是将小份的菜品组合一套菜,提供的是种类多分量小的系列料理,每一道菜只消几小口就吃完,却在那精致的分量中浓缩了主厨的手艺。虽然解决了选择障碍症者的问题,但这样多达一二十道菜的组合菜单价钱通常也不会便宜,耗时常达两三个小时。

西餐馆的菜单一般不过就是两三页;相反,酒单可能相对长不少。所以,老外经常对中餐馆动辄七八页、林林总总几百道菜的菜单诧异不已。“这么多菜要备多少食材才够啊!”其实,菜单上有不少菜客人普遍不会点;即便点了,主料或许不同(如猪、牛、羊、鸡、鸭、鹅),辅料却是差不多的。而且,同一厨师烧出来味型都一样,经常几道菜吃下来感觉只吃了一道菜。如今工业化生产的复合调料大行其道,不同饭店的出品在味觉上也是雷同的居多。

这几年,一种不提供菜单的饭店悄然兴起。不提供菜单的似乎以高端日餐馆和私房菜饭店为主,听起来就不便宜。日餐馆有所谓Omakase的用餐方式,Omakase一词原来不过是交付、托付的意思,引申为厨师发办。食客知道价位,知道菜品大致有几道,具体内容则交由主厨决定,但通常包括前菜、刺身、烤物、炸物、寿司、汤类等。显然,这种用餐方式必须建立在食客对主厨充分信任的基础上,懂行的食客都是冲着主厨而不是饭店去的。私房菜没有菜单,既是噱头,也是出于实际需要。私房菜既要出新,又要时令,还要让食客有意外之喜,采办之功于是便显得十分重要。主事者声明,没有固定菜单,当天你能吃到什么完全取决于市场中能买到什么,能入我法眼的食料才会做给你吃。话虽这样说,大致的菜谱其实早就决定了,随机会出现的最多也就是一两道时鲜菜品。没有菜单的饭店瞄准的是对价格不敏感、喜欢尝鲜、对寻找和鉴别美食孜孜不倦的小众人群。

习惯与传统

中餐因为是围桌而坐,菜置中央,各取所喜,所以每个人吃的东西都一样,却又都不一样。你不喜欢的可以不取、少取;喜欢的可以多取、快取。而且,一条鱼、一只鸡,大家喜欢或厌恶的部位很不一样,围食的方式能够最大限度地满足不同的喜好。然而,围食带来的卫生问题始终让人难以释怀。刻薄一点说,围食的分享美食在一定程度上也是在分享彼此的口水,稍有洁癖的难免觉得难以下箸。于是,中餐西吃的按位上菜便应运而生了。按位上的方式虽然卫生、文明,但大幅增加了餐食的成本,因为要确保每个人得到同等对待,边角料和不整齐的部位只能舍弃不用。有餐饮圈的朋友告诉我,位上的成本比桌上大约要高20%到30%,这一部分高出来的成本并不是所有请客的人都愿意接受的。而且,位上的方式把敬菜和谦让的热闹消弭于无形。你只要想象一下,一桌人各自为战,埋头苦干,眼睛里只有自己面前的这一小碟,场面是多么的冷清、无趣,和一个人留在家里吃饭又有什么区别!可能这也是位上方式始终得不到普及的根本原因。

日本以庞大的百年老店数量著称于世,其中不乏有几百年历史的老饭店。比如,位于京都的“大市”,创始于日本元禄年间,已有340年历史,专卖甲鱼汤。店铺始终按照传统的方式经营,卖的甲鱼只有两种做法,红烧甲鱼和甲鱼锅,吃完甲鱼往锅里加白米饭打上鸡蛋做成杂炊,勉强算是第三道菜。三百多年就卖这么三道菜,来的人却还希望他们永远不要变。由此可见,饭店大致可分两类,一类是不断翻新,常去常新。食客一进门就问最近有什么新菜。另一类是持久不变,惯以老面孔见人的。能做成百年老店的都是后面一种,给我们的启示是:饭店要想持久经营,菜单上一定要长期保留几个让人欲罢不能的"当家菜"。

民国时期的饭店有时会有一两道以某人姓氏命名的菜肴,如"潘鱼"(北京广和居的名菜,首创者一说是潘祖荫,另一说是潘炳年)、"马先生汤"(马叙伦亲授长美轩炮制)、"胡先生豆腐"(传为南京大学胡小石教授首创)等。发明菜肴的不仅有文人雅士,也有在烹调上独有心得的普通人。"囊时上海福州路有一肴馆,名大西洋,以'六小姐饭'著名。所谓'六小姐'者,为一名校书,指导该馆厨司所煮之蛋炒饭也。我曾尝之,此饭色香味三者俱全,且松软殊常,为之朵颐大快。闻绍兴有春宴楼,以'三太娘蛋炒饭'脍炙人口,'三太娘'者,楼主而当炉者。"(郑逸梅:《艺林散叶》,第 236 页)你看,食客可以径直走进厨房,告诉厨师你的哪道菜不行,我来教你怎么烧。厨师欣然接受,虚心照办,从此多一道名菜,添一段佳话。民国的人心态似乎比较平和,要是放在今天,连我都觉得走进厨房叫板的大有寻衅滋事的嫌疑。

找到好饭店

对偶尔去饭店调剂饮食或享受美食的人来说,找到一家值得一尝又物有所值的饭店无疑是第一重要的事。怎么找到好饭店呢？无非几个办法。一是跟着名人走。比如，鲁迅常年生活在北京上海，他经常去哪几家饭店？有人对《鲁迅日记》做了深入的分析，他老人家光顾过并记入日记的饭店一共有65家，频次最高的是北京的“广和居”和上海的“知味观”。民俗学家邓云乡在《旧京散记》一书中考证过，鲁迅每个月平均去“广和居”不少于四五次，另有四到五次叫菜上门。这个频次是非常可观的。“广和居”的菜真有那么好？其实不然。“广和居”和“知味观”都是离鲁迅居所最近的饭店，图其方便可能是最主要的原因。而且，鲁迅虽是名人，但在知味识食方面未必有超过常人的能力，他喜欢的饭店你未必会喜欢。

找好饭店第二个办法是跟着美食指南或评级走，比如各类饭店点评网站，或米其林、黑珍珠一类的榜单。美食网站（如大众点评）的评价，试多了就知道，都是一门生意。虽有不少普通食客的真实评价，但水军奉献的溢美之词也随处可见。米其林是起家于法国的美食指南，历史悠久。2007年米其林推出东京版，正式进军亚洲。2008年的香港版、2017年的上海版显示了米其林对中国市场的热爱。但无论在日本还是中国，米其林的榜单从一开始就受到一片质疑。质疑者的主要理由是米其林太在意环境和摆盘，对本地餐饮缺乏深入的了解，带着浓厚的法国偏见。于是，希望取而代之的本地餐评趁机而起。然而，随着时间的推移，米其林独立、专业、严谨的评价体系越来越得到大家的认可，其地位是本地替代品难以匹敌的。无论在哪里，能挂上米其林的星星还是餐饮从业者非常看重的荣誉。但是，被评上米其林也可能是悲剧的开始。香港被挂上米其林星星的几家平民餐馆，一上榜就被房东疯狂加租,最后不得不黯然结业。

找好饭店的第三条路是跟着美食行家名人走,如香港的蔡澜。但华人圈的美食专家普遍缺乏独立性和专业态度,经常炫耀到哪家食府和哪些名人一起品尝老板特意安排、平时难得一见的稀罕菜品。如果你走进他们推荐的饭店,点几道他们交口称赞的名菜,十有八九会异常失望。

有美食作者在书中透露,上海某著名美食作家走进名店“大董”,凭着和老板的交情和自己在圈内的名头,开口就要他们砍两个烤鸭的鸭腿上来。两个鸭腿一砍,这只烤鸭就算报废了。面对这么粗鲁的要求,饭店居然照办不误。你说,他推荐的饭店你还敢去吗?蔡澜对香港的杭帮菜馆“天香楼”赞不绝口,说得简直是天上有地上无,还把它列为人生必去的世界88家餐馆之一。我曾和朋友一起去品尝,感觉不过如此。既然蔡澜如此推荐,我想总有他的道理,或许是我吃得不够仔细。于是,又和内子再去一次,特意点了他评价最高的“东坡肉”和“清炒蟹粉”,结果仍然感觉平平。这天蔡澜恰在店内,大概我看上去像游客,他便走过来问我:“好吃吧?”我直言太一般了。看得出来他很失望,悻悻说道:“现在能吃到这么传统的菜已经很难得了。”这时,邻桌的老板娘在叫“Uncle(叔叔),快来吃吧”。他是Uncle,我是生客,吃到的菜品怎么可能相同?

选择与舍弃

我觉得找到能让你满意的好饭店,较为靠谱的办法,一是问和你志趣相同、消费能力和习惯相近的熟人,二是想清楚哪些饭店坚决不去,三是降低你的预期。什么是你理想的饭店可以想不清楚,但什么是你不想去的饭店一定要搞清楚。对我而言,有几类饭店我是不进去的。首先是火锅店(这一点与随园老人和蔡澜高度一致),这是没有厨师的饭店,而进饭店就是要品鉴厨师的手艺。火锅店的底料浓烈,结果是万物一味,各种食材经火锅一烫,只有触觉的区别而没有味觉的差异。火锅店通常气氛热烈,对于我这种上了年纪的人来说,过于蒸腾热闹。

我不去的第二种饭店是自助餐厅。理由很简单:从来自助无美味,过量进食是常态。此外,烧烤、麻辣烫、京扬川粤样样擅长的也不去。样样擅长其实就是没有特别拿手、值得一说的。

读到这里,大概你也会琢磨什么样的饭店是自己不想去的。理由很可能五花八门、匪夷所思。有个朋友告诉我,座席超过 80 个的中餐馆一定不能去,因为再好的厨师也无法同时满足这么多人的点菜,结果一定是粗制滥造,滥竽充数。也有朋友说:只要看到厨师用火枪烧猪毛就赶紧走开。猪毛要拔不能烧,烧完猪毛的根会留在皮内:你难道想把猪毛一起吃下去? 也有人认为,不管什么饭店,星期一尽量不要去,因为大厨忙了一个周末,星期一该他歇一歇了。这一天,如无意外,掌勺的应该是他徒弟,或徒弟的徒弟。

随着出国旅游成为很多国人时尚生活的一部分,如何在国外找值得在朋友圈晒一晒的好饭店便成了大家都面临的难题。国外的好饭店大致有两种:本地人爱去的和外来客必打卡的。前者必然地道,后者胜在知名。本地人其实也分层次,普通人经常光顾的饭店能解决日常饮食的需要,实惠为主要特点,口味一定过得去,但对菜品的精彩最好不要有太高的期望。我曾在日本和韩国专门找没有游客出没的饭店，一个英文字母也没有、隐藏在地下室却人声鼎沸的那种。我不懂日语和韩语，只能凭图片或指着邻桌的菜点菜。吃后不免有些失望，感觉不过如此，不难吃，但也谈不上出彩。教训是，本地人的偏好未必与你相同。另一方面，游客必到的饭店在口味上一定能适合大多数人的需求。外来客趋之若鹜的饭店最典型的就是杭州的“楼外楼”，进进出出都是游客，几乎没有本地人会去。来的人必点最招牌的三道菜：西湖醋鱼、炸响铃和东坡肉。其中西湖醋鱼几乎没有人说好，但还是每桌必点，因为大家都在说不吃这三道菜等于没来杭州。其实，各地都有自己的“楼外楼”，即使没有也会捧一个出来。这种饭店永远不愁没有客来。

我对好饭店的要求比较简单。首先，好吃是第一标准。虽然各人的喜好不尽相同，所谓“适口者珍”，但“味有同嗜”毕竟是常态，是否好吃大致还是容易达成共识的。其次，食材必须要好，既讲究又新鲜。再其次，厨师要有个性和创意，团队稳定，配合默契。好的饭店不太可能价廉物美，好的饭店也不需要交通便利，选择丰富。长期在世界最佳餐馆排行榜霸占首席地位的西班牙 El bulli 饭店（现已歇业）交通极其不方便。从巴塞罗那市中心出发，顺利的话驾车也要两个多小时。“一小时超级公路、半小时乡镇小路、半小时崎岖山路，山路不但一边濒临深谷，不设栏杆，没有路灯，就是连猫眼石亦付阙如，颇觉惊险”（林行止：《好吃》）。位置的偏僻和道路的艰险丝毫不影响食客的追捧。该店每年 8 000 个席位，只开放一天订位，一抢而空。

对某一特定饭店是否喜欢，与各人的偏好和期许有关，各花入各眼，勉强不得。如果你纯粹为美味而去，好吃就是最重要的标准。但你觉得好吃的,别人未必都会喜欢。如果你冲着会友去的,饭店菜品是否好吃就不那么重要了。如果你在意的不过是朋友圈的展示和炫耀,食物的外观、摆盘和器皿才是最重要的。要是你完全因为不想下厨而去饭店,简便实惠可能才是你最在意的。

特殊的饮食体验

记得有哲学家说过:挑剔是低层次的鉴赏阶段。对待饭店和食物恐怕也不例外。本着"不如意事常八九"的心理准备,以欣赏的态度对待放在你面前的食物,努力发掘食物的美好,普通的饭店有时也会给你难忘的用餐体验。

有时,某家饭店让你久久不能忘怀的原因可能与食物完全没有关系。2014 年我随学校的游学团一行三十多人去以色列。某天的行程是参观以色列国家博物馆并在馆内的饭店用午餐。饭店陈设高雅,桌上的餐具精美,刀叉铮亮。有同学耐不住几天的寡淡,想自行调剂一下口味,于是从包里掏出榨菜和辣酱,放进餐盘。饭店经理看到,大惊失色,惊恐地埋怨:"你们怎么可以把不洁食品放到我们的餐桌上来?"她急匆匆地拿来几个垃圾袋,把桌上的餐具砸碎,连同刀叉一起扔进垃圾袋。我们在边上目瞪口呆,谁也没想过会有如此难堪的局面。事后经理告诉我们,如果被人看到,饭店就可能不得不关门大吉。这餐饭吃的是什么一点印象也没有,但砸餐具的画面我相信在场所有人一辈子也不会忘记。

到国外的餐馆用餐,一个恼人的问题是怎么给小费。犹记当年的出国培训,一再提醒我们,到了国外,如果去饭店吃饭要随俗给小费,以账单的10%为宜。今天在美国和加拿大的餐馆吃饭,付钱如果用信用卡,自动跳出来的小费选择起板是18%,一般人普遍给20%,小费也涨价了。20%不是小数,要得如此理直气壮,即便是当地人对此也啧有烦言。虽说给不给小费并没有任何强制性规定,但餐饮界以各种方式提醒社会,店里的侍者工资极低,他们的收入很大部分要依赖你们给的小费。这种情况下,你不给小费似乎就是变相克扣他们的正当收入,于情于理,两不相宜。本来,我们这边的餐馆尽管有种种不如意处,但不用给小费还是挺让人轻松自在的。谁知好景不长,国内的高级餐馆也开始以"服务费"的名头堂而皇之地收起小费来,而且还是强制,没有选择。10%的服务费说多不多,说少其实也不少了。问题是,现在收服务费的仍局限在少数高档餐厅,收了钱服务当然要好一点。不过如果以后普遍收取服务费,估计这点钱跟服务就没有什么关系了。

入乡难随俗

要说饭店,一个有趣的对比是中国的西餐馆和外国的中餐馆。

中国的西餐馆其实可以大致分成两类:中式西餐馆和西式西餐馆。中式西餐馆经过属地化改造,适合本地人的口味和用餐习惯,上海的几家老牌西餐馆,如红房子、德大等都是这一类的典范。1988年一位熟识的会计界老外朋友来上海考察市场。我请他在当时仍在淮海路经营的天鹅阁吃饭，餐后他很礼貌地感谢我请他品尝了美味的中国菜。我不得不提醒他：不管你是不是承认，这份美味的血统就是你们的！也难怪，这些菜他在英国应该从来没有看到过，遑论品尝。有一道许多上海家庭都会制作的西菜叫“色拉”。记得邻居家一位老人临终前念念不忘“色拉”，于是朋友被家长派去西餐馆购买。那是在“文化大革命”高潮期间，走进西餐馆他问有没有色拉，店员义正词严地回答：没有色拉，只有冷拌土豆！不错，上海的所谓“色拉”就是用蛋黄酱拌熟土豆、红肠和青豆。我到国外第一次看到正版西餐色拉，直怀疑他们是不是在糊弄我：这不就是还没下锅的生菜叶吗？由老外厨师打理的原汁原味西餐馆是随着国际连锁的五星级酒店一起走进中国的。慢慢地，在华工作、学习的外国人越来越多，合乎他们口味的西餐馆也遍地开花。带来的一个后果是中式西餐馆的落寂，它们对年轻人缺乏吸引力，大有开不下去的迹象，可惜。

国人初到异国他乡，生计无着时最可能的脱困之道是去中餐馆打工。可以毫不夸张地说，中餐馆就是许多海外华人寄身寻梦的起始地。欧美一些很偏远的小镇，看起来居民不过数百人，但你细心一看却发现，街边不显眼处顽强地开着一家中餐馆，店里的老板、厨师、伙计都是一家人，很可能以前与餐饮业完全不沾边。每看到这番景象，不由得感慨中国人生存力的强悍。海外的中餐馆以低档廉价为主流，卖的菜品有的名字你很熟悉，但味道却很陌生，如回锅肉、炒鳝丝；有的连菜名都陌生，如左将军鸡、甜酸肉、炒杂碎。这种局面近二三十年有了很大改观，一方面是因为正规合格的厨师出国谋生的越来越多；另一方面，品尝过地道中国美食的外国人也越来越多，他们想要“真正”的中国菜。

日籍华人陈舜臣曾很形象地描述过这一转变。四十年前,在日本的中餐馆从中国香港地区招聘厨师,抵达日本后半年内只能在厨房观摩学习,不管你在香港的厨师界有多少经验或名气。因为日本食客的喜好与香港人很不一样,你必须花时间理解他们的口味、需求。而现在,香港地区的厨师到日本,当天就可以下厨。要的就是毫不走样的原汁原味。海外中餐馆另一个可喜的变化是走高级路线的饭店渐成气候。最出名的高级中餐馆是澳大利亚墨尔本的万寿宫(Flower Drum,直译就是花鼓),得到蔡澜(又是此公!)不遗余力的推崇。有次去墨尔本前我先托当地人替我订了一桌,谁知用餐前一天和我确认,一听说我要带小孩同去,断然拒绝,失之交臂。后来再去墨尔本,在网上先看了一下别人的评价,发现几乎是清一色的差评。估计是因为太贵了,把大家的期望值提得很高,盛名难副。

在中国内地成功的餐饮品牌,经常会抑制不住想“走出去”的冲动。“走出去”最现成的是去中国港澳地区,然后是东南亚。小南国、苏浙汇、全聚德、大董、新荣记等品牌先后开到香港澳门,而且都取得了不俗的业绩。但中国高端餐饮品牌要打进欧美一线大城市还是缺乏足够的经验和实力。在美国市场,能看到的中国新锐餐饮品牌还是以海底捞、黄焖鸡米饭、黄太吉、眉州东坡一类的大众化快餐、简餐为主。在北京起家的高端餐饮品牌大董凭着多年积累的品牌经营经验和实力,毅然进军纽约。大董选址纽约曼哈顿寸土寸金的中心地段,设计、装修就花了数千万美元,每个月的房租达 20 万美元,经营压力可想而知。在 2017 年 12 月大张旗鼓地开业时,数百个预订瞬间爆满。一直到次年的 2 月,店里几层楼的 400 个座位都是被订满的状态。但两年后大董黯然收场,破产重组。从一位难求到差评不断,再到无力支撑、关门大吉,大董仅仅用了两年时间,令人唏嘘。大董的菜单过于雄心勃勃,而在美国能找到的食材却差强人意;当地招聘培训的员工达不到大董的要求,而大董擅长的意境菜在纽约却完全没有市场基础,在美国食客眼里,糖粉就是糖粉,怎么也联想不到“皑皑白雪”。几位知名食评家的无情差评更是给大董带来难以承受的压力。《纽约杂志》评论家阿达姆·普拉特(Adam Platt)和《纽约时报》的皮特·韦尔斯(Pete Wells)都给大董打出了零星的评分。一向对餐厅评价比较宽容的纽约主持人、厨师安德鲁·齐默恩(Andrew Zimmern)也评论说大董烤鸭“差得恰如其分”。“我花了98美元,买了一只几乎没有任何味道的鸭子,而且它很干”,食评家嘴里相当刻薄的这句话的广为流传几乎已经注定了大董的结局。高端中餐馆盯住的是顶尖的食客,而欧美顶尖食客对中餐基本无感,对中餐品牌一无所知。再加上文化差异、管理模式、劳工制度、食材进货上的种种难题,高端中餐出海真是让人望而生畏。估计大董以后,同类企业十年以内都不会有人杀进纽约伦敦一类的国际大都市。

在高端餐饮这一层,中餐在欧美老饕中的知名度和接受度远低于意、法、西班牙或日本等国的菜系。究其原因,不外乎这么几个。首先是口味差别,味型与西餐、日餐有鸿沟般的差异。比如中国菜突出一个“鲜”字,但西方一向只有甜、酸、苦、咸四味,不知鲜为何物。日本学者在一百多年前确认了由谷氨酸盐或核苷酸带来的特殊味道,并命名为“旨味”。英语世界到1985年才正式确认甜、酸、苦、咸之外的第五味,并直接采用了旨味在日语中的发音umami。可想而知,并不是所有西方人都能够或愿意接受这一新的味型。曾有一段时间,爆出好几起西方人在中餐馆进食后发生头晕的现象，据说与激发鲜味的味精有关。直到今天，好多中餐馆还会在门口挂牌说明“不用味精”（No MSG）。其次，老外总觉得中国菜的用料和烹饪方法怎么也看不透；因为看不透，所以总觉得不免有些可疑。片皮烤鸭是比较直观的菜品，所以西方人普遍可以接受。而炒菜，尤其是勾重芡的炒菜，看上去模模糊糊，接受的程度就低很多。再次，用餐方式太不一样。在国外经常看到一群老外走进中餐馆，一人点一个菜，配一碗米饭，各吃各的。因为不能分享，在我们看来聚餐的乐趣少了一大半，而要让他们接受这么多双筷子在几个碗里进进出出更是不可想象。此外，同一道菜，在我们的想法里和在老外眼里可能完全不一样。我读博士时，有一个老外同学让我去中国食品店时替她带几包“辣汤”，我反复问是什么汤，后来看到实物才知道是韩国产的“辛辣面”。我们的主食居然成了他们的汤菜，牛头不对马嘴。

中餐馆在西方人眼里显得有些不合时宜还因为一些比较特殊的用餐习惯。比如，除了凉菜，一般的汤、菜都要“趁热吃”，好像风味会随着温度的下降而蜕变。因为要趁热吃，菜一上桌，一片催促声起：“快快快，趁热吃！”风度仪态抛诸脑后，似乎非如此不足以显示对美食的尊重。中国菜还有带骨带壳的习惯，大的骨头还好办，小心一点就是，小的骨和刺就不好办了；一条蒸鱼，大骨加细刺，即使是国人老饕，鱼刺卡在喉咙也是常有的事。所以，逢年过节国内大一点的医院都有专门的医生等在那里，帮人取鱼刺，手段之娴熟，姿态之优雅，态度之笃定，处处告诉你这是“小菜一碟”。相反，如果在国外，你匆匆赶到医院，医生或许会一脸茫然，可能从来没有老师教过他这一招。带刺回家，明日再来是常见的结局。中餐馆的与众不同还表现在谦让和热闹。菜要敬，酒要劝，被敬的还要礼让，总之礼数要到家。劝酒还有一套说辞，朗朗上口；敬酒还不能坐着，敬酒的和回敬的你来我往，此起彼伏。我们同胞说话，向来嗓门大、中气足，即使敬酒敬菜也是声震屋宇。这番景象，热闹又烦人。

经营不易

大概是因为我们用餐时声势很大，但又怕被别人的声势所吵扰，所以国内饭店设包厢的特别普及。这是其他国家很少有的现象。包厢(特别是附设独立卫生间的)保证了私密和方便，却也给经营者增加了可观的成本和盈利压力。为转移成本和压力，饭店希望有最低消费的约束，而食客却想摆脱消费约束，无谓的争论常常因此而起。顾客有顾客的理由，饭店有饭店的苦衷，事先说清楚并取得谅解是避免不愉快的最好方法。要知道，最低消费、开瓶费和服务费是饭店最让顾客讨厌的收费理由，聪明的经营者往往在结账时大方地免掉其中一项，换来的不仅是喜出望外，更可能是长期的忠实客户。

进中国餐馆的老外可以分两类：坚持要筷子的和只会用刀叉的。拒绝刀叉背后的理由是：在中餐馆要吃到地道的美食，一定要让侍者明白我可以熟练地运用筷子，是中餐内行，他/她才不会糊弄我。在这种执念下，在饭店时不时可以看到有洋人很别扭地用筷子夹菜，夹起又掉下，掉下再夹起，真是辛苦。当然也有筷子用得非常熟练的。我碰到过几次有老外在餐桌上要和我比试用筷子夹花生米,然后扬扬得意地把我比下去。想起来真是给老祖宗丢脸了,惭愧。

经营餐馆是非常辛苦的事,家庭餐馆辛苦是因为一切都需要自己亲力亲为,终年无休,还要担心客源不足。好处是卖不掉至少可以自己一家人吃,有留学生开餐馆的都是这么安慰自己的。高档饭店固定成本大,维持体面的开支大,上乘用料的进价大,雇用员工的人数多,管理难度大。饭店要办出特色更是难上加难,而特色的形成有时候是无意间得之。梁文道提到过香港的两类特别饭店:偷情餐厅和分手餐厅。当然,这两类饭店从来都不会有正式的认定,自己也不会承认,但口耳之间大家就悄悄传开了。如果你的餐厅位置隐蔽,店招低调,灯光暧昧,陈设温暖,间隔疏阔,菜品亮丽(是不是好吃并不重要),侍者识趣,偷情的自然愿意来。如果还有边门后门,方便事急时撤退,那就更理想了。适合分手的餐厅,需要能让分手的那一对情侣留下终生难忘的印象,所以地点要特别,海滨、江边、山顶都不错,就是要避开热闹的街区。涛声送惆怅,晚风伴别离,罢罢罢,一别两宽,从此天各一方。

对普通人而言,去得最多的应该是住所附近的小饭店,即英语所说的 Neighborhood Restaurant。这种小饭店,做的是街坊生意,便宜而随意,简朴但尚洁净。菜谱不华丽,却总有几个拿手菜让你愿意一来再来。寂寞时店主会停下脚步陪你聊几句,热闹时老板会凑趣地帮你把包厢的门关上。作为食客,我们看不到的是经营街边小店的辛苦,起早贪黑不说,还要应对各种抱怨和奇奇怪怪的要求,更不用说还有方方面面的检查和随之而来的整改要求。新冠肺炎疫情期间饭店的堂食不得不停止,漫长的等待让小饭店的经营者苦不堪言。疫情过后,身边的小饭店有一大批关上大门,无声无息地消失了。在这背后,经营者的痛苦和周边食客的不舍都是不难想象的。如果你身边还有经营了十年以上的街坊小饭店,请倍加珍惜。中国餐饮文化的传承和增进有一大部分要靠这些小店来完成。

看多了各式各样的饭店,好也罢,差也罢,最后都不能代替家里平平淡淡的一粥一饭,一菜一汤。曾有人要一些知名的厨师开出自己一个人会吃的菜,开出来的都是平常到不能再平常的家常菜。品尝到意想不到的美食是惊喜,是高潮,但人不能老是兴奋、惊喜。绚烂过后,只有回归平淡才是真实的人生。

饭店之后,回家吃饭。

油盐难进

我们说某人非常固执,无论你说什么他都听不进去,就称他“油盐不进”。油和盐是最基本的调料,缺了这两样,再好的菜也难以下咽。油盐不进的人也类似,固执己见,不容于人。油和盐决定了菜肴的底味和基调,虽然是好东西,但也不是多多益善。重油重盐现在公认是健康的大敌,要医生在餐食方面给一点健康建议,通常会要求少油少盐。

油和盐不仅渗透在菜肴中,也渗透在我们的日常举止中。中国人为别人鼓劲都喊“加油!”,从来不喊加水,尽管水对人的重要程度远在油之上。在香港,人们不习惯叫“加油”,鼓励别人就叫“好嘢”,听起来就是不如加油来得有劲。饮食中每天都离不开的“五味”(甜酸苦辣咸),真正不可或缺的只有盐带来的咸味。但油和盐用到人的身上似乎便有些不妙。油嘴滑舌、油头粉面、油腔滑调、油腻男,没有一个是我们喜欢的。盐也好不到哪里去,广东话里有咸湿一词,有淫秽、好色之意,咸湿佬就是下流猥琐的男人。咸不就是盐带来的吗?

曾几何时,油和盐都是欲求不得的珍品。胡适回忆,当年到上海的安徽菜馆吃饭,跑堂的发现他是安徽同乡,会大声向厨房通报:有同乡光临!然后,端出来的每一道菜都会加一勺油。要知道,在那个年代,这可是一种难得的礼遇。以前上海街头卖炒面的,都要用大大的字标明"重油炒面",非如此不足以吸引顾客。记得在计划供应的年代,上海居民每月供应食用油半斤,分四两和一两各一张票,逢年过节时那张一两的票可以买芝麻油。靠这点油,家里人口少的必须非常克制地下油,稍一不慎月底就有油瓶见底的风险。那时,一般人家很少开油锅炸东西,以今天的认知来看倒不失为一种健康的生活方式。

中学毕业时有一位同学分配到上海一家知名的面馆工作。一帮同学摩拳擦掌,以为这下好了,有地方可以去补补油水了。问那位同学我们如果来吃面,能不能多给点面浇头,回答说不能,师傅会看出来的。那么多给点面呢?不行,师傅一眼就看到了。多给点油呢?不行,漂在上面也是看得出来的。这样吧,我多给你们一点味精,师傅看不出来。那点味精把所有同学的嘴都堵住了,大家知难而退,就是到那家面馆也只敢在吃完后找他打招呼。年轻人如此单纯和简单,真如无瑕白璧一般,今天回想起来还是令人动情。

从小吃的油,植物油主要是豆油和菜油,花生油比较少见;动物油脂就是猪油。印象中食用油虽然有贵有廉,却并没有明确的好坏之分。现在大家公认的好油,如橄榄油、亚麻籽油、椰子油、茶油都是后来才听说的。地中海饮食习惯据说是最健康的,广受医疗专业人士推崇。地中海饮食的一大特点就是大量使用橄榄油。近年来欧洲进口的橄榄油在国内销量稳步上升,与专业机构坚持不懈的推荐应该不无关系。橄榄油,尤其是初榨的橄榄油,只适合凉拌,不适合高温加热,与欧美的饮食习惯比较吻合。中国菜讲究锅气,要烈火烹油,这种场合橄榄油就不堪大用了。即便是凉拌,我们还是喜欢用芝麻油或花椒油。现在的中国家庭备有橄榄油的非常普遍,但除非是饮食习惯相当西化的人,一般都束之高阁，放到过期不能食用为止。在西班牙和意大利的餐馆吃饭，餐前一定上一碟面包，配上葡萄果醋和橄榄油。刚出炉的面包蘸上油醋，真是美味。回家因为没有热面包，试着用馒头代替，结果有人觉得我糟蹋了油和醋，有人觉得我糟蹋了上好的馒头，弄得我里外不是人。

常见的植物油通常是从植物种子中取得的，据说含有多种脂肪酸组合，一般人其实也搞不清楚。我们只知道植物油相对动物脂肪来说是比较健康的食用油，但食用植物油的生产方式其实也有很多种，除了传统的物理压榨，还有用溶剂萃取。大规模的生产普遍采用乙烷溶剂萃取的方式，因为出油更多、速度更快、单位成本也更低。在萃取后，食用油需要加热以蒸发去除溶剂残留。即便是机械压榨，也不再是我们熟悉的那种用人力甩重槌打进木楔的方式来榨油。这种人工模式的审美价值大于实用意义，出油率低不说，卫生状况也得不到保障，只适于在旅游景点取悦、招徕游客。

食用油中最褒贬难定的要数猪油了。以前食物匮乏，猪油是大家获取动物脂肪的重要来源。家里熬猪油，雀跃的小孩知道一会就有香喷喷的猪油渣可以吃了。知青下乡，子女出远门，做父母的忘不了要熬一罐猪油塞进行李袋中。这一罐猪油，是给寡淡的三餐增色添香的恩物，更是孤苦无助时带来一丝欢乐的妙品。现在看有人回忆知青岁月，一碗猪油拌米饭是经常被提到的美好场景。一些传统的美食，如菜饭、阳春面等，一勺猪油是画龙点睛之笔，缺了这一笔，吃当然还是能吃，风味就大为逊色了。

等到食物供应丰富起来，猪油的崇高地位很快变得暧昧起来。忘恩负义的人们把自己不知节制带来的种种毛病一股脑地推到猪油身上。食用猪油和心血管疾病之间隐隐约约有了一种因果关系,在大家心目中慢慢形成了一种从没有得到确切验证的共识:吃猪油就会推高血脂,进而导致心血管疾病。于是,猪油被冷落,被遗弃。有段时间,猪油几乎被彻底地赶出了大部分家庭的厨房。

然而,减少猪油的消费并没有扭转日趋严重的心血管疾病的高发病率。有人开始为猪油鸣冤叫屈了:"中国人祖祖辈辈食用猪油,现在不吃猪油了心脏病反倒成了第一大杀手;猪油有解毒、预防癌症等疾病的作用。"香港才子蔡澜是猪油的忠实拥趸,鼓吹"猪油无害"不遗余力。餐饮圈的厨师也证实,有些菜,必须要有猪油的加持才能炒出食客希望的口味,如蟹粉、鳝丝、秃黄油等。猪油在烹调上有着得天独厚的优点,主要是因为其中的饱和脂肪含量比较高(是植物油的近 3 倍),可以让食物更酥脆。现在流行的健康指南已经不再决绝地反对食用猪油,但提醒不应过量。至于什么是过量就见仁见智了。

食用油中真正让人闻风丧胆的油是地沟油,无论从什么标准看这已经不能归入可食用的范畴了。地沟油,又称潲水油,是酒店、餐馆下水道中捞取潲水,提炼出油,再加香精,冒充植物油在餐馆中使用。1998 年 3 月的消费者保护日期间《南方都市报》的系列报道第一次把这一丑陋现象揭露于世,一时引起极大的恐慌。甚至有人到饭店吃饭要自己提一瓶油去以确保安全。好在经过行业的整顿和监管的强化,现在在正规饭店用餐,地沟油已经不再是大家担心的问题。

中国是世界食用油的消费大国,但对进口油料的依存度很高。看看几个主要的油类:近年大豆进口依存度为 85%,棕榈油 100%依赖进口,菜籽和花生进口依存度为 50%左右。之所以对外依存度如此之高,主要还是农业资源禀赋欠佳，人均农业资源相对匮乏。中国每年进口1亿吨左右的大豆，以国内大豆单产水平来换算，需要新增7.7亿亩耕地才能满足国内豆油需求，如果考虑菜籽油、葵花油进口，所需耕地将超过10亿亩。显然这是不现实的。由此可见，减少和控制食用油的消费不仅是健康生活的需要，也是资源瓶颈现实下的理性选择。

如果说油是人类餐饮享受的重要推手，那盐就是人类生命延续必不可少的条件。一方面，哺乳类动物，包括人类，都必须摄入一定的盐分才能保持生命力。另一方面，盐的使用为食物的长时间保存提供了可能，食物的供给不再完全依赖于外部的实时供应，食物的保障于是成了可以事先规划的主动行为。

在发明罐头和人工制冷以前，人们在数千年里用盐当防腐剂。考古发现证明，早在公元前6050年，人们就已经知道如何用陶器煮盐泉水制盐了。“工资”(salary)一词据说就是源于拉丁文“salārium”，字面意思是发给士兵让他们买盐的钱。公元前4世纪，哈尔施塔特人开始使用平锅制盐法。这时的盐，因稀缺而珍贵，在各古老民族的文化中有着崇高的地位，常被用来比喻忠贞、净化、价值和忠诚。餐桌上，客人的尊贵程度可以通过他的座位离盐瓶的距离来判断。

春秋时期的管仲向齐桓公提议实行“官山海”官家专营制度，中国的盐业自此开始了漫长的国家专卖。以后的历朝历代对盐业专卖管得时松时紧，端看当时的朝廷财政对盐业专营收入的依赖程度有多强烈，以及朝廷控制盐业经营产业链的能力。历史上，中央政府垄断盐业的主要目的就是要增加政府收入。传统时代，国家财政收入最重要的来源有两项：人丁土地税和盐税。盐税占国家收入的一半，有时还略高一些。这是国家对盐业经营进行直接控制的最根本原因。在中国盐政史上,盐政纲法、官商关系、私盐贩卖、两淮盐商都是其中的重点内容。2014 年 11 月 20 日,国家工信部确认我国将取消食盐专营,延续了两千余年的盐业专营制度至此告终。

盐业专卖造成了两个严重的后果:居高不下的盐价和随之产生的巨大财富集聚,以及私盐的泛滥。

明清以后,国家需要的钱越来越多,盐商的负担也变得越来越重。这部分转嫁到消费者头上就是盐价高涨。曾有统计说,当年船工买盐的支出占到收入的 20%到 40%,可见盐价之高。在这样的情况下,私盐横行,盐商的生意却越加不好做。私盐是中国盐政史上非常严重的一个问题。一定程度上可以说,一部中国盐业史就是政府和私盐贩的斗争史。盐铁专卖的情况下,盐业是个非常暴利的行业,所以,尽管政府出台严厉的措施禁止贩卖私盐,但是始终不能实现。历史上的官盐和私贩基本上各占一半,有时候甚至私人盐贩更多。

私盐商可以暴富,却得不到社会的尊重。私盐商人的后代想通过科举之路走上仕途,过上体面的生活是难上加难。唐朝时一个屡试不第的私盐商后人黄巢在再次落第后把自己喝得大醉,愤怒地写下了一首诗《不第后赋菊》:“待到秋来九月八,我花开后百花杀,冲天香阵透长安,满城尽带黄金甲!”公元 880 年,被逼起义的黄巢占领了长安,兵力达到了 60 万人,定国号为“齐”。黄巢攻占长安后开始大规模的杀戮,“内库烧为锦绣灰,天街踏尽公卿骨!”

也有功成名就的私盐贩,比如五代十国时期的吴越国王钱镠。钱镠少时贩卖私盐,投军后曾镇压黄巢起义,不但成功上岸,还成了国王。

一介武夫,却留下了一封旖旎多情的致妻书被人称道:“陌上花开,可缓缓归矣。”

盐业专卖造就了一批巨富的盐商,尤其是明清时期的扬州。淮扬盐商的销盐区是安徽、河南、湖南、湖北、江西等省份,这里是清朝当时在全国划分的十一个盐区中最大的一个,利润高、销售范围广,使扬州盐商牟利甚厚。他们富可敌国,挥金如土,让平民百姓瞠目结舌。喜好马的盐商,家中畜养数百匹马,每匹马的日花销就是数十金;爱好兰花的盐商,则把兰花从门口摆至内室的每一块空地上。

到“乾隆盛世”时,扬州商业经济已冠全国。乾隆知道盐商有钱,不花白不花。他六下江南巡视,每次都到扬州,对扬州的瘦西湖尤其钟爱,促使了扬州园林迅速兴起。乾隆每来一次,湖上就添几处新景。扬州园林极盛时,湖两岸园林连成片,无一寸隙地,或亭或台,或墙或石,或竹或树,“绿杨城郭是扬州”,至今美景仍在。

富起来的盐商,为了攀附官府,为了争取自己的社会地位,便寻求走“贾而儒”的途径,广交文友,与士子、书画家密切往来,并以雄厚的资财给他们在经济上提供资助,吸引了一批诗人和书画家,扬州八怪就是其中的佼佼者。

扬州盐商又以皇帝南巡为契机,纷纷置办昆曲家班以迎銮接驾,出现了昆曲史上著名的“七大内班”,对昆曲的发展产生极为重要的影响。

淮扬菜系的形成、发展也与扬州盐商脱离不了干系。当时,每个盐商家中都有自己的“庖厨”,争相比较谁家擅长的菜肴更胜一筹。

其实,认真说起来,盐商也是可怜之人。好不容易聚拢的财富,接待一次乾隆差不多就挥霍一空了。而且每当朝廷缺钱,首先想到的就是找盐商下手。盐商百般讨好,却从来没有得到别人真正的尊重。

明代状元钱福(字与谦,号鹤滩)辞官归田,路过扬州,因为一直听说一位姓张的妓女美丽动人,特专程前去一探究竟。到那里才知道这位佳人已从良,嫁给了一位盐商。钱福又去拜见盐商,盐商久闻钱福的文名,设宴款待。席间钱借酒意,提出想见新夫人。张女出来,白衣白裙,果然非同凡响。盐商让夫人拿出白绫帕,请钱状元题诗,钱福一挥而就,诗云:"淡罗衫子淡罗裙,淡扫娥眉淡点唇,可惜一身都是淡,如何嫁了卖盐人?"诗甚有趣,可惜醋味重了点。那位盐商的脸色想来不会好看。

从小买盐,印象中酱油铺中只有一种盐,最多分粗盐、细盐。粗盐是腌肉腌菜用的,价廉而多杂质。日常烧菜,用的都是细盐。后来才知道,按产地和生产方式,盐可以分很多种:从颜色上分有桃、青、紫、白等;从出处分为:海盐、井盐、硷盐和池盐、崖盐。海盐、井盐、硷盐三者出于人,池盐、崖盐二者出于天。

既然有不同种类,难免有人要分出优劣。周作人认为:"西餐桌上的精盐,光有咸味而不鲜美,殊不可取。乡下买的粗盐,里边固然有杂质在内,但因此反而比精盐更多鲜味。"

我第一次在伦敦的百货店里看到粉红色的喜马拉雅岩盐,十分惊奇,买了几大袋回来尝,当然吃不出什么明显的区别。后来再去伦敦,改买加了风味香料的岩盐,口味大不相同。有香港饭店把一大块喜马拉雅岩盐用猛火加热,推到客人桌前,放上海鲜盐烤,据说味道不恶。但一大块岩盐据说只能用一次,暴殄天物。在伦敦看到的最贵的盐是法国的盐之花(Fleur de Sel),50克要上千元,产自布列塔尼南岸(不要问我在哪里,听上去很法国就是了)。易碎的盐之花只能依赖人工采集,且必须在阳光充足、干燥且风速缓慢稳定的天气下作业,每年仅有6—10月可以采收。当时、当地的海风和阳光决定了盐的结晶和味道,所以每一撮盐都有独特性。盐之花不能烹煮,只适合在菜肴上桌后撒一点在食物上,据说可以激发出食物的天然香味。我一直想咬咬牙去买一包回来,以后请客,可以自豪地告诉客人:菜一般,盐很贵重,请小心品尝。

陆文夫在小说“美食家”中借小说人物朱自冶之口说出他对烹调用盐的理解:这放盐也不是一成不变的。要因人、因时而变。一桌酒席摆开,开头的几道菜要偏咸,淡了就要失败。为啥? 因为人们刚刚开始吃,嘴巴淡,体内需要盐。以后的一道道菜上来,就要逐步地淡下去,如果这桌酒席有四十道菜的话,那最后的一道汤简直就不能放盐,大家一喝,照样喊鲜。因为这么多的酒和菜都已吃了下去,身体内的盐分已经达到了饱和点,这时候最需要的是水,水里还放了味精,当然鲜!

陆文夫放盐的理解和袁枚“盐者宜先,淡者宜后;浓者宜先,薄者宜后”的说法一脉相承。不过,一般人请客,大概菜不会多到让客人“身体内盐分达到饱和点”的程度。所以美食家的烹调心得对粗人没用。

窘在旅途

我是个懒人，信奉的原则是“一动不如一静”。每逢假期，看到外面的旅游景点人山人海，忍不住暗自庆幸我的这个懒人哲学让我省去多少麻烦，更不用说还有金钱上的节约。我的同事赵欣舸教授与我相反，每到假期必外出旅游，行前费心费力寻找没有去过、值得一游又能避开人流的地方。他不能理解怎么会有人甘心枯守在家里，就像我不能理解怎么会有人费那么大的心力筹划旅游行程。我们俩互相不能理解估计已经有很长时间了，很大概率还会继续觉得对方在犯傻。

不过，即便是我这样的懒人，也时不时要奔赴在旅途上。不惯旅游的，在旅途中难免会出一点状况，当时多少有些尴尬，事后想想却不无发噱之处。

我第一次出国是1985年初，被公派去澳大利亚进修一年。因为是公派，一切由澳方接待单位安排，食宿全包。客随主便，虽然省心，却也没有留下多少深刻的印象。我们的住宿被安排在墨尔本大学的国际留学生宿舍，但三餐可把我们苦坏了。早饭是冰冷的牛奶配麦片，加烤面包片。吃完早饭，领一个纸袋当午饭，内装一个苹果、一个三明治。晚上要排队进餐厅，周末还要穿上学士袍，端坐在餐桌旁享用万变不离其宗的一汤一菜一甜品。后来实在无法忍受，和宿管谈判，争得一个厨房，每天中午可以自己开小灶。

1989 年 9 月，赴加拿大进修。内子先我三个月去德国(当时还是西德)进修。我一年间两次去德国探亲，闹出不少笑话。第一次是圣诞节期间，因为假期机票贵，所以早早到大学里的旅行社订好机票，然后把护照寄到西德领事馆办签证。第二天接到领事馆电话，态度相当不礼貌：你是中国护照，签证不能在当地签发，我们需要送到位于波恩的外交部去审批，什么时候能批下来我们也不知道，所以，你现在不能订机票。我急了，告诉他机票已订，回答说与他们无关。我再去和旅行社商量，办事人员非常通情达理，说他不出票，我可以随时取消。但让我不要告诉领事馆，给他们一点压力。有退路了，心里踏实不少。接下来每隔一两天就给领事馆打电话，把他们给感动了，帮着我催外交部。记得我出发的航班是星期一下午五点左右。星期四接到领事馆电话，很兴奋地告诉我签证下来了，今天用快件寄出，明天中午一定能收到。星期五上午，满怀信心地在住处等签证，一直等到中午，仍然没有等来我的邮件！我赶紧去领事馆问，他们也是一头雾水，不得要领，让我等一等。过一会告诉我，地址写错了，寄到另外一个城市了。现在已经通知快递公司更正，星期一中午一定寄到。旅行社的人真是够意思，告诉我不收到签证他不出票，保证我不会浪费一张机票。那一个周末都是在焦急的等待中度过的。星期一上午，十点，没有动静；十一点，不见有人来，那感觉真是如坐针毡。一直到近十二点，签证才翩翩而至，不由得心花怒放，匆匆赶到旅行社。那位老兄已经在路边等候，一边挥舞着机票，一边对我说：你欠我一张从德国寄来的明信片！

1990 年暑假再次去德国。暑假直飞德国的机票太紧张，也太贵，抢到了来回法国巴黎的机票。想好了在巴黎玩两天，然后坐火车去德国。这次吸取教训，早早办好德国的旅游签证和法国的过境签证。到巴黎过入境关卡，谁知官员说我的签证有问题，因为我来回巴黎的机票中间隔一个月，但过境签证只有三天。我再三解释中间的这一个月我要去德国，但那个官员根本不听，摸摸身上佩的枪，努努嘴，叫我到边上的小屋去解释。我走到小屋一看，里面挤满了中东来的访客，一个个神情激动地在向一个无动于衷的官员解释，看架势半天都不可能轮到我。可把我愁坏了。退出小屋，看看外面，等候过关的人少了很多。我灵机一动，换一个关卡，居然问都不问直接让我过了！

出了机场，直奔中国驻法使馆教育处。早就有熟悉内情的朋友告诉我，使馆教育处有招待所，地处市中心，不仅便宜，还有职工食堂可以搭伙。找到教育处，中午居然是午睡时间，巴黎好像都这样。坐在门口等开门，足足等了两个多小时。进去以后接待我的工作人员伸手向我要驻加使馆教育处的介绍信。我都不知道驻加使馆在哪里，根本拿不出介绍信。那个工作人员把头摇得像拨浪鼓，坚决不让我住。我又气又累，也不知哪来的勇气，重重地把行李往地上一扔，很霸气地对她吼道：今天你让我住我住，不让我住我也要住！行李放在这里，晚上回来少任何东西我就找你算账。说完我便昂首出门游玩了，晚上回来行李早在房间里安置好了。这是本人这辈子最豪横、也最流氓的一次壮举，以后碰到的人都太友好，想复制一下都没有机会。

从巴黎出来，坐晚上的火车去德国。因为是暑假，车厢里挤满了人，卧铺都改成座位，人挨着人，看上去都是学生。火车过德法边境，上来一位德国官员，在车厢里打量乘客，抽检证件。走到我所在的车厢，看看坐着的人,突然指着我要证件。所有人都齐刷刷地看着我,我是车厢中唯一的中国人,针对性很明确。不免感到不公,但又无可奈何。早年在国外,类似的遭遇碰到过好几次。这些年感觉情况有所改善。

从德国探亲回到巴黎,直接到机场。上次在巴黎机场一番折腾,不知为何得到了一个错误的印象:这是奥利机场,比较旧,也比较小。所以一到巴黎我就坐大巴去奥利机场,到那里才被告知搞错了,我的航班在戴高乐机场。机场问讯处的人看看机票,又看看手表,满怀同情地对我说:"你赶过去肯定来不及了,不过去则一点希望也没有。"我都蒙了,数数口袋里的钱,坐出租车肯定不够,只好坐上机场大巴。坐在大巴上脑子一片空白,想不通怎么会犯这么愚蠢的错误。到戴高乐机场,用最快的速度冲到办登机牌的窗口。叫了好几声才出来一个人,瞄了一眼我的机票,不可置信地看着我:"你到现在才来?"看我发急的样子,他给了我登机牌让我去试试运气,还顺便告诉我一个月以内的机票都售罄了。我抓起行李往里狂奔,在出境口被拦了下来。那位官员用非常郑重的口气告诉我:"过这条线你就算离开法国了,赶不上航班不能重新入境,你想想清楚。"我哪里还想得清楚,只是催他快盖章。等我赶到登机口,发现居然还有人在值班。他看看我的登机牌,不敢相信我到这时才赶到。然后,他用愉快的语气告诉我,因为飞机发现有故障,登机以后又让乘客都下来了。你运气实在太好了。到这时我才发现,身上完全湿透了,喘着粗气,都快站不住了。事后想想太可怕了,我没有信用卡,也没有买机票的钱,错过了航班我恐怕只能把汤姆·汉克斯主演的电影《幸福终点站》(*The Terminal*)先预演一遍。

在德国境内旅行,如果不开车,通常就是坐火车,或者搭别人的便车。德国的火车系统历史悠久,四通八达,而且火车站都建在市中心,非常方便。欧洲各国的火车票有各种优惠办法,不同时段、不同路段、不同路线价格相差可达数倍。我们买了一种单向票,可以由南往北任意坐,但一旦折返,就只能由北往南。票价便宜,乘坐方便灵活,我们沿着莱茵河坐着支线小火车,慢慢逛过去。车上以老年乘客为主,谁也不急,就这么一站站停过去,看过去。车在河边走,人在景中游,一会幽静如空,一会喧闹如市;时而湍急,时而平缓的莱茵河陪伴在火车左右。乘客中有不少像我们一样的外地游客,漫无目的,任由火车把我们带到不知名的下一站。

在德国时,有一次突发奇想:电影里老是看到外国人在公路边上搭便车,我们为什么不去试一下?于是,某天下午,夫妇二人来到高速公路旁,模仿电影里看到的样子,伸出大拇指左右晃动。车流在我们面前风驰电掣般驶过,居然没有一辆停下来,连缓一下看我们一眼的也没有。就在我们十分沮丧的时候,有一辆车远远地在一个路口停下来,司机一路小跑过来告诉我们:你们站的地方不能站人,更不能停车,赶紧下来!我们怏怏而退,换一个路口重新站上去。那位司机还没走,看我们站上去,又挥手让我们下来,然后告诉我们,这个路口虽然可以站人,但车不能停。他把我们领上一个既能站人又能停车的路口才离开。估计他要去的地方实在不顺路,否则一定会搭我们一程。站上合适的路口仅仅一两分钟,就有一辆车停下来,把我们从奥格斯堡载到慕尼黑。开车的是一位女大学生,非常健谈。一个多小时的路程,滔滔不绝,凭我们不很灵光的英语(她的英语也一般,当然比我们好很多),能应付下来还是很辛苦的。以后再也没有搭过便车,和这个因素不无关系。

二十多年前和陈杰平教授一家一起去巴黎和伦敦旅游。飞机到巴黎,我们搭机场大巴到市中心。这个地方离我们预订的酒店还有一段距离,拖着一堆行李和几个小孩,步行是不现实的。我们就在路边打车,站了一个多小时硬是没有等到一辆出租车。无奈之下只好去坐地铁。买地铁票时,站里的一位工作人员不会说英语,幸好我们家母女俩都学过法语,连说带比画,总算买到需要的地铁票。巴黎的地铁非常方便,号称在地图上任意点一个地方,200 米内一定会有一个地铁站。但问题是,巴黎的许多地铁站实在太老了,没有自动扶梯。你必须扛着行李走楼梯上下。那次在巴黎,印象最深的就是扛着行李走上走下、走几步歇一歇的狼狈。

到了伦敦,英语通行无阻,觉得方便了不少。伦敦的酒店价格要比巴黎高不少,为了省钱,我们就事先在网上搜寻。杰平教授看到一家不错的酒店,位置离地铁站不远;从照片上看,设施、布置都还不错。我们就下单了。到了地方才发现,这就是一栋三层高的民居,里面七拐八弯,隔出很多房间。房间简陋到女儿一进去就哭了,年幼的儿子却还在傻傻地问:"这算几星?这算几星?"伦敦的这类小酒店,大多由中东人经营,纸面上符合所有的监管要求,比如一定有电梯,房间里一定有卫浴,但简陋到不如没有。从此到任何地方旅游,酒店一定找连锁的、知道品牌的,而且一定把所有随行的人都报上去。在巴黎时因为孩子小,我们只报了大人的人数,以为挤一下就过去了。谁知酒店方面坚持,每个小孩一定要单独加床。加了床的房间拥挤不堪,估计如果事先告诉他们,或许会订不一样的房间。外出旅游,忌讳的是别出心裁、异想天开,因为事情往往和你设想的不一样。在香港回归前后,我们一家去台湾旅游。订机票时别出心裁了一下:从旧的启德机场出发,从新的赤鱲角机场入境。结果是灾难性的,新机场一片混乱,行李堆成小山,需要自己去翻找。万幸我们当天就找到了自己的行李,许多人过了好几天才拿到。

到一个新地方,吃饭是一个大问题。吃好,吃出特色,吃得物有所值,吃得久久不能忘怀,太不容易了。在外旅游,也光顾了不少饭店,有几家还是挂星的,但并没有留下太深的印象。反而有几家档次不高却不乏特别之处的让我至今难忘。

1997 年到台湾,事先我从一本旅游书上看到,台湾有一家很特别的面馆,特别在辣,辣到你只要吃下去,不仅不要钱,还会发你奖励金。我年轻时对自己吃辣的能力相当自信,因为周边都是不嗜辣的上海人,不免有点鹤立鸡群的感觉(现在已经戒辣了)。一到台北,我就带着全家兴冲冲地按图索骥,找到这家面馆。进去一看,墙上是醒目的英雄榜,有名字,有照片,还分不同的档次。再看价目表,最辣的 500 元(新台币),如果吃完不仅免费,还奖励 500 元。吃的时候冰镇饮料随便喝,不要钱。第二档 100 元,吃完没有奖励,但名字可以上英雄榜。后面是 80 元、50 元,辣度就更低了。我自忖:老板的钱不是好拿的,那碗面一定超辣。学会计出身,稳健性的本能还在,为安全计,我还是选 100 元的吧。面端上来,很小的一碗,闻着挺香。我吃了一口,立刻意识到这已经超出了我可以忍受的极限。马上要了一大杯冰镇酸梅汤,一口饮料一口面,好不容易都吃了下去。老板笑眯眯地问:想不想把你的名字写到墙上? 我苦笑了一下拒绝了。老板告诉我,每天都有人从各地慕名找上门来挑战,但大多数人一口吃进去就乖乖掏出 500 元认输。但也有意外,有一次两位貌美如花的妹子来挑战超辣面,老板以为送钱的来了。谁知道两位妹子一边吃,一边谈笑风生,连冷饮都不用,很快把面吃完,拿了1 000元扬长而去。老板的面店每年只开半年,其他时间用来在全世界找辣椒。出得门来,不一会我的胃就开始难受起来。再走一段,实在坚持不住,顾不得斯文了,直接在路边坐了下来。从此再也不敢在人前自夸能吃辣了。后来再去台北,找这家面馆,发现已经歇业了,可惜。

那一次和杰平教授一家去巴黎,吃了几顿饭都不满意。于是缠着酒店前台给我们介绍正宗的法国大餐饭店。我们拿着地址找过去,一看就是靠谱的法国餐馆。知道自己对法国菜无知的程度,我们进去就请他们推荐最受欢迎的菜。面包吃完,上来一个塞满各种食料的猪肚,切开来一吃,果然美味。两家大小吃得不亦乐乎,一个猪肚没吃完就撑住了。就这点食量还说什么呢,结账吧。这下轮到侍者发愣了,一脸不解地告诉我们:“你们主菜还没上呢!这只是前菜。”后来端上来的主菜两家大小没有人觉得好吃,多少年过去了却还对那个猪肚念念不忘。

东德与西德还没有合并的时候,东马克和西马克的官方汇率是1∶1。但黑市上一个西马克可以换好几个东马克。就有人钻这个空子,用黑市价换了东马克去东柏林享受便宜的物价。当然这样做严格讲是违法的,边境海关发现是要没收的。但来来去去的人太多,海关只能睁一眼闭一眼。我和妻子在西德的时候也想去东德看看,我们没有什么想从东德采购的,所以只换了少量东马克。到了东柏林,实在没有什么想买的,那就去饭店花钱吧。找了一家看起来相当体面豪华的饭店,坐下来点餐才发现,餐牌上只有德文(记不得有没有俄文了)。内子的德文应付简单的日常生活需要勉强可以,点餐就勉为其难了。还好,看到餐牌上有 Salad,不就是色拉吗?我们各点了一份。餐牌末尾的甜品我们猜是冰激凌,也点一份。Salad 端上来了,精美的餐盘上赫然堆着一坨生的猪肉糜,上面还有一个生的鸡蛋。隔着玻璃窗看到外面有一个烤肉摊,不少本地人在排队等候,一派热火朝天的样子。我恨不得冲出去请摊主帮我们把肉糜烤熟。硬着头皮吃了一两口,不得不颓然放弃。幸好还有冰激凌,人间还是美好。

在外游荡,最不可少的不是钱,而是保险。可惜,通常只有到陷入麻烦的时候,你才会认识到这一点。1990 年我在加拿大东部的哈利法克斯,9 月时换了一个进修项目,两个项目的衔接有两天的空窗期。学校管事的提醒我要去买两天的保险,但我仗着自己年纪轻,身体还算不错,就没买。几年都没进医院了,就两天没有保险,会有问题吗?事实证明,怕什么就会来什么。两天中,我和内子骑自行车出去转,顺坡快速冲下来,不料被一块小石头绊了一下,车翻人倒地。地上全是小石子,我是脸和胸部着地,全身伤痕累累不说,下巴上还开了一个口子。赶紧上医院吧。进医院时我问妻子:“我现在看上去怎么样?”她惊恐地说:“我总算知道了什么叫遍体鳞伤!”医院急诊预检处还是不慌不忙,按部就班,就像对待一个感冒病人一样。终于进去了,家属留在外面。妻子盯着手术室大门,以为会看到一个全身缠满纱布的病人被人推出来。没想到我出来时身上一点纱布也没有,连缝了 8 针的下巴上也没有纱布。医生说不需要的,涂上药,一个星期后来复诊。一个星期后再去医院,找到那位医生,看看我身上的伤处,再叫我抬起头,让他看看下巴。碰都不碰我,说一句“一切正常,不需要再来找我了”,就把我打发走了。回到家不久就收到账单,2 000 多加元,对那时的我们来说不啻一笔巨款。最让我愤愤不平的是,那抬起头看看下巴的操作居然要收我 300 多加元。妻子不停地说,医院的钱不能拖,赶紧去付吧。但我实在不甘心,约了院长去投诉。院长听我说了情况,开始根本不相信我真是在两天的保险空窗期出的事故。看完所有证据后,他十分同情,到另一个房间打了几个电话,回来对我说:那个医生说了,他确实看了你的伤口,那是值 300 多元的;我们的收费分院部收费和部门收费两部分,我能做主的只有院一级的费用,我替你全免了(大概占一半),但部门的我无权干预,你只能照付,要怪你只能怪美国人。太多的美国人来看病,看完一走了之,留下一堆烂账。碰到可以收到钱的,医生肯定不愿意放弃。

最后说说我开车的窘事。我是在加拿大东部城市哈利法克斯买的第一辆车,一辆很旧的丰田轿跑,花了我 1 000 加元。加拿大多雪,一下雪路上就要撒盐,车身碰到盐很容易锈蚀。有次开车出去,在路上突然听到哐的一声,听起来好像有车掉东西了,心想不知是谁这么倒霉。那声响居然一直跟着我们,路上的行人也在指着我们的车叫唤,知道不妙,把车开到路边停下。下车一看,自己也吓一跳,整个油箱掉了下来,幸好连接油箱的软管结实,把油箱死死拖住。路边不远就是修车场,把车开进去,出来一位师傅,接着又出来几位,围着车子转,估计他们也没有见识过。嘀咕了一阵后对我说,我们也不知道怎么修,唯一可以做的是用绳子把油箱先固定住,你去找有办法修的地方。后来车是修好了,但也太不让人放心了,换辆车呗。换了一辆很结实的美国车。

不久要搬去蒙特利尔读书。穷人搬家,舍不得扔东西。于是租了一个拖挂车柜,拖在车的后面。因为我的车没有挂钩,只能用铁链把车柜固定住。把车柜绑上去的时候师傅提醒我,一旦绑上去你是拿不下来的,要到目的地的公司才能卸下来。哈利法克斯到蒙特利尔约 1 250 公里,路上需要两天,中途在酒店住一晚。上路没多久,车上的消音管居然坏了,车只要发动就发出震耳欲聋的巨响,一路上把车上的人震得头晕耳鸣,路上所有的车都离我远远的。就这样轰鸣了两天,整整两天,终于开进了蒙特利尔。把行李搬下来后立即找到那家公司,把车柜卸下。赶紧找地方修车,一上路就被警察拦下来,看我是外省车牌,很客气地对我说,你这种车在我们这里是不能开上路的。我也不废话,直接问最近的修车行在哪里。

旅途上的窘,一半是因为无知,一半是因为想省钱。后面这个因素随着年龄的增长似乎在淡化,无知的程度却有增无减。因为窘,所以才省悟,旅途受窘说起来也有正面意义,懒人就是这么自我安慰的。

人间烟火，尽在菜场

不止一次听人感慨地说：如果一个人失去了对生活的热情和希望，最好的解救之途就是把他弄到菜市场。只要看到那活色生香、喧腾热闹的场景，没有理由会不被感染。

菜市场不是自然而然就存在的。只有当人们的生产有一定分工且生产的产品超出自身需求的时候，交换才成为必须，而便于交换的场地就逐渐固定为市场。市场的设立在中国有着悠久的历史，春秋之前的市场据记载无序而杂乱，秦汉唐时渐有严格的管理，居住和交易的地方有明确的区分。据古代地理书籍《三辅黄图》记载："长安市有九，各方二百六十六步，六市在道西，三市在道东，凡四里为一市。"隋唐时代东京洛阳和西京长安的市场内部设置，已经有了邸店行肆的区别，分别作门店、摊位、仓储、旅舍之用。到北宋年间，市场的交易有了巨大的改变，《东京梦华录》对此有很详细的描述。首先，交易不再局限于市场内，小贩走进居民区去推销（"每日如宅舍宫院前，则有就门卖羊肉、头肚、腰子、白肠、鹑兔、鱼虾、退毛鸡鸭、蛤蜊、螃蟹、杂燠、香药果子，博卖冠梳领抹、头面衣着、动使铜铁器、衣箱、磁器之类"）。其次，居民区中出现了商店，商居浑然一体。再次，交易时间不再被严格限定，只要有人愿买，有人在卖即可。当时市场的繁荣和发达今天看起来都让人羡

慕:"八荒争凑,万国咸通。集四海之珍奇,皆归市易;会寰区之异味,悉在庖厨。"([南宋]孟元老:《东京梦华录》序)

长期以来,中国广大的农村和乡镇普遍还是习惯以集市(南方亦叫趁墟)的形式每隔几天交易一次农副产品。我们现在习以为常的菜场与中国传统上的集市有一些明显的区别。首先是时间安排上的不同:集市通常要隔几天才开一次,菜市场则每天营业。其次,集市上的摊位和摊主都是不固定的,先到先得,就地设摊,因而品类交错,常有寻寻觅觅之苦,或不期而遇之乐;而菜市场则大多有固定摊位和摊主,所售货物分区归类,且有货架放置,不需要蹲在地上讨价还价。再次,集市上的菜贩一般就是农户自己,贩卖的是自家的出品,品类有限;而菜场的销售具专业化的雏形,采购渠道较为丰富,供应较有保障,价格当然也会高一些。

上海第一家现代意义上的菜市场由英国人托马斯·汉壁礼(Thomas Hanbury)在1864年开设于宁兴街(今宁海东路)。虽然菜场起了一个颇有气派的名字:中央菜场,但坚持了不到三个月就关门大吉。主要原因无非是与一般民众的买菜习惯不相符合,当时的人习惯于在家边与走街串巷的菜贩交易,买卖双方熟悉且相对固定。

小时候上海有许多马路菜场,我家门口就有一家。有人诧异这么嘈杂你怎么能睡得着?其实习惯了也还好。有时凌晨醒来,听到外面吱吱呀呀有推车碾过,醒悟到还有人在为白天的烟火气忙碌,心中漾浮一种人间美好的温暖。那时的菜场都是公家经营的,所谓集体所有制。菜场的工作人员都是职工,吃大锅饭,服务态度不敢恭维,除非有你熟识的人。上海菜场中例外由个人经营的通常有两种摊位:刮鱼鳞的和卖葱姜的，这是计划经济下个体经营的残存。刮鱼鳞免费，但鱼内脏归摊主，卖给养猫的。带鱼的鱼鳞据说可以卖给工业企业做原材料用，但我从来没有弄明白是真是假。幼时一般人家生活都不富裕，北京上海等大城市稍好一些，但也好不到哪里去，餐桌上难得看到有鸡鸭鱼肉。有同学家发工资，做母亲的开恩，让我同学去菜场买两块大排调剂伙食。同学到菜场的猪肉摊上，很豪气地让斩两块大排，"越厚越好"。卖肉的一愣，说卖了一辈子猪肉，来买的都要我斩薄一点的，还是第一次有人要厚一点。师傅很爽快地成全了我同学，那块排骨的肉香和老母亲的肉痛让同学终生难忘。

中国文化中一向有"妇主中馈"的说法，家庭主妇要承担起主理家中一日三餐的重任，所谓"出得厅堂，下得厨房"。外出采购想来应该由男士来负责了，其实大不然，菜场中你能看到的还是以家庭主妇为主。其中的原因，依我揣度，一方面是男士，尤其是中青年男性，对上菜市场既缺乏兴趣，也怕婆婆妈妈的样子被人讥笑；另一方面，很多主妇把到菜市场买菜当成与老朋友、老邻居相见的社交机会。君不见，菜场中站着打招呼和聊天的似乎永远比正在交易的多。其实，一些知识女性对上菜市场也觉得掉身价。民国通俗小说作家张恨水的夫人周南女士抗战时期住重庆，写过一组《早市杂诗》，其中的第四首很形象地说明了这种愧与市井小民为伍的心态："一篮一秤自携将，短发蓬蓬上菜场。途遇熟人常掉首，佯看壁报两三行。"

以前的饭店，尤其是北方的饭店，灶上、柜上分工明确。采买一事，即所谓"上调货"，归柜上负责。于是，采办人员的能力便成了维持饭店出品质量的前提条件。诚如袁枚所说："大抵一席佳肴，司厨之功居其六，买办之功居其四。”（《随园食单》）能不能买到称心如意的食材，端看采办人员在菜市场有没有过硬的关系。梁实秋就说过，以前在北京，螃蟹运到，最好的都被正阳楼挑走了。别的饭庄只能买他家挑剩的。可以想见，正阳楼为打通和维系与菜市场相关水产商的关系一定下足了功夫。当然，采购量大又出手果断的餐饮大户从来都是菜市场需要极力拉拢巴结的要客。

菜市场经营的最高境界，我觉得就是“近悦远来”。近悦，就是周边居民喜欢到这家菜市场来解决全家人日常的餐饮需要，肉菜蛋鱼，色色俱备，春夏秋冬，时时新鲜。远来有两层含义，一是指住得较远的居民也舍近求远，费时费力到这里来采购；二是指游客把这里当一个景点，喜欢来感受一下本地人的生活情趣和特色食物。老实说，一家菜市场要同时让周边居民和游客都喜欢难度很大，毕竟二者关注和在意的东西很不一样。

无论在什么地方，华人开的菜市场总要比别人的更有生气，或者更杂乱。英文中有个源自新加坡的词叫“wet market”，即“湿货市场”，非常形象。我们无论买什么都要求鲜活：鱼虾要游在池里的，鸡鸭要挤在笼里的，蔬菜要水灵的。要满足我们这么鲜活的要求，地上一定是湿漉漉的。记得20世纪90年代中我从加拿大读完书来中国香港地区工作，安顿下来马上去菜市场领略本地的生活方式。走进菜市场，久违了的热闹和琳琅满目让我有了像回家一样的自在和兴奋。那天买了什么已经毫无印象，只记得走出市场大门，当时才八岁的女儿拉住我，一个字一个字地对我发出最后通牒：“以后请你再也不要把我带到这么脏的地方来（Never ever take me to this dirty place again）”！其实，以我的眼光看,香港沙田的菜市场已经相当整洁和规范,老实说比当时上海的马路菜场不知要好多少。怎奈一代有一代的想法,勉强不得。

20世纪80年代有一次在上海接待一位国际会计师事务所的高层人士,活动结束后把他送到宾馆我就回家了。第二天早上见到他,我礼貌地问:“休息得还好吗?”不问还好,一问就问出一脸的惊恐来。原来,他等我离开后自己去周边闲逛,信步走到一家马路菜场,于是看到了杀蛇剥皮和宰杀鸽子的场面。那个场面对他来说应该是非常震撼的,以后再见到我,除了一贯的礼貌,似乎还多了一点敬畏,仿佛中国人都有杀生的嗜好。

菜市场的热闹一在吆喝,二在讨价还价。传统的吆喝到今天已经完全式微了,那种既带有音乐美感又富有行业特点的吆喝声我们现在只能偶尔在戏曲舞台上或电影电视中领略一二。如今的商家习惯用粗鲁而直白的方式推销自己的商品:“走过路过不要错过,清仓大甩卖,×××现在只要×××元”。更过分的是把这几句话录下音来在电喇叭中大声循环播放,整日聒噪不已,俨然一大公害。

讨价还价考验的是买家的脸皮和卖家的耐心。买家要有狠心砍价的勇气,招来白眼也在所不惜;卖家要沉得住气,把所有要离你而去的威胁都当成一种博弈的伎俩。卖家因为掌握商品的真实信息,在博弈中多少占点优势,所谓“买的没有卖的精”说的就是这个道理。卖家的心理优势会随着收市时间的靠近而慢慢丧失,市场中的卖家谁也不想第一个降价,但一旦有一个人熬不住抢先降价,价格同盟就顷刻瓦解;狡猾的买家就等着这一刻的来临。最后的成交往往是耐心耗尽后以价换量的交换,买家满载而归,卖家终于可以坐下来歇口气,是盈是亏暂抛脑后。经济学家张五常教授的名著《卖桔者言》中对鲜活市场买卖双方的博弈有生动的描述和分析。

买卖双方在菜市场的博弈可能是一次性的,也可能是长期重复的。如果把客户当成只来一次的生客,卖家就容易产生欺诈的动机;质次价高的产品都是卖给生客的。殊不知,熟客都是由生客转化来的,而转换必须建立在信任的基础上。但是,取得信任有成本,需要坚持,而且需要克服人性中天然而来的自私倾向。一般人只看到建立信任的不易,看不到或不重视信任建立以后可能带来的内心愉悦和生意前景。二战后,我的同事黄钰昌教授的父亲从日本回到中国台湾地区,一时生计无着,无奈之下到菜市场摆摊卖菜。别人卖菜,当天没卖完的第二天淋上点水,掺在新鲜菜中一起卖。他倒好,前一天的菜单独放在一边,告诉人家这是昨天的,你还是先挑新鲜的买吧。一天,有一个客户问他是否愿意去他们银行工作,从此黄父的人生迥然不同。黄父在银行凭借自己的努力一路从杂工做到管理层,留下来的这一段佳话无疑是诚信力量的明证。当然,在菜市场卖菜靠诚信改变人生,除了人品,运气也非常重要。试想一下,银行高管从菜市场招聘来一个员工,放在今天的金融业那就是骇世惊俗,是百口莫辩。以前人的做派我们是学不来的,现在只剩下循规蹈矩,按部就班。

有些人,外出旅游,去当地的菜市场逛逛是必不可少的节目。不好意思,我就是他们中的一员。菜市场是很难造假或粉饰的生活场景。以前台湾的夜市比较杂乱,当局觉得有碍观瞻,于是搞出几个体面的“观光夜市”。但菜市场更杂乱,好像也从来没有刻意弄出几个观光菜市场来。不是不想弄,估计是盘算过,即便弄出来也非常容易穿帮。

1972年尼克松总统访华来到上海，几家涉外宾馆周边的菜市场和商店据说特意在那几天摆上平时少见的货品，营造出一种供应丰富的气氛。其实外国记者和随访官员根本没有时间去看菜市场，就是想看估计也找不到。一番苦心，在市民嘴里沦为笑柄，类似做法之后好像再也没有发生过。

值得游客一看的菜市场通常要具备几个条件。首先是地理位置优越，方便游客寻找，最好步行可以走到。其次是规模足够大，人气足够旺，一进去就融入汹涌人潮，人很容易就兴奋起来。再次是场地相对敞亮整洁，商贩友好而不过分热情，价格可能略贵但绝不离谱，更不会讹人。最后，也是最重要的，当然是品种丰富，品类齐全，海陆杂陈，南北兼备，菜品摆设赏心悦目，土产特产不时给人意外和惊喜。如果再有一点带有异域风情的吆喝声就更好了。走南闯北这么多年，符合这些条件的菜场也见得不多。西班牙巴塞罗那的波盖利亚市场（Mercado de La Boqueria）和圣卡特琳娜市场（Mercado de Santa Caterina）、澳大利亚墨尔本的维多利亚市场（Queen Victoria Market）、美国纽约的联合广场农夫市场（Union Square Farmer's Market）以及在丹麦哥本哈根和意大利米兰见过但记不起名字的菜市场应该符合这些条件。要求再放宽一点的话，英国伦敦的巴罗市场（Borough Market）和加拿大温哥华格兰维尔（Granville）岛上的市场也值得一逛。遗憾的是，日本东京去过几次，但那么有名的筑地市场一直没去。现在市场迁址重建，据说神韵大不如前，不去也罢。当今世界，我最想去朝拜的菜市场是荷兰鹿特丹耗巨资费十年时间才建成的拱廊市场（Markthal Rotterdam）。拱廊市场2014年建成，荷兰女王为开幕式剪彩，开幕一周便吸引来100万游客。

要知道鹿特丹全市的常住人口才 600 万。体量巨大的市场容纳了 228 间公寓、108 家菜摊和餐厅以及地下四层的 1 200 个停车位，市场的建筑本身就是值得专门跑一趟去参观的艺术杰作。

国内的菜市场，最具网红打卡色彩的要数厦门的第八菜市场(简称“八市”)和北京的三源里菜市场。四十多年前我在厦门读大学的时候八市不过是一家规模比较大一点、摊位比较多一点、地方比较方便一点的普通菜市场而已。现在的八市，白天就是一个全球海鲜的大展台，各种海鲜应有尽有。一入夜，八市翻转成海鲜大排档，挤满了来自各地的游客，本地人反而不多见。北京三源里菜市场的门面毫不起眼，里面售卖的产品之丰富和高档超出想象，几乎没有你找不到的稀罕食材，国内绝没有其他任何市场可以比肩。据说北京城里上档次的饭店都把进货渠道建在三源里，还生怕别人不知道他们家是从三源里进的货。我曾专门坐公交去三源里菜市场朝圣，走到附近一时没了方向，便问道街边的大爷怎么走。大爷大声喝道：“贼贵！你去干什么？那是专门骗老外的！”，一副不忍看我跳进火坑的样子。三源里菜市场的规模远比想象中的小，但货品的丰富确实名不虚传。

上海最近几年对社区菜场作大规模的翻新改造，经营条件大幅改善，但似乎并没有产生可以吸引游客的市场。乌鲁木齐中路菜场在翻新后与奢侈品厂商 Prada 联名合作，着实热闹了一阵。风头过后，重归寂静，毕竟这么小的菜场任谁也没有兴趣多看一眼。以前上海最出名的三角地菜场早已不复存在，徒留一个空影在上海人的记忆中。说来令人唏嘘，上海下一个值得大家去逛一逛的菜场还不知在哪里。

现在流行的菜市场要满足消费者连买带吃的需求，就是从单纯的菜市场(Farmers' Market)进化成菜食场(Food Market)。有人认为上海这几年出现的兼具采办和品尝功能的新业态如盒马鲜生、7FRESH、GREEN&SAFE都具有这样的综合特点,它们集菜场、餐厅、超市、咖啡馆、书店、展台,甚至酒店等多种业态于一体,可能代表了新的饮食消费趋势。国外高端的菜食场甚至能招来米其林上榜的星级食府(林江:《食帖25:菜食场!全球菜场餐饮新潮流》)。这种改变其实多少是电商压迫下的无奈求生之举。现在人们想要购买生鲜菜蔬,只需端坐家中动动手指就可以轻松一网打尽,而逛菜场一两个小时却未必能完成同样的采购任务。

以前到国外旅游,常感叹人家居然可以把菜市场经营成旅游景点,而我们常常把旅游景点弄成菜市场的样子。现在,国内的菜市场也在慢慢提升,相信很快会成为对游客有吸引力的网红打卡地。可惜,传统旅游景点沦为菜市场的局面看不到有改善的迹象,有改善的不过是不断提高的收费标准。以后出门,不妨像我一样多去菜场而少去景点。

你有什么菜场可以推荐吗?

煮豆作乳脂为酥,且将豆腐等闲尝

这个题目,前半句摘自苏东坡的诗“蜜酒歌”,后半句是我胡诌的,算是引出本文的话题。

瞿秋白烈士在就义前写下了很是打动人的遗作《多余的话》。结尾的两段他是这样说的:

> 俄国高尔基的《四十年》《克里摩·萨摩京的生活》,屠格涅夫的《罗亭》,托尔斯泰的《安娜·卡里宁娜》,中国鲁迅的《阿Q正传》,茅盾的《动摇》,曹雪芹的《红楼梦》,都很可以再读一读。
>
> 中国的豆腐也是很好吃的东西,世界第一。永别了!

瞿秋白真是典型的中国读书人,临刑前念念不忘的还是读书和平淡的生活。豆腐在他心目中显然有着不可替代的地位。

据传说,一代才子金圣叹在刑场上叮嘱其子:“记住,花生米与豆腐干一起吃能嚼出火腿的滋味。”断头在即,忘不了的居然还是豆腐,能吃出花样的豆腐。

豆腐显然是中华民族给人类饮食文明作出的最具世界性影响力的贡献。

历史上的很多发明因为史料湮没,难以确定发明的时间和地点。但豆腐起源于中国应该是没有疑问的。《本草纲目》中记载:“豆腐之法，始于汉淮南王刘安。”安徽省淮南市寿县八公山镇，相传就是豆腐的“老家”。2014 年，“豆腐传统制作技艺”入选中国第四批国家级非物质文化遗产代表性项目名录。如此，豆腐不仅仅是一种食品，更被赋予了文化内涵和传承意义。

豆腐是中国食品，但很多老外却以为是日本料理。豆腐陈列在外国超市中都是以 TOFU 作为其英文名，这其实是日语豆腐的发音。有香港作家很忿忿不平地提议大家都来抵制 TOFU，而用 Dou Fu，或者老老实实按内容实质翻译成 soybean curd 或 bean curd。想法虽不无道理，实行起来恐怕有难度。习惯形成了是很难改变的，怪只能怪我们的前辈太低调。

全世界都知道豆腐是好东西，富于营养，有益健康，而且价格低廉，物有所值。但觉得豆腐好吃的老外却不多，他们往往抱怨豆腐淡而无味，难以下咽。知堂老人一百多年前就断言，西洋人永不会懂得吃豆腐，即便我们变着法用豆腐干、油豆腐去感化他们。有老外朋友曾经问我，你们吃豆腐，究竟是因为豆腐营养价值高还是因为豆腐好吃？这么没有滋味的东西你们是怎么会喜欢的？中国人的烹饪主张有味者使之出，无味者使之入，豆腐要靠吸收其他配料的滋味才能好吃。这么有哲理的烹饪原理讲给老外听恐怕是对牛弹琴。

其实，觉得豆腐不好吃的中国人也不少。民间甚至有“豆腐下酒，不如喂狗”的说法，虽然豆腐干一向是大家都可以接受的下酒菜。台湾知名作家舒国治抱怨：“豆腐常在心念中被认作好物，然不易好吃。甚至多半很难吃。然而大家对它的印象，先天上就很好。于是便不细究这一口吃下去的豆腐到底好不好吃。……豆腐，在现实中已算是‘陈腔

滥调’的等同字了，然而它的意象，竟还留存在‘淡雅’上，亦怪事也。”（舒国治：《穷中谈吃》）

当然，喜欢豆腐的文人也不少，袁枚、周作人、梁实秋、汪曾祺、林海音等都是豆腐的忠实热爱者。随园老人袁枚曾留下了为一碗豆腐三折腰的佳话。他有一次到侍郎家做客，侍郎问有没有尝过我做的豆腐。听袁说没有后，侍郎立刻扎上围裙，“亲赴厨下，良久擎出，果一切盘餐尽废”。好吃如袁枚，当然不肯放过，求侍郎告诉他如何烹调此豆腐。侍郎要他行三鞠躬之礼方肯透露。袁枚以深深的三鞠躬换来了这碗豆腐的制作秘法，回家如法炮制，用以待客，享尽赞誉。

周作人认为豆制品其实有很丰富的种类：豆腐、豆腐干、油豆腐、豆腐皮、千张、豆腐渣，做起菜来各具风味。如果用豆腐店的出品做成十碗菜，他觉得一定比砂锅居的全猪席好得多。他对童年时在寺庙中看到的和尚吃的一碗萝卜炖豆腐念念不忘，虽然没有吃到，但总觉得美味无比。他甚至揣测，有些老太能吃长素，一半是因为这碗豆腐，另一半则是霉货和干菜。不知为何，我总觉得知堂老人笔下的美食掌故和史实都十分有趣有料，但他的美食体验成见颇深，有时甚至主观臆断、牵强附会。这碗萝卜炖豆腐即为一例。

宋代大儒朱熹有一首咏豆腐的诗《次刘秀野蔬食十三诗韵　其十二　豆腐》：

种豆豆苗稀，力竭心已腐。

早知淮王术，安坐获泉布。

意思是说，早知道怎么做豆腐，就不会去辛辛苦苦种豆子了。其实，做豆腐一点也不比种豆轻松。有句俗话说：“世上活路三行苦，撑船打铁磨豆腐。"豆腐的制作过程虽然没有高深的技术,却也是十分的繁琐。首先要挑选好适合的黄豆,浸泡,磨浆,过滤,煮沸,点卤,趁热倒入模具凝固,切块。忙完这一切天就放亮了,赶紧挑去集市售卖。回来差不多又要开始新一轮的制作,周而复始,看不到尽头。

有一次去日本东京游学,在日校友在东京的豆腐名店芝豆腐屋宴请我们。这是曾经获得米其林二星的豆腐料理名店,位于地标建筑东京电视塔下。古雅的日式建筑,庭院疏阔,花木错落有致,意境悠远。闹市中心有这样一个环境真让人心旷神怡。进得门来,一路排列装满黄豆的大缸,主人告诉我们为确保豆腐的质量,店家是如何不厌其烦地选择产地和种植方法。饭店的房间不落一丝俗尘,淡洁雅素,与豆腐料理倒是十分相称。端上第一道菜,碗中端端正正一块豆腐,点缀一点汤汁和配菜;豆腐是当仁不让的主角。我急忙夹起一块品尝,在一边的主人满怀期待地问我:"怎么样? 好吃不?"说老实话,豆腐就是豆腐,细细品尝还是豆腐,素淡到说不出感觉。但面对殷殷在盼的主人,你总不忍让他失望。于是我坚定地点点头,说真是不同凡响。虚伪啊,今天想起来还是惭愧,对不起校友的热情款待。

顺便说几句题外话,受人宴请而对菜品不甚满意能不能直说? 无论中西文化,似乎都不宜直说,一般人也做不到。受人之惠,非但没有心怀感激,还要吹毛求疵,非常人所能做到。因为这个原因,我对受人招待的所谓美食家在面对镜头时说的溢美之词从来不敢相信。据说武侠小说作家古龙有一次在一家知名饭店受人宴请。酒足饭饱之时主厨出来打招呼,很有礼貌地问是不是满意? 有不足之处还请直告。按规矩,客人该夸上几句,于是主客尽欢,完满收场。谁知古龙不按常理出牌,问主厨是不是想听真话。主厨心知不妙,也只好硬着头皮说请直说。古龙说你本事太大了,居然能把这么珍贵的食材烧到这么难吃。到这时,不打一架都不好收场了。还有比古龙更过分的。袁枚在《随园食单》里说了一个故事:长安有喜欢请客而菜品很烂的人。有客人吃完问:“我和你算不算好朋友?”“当然是。”那客人扑通跪下,说:“如果真是好朋友,有一事相求,不答应决不起身。”主人赶紧问:“是什么要求?我一定答应!”客人说:“以后你再请客,请千万不要再叫我了。”“合坐为之大笑。”能不笑吗?幸好,如此没有涵养的客人只在书本里出现。

梁文道曾对中日两国的“豆腐美学”作了很有意思的对比。“日本人对待豆腐的态度好像的确比中国人来得严肃。先别说有许多也是祖传了不知多少代的大师名匠毕恭毕敬地制造豆腐,光看豆腐弄的菜式,他们也往往以豆腐为主角;不像中国菜,豆腐通常用来担任吸味的配角,自己却总是无法独当一面。”“豆腐的淡,在中国菜里就像国画的留白。没有了这一留白,山水树木就不能呼吸,画面就缺了伸展进退的余地。平淡不是单独存在的,它总是在有余无尽之间将所有的食材和味道升华至另一层境界。反观日本菜里的豆腐,就像以空白的画面为主,人物和花鸟是为了强调这块白才勉强补上去的。两种吃豆腐的方法其实是两种淡的美学,一种把淡看成须臾不离此世的自然事物,另一种则执著地追求超凡脱俗的豆味。二者实在不用强分高下。”(梁文道:《豆腐的美学》)豆腐能吃出美学高度,望尘莫及,我直怀疑梁文道和我们吃的是不是同一种豆腐。

其实中国菜式中也有以豆腐为主的,最出名的莫过于麻婆豆腐了。不过这道菜里的豆腐也是借足了配菜和调料的光,麻婆豆腐引以为傲的特点如鲜、香、麻、辣、烫、嫩，豆腐能够贡献的似乎只有最后的烫和嫩。豆腐提供的是口感而不是味型，打个不甚恰当的比喻，豆腐的气质已经从清新单纯的少女骤变为珠光宝气的艳妇。成都的陈麻婆豆腐店，号称是最正宗的麻婆豆腐专卖店。一碗金牌麻婆豆腐只卖 22 元(2023 年初)，估计已经比周边也卖这道菜的无名小店高出不少。一道至少有几百年历史的名馔，却不得不以快餐的形式低价向蜂拥而至的游客售卖，想起来就让人心寒。对比日本的豆腐名店，同样是豆腐，居然有本事让食客以朝圣的心态进来，还甘愿付高价享受一次难忘的用餐经验。差距不可谓不大。

最离谱的豆腐菜来自金庸。在金庸的小说《射雕英雄传》里，黄蓉以一道凭空想象出来的“二十四桥明月夜”征服了洪七公。豆腐做成球，放入火腿上挖出来的洞，猛火逼出火腿的鲜香，豆腐于是变得美味无比。查先生估计和我一样，君子远庖厨，没有多少实际的下厨经验。这无非就是豆腐蒸火腿，火腿放多一点而已，好吃不到哪里去。有好事者照书本的描写做出这道菜，抬上桌时引来一片欢呼赞叹声，宴会顿时进入高潮。有幸尝试的据说觉得不过如此，真可惜了一条好火腿。

豆腐只是一个总称，内里乾坤很大。按凝固成形方法可分为卤水豆腐和石膏豆腐，后来又从日本引进内酯豆腐。小时候看《白毛女》，杨白劳无奈之下喝卤水自杀，自此脑海里留下了卤水有毒的深刻印象。如今卤水豆腐又被冠以“农家豆腐”的美名，在豪华餐馆登堂入室。豆腐按含水量多少可分为老豆腐和嫩豆腐，老豆腐甚至可以老到用稻草扎起来提着走，卖老豆腐的都喜欢这么炫耀。老豆腐再挤掉水分就成了豆腐干；嫩豆腐再稀一点就成了豆腐脑(即豆腐花)，更稀一点是豆浆。豆浆浓淡端看加水多少。有台湾教授抱怨:“你们上海的豆浆真不配叫豆浆,应该叫豆水。”当然,他这个话只敢在香港说,只敢对我这种文弱的人说。

豆腐经过进一步加工可以变身为油豆腐、豆腐衣、百叶等。

豆腐最极致的变化是变霉、变臭。安徽徽州的毛豆腐就是通过霉菌发酵而得的地方名产。腐乳比毛豆腐更进一步,发酵更深度,变味更彻底,可香、可臭、可辣、可油、可荤,百变其身,奥妙无穷。按周作人的说法,“味道颇好,可以杀饭,却又不能多吃,大概半块便可下一顿饭,这不是很经济的么”。臭豆腐是豆腐的另一个极致变身,虽然都是臭,各地却有不同的臭法,谁也不服谁。长沙火宫殿的臭豆腐有名言加持,身价不凡,而且颜色黝黑,辨识度很高;台湾的臭豆腐有汤有汁,是夜市宠儿;江浙一带的臭豆腐油炸后蘸以辣酱,人见人爱。臭豆腐的特点是闻起来臭,吃起来香,革命年代常用来比喻知识分子。臭豆腐的这一特点还被人译成一句绝妙的英文广告词:Smell Smelly, and Taste Tasty,极为传神。不过油炸臭豆腐的气味却不是人人都可以接受的,尤其是油炸摊周边的居民,他们的苦处是食客所不能体会的。香港曾发生过几次居民申请法庭禁止而成功的,摊贩只好一搬再搬。居民和商贩都有可同情的理由,实在没有办法做到两全其美。

全球化浪潮席卷之下,各国美食的交流也越来越常见和深入。经常看到有洋人以娴熟的或半生不熟的中文显示自己对中华料理的热爱和精通。我以为,判断一个老外是否真的是美食中国通,就看他/她能不能接受臭豆腐,爱不爱啃鸡爪,知道不知道怎么吃鱼头。臭豆腐是金标准,能过关的老外不多。过关了就可以在中国到处交朋友。英国姑娘扶霞(Fuchsia Dunlop)无疑是过关了的,所以在中国和西方国家都被大家尊为精通中国餐饮的美食家,还在中国出了两本书(《鱼翅与花椒》和《寻味东西》,均为中文版),值得一读。

上海的豆制品摊位上其实有一些货品与黄豆无关,如烤麸、面筋(油面筋和水面筋)、粉丝。把它们接纳进豆制品大概是因为它们和真正的豆制品在菜品中的地位、作用比较类似。久而久之居然有人凭直觉认为烤麸也是黄豆做的。

豆腐在中国人日常生活中的无孔不入可以从俗语中看出一二。豆腐在我们的俗语中经常用来形容洁白、柔软、易损,等等,如:小葱拌豆腐——一清二白;刀子嘴,豆腐心;马尾穿豆腐——提不起来;豆腐掉在灰窝里——吹不得,打不得。尤其深入人心的俗语是:心急吃不了热豆腐,把急性子人的窘相刻画得相当传神。

在我们的常识中豆腐是廉价而易得的,但早年华人初到海外,最为不适应的地方之一就是豆腐贵而且不容易买到。曾有老一辈海外华人对我们回忆,当年豆腐还能从华人开的小店中买到,豆腐干却不是大家能寻常享受的"奢侈品"。饭店里一盘豆干炒肉丝,我们的习惯是豆干中找肉丝,他们当年却是反过来,肉丝中细心翻寻豆干。20 世纪 60 年代梁实秋去美国探亲,行李中有一包"惠而不费的最受欢迎的珍品"豆腐干,在海关被怀疑是改头换面的肉制品,最后还要劳动农业部专员来鉴定才予以放行。如今海外华人经营豆制品、面制品的到处都是,华人超市不仅各种豆制品琳琅满目,还有不同品牌相互竞争。北美大城市中非华人经营的超市也能找到豆腐和豆腐干。

豆腐是菜肴,当然是用来吃的。但"吃豆腐"这个词组用起来却要小心，不然容易引起歧义。在江浙沪方言中，“吃某人豆腐”，尤其是年轻女性，含有轻薄、挑逗、占便宜，甚至调戏的意思。在这里，“豆腐”被用来借喻“年轻的女子”，因为二者都有“色白”“细嫩”“柔软”的特点。这个惯用语在文学作品中经常出现，如茅盾的《子夜》、周而复的《上海的早晨》，由此把“吃豆腐”的另类隐义慢慢推广到全国。

另一个不能随便吃的是豆腐饭（周作人记忆中叫大豆腐）。在江浙一带，豆腐饭专门指办丧事时招待来吊唁的亲朋宾客的那一桌宴席。这类宴席不宜大鱼大肉，一般以素食为主，豆腐就是主角，大概得名于此吧，我猜想。

做豆腐的副产品是豆腐渣，年景好的时候是猪的饲料，灾荒年间是人的口粮。现在富裕了，粗粮杂菜成了调剂口味的新宠，豆腐渣也有了在宴席中偶尔露一下脸的机会。当然，饭店里端出来的豆腐渣一定是配料丰富，油润可口，绝非灾荒年代的续命面相。在现实生活中，豆腐渣更多是用作形容词，专指外表光鲜、内在质量却烂到极点，犹如豆腐渣般经不起轻轻用手一戳。“豆腐渣工程”已成了质量低下最形象的代名词。

我在国内国外都买过豆腐，一个有趣的观察是，国内豆腐的包装上一定标明使用的原材料是“非转基因黄豆”，而国外的豆腐包装上却没看到类似的说明。我问过一些当地人为什么不介意是不是转基因的，回答说我们没有能力判断转基因是否有害，只能听独立专家的意见。而食品监管部门就代表了独立于生产商的权威意见，比我和商家的判断更可靠；如果他们认为转基因无害，为什么不相信他们？想想专家意见在我们日常生活中普遍被无视的现实，不得不感慨独立意见的重要。

用豆腐来形容人，最令人遐想不已的是豆腐西施。把豆腐和西施联系在一起不知是对豆腐的抬举还是对西施的唐突。豆腐西施一般用来称呼出身贫寒而年轻貌美的女子。虽然以前也有豆腐西施的说法，但让豆腐西施真正成为一个文学形象且带有隐喻意义的是鲁迅。鲁迅在小说《故乡》中把杨二嫂称为豆腐西施，她以自己的年轻貌美招揽顾客，生意不错但也遭到一些闲人的轻薄。她有点姿色但算不上绝代佳人，家道宽裕又够不上大富大贵，自身行为并不完美却习惯鄙视他人，加上家里开的正是豆腐店，披上一个豆腐西施的名实在是水到渠成。所以，豆腐西施之称，本身是一个矛盾体。用来称人，肯定中带有否定，具有嘲讽性。如今的年轻女性大都不甘心在豆腐店里消磨青春，我们已无缘见识豆腐西施的风采。要是鲁迅今天来写小说，书中恐怕会出现“财务西施”“销售西施”。

豆腐可入馔，也可入诗。但豆腐毕竟太实在，诗要写得有点意境真不容易。“最是清廉方正客，一生知己属贫人”，活生生把豆腐弘扬成价值观典范。写不出什么意境，只好拔高境界。诗歌没落不是没有道理的。

岁月随风逝，年味心头存

——关于过年的私人记忆

过年，又叫春节，中国传统历法的一年之首，全球华人最看重的节日。虽然民间有冬至大过年的说法，但我觉得那不过是抬高冬至重要性的夸张之词罢了。中国的新年与朝鲜、越南等地的新年为同一日，但庆祝的方法不尽相同。

民国初年，内务部向大总统袁世凯请求并获准，定新春（春节）、端午节（夏节）、中秋节（秋节）、冬至（冬节）为四节。一批有国际视野的学人更进一步倡议，应该向日本学习，将官方的纪年标准由农历改为格里历（也就是阳历），废除过旧历年的习俗，这大概是中国与国际惯例接轨最初的努力了。废除农历新年的努力毫无意外地遇到了民间强烈的反对，新法无疾而终，新旧年并行的习惯由此形成。

一说要过两个新年，赞成者有之，反对的也不少，一时议论纷纷。梁羽生在他的《名联观止》一书中收集了与此相关的几副对联："男女平权，公说公有理，婆说婆有理；阴阳合历，你过你的年，我过我的年。""阴历上面注阳历，阳历下脚注阴历，是阴阳不可偏废；旧年前头过新年，新年罢手过旧年，知新旧仍要并行。""三才以天地人为本；一历与欧美亚同春。"看起来很是热闹。

1917年初，胡适写了一首“沁园春·过年”，虽说挂了沁园春的词牌，但全诗直白如话：

早起开门
送出旧年，迎入新年。
说：你来得真好，相思已久。
自从去国，直到今年。
更有些人，在天那角，默祝今年胜去年。
何须问，到明年此日，与谁过年。
回头且问新年，那能使今年胜去年？
说：少作些诗，少写些信，少说些话，可以延年。
莫乱思谁，但专爱我，
等到明年更少年。
多谢你，
且暂开诗戒，先贺新年。

说老实话，诗很一般，刻薄一点说就是把散文压缩一下再拆成短句；或许，百年前流行的就是这种文字。次年胡适还写了一首完全白话的除夕诗，诗味淡到不值一提了。诗虽平淡，但胡博士喜迎新年的心情还是跃然纸上。诗里还有一层意思，就是借辞旧迎新之际检讨过失，规划来年。我们又何尝不是如此？每年借着新年之际，立志，许诺，起誓，再发一番万象更新的弘愿，几天过后却固态复萌，就等明年新年再来一遍。无论是在校当学生还是走上社会工作，我们每一个人对这个套路都玩得很熟。现在怎么样？马齿徒增，过了装模作样的年纪，干脆以无欲无求的心情迎接新年。

年幼时我们都盼着过年，及至成年又害怕过年。盼过年是盼热闹，盼新衣，盼好吃的，盼无拘无束的放纵。怕过年是怕应酬，怕操持家务，怕开支无度，怕韶光流逝。盼过年的不知道有人怕，怕过年都羡慕还在盼的。盼过年的总以为别人都在盼，怕过年的却常常不想让人知道他在怕。家中有小孩的，怕过年的很容易被盼过年的感染，小孩的雀跃，小孩的惊喜是最好的过年装饰和配置。领悟到这一点通常都要等他们不再回来过年。到那时候，你才会发现再多的新年陈设也填不满孩子留下的空旷。

每年过年的一大话题是春运。春运一票难求，依然挡不住回家过年的人潮。实在买不到票的，驾着摩托车“千里走单骑”也要回家。中国人最坚守的习俗是回家过年，过年必须回家，回家才是过年。过年前最能打动人心的场景是父母倚门倚闾盼归，小辈陟岵陟屺急回。进门的那一句“我们回来了”如春风化雨，让一年的思念、委屈和苦楚随风飘散，只剩下笑声伴着急切的问候和诉说。过年回家有父母等着，有说不完的唠叨等着，有一成不变的年菜等着，这是何等的幸福！

过年的礼数，北方似乎总要比南方来得更隆重，更繁复。以前北京过年，并不是只在春节这一天热闹，节庆的气氛需要早早酝酿。当年北京的民谣说得清楚：“送信的腊八粥，要命的关东糖，救命的煮饽饽。”就是说，腊月初八的腊八粥一喝，就开启了过年的模式。腊月二十三祭灶王，吃了关东糖，催账的就上门了。等到大年三十，放了鞭炮祭了祖，嘴里吃上热气腾腾的饺子（饽饽），债主按例就不能再催讨债务，这年关就算过去啦。春节过后，年还没有过完，到正月十五元宵节后，年庆才算结束。而老北京更讲究，正月十三叫上灯，十四叫试灯，十五上元灯，十六叫残灯，十七叫落灯，一到正月十八年算是正式过完年，大人小孩各归其位(唐鲁孙:《天下味》)。

从小就听周边的老人抱怨，说现在过年没有年味，如今自己也开始抱怨了。从前的年味从何而来？从人的忙碌、人的期盼而来；从周边的张灯结彩、处处可见的春联年画而来；从菜场商店的琳琅满目、人头攒动、争相采买而来。

过年前是忙碌伴着兴奋，大人小孩各有所忙。大人忙着清扫，忙着把一年没用过的锅具、餐具、摆设擦得干净铮亮。在物资匮乏的年代，要忙着找关系买平时难得一见的主副食品，还要忙着给小孩派活干。小孩能干什么呢？太多了：炒花生瓜子、择菜、掐豆芽根、做蛋饺，大一点的小孩还要帮着磨糯米粉。记忆中最喜欢干的活是煎蛋饺，蛋煎碎了可以理直气壮地放进嘴里(当然要注意掌握分寸)。最怕干的活是坐在天井里择菜，手冻得通红还要坚持。更痛苦的是天还没有亮透就被家长从床上提了起来，去菜场排队。以前平时很少看到鸡鸭鱼肉，过年凭票供应，上海的家庭分大户和小户，配给量不一样。一张家禽票，排在前面的可以买一只鹅，排在后面的只能买一个冻鸡或冻鸭，越后面越小。事关肉量，想想都要咽口水，谁不想排到前面？鱼票也是一样。所以，每个摊上都要弄个人排队，人不够了小孩就要上阵。每个菜场都有自己的规矩，通常是一早去放个菜篮或砖块占一个位，但到了一定的时间节点，比如早上六点，必须有人出场，人不到场的视为自己放弃。睡眼迷蒙的小孩于是成了菜场自发秩序的受害者。

买了这么多好菜，过年餐桌上一定是花样繁多、精彩纷呈了吧？其实未必，除了年夜饭，过年几乎是天天吃剩菜。过年了，上海谁家不是一大锅水笋烧肉、一大锅鸡汤排骨、堆起来的鱼丸肉丸？每天拿一点出来，加蔬菜热一下就打发一顿。以前的北京人似乎更惨，初一到初五不兴煎炒烹炸，只能熬煮，不能生米下锅，所以只能吃五天饺子馒头加剩菜。

说起来惭愧，在香港工作了十多年，在当地过年只有一次。虽然春节那几天回上海了，但前前后后在香港还是感受了本地人过年的习俗。香港人过年的应景食品有不少和内地类似，但有几样是我以前没有见过的，比如萝卜糕和马蹄糕。尝过最好的萝卜糕、马蹄糕都是同事家里自制的，因为原材料好，因为用心。盆菜原来是香港近郊原住民团聚的热闹菜，各种食材按一定顺序堆积在大盆内，许多人围着吃。一层层往下挖，不断有新的发现，带来阵阵欢呼，十分热闹。后来高级食材慢慢入侵，盆菜逐渐变味，现在差不多变成了丰俭由人的大杂烩。香港过年的一大特色是利是(红包)随手发。一个利是普遍是 20 元，当然也有 10 元、50 元或 100 元的，但主流我觉得就是 20 元。香港人在节前都去银行换一叠新钞，银行也提供这项服务。20 元的利是，给的人轻松，拿的人也没有负担，就是表示祝福，一个意头而已。儿子回到内地，第一个红包有 800 元，大惊失色，以为别人放错了。

过新年，当然要焕然一新，于是理发，于是洗澡。理发店在春节前的那几天真是人满为患，枯坐几小时才坐上理发椅是常有的事。冬天的洗澡在上海从来都是大工程，因为一般大众家里既没有暖气，也没有热水供应，更不要说家庭浴室。洗澡要去公共浴室，节前的浴室人山人海。于是工作单位有沐浴设施的便开恩允许带家属进来享用，街上拿着脸盆水桶和一袋换洗衣服的不用问就知道要去哪个单位洗澡了。我父亲带我们兄弟去洗澡时还会捎带上单亲邻居家的男孩,浩浩荡荡,隆而重之完成年度清洁大礼。

焕然一新的另一件事是准备新的衣裤鞋袜。有限的布票和预算要让家里每个人都里外一新,办法只能是雨露均沾,点到为止。到服装店买成衣太贵,合身又合眼的也不容易找,于是自己动手。家里有缝纫机的还好,让当妈的省点力气和时间。没有缝纫机的就只好依赖“慈母手中线”了。当然也可以找裁缝铺解决,但裁缝铺到年底都是应接不暇,收费贵不说,能不能按时交货总让人放心不下。作为最后的选择,当妈的不得已硬是靠一针一线缝制出全家人的一身新装。印象中妈妈们最辛苦的事是纳鞋底,一双鞋底要用好几个晚上的熬夜才能完成,留在手上的斑斑点点让家人穿上新鞋也迟迟不忍踩到地上。

年货的采办都是家中大人来完成。什么是年货?一般是指过年必吃、过年吃得特别多的食品,但具体内容好像从来没有确切的共识。我觉得按采购渠道大致可分四类:菜场买的、南货店买的、酱油店买的和食品店买的。菜场买的包括鸡鸭鱼肉、豆制品、蛋、蔬菜等。记得60年代有几年鸡蛋缺货,过年到菜场只能凭票买冰蛋。做蛋饺倒是合适,做荷包蛋水煮蛋什么的就别想了。到南货店买凭票的木耳、黄花菜、粉丝、白糖一类,以及不要票的瓜子、核桃等炒货。如今南货店摆得铺天盖地的咸肉、火腿、腌鸡、风鹅等,在当年是难得一见的奢侈品。酱油店的油盐酱醋常年供应,但麻油以前只有在过年时才能买到。到酱油店最要紧的是买酒,各色的酒,囤够了才有过年的感觉。食品店里买糕点糖果,以及一些只在新春时节才供应的时令食品如猪油糖年糕、八宝饭、松糕等。这些食品除了放在家里待客和自用,出门拜年时也要拎上一点表示心意。现在流行年货大卖场，逛一次各种年货一网打尽，如果是网上采购，连门都不用出，着实省了不少事，却也错失了许多年节气氛。

年货中有两样东西一般归小孩采购（至少我们小时候是这样），就是糖果和爆竹。那时的中小学生在年前经常会凑在一起咽着口水讨论哪家店的糖果最漂亮、最好吃，买糖果的事交给他们肯定不会错。早先的爆竹就是鞭炮和高升（北方俗称"二踢脚"），烟花是后来经济发达起来才流行开来的。一串鞭炮舍不得一下子放完，一个个拆下来放，东点一个，西放一响，可以热闹很久。引信坏的还要把鞭炮从中折断，非放出点火焰来不可。高升气势就大了，胆大的拿在手里点，胆小的放在地上点，胆子更小的只好请别人来放，由此留下一句讽刺人傻的俗语：买了炮仗给别人放。

在很多人的童年记忆中，过年就是放鞭炮，放鞭炮就是过年。夸张一点说，传统的年味至少有一半是由烟花爆竹撑起来的。自从北京上海等大城市禁放烟花爆竹，除夕夜晚的空气质量明显改善，意外事故减少，但代价也不小，过年的热闹欢腾几乎荡然无存。我家两个孩子小时候每年都随我们从香港回上海过年，他们对上海的吃喝玩乐，对家庭团聚的温馨快乐非常期待，但最让他们兴奋并念念不忘的还是除夕和初四晚上的爆竹声。女儿婚后专门陪洋女婿来上海过年，想让他实地体会一下什么叫夜如白昼，什么叫声震云霄。不巧恰碰到上海第一年禁放烟花爆竹。午夜时分一家人在寂静的街道上梭巡，看到的是一队队巡逻的纠察而不是燃放烟花的居民。女婿脸上的表情由期待变为不解，由不解再变为狐疑，那一刻我觉得我们一家人的信用指数在急剧下降。最近有人公开呼吁燃放烟花爆竹的民风民俗不应一味地禁止，或许不久的将来女儿女婿可以带着他们一家重回上海过年，弥补当年的遗憾。

过年也有令人担心害怕的事，一是怕打碎瓷器，扫兴之余在老人眼里很可能还是一个不祥之兆。万一真打碎了只好念念有词：碎碎平安、岁岁平安。二是怕小孩口无遮拦，出言不吉利。以前的人也有应对办法，要么是在墙上贴“童言无忌、万事如意”的红纸春条，抵冲不吉之言，要么是用厕纸在小孩嘴上擦一下，表示小孩说话等于放屁。现在看起来是十足的自欺欺人。

不吉利的话不能说，吉利奉承的话过年时则不妨多说。过年向例是人们互相奉送廉价好话的时候，什么“万事如意”“心想事成”“财源广进”，说者毫发无损，一点成本也没有，听者却如沐春风，站在财务立场看这真是无本万利的生意。所以，大家尽管对好话的不作数心知肚明，但还是乐此不疲，年年照说照听不误。

过年最烦人的要数拜年了。比较幸运的是，我们小时候拜年已经不兴磕头了。民国时代的文人对拜年磕头的回忆还是满满的怨愤，如梁实秋在《雅舍小品》中的回忆：“日上三竿，骡子轿车已经套好，跟班的捧着拜匣，奉命到几家最亲近的人家拜年去也。如果运气好，人家‘挡驾’，最好不过，递进一张贴子，掉头就走。否则一声‘请’，便得升堂入室，至少要朝上磕三个头，才算礼成。”如此不近人情的礼仪，难怪乎梁要用“窝囊”两个字概括自己的感受。现在虽然不用磕头，但该有的礼数还是不能马虎，该鞠躬就鞠躬，该祝福就祝福。到了互联网时代，拜年可以躺在床上完成，甚至可以预先设置好，到时自动发出去。古人如果知道,不知该有多羡慕。

其实,小时候街上拜年的人流是过年喜气洋洋气氛最直接的体现。一家大小,簇新的衣服包裹着,新得都有些不自在了。手里提着礼物,最显眼的是一个大蛋糕。拖老带幼的,自行车是不能骑了,只能坐公交车。车上叽叽喳喳,那是平时不坐公交车的小孩子发现新大陆似的兴奋哗叫。不时地,一个刹车引来一片尖叫,一阵哄笑。只要蛋糕没有打翻,酒瓶没有碰碎,车上的欢乐会在一个个车站卸下又涌入。因为要外出拜年,外出玩耍,所以大家特别关注过年会不会下雨。预示过年天气最流行的话是“邋遢冬至干净年”,于是大人小孩都盼着冬至下雨。如今,年味淡薄到似乎已经没有人在意过年是不是下雨了。

点缀过年气氛的重要手段是春联和年画,春联现在还有,年画在大城市中已经很少见了。天津杨柳青和苏州桃花坞都是凭年画扬名天下的,现在即便还生产,估计只能是小众的需求了。春联的历史悠久,最早的春联据说是“三阳始布,四序初开”和“新年纳余庆,佳节号长春”,都有千年以上的历史了。写春联向来是文人争奇斗艳、一试高下的好时机,一副好的对联可以让天下人津津乐道,长久流传。没有文采的只好央人代笔,或者买一副现成的。因为商品化了,如今的春联看来看去都差不多,什么“向阳门第春常在,积善人家庆有余”“生意兴隆通四海,财源茂盛达三江”,给家门添点喜庆而已,文采是谈不上的。前几年有台湾校友辗转送我一副国民党前主席马英九手书的鼠年春联(当然是印刷品):“金鼠风光无尽藏,万物熙和有余香”,联语不很工整,意境也相当俗,但至少证明他还有这样的习惯和能力。老实说我写不出来。

小时候春节都是严寒天气,在外面玩耍缩手缩脚的,很不痛快。小伙伴们于是感叹,要是能夏天过年就好了。本以为是痴人说梦,谁料想真有夏天过年的。1985 年初我被公派去澳大利亚学习,到唐人街的商店门口一看,左边是"夏季大酬宾",右边是"新春大减价",一时恍惚,大有时光错乱之感。

回头再看一下这篇小文,用得最频繁的词似乎是"小时候"。古语说"小时了了,大未必佳",大而不佳的人只好挑小时候的事聒噪,列位看官要谅解。

站在年关上,瞻前想后,难免要发点感叹,"阅岁渐深,韶光渐短,添得一番甲子,增得一番感慨"([明]卫泳:《闲赏·元旦》)。过年也是盼望春天、期待来年的时光。"江梅堤柳,装点春工。晴雪条风,消融腊气。"去年的种种不快,随风而逝,来年的件件好事,尽到眼前。做人还是要有点盼头的。

年岁渐增,对过年的要求越来越简单,无非是家人闲坐,灯火可亲;衣食无缺,书香绵延;长幼安康,朋辈发达。一张嘴,愿又许过头了。明年一定改,相信我。

送　礼

世间难事，送礼大概可以算上一件。

送礼难，难在要想清楚：要不要送，送什么，怎么送。送好了，千古美谈。送不好，赠受双方都尴尬，甚至还会害人不浅。

清末出土的汉简中有名奉的人(姓氏已不可考)，戍守边关时给自己所爱的女子送去玉器一件时所写的短简："奉谨以琅玕一，致问春君，幸毋相忘"(罗振玉、王国维：《流沙坠简》)。两千多年前送礼所附的十四字短简，一出土便为世人所赞叹。钟书河叹为"不朽的情书"，周作人还赋打油诗一首："琅玕珍重奉春君，绝塞荒寒寄此身。竹简未枯心未烂，千年谁与再招魂。"礼不算重，却送出千年佳话，这便是送礼的最高境界。

多年前曾有学生为专业资格考试的计分争议托我代向主事者进言争取，我答应后学生问我送什么礼物为好。我回答说，我和那位主事者的交情，没有好到可以送礼，却也没有差到不送礼就不帮我办事的程度。于是就没有送礼，事情居然也办成了。虽然是书生迂阔，不足为训，却也证明送礼不是万能的。而且，不到一定的交情或相知程度，贸然送礼往往会显得十分唐突甚至冒犯。从那位朋友的角度看，身居要位，人情往来在所难免。但有我这样的学界朋友，相交如水，另有一番情趣，送礼或许反会让他感到疏远而鄙俗。

送礼难在要看人择物,首先是礼物要适合受礼人的需要,所谓宝剑赠英雄,香水送美人,各得其所。其次是轻重相宜。礼太轻可能会让人觉得诚意不足,礼物过重则不免让人起疑,以为你要把月黑杀人、风高放火的大事托付予他。

物资匮乏年代,随便一盒点心一件衣物都会让收礼的人感激不尽。如今丰衣足食,即便是各地的风物特产网上采购也是举手之劳,送礼再也没有了互补有无的作用,选择合适的礼品真正成了难题。能不流于俗却还体面实用兼有益的,莫过于送茶叶了。所以文人雅士以茶叶相赠是常事。“笋茶奉敬,素交淡泊。所能与有道共者,草木之味耳”([清]胡介),说起来格调高雅,品位尽显。我交友有限,加上生性慵懒,疏于交游,朋友似乎越来越少。饶是如此,每年还是会收到不少茶礼。爱茶之人,收到茶礼往往迫不及待,一尝为快。清朝大文人俞樾(号曲园)有次收到一小罐上好的碧螺春茶,特意带到杭州以西湖水泡来喝,喝完感叹道:穷措大口福被此折尽矣。一罐好茶送给识货的人,算是物尽其用了。另一件文人雅士喜欢送的东西是笔,以前是毛笔,后来是钢笔圆珠笔,现在能充当礼品的基本上都是名贵的进口货如万宝龙(Montblanc)、派克(Parkers)。可惜,电脑时代键盘很大程度上已经取代了笔的地位。即使要写字,一般也会选择轻便的墨水笔。如此,收到的名笔也只有束之高阁的命了。

送礼是表达谢意和敬意的有效手段。人情在,送礼便在,烦恼也随之而来。不甚恰当、不易使用的礼品,英文形容为“白象”(white elephant),意为大而无当,难以处置。旧时曾有朋友结婚,收到好几个又高又大的台灯,哭笑不得。曾两次有友人赠电烤箱给我,其中一个还是进口的、需要两人合抬的大家伙。送礼人的拳拳爱心让我感动不已,但因家中已有一个烤箱,只好转赠他人。连续问了很多人才找到家中装修、正好需要一个的,如释重负。送女生香水,送男士领带,不管是否需要,是否喜欢,至少不会有无处安放的苦恼。送书也一样,差不多是多多益善。但凡事都有例外。有次在深圳证券交易所获赠一套证券发行历史的纪念册,皇皇巨著,既精美又有极大的文献价值,其厚盈尺,其重如石,寒舍逼仄,无处安放,最后只有转送图书馆。

收到不称意的礼物能退回去吗?尽管听起来有悖常理,却真有人这么干,而且还满带调侃地把送礼人数落了一通。清代文人随园老人袁枚年迈时收到一位年轻朋友致送的嫩鸭(雏鸭),打开一看觉得名不副实,“其哀葸龙钟之状乃与老夫年纪相似”。礼物退还之余还写了一篇传诵甚广的小品“戏答陶怡云馈鸭”,戏称如果这个鸭子是雏鸭,那一定是和你一样的少年老成,只能以朋友相敬,哪敢以食物相待?原璧奉还,“使此鸭投胎再生,而后食之”。陶怡云有没有再买一个真正的雏鸭重馈于随园老人我们就不得而知了。

选择合适的礼品实属不易。犹记得孩子还小的时候,每年圣诞节几家朋友都要聚在一起,为每个小朋友挑选礼物是非常折磨人的任务。价格不能太贵,要喜出望外又确实有用,这个任务把几位当妈妈的折磨得每次都说我们明年不送了好不好?精挑细选的礼物很可能过后被弃之如敝屣,但拆开礼物包装时的期待和惊喜让你觉得为挑选礼物所付出的所有努力都是值得的。一件意外的礼物,带来止不住的欢笑和发自内心的感谢,至今追忆起来还是满心的感动和怀念。

每个人挑选礼物都有自己的办法。我通常都喜欢送自己偏爱的东西，背后的假设是人有同欲，我都喜欢，你还会不喜欢？内子比我高明，她通常选别人应该喜欢但一般舍不得买的东西，如名牌英国茶具、高端乐高积木，等等。收到的人自然喜出望外。

有关送礼，西谚还有一句颇有警示意义的话："Don't look a gift horse in the mouth"，大概意思是别人送你一匹马，你却掰开马嘴，检查马齿，看看礼物是不是真是好东西，太煞风景了。送礼人的好意应该得到尊重，而不是被挑剔审视。收到礼品便不停打听所值几何，送礼人要是知道了，难免心寒。一般而言，把收到的礼物转送他人是不礼貌的，也是对送礼人的不尊重。但是，我以为收到月饼可以成为例外，因为送月饼时间很集中，每一盒月饼又包含好几个，胃纳小的根本消受不了。所以，月饼转送是常有的事。最怕月饼转几圈，今天到我家。以前上海人过年流行送奶油蛋糕，连续收到几个的只有转送他人才能卸下重负。万一人家也有奶油蛋糕要消化怎么办？只好击鼓传花一样继续传下去，一直传到蛋糕发霉。幸运的是，现在似乎没有人无端送人奶油蛋糕了。我每年收到月饼也会转送，但一般不会成盒转送，而且一定说清楚是转送的礼品。无奈之举，希望收到的不会骂我。

送礼当然是不收钱的，但不收钱并不意味着不需要回报。所谓礼尚往来，有往有来才能持续，来而不往非礼也。至于什么才算有往有来，学问就大了。有人奉行严格的对等外交，锱铢必较，分毫不差。需要送礼时翻出收礼记录，看看当时他们送了多少，如数奉还。在婚礼现场经常看到有核检礼金红包的，当场唱名报数，据实记录，像极了企业营业收入的内控流程。保存的记录，大概率会在以后的礼尚往来中发挥作用。据说还有红包开出竟是白纸一张，上写：礼金 500 元，暂欠，待下次我结婚扣还。然后送礼人就可以大摇大摆进去吃一顿了。一般的人在往来礼节上都比较宽松,有来有往,表达出关怀念想之意即可。

送礼,有时是需要勇气的。约十年前,我回上海工作不久,家母不幸摔倒,造成脚腕骨折。中山医院医生诊断后认为需要动手术。朋友怕我不懂上海规矩,纷纷告诉我需要送礼,主刀医生和麻醉师必须打点,红包规格应该是多少。我按他们的建议准备好红包,等医生来时却怎么也没有勇气递上红包。我想,站在我面前的都是有尊严的专业人士,我怎么可以公然侮辱人家?挣扎了几次,最后还是放弃。结果,红包虽然没送,手术却很成功,手术后的护理也很专业,一切完美。而且可能是因为没有送红包的缘故,我和医生的交谈非常轻松自如,彼此完全没有任何尴尬和顾虑。我事后感慨,一个受过专业训练的医生,走上手术台怎么还会想:“哎呀,这个病人家属有没有送过红包?”按常识判断送不送红包对手术不可能有任何影响。但是,我们大家为了让自己的亲人得到最好、最安全的医疗服务,竟然齐心协力把我们的社会环境弄得污浊不堪,真是不应该啊。现在各地的医院都明确杜绝红包,我们应该举双手赞成,让社会风气回归正常。当然,要杜绝红包,医生的激励机制和医院的管理办法都要有相应的变革,这是题外话了。

最让大家深恶痛绝的送礼是行贿。中国人向来重人情,经商、管理企业也不例外。商业交往中打点、维系关系必不可少,分寸的把握却很能看出一个人的修为和德性。为获取超出常规的便利或好处而向掌握权力的人送礼物,不管礼物多少,其实都是行贿,除非将礼物自觉交公。送礼送到行贿的程度就是害人,而被害的一旦起了贪念,往往下场可悲。中国华融的赖小民就是这样的典型例子。赖出生寒苦,靠自己的努力在中国金融界站稳脚跟,进而出人头地。从清白做人到受贿近 18 亿元,他的这条命可以说一半是自己糟践掉的,一半则是被行贿人坑进去的。那个一次送 6 亿元现金的富豪在赖走进刑场时会不会心有愧悔?

要知道,世界各国对企业经营的合规要求越来越高,合规处罚的力度也越来越大。要符合监管对企业合规的要求,传统上三大合规体系一定要建立并保证有效运作。反商业贿赂是合规的第一制度(另外两个分别是出口控制和数据安全)。连西门子这样的世界级跨国公司都曾因员工贿赂而受到 8 亿美元加 4 亿欧元的重罚,商业贿赂行为的普遍可见一斑。今天,经营企业的必须对监管和执法部门可能会关注的可疑支出如赞助、咨询、招待、补贴等保持充分的警惕,杜绝员工出于业绩压力而做出的行贿举动。

到中欧任教后,收到最多也是最实用的礼物是各种服装,校服、班服、会服、队服,不一而足。我自己穿不过来就让家人穿,一家人穿成了行走的中欧广告,煞是有趣。

岁月蹉跎,马齿徒增,近年来越发不可避免地德高望重起来,送礼和收礼的比例于是越来越不平衡。现在一年难得送几次礼,收礼却成了家常便饭,如何得体地表示感谢便成了伤脑筋的事。如今送礼,经常由快递送到家,收到后微信致谢,从头到尾彼此连见面都免了。在彼此不见面的情况下,致谢要怎么说才能显得充满感恩之意,显得不敷衍了事,大家不妨帮我出出主意。

明朝沈守正,收到友人送来兰花,回信致谢,只写了六个字:“蕙何多英也。谢。”(见钟书河:《念楼学短》)寥寥数字的致谢却丝毫不显虚应故事,这是本事。我们能不能仿效?我想试一下。

醋味与醋意

国人中不乏以好吃、懂吃、能吃自诩的，尤其是物资供应丰富、大家衣食无虞的年代。上海人似乎把吃的精神发挥得更极致一些：开车在路上碰到红灯叫“吃红灯”，被人罚款叫“吃罚单”，被人打叫“吃生活”。吃天吃地，但有两样东西我们轻易不吃，即便吃也要看清对象和场合，这两样东西就是醋和豆腐。本意的醋和豆腐就是食物，当然能吃，但一旦引申出去就不好说了。醋，用以烹调，带来醋味，悦人千年；醋，形容处世，醋意烦人，酸气扑鼻。醋内藏乾坤，细究起来大有深意。今天我们来聊聊醋。

醋，旧时又写作酢。醋的确切历史起源已不可考，但历史悠久应该是没有什么疑问的。无论中外，远古时代就都留下了醋的痕迹。在国外，古巴比伦时代、古埃及时代都曾发现过醋的文字记录。在中国，比较普遍的观点认为醋在西周时代开始出现，但也有认为应该在商朝甚至更早。虽然醋可以在自然环境中自行生成，但醋真正成为烹调佐料一定是在酿造方法发明以后。由于都是通过发酵酿造获得，在一定程度上，可以说酒醋同源；凡是能够酿酒的古文明，一般都具有酿醋的能力，因为在化学上酒精是乙醇，经过有氧发酵后可以形成乙酸也就是醋酸，酿造过程中只要再将酒经过发酵就能酿造醋。有人猜想，醋最早的身份不过是酿酒发酵过头的失败之果,是当时的人们为挽回酿酒损失所作的一种努力,后来人们才发现醋可以佐餐,可以增添食物的风味。食物烹调由此出现一个新的选择,失败者转身成了创新发明家,十足就是一个"化腐朽为神奇"的传奇故事。话虽如此,今天谁要是酿出发酸的酒,却以本来就想酿醋为借口来搪塞,估计只能留下一个笑话而已。

醋是很寻常的调料,价廉而易得。虽是寻常之物,但讲究起来也有不少名堂。市面上常见的醋一般可以分为固态发酵的黑醋(如老陈醋)和液态发酵的红醋、白醋(如镇江醋和保宁醋)两大类。中国向来有几大名醋的说法,但究竟是哪几家入围却说法不一。历来的榜单,不管谁来排,山西老陈醋和镇江香醋始终榜上有名。四川阆中的保宁醋和福建的永春老醋也经常被列在名醋行列。对醋的选择与一地的餐饮习惯有很强的关联。北方用山西老陈醋的较多,而江浙一带则更习惯用镇江醋,粤港地区经常用红醋。海外的华人超市最常见的似乎还是镇江醋。虽然镇江以醋闻名,但镇江人对醋的热爱程度远不如山西人;山西人无论到哪里,一上餐桌首先看有没有醋,没有就大声叫一碟。外省人常以"缴枪不缴醋"来嘲笑他们对醋的不离不弃。到太原第一次看人提着硕大的塑料桶去买醋;这一桶,换我十年恐怕都喝不完。

名醋的候选人好像还是一个变化的清单。清朝时,与山西陈醋、镇江香醋并称为中国三大名醋的是板浦醋,产自江苏连云港地区。随园老人袁枚对食材调料有几近苛刻的要求:"醋用米醋,须求清冽""酒有酸甜之异,醋有陈新之殊,不可丝毫错误"。他最推崇的就是板浦醋:"镇江醋颜色虽佳,味不甚酸,失醋之本旨矣。以板浦醋为第一,浦口醋次之。"板浦醋据说每次只需几滴就足够香醇,因此被称为"滴醋",康熙年间被封为贡品。袁枚还专门去板浦买了一坛当地最有名的“汪氏香醋”,烹制了一碟糖醋鱼。现今的板浦滴醋还在,当地人还是非常追捧,但出了江苏好像就没有多少人知道了,可惜。

醋虽然是很常用的调料,但在菜品中一般只是起配角的作用。糖醋排骨、糖醋鱼、醋熘白菜,醋在其中恰如龙套:没有你戏照唱,单调乏味一点罢了。虽是配角,醋却常常起到画龙点睛的作用。吃饺子和春卷,没有醋当然能吃,但就是觉得不完美。有的菜品,最后的那点醋不浇上去就黯然失色。2022 年因新冠肺炎疫情暴发,上海的小区封闭管理,社区不时给住户送各种主副食品。等到有一天送的食品中出现了一桶醋,我就觉得封闭应该到尾声了,因为非必需品的醋也送到了,也该完美收场了。

醋据说有益健康。本草纲目对醋的功效有明确记载:醋“味酸苦,性温和,无毒”,可以“消肿块、散水气、杀邪毒”。现代有人进一步发挥,说是还可以治疗肠胃消化不良、各种肿瘤症块、妇女生理病及一切鱼肉的菜毒,神乎其神。当年到太原参观老陈醋厂区,公司高层很自豪地告诉我们,这么多年厂区工作人员中从来没有人患癌症。据他们说,酿醋用的都是上好的粮食,酿造过程就是发酵过程,散发出来的是有益的含菌气体。实际的情况是否如此我不敢肯定,应该离事实不远。不过,厂区浓烈的气味再对人体有益,一般人也待不了太久。离开时承他们好意,送我许多小瓶装的 10 年陈醋,嘱我每天喝一瓶。回家后兴致勃勃地喝起来,几天后就半途而废了。再好的事情到我这里都是半途而废,想起来真是有愧于别人的一番好意。

中国人酿醋常用谷物(也有例外,如柿醋就是用水果酿制的),而西方人则多用水果。中外食醋的差别我也是在出国以后才有所了解的。外国的醋,最负盛名的一定是意大利黑醋(Balsamic),用葡萄酿成,只有在意大利限定地区摩德纳(Modena)按指定工艺生产的黑醋才能冠名,生产和销售都受意大利和欧盟原产地保护认证和监管。在摩德纳地区生产但并不完全符合原产地保护要求的只可以称为摩德纳香醋(Aceto Balsamico di Modena),这个区别我们是很难分辨的。

摩德纳黑醋的制作工艺极其繁复,只能采用当地的两种葡萄,以 90 摄氏度熬煮 24 小时,浓缩成糖分和酸度极高的葡萄汁,再先后放入以栗木、橡木等 7 种木材制成的大小不等的木桶内,经过至少 12 年陈化,让不同木材的香气平衡葡萄汁的天然甜酸,才能达到符合认证的级别。最高级更要求最少 25 年的陈化才能装瓶。在这个漫长的过程中,100 千克葡萄最终浓缩成不足 3 千克的黑醋,其矜贵可想而知。黑醋经数位独立专家品评鉴定后才能灌入统一为 100 毫升的小瓶。我在香港的高档超市中曾看到玻璃柜中摆放着一排 100 毫升的小瓶黑醋,分别标 100 年、80 年、50 年、25 年等档次,外观几无差别。100 年的标价 5 000 多港元(2023 年初又去看了一下,价格已涨到 7 880 港元),80 年的近 3 000 元。后面就是几百元不等。没见过世面的我居然问超市的销售人员真的会有人买这么贵的醋吗? 回答当然是不愁卖。后来有熟悉内情的朋友告诉我,超市未必真的指望有多少人来买 100 年、80 年的,摆放它们的主要目的就是让其他几瓶显得不那么贵。其实,香港市面上售卖的意大利醋绝大部分都是商业化的摩德纳香醋而不是黑醋。摩德纳香醋的生产要求简单得多,通常都是酒庄酿酒之余的副产品,既不讲究葡萄品种,也不限制添加剂的使用,陈化期也缩短到一年以内,大瓶灌装也仅售几十港元,便宜许多。

意大利黑醋是西餐烹调中的神品,只需几滴据说就可以让平淡无奇的色拉和冷菜平添神韵,让菜肴口感丰富。但普通人在烹调中擅用黑醋的并不多,一般都拿黑醋作蘸料。拿面包蘸黑醋和橄榄油吃已经成了西餐馆餐前铺垫的最简单且讨巧的做法。我曾买了一瓶回家,配上橄榄油,兴致勃勃地蘸着面包当早餐,滋味着实不错。没过几天面包换成馒头大饼,再过几天黑醋就束之高阁,直到挥发完毕。餐饮习惯不是那么容易改变的。

说某人爱吃醋,除了说他/她的饮食习惯外,很可能有谈论这个人品性的弦外之音。因为吃醋在中国文化中有特殊含义,与嫉妒同义,其出处有不同说法。比较为大多数人所接受的是一则与唐太宗有关的传说。唐太宗为了笼络人心,提出为宰相房玄龄纳妾,房妻嫉忿,坚决不允。太宗无奈,让太监带上一壶"毒酒"去威胁,要房妻在喝毒酒和允纳小妾之中选择其一。没想到房夫人十分刚烈,宁愿一死也不在皇帝面前低头,端起"毒酒"一饮而尽。当房夫人含泪喝完后,才发现杯中不是毒酒,而是带有甜酸香味的浓醋。从此"吃醋"和"嫉妒"便结下不解之缘。

用"吃醋"比喻嫉妒,多用于男女关系,现在也有人把眼红别人的幸福或成功类比为"吃醋"。因嫉妒而"吃醋"的例子,我们最熟悉的莫过于河东狮吼了。苏东坡有一个朋友叫陈季常,他妻子柳氏是一个嫉妒心很强的女子。每当陈季常宴客,并有歌女陪酒时,柳氏就用木棍敲打墙壁,把客人骂走。苏东坡借用狮吼戏喻其悍妻的怒骂声,作了一首题为《寄吴德仁兼简陈季常》的长诗,其中有这么几句:"东坡先生无一钱……只有霜鬓无由玄。龙丘居士亦可怜,谈空说有夜不眠。忽闻河东狮子吼,拄杖落手心茫然。”明清两朝的文学作品中屡有争风吃醋、泼醋、拈酸吃醋的提法,如《红楼梦》第31回“撕扇子作千金一笑,因麒麟伏白首双星”中有这么一句:“晴雯听她说‘我们’,自然是她和宝玉了,不觉又添了醋意……。”

似乎只有中文将“吃醋”比作嫉妒。查了一下英文中用醋作比喻的,有说话带有“with a touch of vinegar”的说法,意思不是嫉妒而是说话尖酸刻薄,这应该是很老派的说法,问现在的年轻人,都没听说过,看来是没什么人说了。

男女交往,不到一定程度是不会“吃醋”的。“吃醋”是因为在意,因为割舍不下。所以,男女关系中的“吃醋”离不开几个关键词。首先是情,因有情爱在心,觉得非我莫属,所以容不得别人插足;感情淡薄的,任你和谁往来,和谁相好,他/她也不会在意。真情的人相信专一,对可能的移情别恋自然是无法接受。其次是疑,引起“吃醋”的都是风吹草动,是街谈巷议。因为没有真凭实据,所以只能发泄一下。也幸好没有真凭实据,所以还有吃一下醋的转圜余地。再次是惧,是害怕失去,多少有自信不足的成分在里面。其实,“吃醋”还是彼此在意的表现,相比视同路人、互不搭理的男女关系,还是要温暖得多。维持平淡琐碎的生活也需要时不时有一点调剂和插曲,“吃醋”是多少还有点建设性的无事生非,用好了平添一份情趣。当然,“吃醋”也要把握分寸,恶语相向、拳脚相加就已经越过“吃醋”的边界了,套用一句政治术语就是“矛盾的性质改变了”,可能再也没有重归于好的机会了。

“吃醋”引申开来是对别人成功的嫉恨,所谓“红眼病”。如果某人说起某位同事或熟人，一嘴的冷嘲热讽，语带讥诮，我们会将此人描述为“说话酸溜溜的”，其实就是醋意十足的意思。无论是生活还是工作，人和人难免各不相同。虽说职场应该是一个相对公平的环境，但员工可能因天分、努力、际遇、学历、背景甚或长相的缘故而境遇大不相同。于是有的人总觉得自己付出了同样的努力，斩获了同样甚至更好的业绩，但待遇和提升机会都不如别人。其实，喜欢吃醋的人没有看到或不愿承认的是别人超常的付出和卓越的技能。他们眼睛盯着的是别人的幸福、别人的成功，并因此而心生不满、耿耿于怀。于是，或造谣生事，或暗布陷阱，或公然作对，总要把别人弄得狼狈不堪才满意。记得以前一位名人总结过中国式嫉妒和西方式嫉妒的区别：中国式嫉妒是你比我好，我就要想办法把你拉下来和我一样不好；西方式嫉妒是你比我好，我就要努力和你一样好。此结论是否属实我们暂且不说，因妒生恨、因恨加害的悲剧还是看到过好几出。因嫉妒和积怨而在同事、同学的饮料中下毒的恶性犯罪把嫉妒的恶果无限放大而使人警醒。其实，施害者的心里未必会因为把别人搞惨了而内心欢喜。天网恢恢，疏而不漏，作恶者的手一旦伸出去，一辈子再也没有心神安宁的日子了。有一位作家说得好：妒忌者的痛苦比任何痛苦都大，因为他们既要为自己的不幸而痛苦，又要为别人的幸福而痛苦。

企业间其实也容易产生类似的吃醋嫉妒现象。中国市场有几对“冤家对头”企业，长期针锋相对，对方的任何成功都可能引起满满的醋意，于是互挖墙脚，怪招狠招迭出，令人叹为观止。鲁花和金龙鱼、蒙牛和伊利我觉得就是相当典型的互相较量的对头企业。

2011 年，与鲁花签订了“营销策划咨询协议”的北京赞伯营销管理咨询公司职员被司法机关提起公诉。案件缘起于2010年9月15日,涉案职员在天涯等网站论坛及其个人博客上发布《金龙鱼,一条祸国殃民的鳄鱼》的文章,点击率超过80万人次,攻击金龙鱼存在转基因产品影响生育能力、采用化学浸出法提炼残留有致癌物质、摧毁中国大豆产业链等不实传言。金龙鱼愤而报案,而北京赞伯坚称上述行为系个人行为,非鲁花授意。隐约可见的利益链条不禁让人对鲁花在这次攻击事件中的清白疑窦重重。更早一些,2004年金龙鱼推出"1∶1∶1"的广告,受到市场热捧。当年9月,有媒体刊文指金龙鱼"1∶1∶1"调和油涉嫌虚假宣传,国内外市场上没有任何单一食用油或者食用调和油的成分能达到"1∶1∶1"的均衡营养比例。为澄清这一指责,金龙鱼用尽十八般武艺才让事件得以平息。有资深人士怀疑,广告风波的幕后操手是鲁花。但鲁花方面指称金龙鱼才是打响第一枪的一方。有一篇题为《您的炒菜油是否健康?》的文章称:"专家提醒我们,切莫过度注重口味而忽视了健康,因为即使是优质的花生油,其成分中也可能会含有微量的黄曲霉毒素,不宜大量食用。如果黄曲霉毒素在人体中沉积下来,将会对人体健康产生危害。"据事后分析,鲁花认为上述内容是对其花生油产品的攻击,因此联动有关行业协会炮轰金龙鱼"1∶1∶1"广告虚假宣传。一方经营谋略的成功换来的不是另一方的赞美,而是想方设法的踩踏,醋意之外不免让人感到寒意阵阵。其实,金龙鱼和鲁花都是经营卓然有成的企业,旗下的产品都广为消费者接受和喜爱。他们的成功完全不需要建立在对方的失败上。

蒙牛与伊利,这两家来自内蒙古的中国乳制品巨头,是已经明争暗斗了快二十年的另一对冤家,两家企业争斗的背后是伊利创始人郑俊怀与蒙牛创始人牛根生之间放不下的恩怨情仇。一对创业伙伴,共同成就了伊利的诞生和成长,赶走一人后催生了一个蒙牛,最后再演变成一山不容二虎的缠斗。2010 年,一位“父亲”在论坛发帖声称自己的小孩在喝了“伊利 QQ 星”后早早就长出了胡须和喉结。但后来的调查发现,这些在网络上发帖的所谓“家长”,其实都是蒙牛雇的水军。双方在奥运赞助问题上更是斗了好几个回合。2007 年 11 月,伊利成为北京奥运会乳制品赞助商,蒙牛立即发表声明表示不满,因为在不久前,呼和浩特市政府还专门建议伊利与蒙牛退出奥运会赞助商之争。2022 年两家又为北京冬奥运的赞助商身份互相指责。伊利谴责中粮集团蒙牛乳业联合美国企业破坏冬奥会规则。因为竞标失败后中粮集团和可口可乐合作成为国际奥委会授权的饮料类全球合作伙伴。伊利认为,蒙牛是一家乳制品企业,旗下虽然有饮料业务,但占比很小,海外营收只有百分之零点几,却要在 6 月 23 日向全球宣布,蒙牛被国际奥委会授予“饮料”类别全球合作伙伴,这一行为的真实目的是误导中国消费者,让中国消费者误认为其是奥运乳制品合作伙伴。蒙牛和伊利的争斗对双方都是负担,都是伤害;要知道,伟大的企业没有一个是靠踩着别人的肩膀出人头地的。

白酒是国内竞争最为激烈的行业之一,但行业的两家头部企业茅台和五粮液却能长期相安无事,相伴辉煌,给中国企业的竞争格局添了一段佳话。五粮液似乎从来不贬低茅台,茅台也从不攻击五粮液,双双成为中国最被人推崇的白酒。2016 年德国车企宝马(BMW)百年庆典,网上看到的消息称宝马的竞争对手奔驰发表贺词说:没有你的 30 年其实感觉很无聊,感谢宝马让我们知道什么是成长和追求。尽管没办法确证消息的真伪,我真希望两家百年车企既竞争又尊重的企业文化能成为中国企业效仿的榜样。

有一次,法国奢侈品公司香奈儿(Chanel)的一位高管在接待商学院学生参访时被问道,如何因应来自奢侈品巨头路易威登(LVMH)的竞争。谁知,那位高管一脸疑惑地反问:“路易威登是什么公司?我怎么从来没有听说过?”所有人都愣住了,场面有点尴尬。一阵沉默之后那位高管笑着说:“我是开玩笑的。在我们这一行,有谁会不知道路易威登呢?”接着,他用严肃的口吻说:“但是,路易威登从来就不是我们的竞争对手,我们不会因为路易威登搞砸了就变好,也不会因为路易威登大好而变坏。香奈儿唯一的忧虑是丧失为顾客创造独特价值的能力。”(刘顺仁:《财报就像一本兵法书》,第 13 页)没有一丝醋意的竞争思维才是世界级企业的成功密码,见不得别人好其实自己也绝好不到哪里去。

写到这里不免有些心虚,提倡优质竞争的商学院自己做到了吗?我们也需要反躬自问。

俗话说:“一瓶醋不响,半瓶醋晃荡。”写了半天,回过头看其实一直是拿着半瓶醋在晃荡。晃荡的人之所以不甘缄默、不肯藏拙,大概总以为自己晃荡的是甘醴美酒,而不是酸酸的醋。我有自知之明,知道自己晃荡的是醋。除了半瓶醋,我实在是一无所有,所以只好继续拿着半瓶醋晃荡下去。好在醋虽酸却有益健康,至少是无害。这样想就坦然了,且看我继续晃荡。

世态

对 ESG 的另类思考

对 ESG(即环境、社会责任和治理)的提倡和推崇是近年世界范围内对企业经营影响最大的管理潮流之一。长期以来全球企业界偏重于发展,追求规模和效益而轻视甚至忽视对人类生存环境的爱护和对利益相关方的关怀。ESG 是对这种倾向的一种纠正,是企业经营向本心和良知的一种回归。

ESG 不是简单的口号,不是包装,而是企业经营理念和经营行为的深刻变革。一般而言,站在企业外我们能看到的 EGS 规范通常是 ESG 信息披露指引、ESG 评级和 ESG 投资趋势。可以说,ESG 不仅对投资资金的流向有越来越大的规范引领作用,对存量企业的融资成本也显示出强大的影响力。可以预见,在 ESG 各项指标上不能达标的企业将来不得不支付更高的融资成本,甚至即使愿意支付更高的融资成本也未必能如愿融到所需的资金。上市公司在 ESG 披露和合规方面更是受到强制性约束,未达到要求的有可能受到监管处罚。

既然是纠偏,很容易出现的现象是矫枉过正。ESG 会不会出现类似的问题? 这正是本文所要探讨的。

让我先来问两个问题:试想你去买咖啡,你看到有两杯咖啡,一模一样的口味和品质,一杯标价 15 元,另一杯是 20 元。区别是 20 元的那杯出自ESG评级达优秀的企业,你买哪一杯?再问:你去买咖啡,一模一样的价格,一杯是你喜欢的口味和品质,但出自ESG未达标的企业,另一杯是你不喜欢的口味,但生产的企业却是ESG优秀企业,你又会买哪一杯?

前一个问题提醒我们的是,ESG是有成本的,而且成本还不低。ESG成本由谁来承担?显然最终只能由消费者来承担。他们有没有不承担这一成本的选择?恐怕没有。试想,如果所有企业都做到ESG优秀,产品成本由此而显著提高,而增加的成本必须通过提价的形式转嫁给消费者。如果消费者的收入总额没有改变,他们只能通过减少消费来平衡支出。社会上只具备维持最低量消费品购买能力的人群会因此产生困难,这绝不是ESG提出者希望看到的结果。换言之,ESG的高昂成本将导致社会生产质的提高和量的减少,有人因此得益,也有人因此损益。

我们再从生产者角度来思考。我曾拜访过一家制造企业,主业是油田钢管的锻造。公司耗用大量能源,是碳排放大户,产生相当可观的废气废水。公司微利经营多年,仅能维持,无力做大的改造。公司大股东早已财务自由,本来可以把企业一关了事。但一想到企业的2 300余名员工和他们背后的几千个家庭,实在不忍心躺平不干。在资本市场ESG要求越来越高和经营成本越来越难以控制的夹击中勉强维持,他的困惑是:我的社会责任到底是什么?这个艰难的选择也许也在折磨着低端制造业中的大部分企业。虽然我们渴望中国的制造业快步迈入高端,但现实是,在可预见的将来我们的大部分制造企业仍然没有走完升级换代这一条路。

依我愚见，虽然 ESG 是商业文明进步的必然选择，但并不需要对所有企业一视同仁。一定程度上 ESG 是对“富人”更有利的游戏。设备先进、产品领先、利润丰厚、对上下游企业议价能力强的企业更有可能成为 ESG 的赢家。而在生存线上挣扎的小微企业难免会捉襟见肘、雪上加霜。面对可能的融资成本上升，他们更缺乏讨价还价的能力。这或许是我们在提倡 ESG 时需要谨慎对待的。

我的第二个问题牵涉到产品。如果 ESG 不能让我们的产品变得更好、更符合消费者的需求，ESG 的价值又在哪里？今天的 ESG 规范讲的是怎样做企业，而不是怎样做产品。产品很烂的企业照样可以在 ESG 评级中星光熠熠，尽管我并不否认 ESG 优秀的企业更有可能是全方位追求卓越的企业，因而做出高质量产品的概率会比一般企业高很多。也就是说，ESG 并不是产品优秀的保证。要知道，做企业最古老、最朴素的一个道理是企业必须以产品和业绩，而不是以情怀和理念来说服市场。

当然，企业经营，把产品做好做精只是一个方面。产品再好，如果违法或者违反社会的基本道德准则，企业仍然必须承担严重的后果。所以，企业经营不应该“偏科”。ESG 不能达到社会期望水平的，将来将面临高昂的融资成本或进入门槛。同理，ESG 做得再好，产品和效率不能胜过竞争对手的同样无法在市场中立足。ESG 和企业经营的成绩不存在线性的关系，这是我们在提倡 ESG 达标的同时必须提醒企业管理层的。

以上讨论都基于一个假设，即 ESG 是否得到公司的实行及有效程度如何可以客观地、公正地由第三方量化计算。事实上，ESG 的评分从来就充满争议,尤其是 S(社会责任)和 G(治理)。目前,全球有六百多家 ESG 评级机构提供名目繁多的评级,如 MSCI(明晟)、Sustainalytics(晨星旗下)、富时罗素、华证指数、中证指数等。同一公司在不同指数中得到的评分可能有相当大的差异,这让使用者非常困惑。

2022 年 5 月,标普 500 指数把特斯拉从 EGS 500 名单中去除,同时被剔除的还有另外 34 家公司。对此,马斯克极为愤怒,他把 ESG 称为是一个"骗局",既不公平也缺乏建设性。让烧油汽车满地跑、满地排放废气的石油巨头 Exxon Mobil(美孚)居然名列前十,而致力于取代石化燃料的特斯拉却名落孙山,马斯克怎么也想不通。当然,在被剔除前马斯克从来没有谴责过 ESG 500 的排名,似乎也挺享受被列在 ESG 优秀企业的行列里。马斯克之所以愤怒是因为排名的改变将增加特斯拉的融资成本,对融资规模巨大的特斯拉来说不啻是一个重击。马斯克的愤怒和抨击引起不少人的同情,赞同他意见的似乎还不少。

评级机构的评分指标和监管部门的披露要求是企业落实 ESG 的前进方向和指路明灯。虽然不同机构的具体指标不尽相同,但基本内容的大致指向还是相当接近的。下面是比较简洁但相当有代表性的一个版本:

表 1　纳斯达克交易所"ESG 报告指南 2.0"考核指标

环　境	社会责任	公司治理
E1　温室气体排放	S1　CEO 薪酬比率	G1　董事会多样性
E2　排放强度	S2　性别薪酬比率	G2　董事会独立性
E3　能源利用率	S3　员工流动率	G3　激励性薪酬
E4　能源强度	S4　性别多样性	G4　集体谈判

续表

环　境	社会责任	公司治理
E5　能源结构	S5　临时工比率	G5　供应商行为准则
E6　水资源利用率	S6　非歧视举措	G6　道德与反腐败
E7　环境行动	S7　受伤率	G7　数据与隐私
E8　气候监督/董事会	S8　全球健康与安全	G8　ESG 报告
E9　气候监督/管理层	S9　童工与强迫劳动	G9　披露惯例
E10　降低气候风险	S10　人权	G10　外部保证

这张表列示的内容有几点值得我们关注。首先,接近一半的项目很难准确定量计量,如人权、道德与反腐败、环境行动等。而靠定性来考核的项目往往带有比较大的主观裁量余地,其结果容易引起争议和不满。其次,有几个项目不无可操控的机会,如董事会独立性、临时工比率、非歧视举措等。在一家公司被定义为临时工的到另一家公司或许就被当作正式工了;受伤率也是如此,轻伤与重伤、上下班途中的受伤是否与公司相关等都有难以界定的地方。再次,社会一般大众能感受到的指标主要集中在环境类,而且这类指标的计量相对成熟可靠,因而更被人看重。可以说,重 E(环境)轻 S(社会责任)和 G(治理)是普遍的现象和必然的结果,但这未必是我们想看到的结果。

对 ESG 的提倡和关注发轫于发达国家,兴起在成熟市场,积极响应的首先是跨国公司和知名企业。他们之所以积极响应,一方面是境界和格局都比较高,对道德的认可和坚持绝非一般中小企业可比。另一方面他们受关注的程度也高,社会对他们的期望完全不同,引领社会进步的压力首先会传递到他们身上。此外,不得不说 ESG 的推行有极大的可能帮助大企业获取和巩固竞争优势。毕竟，相比中小企业，他们在实施ESG方面无论是能力还是资源都具有难以比拟的优势。

由此可见，推行ESG不能一厢情愿，不能操之过急。对增量企业的投资可以要求高一点，步伐快一点。对存量企业，尤其是微利脆弱的中小企业，在经济下行压力下苦苦挣扎的低端制造类企业，不切实际的ESG高标准弄不好就是压垮他们的最后一根稻草。我们要鼓励ESG，方向明确，目标不能动摇，否则中国企业就会被时代抛弃。但实施的步骤必须照顾现实，先易后难，先点后面。实施成本较大的项目要有舒缓成本压力的切实帮扶措施，不然的话弄虚作假、糊弄舆论的种种不良行为都会冒出来。

回到我前面提出的两个问题，窃以为大部分人都会挑价格便宜的或更合口味的咖啡，尽管他们对在企业中推行ESG很可能也是充满热情和期待的。ESG所代表的方向和道德追求，大概没有人会表示反对，但要让他们付出切实努力来实现ESG的各项指标，热情也许就所剩无几了。推行ESG不可能一蹴而就、一帆风顺，对此似应有充分的心理准备。

突发奇想，如果个人也要考核ESG，我会及格吗？我环境保护的习惯能达到优秀，但开的车还是燃油的，抵消。社会责任方面，道理都懂，也赞同，但行动付之阙如，口惠而实不至，零分。治理嘛，无论是在家还是在校，服从多于参与，接受超过贡献，接近于零。这么一算，吓出一身汗。

企业家的信心从哪里来？

前不久去香港，旧习难改，顺路又去菜市场转了一圈。看到一个菜摊，竟然感慨不已，忍不住顺手拍了一张照片。

培记蔬菜，菜场中一个普通的蔬菜摊位。引起我注意的是摊位上的布置和霓虹灯标志，既普通又特别。普通在于，所卖的菜品与别的摊

位并无明显的区别,品种略多一些,品质略好一些,仅此而已。特别在于,一个蔬菜摊位,居然用非常醒目的霓虹灯把自己与其他摊位区别开来。

蔬菜零售,无论在哪里都是博取"蝇头小利"的小本生意。对经营者而言,安装霓虹灯标识应该是一个比较大的投资。如果没有长期经营的保证和信心,他们一定不会投这笔钱。一旦投了这笔钱,他们的经营行为想来也会发生微妙的改变。

霓虹灯对菜贩来说,就是固定资产投资。固定资产投资需要较长的经营期间才有可能收回成本,经营者如果对未来经营没有形成稳定的预期是不愿意做任何长期投资的。试想一下,如果这个菜市场的管理方有权并有可能任意改变菜场的布局,或改变摊位的面积和经营内容,经营者哪有心情安装霓虹灯?知道你们有这样的担心,现在管理方表态支持安装霓虹灯并保证不会对摊位的经营横加干涉,经营者会不会因此而愉快地作出投资决策?我觉得未必,经营者会担心:如果管理方想法改变了,我怎么办?即使他们的想法不变,如果人事有调整而继任者有不一样的要求,我又怎么办?如果这个地方以前曾经发生过管理方随意改变经营决策的行为,无论什么样的保证都难以让经营者掏这笔钱。不管出于什么理由,不践行承诺,无论是口头还是书面的承诺,都会对长期投资产生难以估量且难以消除的负面影响。

以我浅见,来自高层的善意表达并不能有效形成经营者的稳定预期。现在,有些地方政府为了鼓励民营经济的发展,对民营企业家提出了许多鼓舞人心的政策支持,但似乎收效甚微。不仅如此,善意表达还有可能释放了一个甚为负面的信号:这些鼓励政策是我们给的。既然是我们给的,我们当然可以改变。要知道,“恩出于上”不能稳定预期,“恩出于法”才有可能提振信心。企业家怎么才会有信心?当他们看到各级官员即使想损害他们的利益也没有这种机会和可能,他们的投资受到的是来自法律和司法体系的保护,掌握任何权力的人都无法撼动他们依法获得的利益,即便他们所依据的法律有漏洞,法律赋权过程有瑕疵。要建立稳定的预期,企业家需要确信只有通过有章可循、有冤可申、透明公正的司法程序才有可能改变他们的权利。

这里有一个比较微妙的问题:如何对待历史遗留问题。改革开放是一个探索和试错的过程,在这个过程中有些人在某些特定时期、在特定情况下通过当时可以接受的程序获得了现在看起来不合理、不合规的利益;对这类利益,大众(尤其是网民)是有切齿之恨的。如果是非法手段取得的利益,当然应该通过法律手段在法定的追溯期内依法剥夺。但如果并没有触犯法律,我觉得不宜简单地以今天的标准强行改变既成事实。民意需要尊重,但民愤不能作为解决企业经营问题的依据或借口。“不杀不足以平民愤”本来就不是法治社会里执法者可以凭借的理由,不然的话一定会有人去操弄民意。

善意表达的极致是超常规、超法定权限的优惠措施和扶持政策。虽然这些措施和政策很可能会迎来一片欢呼和响应,但同样是经不起推敲的。行政层面的自由裁量权不管是出于何种良好的意愿,带来的促进作用总是表面的、短暂的,鼓励的往往是机会主义的套利行为,新能源车和半导体芯片行业的各种骗补行为就是最典型的例证。各级官员坚定不移、不折不扣的守法如果能坚持始终,既不加码也不减码,就已经是企业经营最好的信心保证。从媒体报道可以看到,现在不少地方的政府对民营企业的投资和经营倍加关心,政府官员主动上门提供服务,以此来增强民间投资的信心。其实大可不必。曾经有一位企业家对我说:“我投资了很多地方,最舒服的还是在深圳。几年下来我还没有找过政府,政府也没有人来找过我。一切按市场规矩办,按法定程序办,你不需要求人,只需要把产品和服务做好。”我觉得这才是有助于稳定企业预期的政商关系,各守本分,各尽职责,大家敬畏市场和法律,而不是孜孜于建立关系。

坦率地说,许多地方曾经出现的让企业家进退失据、信心低落的举措其实并没有法律上的依据,而是某些政府官员的自行决策,现行政策留给了他们太多的自由裁量权。政府的行政在任何地方都需要一定的自由裁量权,否则效率太低,作为空间太小。改革开放的初期我们严重缺乏成熟可用的经验,只能在探索中摸着石头过河,这时的自由裁量权必须给足,让政府相关部门和人员有前行的动力和勇气。随着经验的积累和法制建设的逐步完善,现在政府的施政已经到了有法可依、有章可循的阶段,过多的自由裁量权明显已经弊大于利。不受约束的自由裁量权是建立企业界稳定预期的巨大阻力,认清这个道理对今天稳经济、稳增长极为重要。自由裁量权被滥用的背后是政府官员业绩观的偏差,长期以来我们对政府部门找米下锅、积极有为一类行为的宽容甚至期许在一定程度上鼓励了对约束性规则的漠视。如何在积极作为和刚性约束之间找到平衡是未来政府施政必然要面临的挑战,趋势一定是减少施政的自由裁量权,否则很难建立企业对长期发展的信心。

让企业家建立信心的另一个条件是当他们感觉受不公正对待时,要有地方可以“喊冤”,并有信心得到公平的仲裁或审理。作为经济运行参与者的民营企业和政府部门以及他们领导的地方国有企业,产生矛盾或冲突是常有的事,谁对谁错不能自己说了算。裁定对错的必须是独立且权威的第三方,经济纠纷审理的独立性是怎么强调也不过分的。如果一个地方对本地国有企业与外地民营合作方的纠纷经常以偏袒的态度来调解、裁决,外地投资的裹足不前是可以预料的结果。地方政府与其张开双臂高调招商引资,不如实实在在把纠纷处理机制建立好,用独立性和公平保证来吸引投资。高调引资后却漠视投资人的利益诉求,如此短视的行为应该坚决杜绝。

当然,固定资产投资是一个复杂的决策过程,政策环境不过是决策需要考虑的因素之一。除此之外,企业家还需要预测市场需求的变化、竞争格局的走势、技术突破的可能、供应链环节的稳定、融资成本和盈利前景,等等。在高度不确定的时代,投资决策一定偏向于稳健保守,因为错失机会的代价有限,而陷入困境的后果严重。所以,投资信心是需要各方创造条件来保护的。

现在让我们再回到这个菜摊,看看投资信心会带来什么。摊主投资了霓虹灯店招,固定成本就会显著上升。固定资产的投资必然要求有更多的交易来分摊成本,固定成本的比重越大,业主增加销售的压力越大。于是,摊主会改善服务,提高产品品质,努力满足客户的各种需求,为自己赢得好口碑和回头客。这时,他就有资本来提高售价,因为高质量的产品和服务在理性而有效的市场中会产生溢价。比别人更高的毛利让摊主有能力进一步提高产品和服务,也让摊主更加谨慎经营。因为商誉不仅带来收益,也会带来压力。一旦发生质量事故或商业丑闻,品牌商的损失一定会大大高于一般商户。品牌声誉的维护无形中强化了商业道德的约束,良性循环由此而形成。

可见,长期投资的基础是对未来的稳定预期和对营商环境的长期信心,而产生稳定预期和信心的基础不是政府的鼓励措施和优惠政策,不是领导的关心和保证,而是没有人可以干预的法治体系,即清晰透明的司法程序及相对独立的纠纷审理制度。没有信心就没有投资,尤其是来自民间的投资,没有今天的投资就没有明天的就业和发展。一旦真金白银投入企业,经营者就有极大的动力来改善经营、增加收入,以便早日收回投资。良性循环的起点在于建立信心。

有趣的是,培记蔬菜周边的摊位都没有类似的霓虹灯店招,摊位的布置显得相对简陋,客流似乎也比较稀落。我突发奇想,如果培记的这些竞争对手妒火中烧,一面散布谣言,四处举报,恶意中伤;一面不顾一切地降价抢客,拼个你死我活,甚至我死你也死,培记的经营策略是难以坚持的。由此可见,投资的信心也与良好的市场环境关系密切。所谓良好的市场环境,简单地说就是优胜劣汰,邪不压正。优可以胜,优才能胜;劣或可一时得意,但终会被理性的市场所淘汰。这是题外话,非本文所要探讨的。

东方甄选:现象还是生意?

2022 年 6 月,一段新东方老师“知识型带货”的视频,激起网络千层浪,让新东方直播平台“东方甄选”迅速火爆全网,也一度带动新东方股价数倍翻涨。然而,这一现象级传播过后,东方甄选的热度能维持多久?直播间的高人气能否持续使平台营利?如何让短暂的火爆“现象”转化为长久的“生意”?

所谓“现象”,就是一举一动,万众瞩目;就是街谈巷议,争相模仿;就是一时楷模,半世英雄。所谓“生意”,就是量入为出,锱铢必较;就是以客为尊,赢在竞争;就是持续反复,积少成多。现象级的企业当然有持续向好的,但昙花一现的似乎更多,如海航、乐视。企业的本质就是生意,是将本求利,是满足需求,是创造价值,是造福社会。做生意的都希望成为现象,而成为现象的却容易忘掉自己本来是做生意的。

首先要说明,新东方的创始人俞敏洪是我最喜欢、最尊重的中国企业家之一。喜欢是因为他心地善良、诚实如一,有担当、肯付出,而且思想敏锐、妙语连珠。尊重是因为他坚韧不拔,屡败屡战,顺势而为,进退得当。2021 年,新东方在教培新规之下几乎全军覆没,业务收缩再收缩,股价腰斩复腰斩。这时的老俞,真正体现出了战士的韧劲和君子的气度,赢得了企业界和大众的一片赞誉。从那以后,大家都在关注老俞和他的新东方,期待着他们的转型和突围。或许是受到同样有着新东方背景的罗永浩直播带货成功的启发和鼓舞,老俞也走进了直播间。成绩嘛,如果放在你我身上,大概很值得庆祝一番。但放在老俞身上,实在高兴不起来。首场助农直播,销售额只有450万。据说最惨的时候,几个人推销一个下午,只能卖几十块钱。不仅生意惨淡,而且嘲讽声四起,因为新东方的东西卖得比别人贵,大家觉得文化人失了风骨。

就在大家觉得新东方在直播带货行业前景黯淡时,新东方旗下的直播间“东方甄选”的双语带货却一夜爆红。自6月10日起,直播平台的单日销售额一度突破5 000万。新东方在线也一度进入暴涨模式。6月10日至16日五个交易日内,股价累计上涨约540%。6月13日,股价盘中一度涨超100%,市值两天飙升60亿。虽在6月17日、20日两个交易日股价出现持续下跌,但6月23日又迎小幅上涨。直播间粉丝数在6月16日突破1 000万。截至目前,粉丝总量逼近2 000万大关。

最先火出圈的,是一个叫董宇辉的老师,曾经的新东方高三英语名师。因为是陕西人,他在直播间里常自嘲“长得像兵马俑”。让董老师大火的不是他带的货,而是他带货的方式。他用老师特有的循循善诱,不知不觉中把和货物相关的知识点一一铺陈开来,自然而有节制。介绍一本儿童读物,他能从成吉思汗扩张讲到十字军东征,再扯到苏轼怕老婆,联想丰富又不显牵强卖弄。除了知识,还有情怀和感悟,人生金句脱口而出。说到动情处,禁不住潸然泪下,听众当然也是跟着动情。东方甄选如愿以偿地成了“最有文化的直播间”。

东方甄选的爆发轨迹大致可以从下面两张图中看出来:

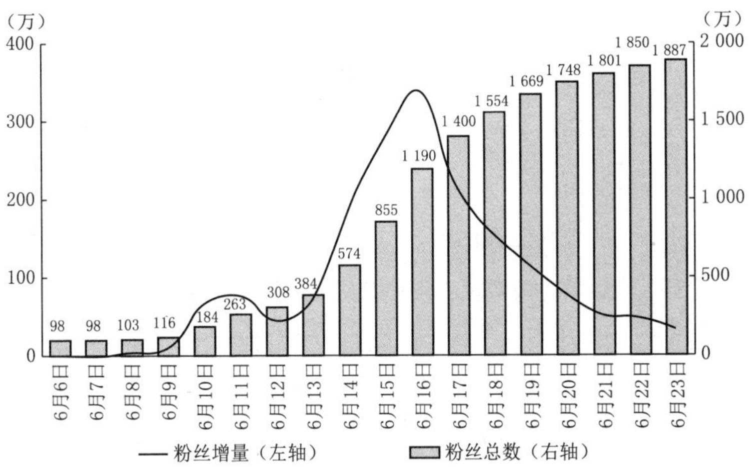

数据来源:抖查查。

图 1　东方甄选抖音直播间粉丝数量以及日增变化

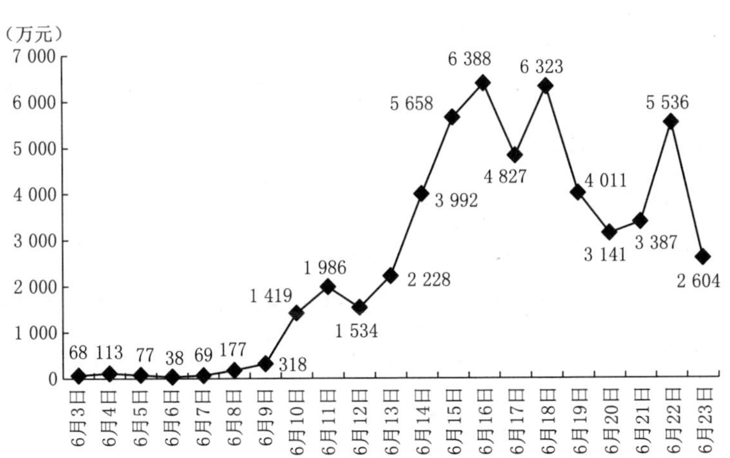

数据来源:抖查查。

图 2　东方甄选抖音直播间每日 GMV 数据

值得注意的是,东方甄选粉丝从0涨到100万用了6个月(6月8日,东方甄选粉丝突破100万),而从100万到200万只用了2天时间。业绩的突飞猛进就在短短的几天之内实现了,东方甄选成了直播电商销售的"现象级"奇迹。

东方甄选的现象能转化成一门可持续的生意吗?套用一句在中国足球队身上用烂了的话来说:"有希望,没把握。"应该看到,东方甄选热度的上升与"6·18"促销活动密切相关,抖音等其他平台主播的粉丝量和销售额在这一段时间均有一定程度上涨。且2022年"6·18"期间,李佳琦、罗永浩等多位头部主播缺位,一定程度上为老俞的东方甄选让出了空间。东方甄选直播间凭借中英双语+穿插历史文化等知识讲解的方式直播带货,这样的差异化是可以模仿、复制甚至超越的。尽管我们都希望老俞和新东方长盛不衰,但平心而论,东方甄选面前的路怎么看怎么不平坦。

东方甄选如果想把"现象"转换成"生意",必须要解决三个问题:(1)能够持续吸引顾客并让顾客反复下单购货而不是一味感动、欣赏;(2)购货能带来稳定的现金流和利润;(3)东方甄选内部形成持久的合力和创新力。

第一个问题实际上牵涉到东方甄选直播间吸引来的是哪一类人,这些人是不是电商购物的主力军。对东方甄选双语带货模式如痴如醉的,其实大部分还是新东方传统的目标客户。对知识的渴望和对新东方的支持带来了一波相当盲目的下单,反正你卖什么我就买什么。销售疯涨背后主要是情绪的发泄而不是理性需求的斟酌,最怕客户想:听他们讲真是过瘾,但东西好像很一般,价格也不便宜。消费者普遍是价格敏感型的,大部分人是哪里便宜往哪里去。

东方甄选能比别人便宜吗？肯定不会。因为老俞他们是君子，断不肯下狠手在上游身上搜刮。据说东方甄选是行业里唯一不收坑位费的，他们要体面地赚钱。要体面，每个产品上几万块钱就没有了。而且，体面的人不能信口开河，满嘴跑火车。过头话不说，只能用知识来让产品看起来更有吸引力。说到这里你就不难理解，不是所有产品、所有供应商都适合用知识来推销的。能和域外文化搭上关系的、能与文化和生活方式沾上边的当然更适合双语推介。产品的配适问题解决了，还有产品的独特性问题需要解决。为什么我要来东方甄选买而不是到其他直播间买？最怕的就是消费者在你这里听得如痴如醉，然后比货比价，最后在别人那里下单。要别人相信“只有在我们这里才买得到”，趁热打铁，培育一批东方甄选专供产品是可以考虑的办法。

东方甄选的直播由老师来主持，与众不同。大家心目中老师的形象通常是贫寒而高尚的，先天带有光环。殊不知，老师有老师的问题。作为有40年教龄的老师，我有自知之明。老师一进入诲人不倦的状态，是会把卖货这件事忘到九霄云外的。一个老师，碰到自己熟悉的知识点，他一定想讲透、讲系统。这在教室里或是美德，在直播间有可能是灾难。如果教培的味道在直播间越来越浓，销售的效率难免会下降，或许还会招来投诉。

第二个需要解决的问题是确保盈利。要知道，新东方面临着极大的业绩压力。2022财年第三季业绩报告显示，截至2022年2月底，新东方(EDU.US)净营收6.14亿美元，同比下降48.4%；股东应占净亏损1.22亿美元，上年同期为净利润1.51亿美元，同比下降180.9%。东方甄选的成功为新东方的股价注入了一剂强心针，但直播的高歌猛进如果不能转化成盈利，股价怎么升上去就还会怎么掉下来。

生意是俗事，成功与否只能看数字而不是情怀。如果拿不出利润，至少要让市场看到盈利的希望和路径。根据中信证券分析师的测算，如果东方甄选粉丝数能趁势稳定在千万级，日销就能达到800万—1 000万元的GMV(商品交易总额)，对应年化GMV为29亿—37亿元。按照同行约20%左右的收入/GMV比例，对应年收入为5.8亿—7.3亿元。而新东方在线2021财年的营收约14.19亿元，可以说大有帮助。但这只是收入，利润能有多少实在不好推测。以老俞和新东方的风格，毛利率应该会低于行业平均水平。随着规模的扩大，东方甄选的议价能力会稳步上升，业绩有望提高，但幅度不会太大。

第三个问题是东方甄选内部的问题。董宇辉现在已经成了货真价值的明星，自带人气和光环。他和团队其他成员以及老板俞敏洪的关系想必有点微妙。把利益和光环都给他吧，团队成员肯定有不服的；有所保留吧，想把董宇辉挖走的人绝不在少数。俞敏洪也是明星级人物，两个明星凑在一起，要相得益彰不容易，需要大智慧。

替东方甄选算一下命，接下来他们大概率会碰到的局面是：新鲜感过去，审美疲劳显现；模仿者成群，产品同质化明显；投诉增加，价格战难以避免。这些都是把“现象”转化成“生意”必须跨过去的坎。要跨越就必须把直播间的率性发挥变成有目的、成系统的投喂，把关注点从喝彩声转移到账本上的数字。

激情过去，要么是精神的疲乏和溃败，要么是体质的成熟和健康。我相信东方甄选是后者。我们见过太多的企业以投机钻营手段给自己戴上成功的桂冠，最后却是一败涂地，留一个烂摊子祸害四方。中国经济的振兴太需要好人和好企业，让我们都来为老俞和新东方喝彩、祝福！

从德律风说开去

德律风是什么？用上海话一读就明白，就是电话 telephone 的音译。早年的上海是中西文化交流的桥头堡（今天恐怕必须要加上“之一”两字），许多西洋新事物进入中国，首先按上海话发音译成汉语，如手杖（司的克，stick），弹簧（司别林，spring）。西洋名词的引进有音译和意译两条路，我们多选择了意译，日本则是以音译为主，两国文化的差异或许与此有关。

对于人与人之间远距离的沟通，人类社会其实尝试过了许多方法。今天的我们对电话习以为常，很少有人会认真地思考：如果没有电话我们该如何沟通。

古时没有电话，遇到大事需要通知，最可行的办法是利用烽火台。所谓“烽火台”，就是用点燃烟火传递重要消息的高台，是古代军事防御设施的一部分。遇有敌情发生，白天施烟，夜间则点火，一台传一台，绵延可达百里之遥。烽火台对防守方的实际贡献究竟有多大未见有切实的描写（应该是我读书太少，孤陋寡闻），但烽火台的滥用却留下了实实在在的证据。周朝幽王纳绝代美女褒姒为妃，褒姒虽然美艳却冷若冰霜，进宫后从未展露笑容。周幽王为博褒姒一笑，令烽火台平白无故点起烽火，招引诸侯前来白跑一趟，以此逗引褒姒发笑。等到申国侯联结南戎来犯,幽王派人点烽火招诸侯来抗敌,由于他失信在前,诸侯都按兵不动。丢了命的周幽王"一笑失江山",令后人耻笑。

烽火台只适合突发事件的传播,寻常事情、普通百姓,有事还是要写信。书信往还,写着写着就成了文学的一个品类,有些还成了传颂千古的名文,如李陵的《答苏武书》、太史公的《报任少卿书》。但钟书河认为这些都是好文章,却不能列入尺牍的范围,因为"盖自是一篇文章,非信手苟作者"(钟书河:《念楼学短》下卷,第 372 页,这是他引用的前人的话)。尺牍是私人性质的交流,寒暄问候,互通近况,真情流露才是正道。好的尺牍应该有鲜明的个人风格。

信的内容固然重要,但书法的高下也在很大程度上决定了古人尺牍的留存和传播。晋朝王羲之有大量短函在史书中流传下来,《全晋文》他一个人占了五卷,其中书信类的"杂卷"又占了四卷多,这不能不说与他绝美的书法关系密切。当然,他书信的文字也是优美耐读,简淡萧远,值得后人诵读再三。比如,他给一位 26 年未曾见面的朋友写道:"虽时书问,不解阔怀。省足下先后二书,但增叹慨。顷积雪凝寒,五十年中所无。想顷如常,冀来夏秋间,或复得足下问耳。比者悠悠。"(《与周益州书》)

宋代的苏轼是文学全才,他留下的书信既多又美,是尺牍文学史上的一个高峰。比如,他写给米芾(元章)的信:"岭海八年,亲友旷绝,亦未尝关念。独念吾元章迈往凌云之气,清雄绝俗之文,超妙入神之字。何时见之,以洗我积年瘴毒耶?今真见之矣,余无足言者",关爱之情跃然纸上。颜真卿的《寒食帖》既是书法名帖,也是传颂千年的文学佳作:"天气殊未佳,汝定成行否?寒食只数日间,得且住,为佳耳。"一共二十二个字，寥寥数语，情谊深长，千古传颂。尺牍文学在明清两朝达到了新的高度。晚明清初的脍炙人口的小品，写作的载体很多都是书信，如施蛰存编的《晚明二十家小品》、汤高才主编的《历代小品大观》中收集的小品。

书信结集出版，公之于世，这是很多人都热衷的事，在我看来却不免有些心机重重。原本是私人之间互通音讯，最后却成了公开的喧腾，总给人一种别有所图的感觉。我读《曾国藩家书》(特别是“致诸弟”的那些长篇尺牍)和《傅雷家书》，总觉得这不是家信，恐怕写的时候就想好要给外人看的。为什么要用书信的形式公开？我估计是有些道理直接说出来难免有居高临下的意味，借着给晚辈书信的方式发表出来那就是言者谆谆、善意满满了。

鲁迅的《两地书》稍有不同，书是事后编撰的，编撰的时候估计作了一定的取舍，我们所看到的 195 封信应该是鲁迅和许广平都觉得适宜让大家看的(顺便提一句，研究这本书的学术论文已数倍于信的数目，可以想象靠鲁迅吃饭的群体有多大)。换句话说，鲁迅写信的时候未必就想公开的。傅雷不同，很多书信，读者或许比家人更早读到。比如傅雷在赴法留学途中的一封信中坦白说道：“末了，我应在此向牟均、燮均道歉，我常贸然的发表我们私人的通信。并且这样的信也不直接寄你俩一封。请恕我，我实在无力再抄一遍！”

我一直有一个困惑：古人写了这么多信，这些信是怎么送到收信人手中的？要知道，虽然中国的邮驿源远流长，但古代的驿置是以传递紧急而重要的公文为限，服务的对象是官府，一般人是不能去付托锦书的。私人信件，想起来需要让自己的书童、家仆专程送达，距离近的不是问题,相隔千里的就难办了。碰到有人出门或路过,顺便捎一封书信,可能是最方便的邮路。如果是这样,给远方的亲朋写信就不是一件容易的事了。托出去的锦书不知道什么时候能够送达,有很大的概率是遗忘或遗失在途中。那么,我们现在看到的古人大量的书信是怎么流传下来的?我揣测,尽管没有任何可信的证据,很多信件其实根本没有送出去过。我脑补出来的场景大概是这样的:听说有人要远赴边戎或京城,于是连夜修书一封。第二天,三五朋友相聚送行,纷纷拿出信件相托。文人陋习难改,写的得意之作总要在朋友中显摆一下,公认的佳作被抄录下来,传播出去,流传至今。那封信有没有真的送达已经无关重要了。我的妄猜还算合理吧?

鸿雁传情的时代,写信是创作,等信是折磨,拆信是冲刺,阅信是享受(也可能是五雷轰顶)。李叔同(弘一法师)出家后,傍晚收到要件急件"置不启封"。说是知道了也做不了什么,还不如明天再说,"何必急急自扰,致妨睡眠"(见郑逸梅:《艺林散叶》,第153页)。这样的涵养哪是我们这些凡夫俗子能够做到的?我要是有急件过夜不拆,估计这一晚一定头不安枕,坐卧不安。钱钟书小说《围城》中的人物方鸿渐收到情人来信,急不可耐地撕破信封取阅,事后再把撕破的信封小心翼翼地黏合到一起,这才是一般人收信时的常态。

出门在外的,尤其是战乱年间,家书一封真能让阅信的人见字而涕泣。"烽火连三月,家书抵万金"(杜甫),个中辛酸是升平时代的我们无法想象的。其实,家书所写,无非是报平安,是问候和催归。"江水三千里,家书十五行;行行无别语,只道早还乡。"(明袁凯)

有时候,一封信就是一个历史事件。"寄上五百元,聊补无米之炊。

全国此类事甚多,容当统筹解决”,这是“文化大革命”期间毛泽东给福建教师李庆霖的复信。至今我还能一字不差地写出来,当过知青的能记住的应该有不少人。对困顿中的知青和他们的父母而言,这不啻是无望中的一点希望。

信件中最褒贬不一、善恶难分的是举报信,特别是匿名举报信。如果举报有真凭实据,慑于权势却不甘让坏人逍遥法外,这样的匿名举报还情有可原。躲在阴暗处无中生有、恶意中伤的举报信却让人不齿。近年来,各国对企业的合规建设越来越重视。合规文化中的一个重要内容就是确保举报渠道的畅通、举报人得到充分的保护和反馈。

英国人也是善于写信的民族。早年留英回国的大都对英国人自然诙谐的写信风格印象深刻,即便在战时困顿艰难的环境中写信,英国人依然淡定自如,语带幽默,具有难得的绅士风度。英文名著《查令十字街 84 号》记录了纽约女作家海莲和一家伦敦旧书店的书商弗兰克之间的书信情缘。两人二十年间始终未曾谋面,一封封书信让相隔万里的两个陌生人结下了深深的文字缘。他们在信中表现出的执着、风趣、关怀和率真令人深受感动。尽管查令十字街 84 号的旧书店早已不复存在,每年仍有世界各地的书迷来此朝圣。英国以书信为载体的文学名著还有好几本,如塞缪尔·理查森(Samuel Richardson)的《帕梅拉》(*Pamela*)、奥斯卡·王尔德(Oscar Wilde)的《自深深处》(*De Profundis*)、凯瑟琳·休斯(Kathryn Hughes)的《长恨书》(*The Letter*)。

“写信的意义不仅在于写信人和收信人之间的交流,也在于从脑到手、从手到纸面的过程本身,在于那种花力气亲手创造一件作品的感受。书信真的是一种惊人的时间容器。”英国著名演员康伯巴奇

(Benedict Cumberbatch,昵称“卷福”)在英国的读信节目《*Letters Live*》(引入中国后译作“见字如面”)中说的这段话道出了书信在人类的文化活动中难以取代的作用。

“从前的日色变得慢,车、马、邮件都慢,一生只够爱一个人。”木心的名诗《从前慢》写出了大家对旧时那种缓慢悠闲生活的眷恋不舍,却也道出了信件邮递缺乏效率的弱点。电报电话发明后,书信作为交流沟通工具的作用显著降低了。毕竟,电报电话即时沟通的便捷是信件无法比拟的。

电报的发明在电话之前,电报的风光岁月应该也在电话之前。电报的引进在清末民初,恰逢政局动荡、时政变幻莫测,电报意外地起到了推波助澜的作用。电报瞬间送达的强大功能,改变了当时军阀和政客的争斗方式,给他们奉上了前所未有的新工具。1899 年,商人经元善听说慈禧有意废光绪另立新君,串联各界名流一千多人“公凑电资”,向总理各国事务衙门与全国发出电报,威胁说“沪上人心沸腾,探闻各国有调兵干预之说”,劝光绪挺住,“力疾临御,勿存退位之思”,居然奏效,被赞为“飞电阻谏,电动全球”。

一通电报居然有如此轰动的效果,于是大家纷纷仿效。一时之间各路人马有事没事就来一个“通电”,雄辩滔滔,通过电报大打出手。上台要通电,下野要通电,嘉奖要通电,谴责要通电,讨伐要通电,和谈要通电,甚至大学老师被政府欠了薪也要通电。所谓“通电”,就是把一封电报同时发给各大报社和重要政治人物。张作霖在直奉战争前所发的一个通电很有代表性,通电题头写着“大总统(徐世昌)钧鉴:国务院各部总长、各衙门步军统领、警察总监、曹巡阅使、督军、省长、司令、师旅长、护军使、镇守使、各省议会、商务总会、农会、工会、教育会、商会、各报馆公鉴”。通电的特点是速度快,范围广,实际上属于“公开信”的一种,它是某个政党、团体或者个人为了公开表达自己的主张而使用的通信手段。因为通电篇幅通常不会太短,加上还要发好几个地方,所费不赀,从一百多银圆到过万银圆,非一般人所能负担。通电与民国时期的大事件、大人物密切相关,所以在治民国史的学者中有“不读通电,则民国无史矣”之说。

电报按字数收费,文字越简,费用越低。于是,电报语成了最简约的一种文字。胡适当年提倡白话文,遭攻击的理由之一是白话文啰嗦,打电报可以打到你倾家荡产。胡适说:“不一定吧！前几天有位朋友给我打来电报,请我去政府部门工作,我决定不去,就回电拒绝了。同学们根据我这个意思,用文言文写一个回电,看看究竟是白话文省字,还是文言文省字?”同学所拟最短一份文言电报稿有十二个字:“才疏学浅,恐难胜任,不堪从命。”胡适的白话电报却只用了五个字:“干不了,谢谢。”完胜。

因为想省钱,打电报的人会想尽办法压缩文字,有时难免造成误会或笑话。民国时有人运送一个很少见的大型玳瑁到上海展览,因为极为罕见,引起轰动。各报记者纷纷撰文报道,说的都是玳瑁如何如何,只有一家报社把玳瑁说成乌龟。报社总编大不解,发电报急询:“人皆玳瑁,我独乌龟,何故?”读起来像是把自己当成了乌龟,于是传为笑话。

1933 年春,张兆和回家探问父母对她与沈从文婚事的态度。得父母同意后,张氏姐妹一同去电沈从文报喜。张允和的电文是:“山东青岛大学沈从文允。”电文实际上就一个“允”字,内容和署名都在里面了,妙不可言。张兆和的电文是:“乡下人喝杯甜酒兆”,含蓄而温馨。据说报务员以为这是秘密电报,坚决不受理;好说歹说,报务员才勉强收下。

记得以前国内的电报收费是每字3分钱,标点符号同价。非遇急事,一般人是不会打电报的。夜深人静之时,突然一声大叫划破夜空:某号某人有电报,四邻皆惊。最怕接到的电报是“母病速归”一类,最喜欢的电报则是“某日某次列车抵达”,一般都是年节前的喜讯。

电话和近代很多新事物一样,第一次被引进中国是在上海。1876年,美国科学家贝尔发明电话,6年后的1882年,丹麦大北电报公司就在上海外滩建立了首座人工电话交换所开放通话,电话正式踏入中国。一年后,交换所改由英商中国东洋德律风公司经营,直至1900年华洋德律风公司接管经营。这一段时期,用户增至1 338线(1904年),电话号码是不等位的一位数至四位数,如仁记洋行“2”号、立德尔公司“26”号、虹口巡捕房“405”号等。华人开办的电话局始于1907年的南市电话局,至1912年上海完成全市电话局布局。

早期的电话都是人工接线,打电话时自己向接线员报出要联系的号码,然后由接线员人工帮你连接对方。1891年,美国发明了自动交换机,电话接线逐渐摆脱人工。1924年华洋德律风公司装置了首台自动交换机,之后租界的几个电话局均逐步改用自动交换机,至1928年上海华洋各区全部完成更换,电话号码也都改为五位数。1957年升至6位,1989年改7位,1995年上海提到了8位号码,是中国首座、世界第四座电话实现8位号码的城市。电话号码位数不断增加的背后,是电话装机数的不断攀升。申请安装电话的人实在太多了,电话局招架不住,于是萌生了收取“初装费”的念头,不得不说是生财有道。我把生意给你,居然还要付钱,今天听起来不可思议。初装费从 20 世纪 90 年代初的三千多元一路下降,到 2001 年正式取消。

虽然上海这边搞得风风火火,但最初北方京城地区却一直没有电话的动静。主要原因据说是皇亲国戚们担心电话会影响龙脉风水。直到 19 世纪 80 年代末,在洋务派李鸿章的推动下,电报和电话才在北方地区有所实践。1908 年,慈禧太后为了方便监视和控制光绪皇帝,特批在颐和园架设电话线路,中国第一条皇家御用电话专线就此诞生。1921 年北京电话局为已经退位的末代皇帝溥仪在故宫养心殿安装了一部电话,这部电话现今还保存在故宫博物院。溥仪在《我的前半生》中记述了他在皇宫里使用电话的恶作剧和约见胡适的事情。当时的溥仪,正是活泼好动、青春不羁的年龄,有了这部外线电话,便起了恶作剧的念头。他按照号簿给京剧演员杨小楼打了电话,学人家的念白,不等回音就挂了。还冒充某宅给东兴楼饭庄打电话订了一桌酒席,让人家送去,等等,玩得不亦乐乎。后来查到洋博士胡适的电话号码,用电话约见了胡适,才有了一场退位皇帝与洋博士关于白话文与新诗的对话。据胡适回忆,溥仪称他为“先生”,他则称溥仪为“皇上”,两人谈的主要是文学相关的内容,如新诗旧诗,也谈了出洋留学的事。

改革开放前,中国人的家里很少装有电话。有事怎么联系?街坊邻居如果有电话就只好麻烦他们。如果大家都没有电话,只能采用公用电话的方式。据《方志上海》记载,上海的公用电话始于 1952 年。至 1960 年,市区公用电话累计 3 293 部,其中大部分都有传呼服务。传呼电话一般设在弄堂口热闹处。所谓“传呼”,在上海分为两种:一种是传递信息,比如“你女儿今晚不回家吃饭了”;另一种是告诉你电话号码让你打回去。传呼电话一般需要两人服务，一人接听，另一人跑腿。记录下需要回电的电话号码和姓名后，一位服务员就得上门通知。这时老伯或阿姨就抄起铁皮喇叭，站在被叫户门外或楼下大声呼喊。呼喊一次，收费 3 分钱，打回电话收费 4 分钱。这在当时是最简便实惠的联络方式。每逢年节，各个公共电话处都热闹非凡。打电话的人滔滔不绝，等着要打电话的急不可耐，连声催促。公用电话间在当时是邻里之间的信息交换中心，管接传电话的大爷大妈对各家各户了如指掌；传呼的信息有时不免涉及隐私，私德好一点的会替你保密，私德差的少不得故作神秘地传播是非，旋踵间一条弄堂的人都知道了。今天的年轻人恐怕很难想象这么一副市井风俗画般的场景。

公用电话一般只能打市内电话，打长途电话当时只能到指定的电话局。1978 年前我在上海崇明的农场工作，到上海办事，需要和单位联系，只能到和平饭店楼下的电报电话局打长途电话。进去先交押金和你要呼叫的电话号码，接下来就去边上没完没了地等候，等一两个小时是常有的事，有几次等到最后也打不通。当时一说打长途电话就烦心。即使在国外，打长途电话以前也是高消费的一种。刚出国时还听有人抱怨，说某人如何不通人情，“居然在我家里打长途电话”，说起来满是心疼的意思。我们作为穷学生，出国以后当然更舍不得打越洋长途电话，因为从北美打中国是所有国家里最贵的。中国人在外，过年的时候是一定要和家人通个电话的，互通音问，互报平安。凑到中国大年三十晚上的时间，同住的中国人便轮流打电话。想说的话太多，想掏的钱太少，接通后急急忙忙地问候：“你好吗？其他人都好吗？我很好，我们都很好。”一通“好、好、好”说完，电话也就结束了，积聚了很久的感情一泄而去，打完电话的人颓然而坐，久久不能平复。

移动电话的出现极大地改变了电话的通话方式。固定电话时代，电话打通先问“哪一位”，因为你不知道电话那头是什么人。移动电话时代接通了先问“在哪里”，因为你很肯定接电话的是谁，只是不知道他在哪里，是否方便接听电话。而且，因为现在电话号码都存在电话里，移动电话的先进于是废了很多人记电话号码的功夫。以前同伴之间比记忆力，常常比谁记的电话号码多，现在家人之间都未必能记得住。更离谱的是，现在电话铃响，你能看到是谁来的电话，不想接的可以放任不理，让对方干着急。

固定电话经历了手摇加人工转接、键盘号码和按钮号码的变迁。按钮号码不仅更方便，还可以让每个号码对应几个英文字母，于是一个电话号码可以转换成英文（或拼音），这在免费电话时代尤其重要，比如，一个 1-800-FLOWER 比 1-800-356937 不知要醒目多少。电信公司于是又生出一条发财门路。

电话的无远弗届竟然给善良的人们带来了电信诈骗的灾难，这是发明电话和建立庞大电话网的先人无论如何想不到的。现如今电信诈骗成行成市，受害人成片成群，被骗的不仅有老年人，也有教育良好的年轻人。诈骗的手段其实并不高明，有这么多人受骗，主要的缘由一是害怕，二是贪财。看到从缅甸等国押送回国成千上万的诈骗人员，不禁感叹通信工具居然也能这么害人不浅。

我以为，打电话的态度和方式很能反映一个人的处世和社交能力。我怕打电话，尤其是滔滔不绝的电话，经常三言两语就把一个电话打发了。内子打电话，可以半小时、一小时地讲下去。我们彼此都很纳闷，她觉得我敷衍了事,我觉得她小题大做,看来谁也改变不了谁。最烦人的是在地铁、火车或飞机上没完没了大声打电话的人,据说还有因为打电话而错过航班和高铁的。

智能手机的出现不仅改变了通信习惯(想一想今天谁还在意电话是不是长途就知道了),也彻底改变了人们的生活方式。智能手机把电视、纸媒(报纸、杂志和书籍)、实体商业等业态几乎逼上了绝路。手机上瘾的普遍和持续早已超过了一般“毒品”。君不见,送外卖的小哥在两单间隙的短短时间里也忍不住掏出手机,看几眼短视频。

据说,今天这个时代,看一个人是否可信,可以看他/她换手机号码是否频繁。二十年以上没有换过手机号码的都可信、可交,在下就是其中之一。可惜,现在陌生人见面,几乎没有人问电话号码,直接加微信。德律风式微矣!

居家偶拾

2022 年 3 月,起起伏伏两年多的新冠疫情再次暴发,感染人数连日飙升,许多住宅小区因防控疫情的需要而封闭。封闭少则三五天,多则两星期,我所在的浦东新区,一封就是二十多天。封闭带来不便,带来烦躁,带来平时意想不到的意外和尴尬,也带来大把无所事事的空余时间。发呆之余,把所见所闻记一点下来,过几十年(也许不需要这么长时间)再回来看很可能恍如隔世,于是有了这篇杂记,也算是为时代留下一点记忆。

找菜和吃菜

封闭伊始,大家的心态还比较平和。毕竟,平时为生计奔波,少有闲暇。现在能和家人整日相伴,享受难得的清闲和温情,何乐而不为?于是,小区业主群里有人预言,几个月后大家会看到一群三胎孕妇结伴在园区里散步,疫情封闭似乎还有鼓励生育的间接作用。

很快大家发现,比三胎更迫切的问题是如何找到足够可口而营养丰富的菜肉蛋奶等副食品。在封闭的环境中买菜,本能的反应是到常用的几个生鲜电商平台去采购,开始还算顺利,没几天,平台上越来越多的菜品一直停留在“待补货”的状态。抢时点、拼手速,还要靠运气,抢菜成了谈话的中心。接着,抢过来的菜如何找到运递时段成为新的挑战,快递资源成为瓶颈。

外购困难,那就刀刃向内,大家来互通有无。鸡蛋多的拿出来换猪肉,菠菜吃不完的要找人换面粉。换着换着,两个问题出来了。第一,交换只有在各有所需,又各有别人所需之物时才能延续下去。几轮交换下来大家看清楚了,需要绿叶菜的远远超过其他食物。手里有绿叶菜可调剂的自然是奇货可居。第二,如何作价。绿叶菜虽为大家所喜欢,但作起价来未免吃些亏。一把青菜怎么也不好意思拿出来换一块牛肉吧?不知不觉中以物易物就被抛弃了。

老家在农村的对土地孕育的生命有先知先觉的敏感,在大家还在抢菜的时候就有人开始在小区里四处寻找可食用的野菜和野葱。跟风者成群结队,野菜知识迅速得到普及。很快,物业出来干预了,专家也上电视来告诉大家野菜有毒,千万不可食用。刚刚兴起的田野自救运动就这样被几盆冷水浇灭了。

不旋踵间攒局组团采购又风行起来。通常都是由人脉广、路道粗的人出面联络供货人(有个人,也有商家),然后放出来让大家接龙认购。内容五花八门,质量全凭良心,甚至还有付了钱就音讯杳然的。蔬菜一般都是组合成礼包,绿叶菜永远是比你期望的少,茎块类如土豆洋葱总是比你能消化的要多。

以上种种抢菜渠道对不能熟练运用手机的老年人相当不友好,尤其是子女在海外谋生,自己独居在家的。邻里关系近一点还可能有邻居来关心,平时少有往来的只能自求多福了。好在有些街道对这些老人多有关照,帮助买菜,还有免费送菜上门的,人间自有温情在。

到后面,政府机构出面送菜了,规模空前。各街镇各显神通,每家每户都会收到一个应急食物礼包,丰俭程度却大有区别,端看所在街镇的经济实力和办事能力。有只收到简单蔬菜米面的自我安慰:“比起那些肉蛋齐全的,我们应该快要解封了。”

抢的菜,团的菜,送的菜,加上屯的菜,许多人很快从有菜不慌演变到了菜多发愁的地步。浪费是万万不可的,那就吃下去吧。本来打算趁封闭减减体重的,新的计划变成了封闭解除后怎么去健身房。

情调和尊严

那天,从生鲜平台抢的菜送到大门口,通知我自行去取。到大门口一看,铺天盖地都是各家各户买来的菜肉蛋奶。货架上,在一包一包的菜中间,鹤立鸡群般矗立着一束花,大大的一束鲜花,静静地站在那里等着它的主人。

我手里提着一包菜站在那里发呆,内心里不免有些惭愧,这境界差距也太大了!

前不久有张照片在网上广为流传。在排队做核酸检测的队伍中一位男士悠闲地端着一杯葡萄酒,在百无聊赖的排队人群中格格不入地享受着他的时光。这种画面大概只有在上海这样的城市才会出现,才会被大家所接受。

今天看到,上海有个不甘寂寞的居民小区在筹备自己的灯光秀。灯光秀,秀的是有力无处使的发泄,更是自寻快乐的达观。在小区散步,你可以看到疫情下依然衣冠楚楚、神采奕奕的男男女女,也可以看到像我这样衣着随便马虎、神态轻松的中老年人。一个多元的社会大概就应该是这样,有人负责精致体面,有人负责随意轻松。

意外和尴尬

和我住同一小区的师弟,好不容易下了决心去做肠胃镜检查。检查的前一晚按医嘱排空腹内残余,厕所卧室间来回跑。第二天到小区门口被拦住,说是封控了。一晚上的努力付诸东流。相对而言,这还是无关痛痒的小尴尬。有人牙科手术后需要回医院拆线,恰遇封闭,只好在医生遥控指导下让家人代拆。更有甚者,双眼皮手术后需要拆线,不管医生如何指导,家人也下不去手。只好病人和医生隔着篱笆,找一个大一点的空档把头伸出去让医生动刀。当时的场景不知边上有没有人留下照片或视频,如有,世界医学史平添一段趣闻。

任何一个地方,一旦发现一例阳性或密切接触者,按防疫要求该场所就要立刻封闭,场内所有人都不得离开。广州展览馆在某个大型展览期间发现一例阳性,立刻封闭。场内当时据说有好几万人,潮水般冲向出口,可惜为时已晚,只好留下来做核酸检测。

这段时间,因走亲访友、上门服务、聚会活动而突然被封闭起来的时有所闻。想象一下,你去朋友或领导处送一样东西,突然就被封闭了。本来是几分钟的友情相遇变成了日日夜夜的相伴相随,客客气气的礼貌被同吃同住的融合所代替。长时间的相处当然可以增进感情,但更可能的结果是矛盾丛生,抱怨不已。“相看两不厌,只有敬亭山”,你让李白在敬亭山住上 14+7 天试试,我想他肯定要换一种口气的。

更为尴尬的是,有人因私情而相处一室,以为神不知鬼不觉。谁知人算不如天算,突然遇到封闭,瞒无可瞒,走投无路。封闭在内,一天到晚都在愁怎么自圆其说,怎么拯救家庭。若要人不知,除非己莫为,可发一叹。

疫情期间的封闭,若干年后回看,或许别有一番滋味。平时忙忙碌碌,浑浑噩噩,少有机会静下心来思考自己的生活。一到封闭,万事放下。发呆,喝茶,聊天,听音乐,看闲书,大把时间竟然奢侈地花在这些琐事上,现在细想都觉得稀罕,以后一定更会感到不可思议。

与其抱怨,不如珍惜。

书房窥秘

人时常会有点窥探别人秘密的念头，我承认我也不例外。

我特别感兴趣的秘密是，那些卓尔有成的文人学者都爱藏什么书、读什么书？有哪些书曾让他们幡然醒悟或者值得他们时时翻检的？但另一方面，学者对于别人窥视自己书房大多心存忌讳，“他们视自己的秘密书架好比屋里藏的阿娇，或者贪官的银行户头，不到万不得已那是绝不愿意轻易示人的”（《读书》前执行主编王焱）。最近读的一套书，大大满足了我一探别人书房隐秘的愿望，这套书就是山西人民出版社2015年出版的《我书架上的神明》（刘小磊主编，以下简称《书架》）以及次年出的续编。这套书令我满足的不仅是对别人阅读习惯的窥探，更是对中国成熟学者所赖以成名的知识架构和思维方式的一次盘点。

这套书的内容是《南方周末》的专栏“秘密书架”从2002年起到2015年止陆续刊出的138位（72位加续编的66位）学者向读者介绍自己最喜欢或对自己影响最大的书。从刊登的时间看，最早的是2002年6月，最晚是2015年12月。这138位学者中不乏声名卓著的，如余英时、张五常、许倬云、杨奎松、陈方正、刘慈欣、于建嵘、吴思、刘军宁等；即使没那么出名的，也都是某个专业领域里广受尊重的权威（或活跃）学者。除了高校任教的老师，作者中也包含出版界和新闻圈的活跃人士。大部分作者都是在中国内地的高校或相关机构任职,但也有相当一部分来自中国港台地区和欧美的高校/机构。来自海外的学者又分成自小在海外接受教育和成年后才到海外求学两类,他们之间的差别可以从他们推荐的书单和介绍的视角明显看出来。

这些学者中最年长的是何兹全教授(1911—2011 年),他的文章发表于 2005 年 1 月,当时他已 94 岁。最年轻的是 1978 年出生的香港中文大学教授沈旭晖。作者群的主体是 20 世纪 50 年代生人,占一半以上。50 年代出生的人,小学阶段即碰到"文化大革命",正常的求学之路被生生打断,私下的阅读只能是找到什么读什么。改革开放以后进入大学学习,突然有了意想不到的、令人眼花缭乱的阅读空间,阅读体验与其他年份出生的人大不相同。正如作者之一,武汉大学的樊星所说:"不论我们怎样发奋,想把失去的时间夺回来,但先天的不足使我们中的绝大多数读书人都很难望'五四'那一代人的项背,这是无情的事实,也是命运的安排。不过,我们这一代人也因此在关注、研究当代社会、文化、政治、人生问题方面倾注了更多的目光,也正是我们的局限性与特长吧。我们杂乱无章的自学,海阔天空的遐想,都打上了我们这一代人独有的精神烙印。"

138 位作者的专业背景以文、史、哲、经、法为主,间或有自然科学如物理、数学、地理等学科出身的。他们中书目最长的包含了整整三十本;另一方面,好几位作者只给了一本/套书。138 位作者一共提到了 933 本/套(其中 548 本/套翻译自外文,这里没有排除重复提到的;31 本/套只有外文书名,说明至少在当时没有中文版)。我之所以要用"本/套"为单位,因为有好些是成套的大部头作品,如《鲁迅全集》《马克思恩格斯选集》《莎士比亚全集》等。

虽说是“秘密书架”，但作者在写的时候很清楚地知道这是要公开发表的。因为要公开，所以不少作者写得比较拘谨，正襟危坐，笔下庄重严正；也有亦庄亦谐，妙趣横生的，可以说风格各异，百花齐放，读起来经常有惊喜，有共鸣。我认为，这套书的最大意义在于揭示了中国知识分子世界观形成的主要思想源泉和变迁路径。

书单中的书目按地域可分为中国和国外，从内容上可分为文学和非文学，从时间上可分为古典和近现代。令人意外的是，这些作者提及的书目非常分散，基本上看不到有压倒性的、被大部分人提及的经典。被提及最多的书是孔子的《论语》和哈耶克的《通往奴役之路》，都被列入书单 13 次，讨论中提及的就更多了，可以说不分轩轾。在书目中出现频次较高的还有马克思的《资本论》和《共产党宣言》、毛泽东的《毛泽东选集》和《矛盾论》、罗素的《西方哲学史》、托克维尔的《旧制度与大革命》和《论美国的民主》、钱穆的《国史大纲》和《中国历代政治得失》、奥威尔的《一九八四》和《动物农场》、韦伯的《新教伦理与资本主义精神》，等等。

因为这群作者基本都经历了“文化大革命”，因此有一些很独特的阅读体验。北京电影学院崔卫平教授的书单中有美国小说《海鸥乔纳森》，原文居然刊登在当年上海的一本“四人帮”把持的政治刊物《学习与批判》上。原本用来做大批判材料的小说无意中成了很多人如饥似渴争相阅读的对象。罗韬的书单中有一本《60 部小说毒在哪里?》，其实是“文化大革命”时期北京红卫兵组织编写的大批判材料，从来没有公开出版过：“当时我很爱读这本书所批判的情节，很爱吮吸其中的‘毒’。

尽管不可能得读原书,但这60本书已日夕来往于胸。”中国社科院赵汀阳也在他的书单中加入了“文化大革命”中的大批判材料《儒法斗争史参考资料》(书名只能记个大概):“当时不让读古典思想,据说是‘封建的’,而这本书为了批判‘封建’而不得不选编了许多‘封建’言论,孔孟商鞅等等,于是读来大感兴趣。”北京师范大学的范世涛教授的研究领域包括“文革史”,许多阅读材料居然来自潘家园地摊上的破旧日记本。

“文化大革命”期间出版的书,尤其是翻译的小说,通常印数很少,得之不易,读之难忘。中山大学的倪梁康教授读过1972年出版的苏联小说《你到底要什么?》,由上海新闻出版系统“五·七”干校翻译组译,之后未曾再版。久久寻之不得,倪教授只好借文字广为征询,终于辗转从一位编辑处得到一本私人藏书,简直天大的惊喜。

作者群的背景决定了他们在年轻时读了很多共产主义经典作家的著作,并在治学方法上打下了深深的印记。“不论150多年来各色人等对于马克思主义创始人的学说如何各取所需,《共产党宣言》的道义感召力和经典性的理想主义情怀,大概仍将使任何读者都不可能无动于衷”(阎克文)。“前苏联的一些著作之所以条理清晰,言简意赅,显然与注重意识形态的理论有关。如《联共(布)党史简明教程》尽管是教条主义、实用主义的产物,对苏共党史多有歪曲,但在条理方面表现得颇为精彩”(郭小凌)。“现在想来有点奇怪,列宁的《国家与革命》是一本对我影响不小的书。我是在20世纪70年代初下乡当知青的时候接触到这本书的,当时正是学马列的热潮。……我现在仍然怀疑,是否因为这本书,使一直酷爱文学的我渐渐同历史、哲学结下了不解缘”(陈彦)。

"《毛泽东选集》很有意思,毛泽东的文章能够把非常深刻的思想说得如此清楚明白,至今仍然非常佩服。还有毛泽东的诗词,非常有创造性,是唯一能够在古典手法中表达当代性的诗词"(赵汀阳)。

马克思的《资本论》是实实在在的大部头著作,《书架》的很多作者都提到,并有许多读书体会,但也不是每个人都读得下去的。之所以读不下去,是因为《资本论》不好读,这是一本"相当学术的硬书,对欧洲经济史与思想史,有大幅长篇的深入探索,脚注中充满统计数字,引述大量的学术著作"(赖建诚)。台湾清华大学教授刘瑞华找了一本英文版的《资本论》来读,可惜借了几个月也没读几页,得出的结论是太早读大部头的经典未必好。我读大学时《资本论》是指定必读教材,老实说从来没有读完、读通过。惭愧。

中国古典经籍也是这些学者的一个重要思想基础,其中《论语》《孟子》《道德经》《庄子》是对他们影响最大的。有趣的是,他们所选的版本不约而同的都是非常正统的杨伯峻(《论语》和《孟子》)和陈鼓应(《道德经》和《庄子》)译注的(一个例外是杨鹏的《老子详解》,这是刘军宁列入书单的唯一一本书),其他人的如南怀瑾的《论语别裁》都难入这群学者的法眼。"《论语》是一部少有的耐看的书。千百年后孔子和他的弟子们,仍然如闻其声,如在目前"(田晓菲)。"在我看来,《论语》对个人修身养性大有裨益,但对治国几乎无用,而《道德经》似乎是世外智贤对君主的训示","《道德经》包含了对人性和政府的深深怀疑,对自然的敬畏,以及一种因彻底绝望而产生的有克制的乐观主义"(钟伟)。

最年长的作者何兹全教授只推荐了一本书——大名鼎鼎的"第二国际"领导人、德国人考茨基所写的《基督教之基础》:"我受益于此书的是考茨基考虑问题的思路,从发展上看问题,从全面看问题。”骂考茨基骂得最多的是列宁。列宁骂考茨基是叛徒,但却介绍此书在苏联出版,可见此书的价值。与此相关,《圣经》也被好几位作者列入书单,推荐的理由却不尽相同。研究宋代法律和社会的柳立言认为,阅读《圣经》,特别是《旧约》的诗篇、箴言,还有包括“十戒”的《出埃及记》和《申命记》等,可以帮助我们了解西方法律的来源和原理。冯象认为:“《圣经》是人类有史以来流传最广读者最多的一部书,也是支配我们这个世界的强势文明的源头经典之一。”

与此相映照的是,中国的宗教典籍也被提及。作家李劼的书单仅列了一本书——《金刚经集注》,他觉得“除了《金刚经》之外实在想不出还有哪本书,能够让自己获得那么一种浩瀚的宁静。诵经,是别一种静心”,“倘若要从学者走向智者,《金刚经》是最便捷的途径。当然,这需要缘分”。《心经》《大涅槃经》等佛家经典也是若干作者珍视的,之所以要读佛家典籍,北京师范大学钟伟的说法很有代表性:“我并非想去皈依,而是试图触摸彼岸,寻找灵魂的家园。”

被138位作者最推崇的中国史学经典著作是《史记》和《资治通鉴》。《史记》被众多作者奉为常读之书,是研习中国历史不可或缺的基本教材。正如班固所说,《史记》“其文直,其事核,不虚美,不隐恶”,更何况太史公的文笔出神入化,当得起“无韵之离骚”的赞语。“《史记》是伴随我一生的读物,我已经记不清读了多少遍了……。《史记》堪称中国历史叙事的顶峰,精彩动人的叙事,有根有据的史实,遮掩不住的思想,是《史记》魅力无穷的所在”(李开元)。“喜欢《资治通鉴》首先就是喜欢它的文字。金庸就曾盛赞它的文字‘简洁直白’,说很羡慕这种文字的境界,然后谦虚地说可惜他还做不到。……越看《资治通鉴》就越忍不住想赞美一句:历史真是最伟大的作家!"(李俊慧)。复旦大学陈尚君喜欢《资治通鉴》的理由稍有不同:"司马光是我很佩服的历史人物,他有执著的政治立场,但在遭遇挫折时退而著书,真是进退得宜、穷不丧志的典范。……叙事条理清晰,主次分明,人事恩怨,政事得失,每有深入陈述和诛心之论。"

对众多作者普遍具有重大影响的外国作家首推托克维尔、哈耶克、韦伯、波普尔(《开放社会及其敌人》和《历史主义贫困论》)、黑格尔(《历史哲学》)、康德、亚当·斯密、米瑟斯(《自由与繁荣的国度》和《人的行为》)。托克维尔的两本书(《旧制度与大革命》和《论美国的民主》)备受这些作者中许多人的推崇。"当代学人不断从托克维尔的思想里发现光照后世的灵感。他对民主作为现代社会运动方向的独到洞察,对平等作为现代性的历史展开的动力的敏锐把握在今天仍然具有现实意义"(陈彦)。"托克维尔在这些书中观察时势和对时势的预测,时常使我震动;他对欧陆'旧制度'的批判,绝不在概念上停留哪怕是几秒钟,其锋利和准确性全在叙事当中"(陈乐民)。亚当·斯密的《国富论》据说是重印版本和次数仅次于《圣经》的经典,不少作者一读再读。修昔底德的《伯罗奔尼撒战争史》虽说冠着战争史的书名,"其实更多地是在刻画希腊城邦特别是雅典内部的政治生活。对于现代人而言,这是一个令人惊奇的世界,或者我宁愿说,那是一个充满巨人的世界"(高超群)。韦伯的《新教伦理与资本主义精神》"建立了宗教伦理动态地解释社会经济形态的学术规范,大有启发性"(陈克坚)。

虽然《书架》的作者基本上都是严肃的学者,但他们的书单却包含大量的文学作品,有些还是相当“休闲”的读物。比如,社会学家李银河的书单中没有什么与专业相关的著作,只有 9 本小说(但她已故丈夫王小波广受推崇的几本小说却不在她的书单上)。“一个法律人,为何‘秘密书架’上首选文学作品?我以为,这些作品不仅滋养我的心灵,更是将人生的苦难与悲哀,激情与无奈,一页页打开给你看。让你感受人性的善良与残忍,让你认识‘人’,而这是法律人的基本功”(何兵)。当然,也有不喜欢读小说的。“到了知天命年并以实证史学为饭碗的我,对以虚构为特征的小说再也打不起兴趣,友人盛赞金庸,我读了半页《神雕侠侣》就束之高阁”(郭小凌)。

说起读小说,作者之一的陈克坚斩钉截铁地说:“小说中最好看的当然数《红楼梦》。”另一位作者戈革深有同感:“我不知《红楼梦》对我们这一辈人何以有偌大魅力。我们晚一辈人已较少读它,再晚一辈已经绝少读它而改看日本式的漫画书了。”也有不以为然的:“鼎鼎大名的《红楼梦》,我学生时期曾经三次强迫自己读,但每次都读不下去,因为写得太琐碎。但从高小到大学,《三国演义》从头到尾看过三次,每次都手不释卷”(黄有光)。他还认为,《红楼梦》的可读性还要低于《资本论》,尽管后者的可读性远低于《三国演义》。记得广西师范大学出版社大约一二十年前曾做过一个调查,问读者“死活读不下去的书”有哪几本,结果《红楼梦》高居榜首,《百年孤独》列第二,“非坐牢十年不能读完”。四大古典名著无一例外地都被打入了十大“死活读不下去”的榜单,上了年纪的学者估计都要感叹后继无人了。

金庸的武侠小说也是很多作者喜爱的。“金庸对我有多大影响,我当时并不知道,只知道沉迷到不能自拔。我仍然记得读完《鹿鼎记》、知道这是金庸的封笔之作时,真是有无尽怅惘,觉得从此再没金庸可读是人生最大遗憾。我甚至固执地认为,这个世界只有两种人,读金庸的和不读金庸的”(周保松)。戈革认为金庸小说是“现代武侠小说”中唯一可以反复阅读者,别人的作品大多不堪卒读。当然也有像郭小凌这样读了半页就读不下去的。

唐诗宋词是中国古典文学的瑰宝,李白和杜甫是唐诗的两座绝顶高峰,但列入书单的只见《杜工部集》,没有李白的诗集。“杜甫和李白并称于世,但在我心目中杜甫无疑更具诗人气质。诗人之所以为诗人,是能见人之所未见,发人之所未发。就此而言,中国诗人中恐怕无人及得上杜甫。李白固然也超群绝伦,可惜他常常是发已之已发。明人王世贞说:‘十首以前,少陵较难入;百首以后,青莲较易厌。’确为的评。诗的意义在于能有所发现,杜甫是一个永远给人以惊喜的人”(刘慧儒)。

外国小说中俄罗斯的作家占了最大的比重。托尔斯泰是出现次数最多的,并且常常与陀思妥耶夫斯基相比较:“我觉得托尔斯泰的句子可以直达我的心底,让我在不同的状态中再生活几遭。这两本书(指《战争与和平》和《安娜·卡列尼娜》),我上高中前初读,曾经把其中的句子写在手心。二十年后再读,仍有经受心灵洗礼之感。托翁真神人也。不过,在描写人心的复杂和丰富方面,陀思妥耶夫斯基的《卡拉马佐夫兄弟》才称得上登峰造极。我觉得托尔斯泰很亲切,很对心思,因此很能影响我。至于陀思妥耶夫斯基,只有惊讶和敬畏的份了”(吴思)。果戈理、奥斯特洛夫斯基(《钢铁是怎样炼成的》)、屠格涅夫、普希金等也是许多作者喜欢的作家。

《莎士比亚全集》大概是《书架》中篇幅最大的文学作品。管理学大师德鲁克(Peter Drucker)94岁时在某个会议上作主题演讲,敏锐通达恍若盛年。会上有人问他可有长寿秘诀,他顿了顿说:“读书。我每五年把《莎士比亚全集》从头到尾重读一遍。”会场上鸦雀无声,接着就一片赞叹(冯象)。江晓原的书单中有《西方正典》一书,在该书中莎士比亚成了一切正典的标尺:“莎士比亚是一个独特的案例,在他面前,先人前辈们无不矮了一截。”莎翁在文学史上的地位由此可见一斑。

奥威尔的两本小说(《一九八四》和《动物农场》)是让很多作者读之深感震动的政治性小说。“奥威尔的《一九八四》我不认为这是一本艺术上特别出色的小说,但是它的确是在政治上最令人震撼的小说”(李银河)。带来类似震动的大概要算杨显惠的《夹边沟纪事》和齐邦媛的《巨流河》。正如作家王小妮对这两本书的评价:“以独有的风格讲述过往,用涓涓细流去饱满充实历史,填补着本以为难以填补的空白和缺损,每一本都在告诉读者没有‘盖棺论定’。”

王朔和王小波的作品是我们耳熟能详的,也是《书架》中屡屡出现的。“王朔是一位具有现实主义叙述力量的作家,是一位浸透着我们那个时代的理想主义精神的作家,是一位对意识形态话语进行了彻底颠覆的作家,同时,还是一位对当代汉语做出了重要贡献的作家。年轻时阅读王朔,常常在大笑之中挨上了闷棍,那种体验只有此后王小波可以相比”(田松)。中国人民大学的干春松也觉得读王朔小说是大学时代除武侠小说以外最大的阅读享受。他认为王朔小说最生动的是语言,王朔对北京“方言”的影响值得专门研究。但他也不无遗憾地说:“王朔的近期表现已由‘拒绝崇高’的反叛沦落为收拾不住的恶俗。”与此相对照,当年很受追捧的余秋雨竟然没有一位《书架》作者提及。

不管是不是史学专业的，许多作者都把黄仁宇的《万历十五年》放上了他们的书架。“同长期流行的正统的历史教科书不同，此书有血有肉，将古代中国的文化、社会、经济、政治等因素熔入一炉，以小见大，以大释小，让人反复玩味，不忍释手。”身在法国、专门研究中国思想史的陈彦的这番评价非常有代表性。黄仁宇的几本书让好几位作者眼前一亮:历史书居然可以这样写！然而，史学领域一众大牌教授对黄的评价都不高，“局部或有所见，大体仍是不经”是最典型的抨击。但黄仁宇的影响力远远超过了对他评价甚低的正统派学者。

钱钟书和陈寅恪是许多学者心目中的文化昆仑，陈的《柳如是别传》《隋唐制度渊源略论稿》和《唐代政治史述论稿》，钱的《管锥编》《谈艺录》和《七缀集》都是极受推崇的。因为艰深，二位大师的著作向来是谈论的人多，通读的人少，陈寅恪的书读的人似乎更少些。但《书架》的不少作者显然是认真读了，且感想很多。“以我的感觉，钱钟书不但是个狐狸，而且狐狸得一塌糊涂。对于现今的学术门类，他是从不入套的，只身一人悠然穿行于故典丛中”(冯克利)。“钱钟书的《管锥编》还原了中国学术‘文史哲不分家’的传统，将文论与哲思、史实与妙想熔于一炉，……随意而谈，洒脱而从容。以笔记体去展示学术的精妙与深邃，可以从任何一页读起，感受古今文心的同中之异，异中之同，从而感悟文心的伟大、人性的微妙”(武汉大学樊星)。钱钟书大概是中国文人中最有传奇色彩的大家，曲高不仅和寡，而且容易被人讥评。词学大家夏承焘认为钱钟书“此君信不易才”，“其逞博处不可爱，其持平处甚动人”是很让人认同的评语。

万维钢是138位作者中唯一的还在从事物理学研究的科学家，他毫不意外地推荐霍金的《时间简史》,却又很意外地调侃了误读这本书的"二X物理学家"或"文艺物理学家"。据Kindle阅读记录统计,大多数人读《时间简史》都没有超过全书的6.6%(我好像还低于这个平均数,惭愧)。"人们一直在谈论'读《时间简史》'这个动作,而几乎不谈论这本书的内容本身,"万维钢很慷慨,"为了感谢读者看本文一直看到这里(已经超过全文的6.6%),下面我来简单说一下《时间简史》这本书到底说了什么,这样以后至少可以假装读过这本书。"他还特地说明,《时间简史》其实是一本已经过时了的科普读物,事实上霍金本人早就出了一本更新的科普书《大设计》,但《时间简史》仍然是畅销书排行榜上最靠前的科普书!"提两句物理,然后感动自己,这个动作太容易了",我不由得提醒自己千万不要成为一文不值的"文艺物理学家"。

读书有所谓"顿悟"和"渐悟"的区别,顿悟就是某本书读来有猛击一掌的冲击,多年的困惑一朝得解,豁然开朗;渐悟就是不知不觉中的进步提高,日积月累的转变厚积。138位作者中这两类人都有。田松对好书的定义就是典型的顿悟:"如果有一本书,你在看过之后,感觉如同后脑勺挨了一闷棍,脑袋嗡的一下,对以前不假思索就视为理所当然的东西突然产生了怀疑,这就是一本好书。"反过来,波士顿大学白谦慎更像渐悟:"回顾30年的读书生涯,好像从来没有过豁然开朗、大彻大悟的经历。书读得慢,看法形成得慢,看法形成后转变得也慢。……虽说开卷有益但影响我们的,常常是人和事,不见得是书。"

《书架》作者的著作被其他作者提及的有好几位。比如余英时,他的《朱熹的历史世界:宋代士大夫政治文化的研究》被陈方正誉为"开创性"研究:"此书集中探讨了一个具有翻案性质的话题,达到的深度、广度以及结构上的完整、严密不但在中国当代史学论著中罕有俦匹，在传统史学著作中也是未曾听闻的。”余英时的其他名著如《士与中国文化》《历史与思想》《中国思想传统的现代诠释》也多次被其他作者列入书单。张五常的《卖桔者言》和《中国的前途》被几位作者誉为经济学中难得的既有趣可读又深富启发意义的划时代著作。“书写得如此生动、活泼，充满了情趣，又蕴含了经济学的道理，真让人爱不释手”（梁小民）。经济学家除了张五常，周其仁、林行止、熊秉元和黄有光都在书中被誉为华人作家中经济散文的顶尖高手，其中熊秉元和黄有光还是《书架》的作者。朱维铮的《走出中世纪》和《音调未定的传统》、朱学勤的《书斋里的革命》和《风声、雨声、读书声》也被其他作者列入书单。

山东大学冯克利教授的阅读经验很特别，他通篇介绍的是任何利用如厕的机会抓紧阅读。“因为时间有限，这样的阅读面是极受限制的。最适宜此种场合的，要首推小时候到处可见的“小人书”了”，“再往后，马齿见长，不好意思翻小人书了，于是把诗歌散文小品之类渐渐请进厕所”。其实冯教授读经典的层次一点不比其他作者低下。

上海交通大学研究性学史的江晓原开的书单，有一本估计你想看也找不到。书名是 *Erotic Colour Prints of the Ming Period*（《秘戏图考》）。虽是英文著作，用的却主要是中国明代的春宫图片。开篇即是“汉至清代中国人性生活专论”，后面有大量历代春宫图。考虑到内容不宜由一般公众阅读，作者未将该书公开出版，仅在东京私人印刷 50 册分赠世界各大图书馆。

作者中有人借“秘密书架”的平台大力推荐他们认为被低估甚至埋没的作者和好书，如李天纲推荐的法国作家德日进（Teilhard de

Chardin,“以强烈的人类命运关怀震撼西方读者”),刘仲敬推荐的民国时期散文作家梁遇春,卢敦基推荐剧作家朱苏进的小说,杜小真推荐法国作家梅里美的小说,等等。坦率地说,他们推荐的作家和作品我都没有听说过,只好老老实实挑几本买来读一下。我相信像我这样看了《书架》忍不住从他们的书单中挑几本买来或借来读一读的绝不在少数,从这个意义上说,《书架》也是买书指南。

以前人常自我标榜:“书有未曾经我读,话无不可对人言。”香港才子林行止觉得口气太大,改了两个字:“书多未曾经我读,话少不可对人言。”对我这样的浅薄之人而言,改了以后的对联口气还是太大,“书少曾经经我读,话尽难以对人言”可能更贴切些。还是不说了,赶紧读书去。

名实之间

《论语·子路》记载,子路问孔子:“如果卫君等待老师您来治理国政,您将先做什么呢?”孔子的回答有点出人意外:“必也正名乎。”为什么正名这么重要?因为“名不正,则言不顺;言不顺,则事不成;事不成,则礼乐不兴;礼乐不兴,则刑罚不中;刑罚不中,则民无所措手足”。可见,中国人对名的重视源远流长。其实,孔子口中的名,主要是指名分,君君臣臣父父子子各守本分。老子也讲名:“名可名,非常名。”意思或许大不相同,听起来非常玄虚,耐人寻味,任人解读。

人,不论贫富贵贱,都有一个名,名前还要冠一个姓。古人更复杂一些,除了名,还有字,体面一点的死后还有谥号。姓用以区别家族,名用以标示个人。姓名无非是一个标签,与人的品性成就并无关联,本来不应该分所谓好坏。但人的姓名无论读音还是含义,多少还是有高低优劣的差别。而且名字一旦登记在册,如影随形,伴人一生。有多少做父母的取名太过随意,自己毫不在意,却让做子女的备受同伴嘲笑。比如取名阿大、阿二、发财、高升,日后若当高官,或供职外企,自我介绍难免气短。

人的姓辈辈相传,本不应该有贵贱之分,但也有人鸡蛋里挑骨头,硬是要分出优劣。清代的张潮就说:“《水浒传》武松诘蒋门神云:‘为何不姓李?’此语殊妙。盖姓实有佳有劣。如华、如柳、如云、如苏、如乔,皆极风韵;若夫毛也、赖也、焦也、牛也,则皆尘于目而棘于耳者也”(《幽梦影》)。我实在想不出来鄙姓与风韵有什么关系。其实,赖少其、焦菊隐这些文化名人的大名,读起来令人肃然起敬,一点也感觉不到他们的姓有什么悖于耳目的。

有一次郭沫若对漫画家廖冰兄说:“别人起名都讲究谦逊有礼,你倒好,自称为兄,这不是占人便宜吗?”廖冰兄回答说:“不是要占便宜,因为我的妹妹叫廖冰,所以我就取名廖冰兄。”郭沫若立刻大呼荒唐:“岂有此理!照你的逻辑,邵力子的父亲就应该叫邵力,郁达夫的妻子就应该是郁达。”有急智如此,郭沫若真不愧是一代才子。

给孩子取名,有讲究的,也有随意的,讲究与随意之间,时代特征隐约可见。先秦时期的取名似乎十分随意,《庄子》中虚构的许多名字,今天读起来让人非常困惑,如肩吾、连叔、啮缺、被衣、长梧子、支离疏等。在先秦时期,即便是帝王,也随便用出生年份的天干作名字,如太甲、盘庚、帝辛、武庚。后来又喜欢用外貌特征起名,如孔丘(据说头部像尼丘山)、重耳、黑臀(晋文公的儿子),怎么看都像孩子们打闹时互起的绰号。再后来,烽烟四起,战乱不止,安邦平乱成了头等大事,于是取名多喜欢用威、胜、武、彪、霸、勇、超一类的字。战乱稍止,各种思潮纷起,于是道、玄、元、真、佛等字备受青睐。我是20世纪50年代生人,我这辈人多有叫建国、国建、爱国的;因为新中国第一部宪法的颁布,同学中也多有取名宪中、中宪、护宪的。

给孩子取名,我觉得忌用生僻字。让别人读不出来,并不能显示你的高深,反而因为不容易读,令别人避而远之,让孩子失去很多机会。

最好的名字应该在电话里就能让人轻易听明白。名字起好了,孩子受用一生。多年前我还在香港工作时,我的一位师弟携妻来港生孩子。孩子诞生后,我们夫妻去医院探望祝贺,只见产妇面前什么食物也没有,而师弟却在一边埋首研究一本教人如何取名的书。妻子看不下去了,赶紧给产妇张罗一点吃的喝的。那点食物有没有起作用不好说,但为小孩的取名所付出的努力真是不假。带着那个响亮又寓意美好的名字,孩子一路高歌猛进,如今被牛津大学录取,前程不可限量。不得不承认,我辈还是俗人。

取名,不仅要辨意,还要择声。小时候看《三国演义》,看到刘备手下有谋士庞统,心想幸好他不姓马、不姓范。同理,名叫子腾的,可以姓张、姓李,就是不宜姓杜;单名一个满字,用到姓邢的身上,读起来难免有些尴尬。曲啸、肖彰听起来就是“取笑”“嚣张”。读音不仅要考虑普通话,还要照顾方言,甚至还要考虑外语的语序和读音。我的老朋友蔡春教授,用英文介绍时如果按姓名倒置的习惯就很不中听了,所以只能称蔡教授。我小时候,大概受人欺负比较多的缘故,曾发宏愿:以后要是生了儿子,给他取名苏疏,再给他找个对象姓沈名深,走出去就是“叔叔”“婶婶”,占尽天下人便宜。还好,成年后知道收敛,更知道打不过别人,这才活到今天。

我女婿是洋人,英文名 Rob White,怎么让家里不会外语的老人记住?我们曾甚感为难。想了一想,White 就是白,现成的中国姓氏,Rob 读起来很接近“萝卜”,连起来不就是“白萝卜”吗?于是女儿决定就叫他“白萝卜”,老人高兴,女婿欣然接受,皆大欢喜。以后凡有老外朋友来,家人都希望我也能给他们取一个类似好记的中文名,可哪有这么容易凑上的。

名字是给人叫的，但不是所有的名字都是寻常人可以随便叫的。这就是中国历史上特有的避讳现象。所谓避讳，就是在作文和说话时遇到含有君王、先贤、尊亲名字的字时，不能直接说出或写出。比如，王昭君的姓名在西晋时为避讳司马昭的名讳，改称明君或明妃，以后便流传下来。北宋州官田登强行要求治下百姓避其名讳，不能说点灯，于是留下了“只许州官放火，不许百姓点灯”的笑话。其实，即便是古人，也对避讳一事头疼不已。韩愈写有《讳辩》一文，对避讳的荒唐直言不讳：“父名晋肃，子不得举进士；若父名仁，子不得为人乎？”

名字是爸妈取的，绰号却是朋友或者对头强加的。绰号起得好也不容易，要入木三分，要精准抓取性格特征和行事做派。鲁迅可以说是这方面的高手。周氏兄弟有一个朋友蒋抑卮，以前家境贫寒，后来发达了，开了绸缎庄，兼做银行生意。有钱了，说话口气便不一样了：“凡遇到稍有窒碍的事，常说只要‘拨伊铜钱’（即‘给他钱’的绍兴话，是他原来的口气）就行了吧，鲁迅因此给他起绰号曰‘拨伊铜钱’，但这里并没有什么恶意”（周作人：《知堂回想录》）。不得不说，这个绰号传神之极，未见其人，脑海里马上浮现出一个初阔、小阔却对钱的作用深信不疑的年轻人形象。儿时没有书读，有次借到一本《水浒传》，小伙伴们连夜传读。书还给别人了，人却还是一脑袋的水泊梁山，有人提议比一下谁记得的梁山好汉绰号最多。一直到今天，《水浒传》里记得最清楚的还是绰号，刻画传神，耐人寻味。比如宋江，“忠义满胸，机械满胸”（[明]张岱：《琅嬛文集》），城府是极深的，用满腔忠义把一众好汉拖下水，还让别人对他感激不尽。一个“及时雨”的绰号把宋江亦正亦邪，不择手段的性格隐约点了出来。起绰号，最不可取的是嘲笑别人的生理缺陷或特征，比如管戴眼镜的人叫“四眼”，管腿脚不便的叫“跷脚”，管头发稀疏的叫“光头”，等等。小孩的口无遮拦往往给别人一个一辈子都要背在身上的标记，所幸现如今这类略显恶意的绰号似乎不再流行了。

姓名是父母取的，绰号是旁人取的。自己给自己取的，以前只能是笔名、化名，是少数人的特权；现在则是网名和微信名，铺天盖地，人人有份。网名和微信名大概可以分成这么几类：其一，原名本姓，素颜见人，比如在下；其二，西风东渐，洋味浓厚，或英文，或拼音，就是没有中文字，同事中几个 Tina，几个 Echo，糊涂如我，发邮件经常张冠李戴；其三，意境悠远，想象丰富，就是不见真人，如海阔天空、上善若水、大道至简；其四，别出心裁，曲意明志，有用阿拉伯语的，有用花草形象的，有画星辰日月。我是社恐类性格，很少朋友。饶是如此，也经常为在微信好友里找出把真名隐匿起来的人而抓狂。

正名之后，最重要的事莫过于让名实相符。有名无实、名不副实是大忌，但现实世界中“盛名之下，其实难副”是常见的现象。云南的蝴蝶泉，其实是看不到蝴蝶的，为看蝴蝶而去的游客无不失望而归。西安的华清池据说是当年杨贵妃洗浴之地，其华贵典雅和浪漫美好在白居易的《长恨歌》里有极生动的描写：“春寒赐浴华清池，温泉水滑洗凝脂；侍儿扶起娇无力，始是新承恩泽时。”不知有多少人受白居易诗意的召唤而远赴西安临潼，买了要价不菲的门票，满怀憧憬地走进纪念馆，等待他们的却是一个丑陋不堪的水泥坑洞。那种失望，那种悔恨，不提也罢。

更有甚者，云南大理的保山市已高调宣布猪八戒的故乡就在他们那里，哪个乡，哪个村，说得明明白白。孙悟空的故乡尚有争议，因为称得上花果山的有好几个地方。攀附历史名人和历史事件从来就屡见不鲜。明代张岱去泰山旅游，在访谒孔庙时见“宫墙上有楼耸出，扁曰‘梁山伯祝英台读书处’，骇异之”。到孔林，处处有景点附会旧典：“有曰‘齐人归讙处’，有曰‘子在川上处’，尚有义理。至泰山顶上乃勒石曰‘孔子小天下处’，则不觉失笑矣”（[明]张岱：《陶庵梦忆》卷二）。“孔子登东山而小鲁，登泰山而小天下”不过是孟子的一个比喻，说明视点越高，眼界就越宽广。现在居然有人言之凿凿地把他老人家在泰山举目四望的地点标出来，想想实在牵强得离谱。

书本上读起来令人无限向往的胜地美景，亲临现场鲜有不失落的。比如王羲之笔下的“会稽山阴之兰亭”，文士雅聚，曲水流觞，一觞一咏，畅叙幽情。何等的令人神往！但走近一看，你几乎不相信自己的眼睛：“老实说，到了目的地便令人索然兴尽，几间老屋油漆得庸俗像茶馆似的（现今可能改善了），曲水只是一道弯曲的小沟，墨池是一坑死水，没有什么可看。可看的还是在路上。”（周作人：《绍兴山水补笔》）

比糟蹋胜迹更让人难以接受的是把一个由文字修炼出来的、让人产生无限遐想的美好意境，硬生生套入一个俗不可言的现实场景中。比如梁实秋笔下的雅舍，原不过是梁与友人在抗战避难重庆时暂居的一处临时建筑，地处半山，虽极其简陋（“有窗而无玻璃，风来则洞若凉亭；有瓦而空隙不少，雨来则渗如滴漏”），周边环境却不无可爱之处（“前面是阡陌螺旋的稻田，再远望过去是几抹葱翠的远山，旁边有高粱地，有竹林，有水池，有粪坑，后面是荒僻的榛莽未除的土山坡”）。梁实秋对雅舍月夜的描写最令人神往：“看山头吐月，红盘乍涌，一霎间，清光四射,天空皎洁,四野无声,微闻犬吠,坐客无不悄然!舍前有两株梨树,等到月升中天,清光从树间筛洒而下,地下阴影斑斓,此时犹为幽绝。”于是有好事者在重庆北碚到处寻找雅舍。一天,突然宣布某处嘈杂街边的砖房就是当年的雅舍。发现者声称,之所以与《雅舍小品》中的描述多有不符是因为经过了多次装修和重建。看着照片中挤在杂乱街边毫无雅趣的粗陋砖房,我总算明白了什么叫“煞风景”。

如果被别人质疑名不副实怎么办?最简单直接的办法就是用事实来证明自己。怎么证明?无非是用实力和证据。以前读书人稀缺,证明自己真是读书人,要么赋诗一首,要么续联一副。据说苏东坡当年奉命接待辽邦使者,辽使知他文名,出对难他,联曰“三光日月星”,苏东坡不假思索脱口而出“四诗风雅颂”,天衣无缝,折服辽使。清朝的随园老人袁枚有次在西湖的断桥散步,遇一少年问路,见少年脸带愁色,袁忙问为何发愁。少年说他是来自平湖的秀才,在杭旅游期间行李被窃,无处投宿。袁难辨真假,便问:“既是秀才,可能诗乎?”回答说能。命咏落花。操笔立就,有句云:“入宫自讶连城价,失路偏多绝代人。”袁大惊,“留宿赠金而别”([清]袁枚:《随园诗话》)。现代人没有七步成诗之才,也不会对对联,只好另想验证的办法。据说现在经验老到的人碰到僧尼化缘,都会让对方背诵几句《金刚经》《心经》,落荒而逃的无疑是假冒的。

做人要名实相符,做企业其实也一样,名不副实的经常经不住细看。比如,A股市场目前(2023年5月)有146家公司名字冠有“生物”两字,其中约一半的公司所从事的主要业务与生物科技并没有实质的关系。例如,山东嘉华生物科技公司,主营豆制品;雪榕生物,主营食用菌菇;洁雅生物科技,主打产品是婴儿湿巾。把公司名字往热门行业上靠的公司,大部分业绩都不好。业绩讲不好就讲故事,什么行业有故事、有题材就往那里靠。银河生物的公司名就是一改再改:北海银河、银河科技、G银河、ST银河、银河投资、银河生物。其实该公司一直靠输配电及控制设备谋利,生物医药在收入中的占比不到2%。当然,也有公司在改名的同时也想改变主业,但改变主业谈何容易。2015年5月,多伦股份突然宣布更改公司名字和主业,公司名字改为匹凸匹,主业从建材销售改为金融服务,立志成为互联网金融第一股,壮举惊人。与此类同,熊猫烟花把公司名字改为熊猫金控。两家公司的股价在改名后都连涨数日,但也都引起监管部门的关注,并于数年后再改名,被迫脱掉那件华丽的金融外衣。

20世纪90年代,大学合并成风。学校合并后叫什么便成为一个很敏感的问题。如果一方明显占优势,弱势一方只好从此隐姓埋名,比如浙江大学合并了杭州大学。如果双方的差距不大,那就有点不好办了。1993年,四川大学和成都科技大学合并,相持不下,只好改叫四川联合大学。本来办学历史悠久的大学一改名似乎成了刚刚成立的民办大学,双方都心有不甘,五年后改回四川大学。据说南京大学和东南大学当时也有意合并,但对合并后的校名无法取得一致。有人笑传,南京大学说我出一个京字,你出一个南字,我们叫南京大学;东南大学说我出一个东字,你总不能出京字吧?所以我们就叫东南大学。当然也有心甘情愿把原来名字改掉的。上海的静安区是市中心繁华之地,闸北区是工厂云集、居住条件相对较差的地区。两区合并后静安的居民很怕从此要归闸北了,其实过虑了,闸北的居民更愿意归在静安旗下。网上一直有中国改好地名和改坏地名的排行榜,意见最集中的几个改坏地名的地方有:汝南改成驻马店,会稽改成绍兴,兰陵改成枣庄,常山改成石家庄。前几天去西安,发现当地人很喜欢用长安来代称西安,怀念之情不难想象。

人和人的区别,姓名之外更要紧的好像还是头衔。头衔是职务,是社会地位,是人缘和关系的体现。厉害的人头衔之多一张名片都印不下,只好折起来,最多见过名片折成三折的。最干净简单的名片是李敖的,上面就是“李敖”两个字,什么头衔也没有,下面是地址和电话,令人印象深刻。头衔有言不能尽的还要加注,如注册会计师后用括号注“经过考试”,以区别早年通过审核获得资格的(现在应该见不到了),副处长后加括号注“主持工作”,如此等等,不一而足。现在是手机时代,见面递名片的越来越少,都习惯加微信。加微信最大的好处是淡化了头衔和地位意识,你总不好意思在微信名上标明职位吧?

我的头衔向来就是一个“老师”,现在还要加上“退休”二字。老师,得天下英才而教之,何等的高尚体面!但许多与教书风马牛不相干的行业现在也流行以老师互称。有中介机构的朋友告诉我,到上级部门见到没有官位和职级的年轻人,叫小张小李容易给人冒犯和不尊重的感觉,所以一律以老师称呼。有创业的朋友很悲壮地告诉我,随时做好创业失败、一无所有的准备。“大不了破产清算,实在无路可走了,找个学校当老师总可以吧?”我自以为体面崇高的职业不过是别人最后的退路,情何以堪啊!

杂感三则

工匠精神和性价比

日本企业久以工匠精神闻名于世,并不时据此打造出精品、神品、隽品,让世人钦佩。一些不起眼的小产品比如指甲钳也能做得别出心裁,无可替代。一些日本工厂,几十年甚至上百年专注于生产某一产品,在一个细分领域独霸全球。于是,有人感慨,这种工匠精神就是中国所缺乏的,也是最需要提倡和鼓励的。

我以为,工匠精神固然可贵,但我们最缺乏的其实是对高质量产品的鉴赏能力和支付溢价的意愿。试想,如果有足够多的人欣赏高质量产品并愿意为此支付远超一般廉价产品价格的高价,怎么会没有人孜孜以求地去努力生产出能力范围内最好的产品?

产品质量的鉴别有难有易。早期的商品多为农副业和手工业产品,质量可以直观地通过肉眼观察确定。进入工业品时代,质量就难以从外观上直接判断。这时候的产品质量具有体验性的特征,只有使用完才知道好不好。而到今天,越来越多的产品即使消费者使用完毕也未必能判断质量好坏,典型的例子如有机食品和年份酒。缺乏判断能力,补救的办法只有两个:相信品牌(声誉)和专买最低价的。前者的理由是:品牌商家一旦被曝出质量问题,声誉损失要远远大于无名商家,甚至多年来的心血付之一炬。自惜身价的品牌商不敢在质量方面偷工减料,因此也最怕被人冒牌。冒牌的结果就是品牌商替无良商家背黑锅。买最低价产品的心理是:已经是最便宜的了,再吃亏也吃亏不到哪里去。况且,能买到最低价,多少也是洞察市场的能力体现,在朋友圈中或许是可以炫耀的成绩。

电商业态的出现让询价比价成为举手之劳,对价格敏感的消费者可以足不出户轻而易举地找到便宜货。夸张一点可以说,淘宝、拼多多一类的电商平台把中国消费者的价格预期水平和消费品位大大拉低了一个档次。我的家人收到从淘宝购来的货物后,经常会发出感叹:“卖得这么便宜,他们怎么能赚钱呢?”怎么赚钱? 恐怕只能是减配降料,以量搏价。高质量是需要高投入来保证的。所谓“性价比”,通常不过是降格以求的托词和安慰剂,重点在价而不是质。在商业世界,便宜没好货是大概率事件;“价廉物美”的美,一般不过是堪用而已,有多好是说不上的。

多年前,我去厦门的一家厨卫水龙头制造商参访,他们为众多品牌商做加工制造。我注意到一些知名品牌的加工区与一般的委托加工有明显的区隔,一问才知知名品牌对水龙头内部每一个细小的用件都有明确的指定供货商,容不得半点含糊。对一般消费者而言,这些细小零部件对产品的使用可能很难产生明显差别。但正是这类坚持保证了水质的稳定和消费者长期使用的放心。指定品牌的细小零部件肯定会使成本成倍上升。陪同我们参观的公司主管斩钉截铁地说:“价廉不可能物美。”

曾经有一位对中日两国消费者都有深入观察的朋友用很形象的例子告诉我两国消费者的区别:同样是超市的西红柿,规格颜色一致、外观漂亮、形态可爱的比一般的要贵出一倍甚至更多。中国消费者觉得买回家也是要切开来烧,不如买便宜一点的。而日本主妇就舍得买看上去就有吸引力的产品。买回家以后会琢磨:西红柿的漂亮怎么才能在最终呈现上展现出来。久而久之就会形成精细化的产品习惯。

所以,要把产品做到极致,窃以为首先要摒弃对性价比的执念,要从大家都愿意找好东西、买好东西入手,而不是一味地提倡工匠精神。对一般消费者来说,可支配的收入差不多是固定的。相应地,要培养求质甚于求量的习惯,就要尽量少买一点,买好一点。当然,对于我这种从小就节俭惯了(直白一点说就是"抠门")的人来说,要舍得买好东西几乎是不可能的,但不买劣质货应该还能做到吧?

当然,即便大家都愿意花大价钱买好东西,也不能保证好东西自然而然地就会被生产出来,半导体芯片即是一个很好的例子。敬业、专注、百折不挠、近于癫狂的信念、开放交流、对持续改进的痴迷、甘于清苦生活,对工匠的尊崇和宽容,这一切都是工匠精神和极致产品得以产生的精神特质、人生态度和社会环境,不可或缺。好产品的产生需要供需双方的契合,这是题外话了。

明星和群星

已故北大名教授王瑶先生曾经说过,北大的教授其实可以分成两类:北大靠他吃饭的和他靠北大吃饭的。按他的思路分析,前者就是明星,没有他们北大就会掉一个档次;后者个别而论,并不耀眼,甚至不乏尸位素餐之辈混迹其中,但合在一起,也还是一个星光熠熠的群体,所以是“群星”,或曰“凡星”。商业世界其实也一样,每个企业都有业绩耀眼的和平平无奇的员工。

明星注定只能是少数,是偶然,是格格不入。一个在恰当时间、恰当场合、恰当条件中出现的明星,有可能给这个组织带来根本性变化。“东方甄选”的董宇辉即是一例。本来,新东方的俞敏洪自己出马,想倚仗自己多年攒下来的口碑和人缘打开局面,谁知反响平平,业绩惨淡。等到董宇辉横空出世,“东方甄选”的业绩一飞冲天。直播平台的粉丝量从0到一百万花了整整六个月,而从一百万到两百万仅仅用了两天。

明星未必从一开始就显出明星相的。如果没有人识货,长期当凡星使用,明星就有可能沦为常人。所谓“千里马常有而伯乐不常有”,讲的就是这个道理。知人善任,从看上去平平无奇的下属中发现人才,进而培育出明星是优秀企业家必须要具备的能力。无数事实证明,怪僻乖张和奇妙超凡常常是一纸之隔,能看透的永远是极少数高人。有识别能力还不够,还要有容纳明星的胸怀。做企业最可怕的是“武大郎”心态,生怕下属超越自己。企业家要想明白,企业蒸蒸日上是成就,企业里明星闪耀、让人羡慕也是成就。

明星的养成需要眼光,需要耐心,更需要容错机制。董宇辉在原来新东方的岗位上并不耀眼,如果没有东方甄选的出现或许他就会在英语教学岗位上无功无过地度过他的职业生涯。这说明,企业每一次的业务转型或重大调整都可能是人才甄别和淘汰的机会。企业家在转型之际要大胆试用员工。要知道，明星是拼出来、剩出来而不是养出来的。“一将功成万骨枯”，明星成功的背后一定有多次试错、反复淘汰的铺垫。

大凡明星，总是要有点毛病，有点脾气；明星很少有皮厚肉糙、耐得住折磨的。所以，明星需要呵护，需要宽容。而且，留住明星的成本从来不低。一旦成为明星，一定会有许多人想来挖角。留住明星的，除了情怀和事业，必不可少的还有报酬。市场经济中人才的价值一定程度上要通过薪酬待遇来体现。支付高额薪酬其实就是尊重市场的定价，无可厚非。然而，企业中其他人未必会这样想。太大的薪酬差异一定会驱离一部分感到委屈的员工，这是启用明星不得不承受的代价。

企业要善待明星，但成熟的企业绝对不能被明星绑架。明星必须受制度的制约，这个底线任何时候都不能动摇。制度建设的一个重要方面就是要反复告诉员工，本公司的底线、红线、高压线是什么，对什么行为公司绝对零容忍；不能让任何人在底线面前心存侥幸。好的企业文化要让全体员工包括明星看清楚并从心底里认同，是组织和平台成全明星而不是反过来。一旦明星踩到企业制度的底线、红线，做企业的不能退让。退让会导致制度溃败、文化受蚀，最后礼崩乐坏，难以为继。遇到没有底线的明星，要有果断处置的勇气和承担损失的胆量。毕竟，失去明星还可以再找，企业变质了你就失去了根本。

相对明星，群星永远是多数，不起眼的多数。企业稳定的前提是多数的稳定。如果说明星代表了企业的亮度，群星就体现了企业的底色和基调。亮度或明或暗，明暗交替，无可奈何；底色和基调却不能轻易蜕变，色变则运异。明星的出现多少有点偶然，有点运气的成分；可以说顶级的明星可遇不可求,所谓“千军易得,一将难求”。群星的形成却是自主选择的结果,既然是自主选择,就有一个择优汰劣的过程。群星团队的形成过程就是企业文化成熟的过程。吸引市场注意力要靠明星,让客户愿意跟着你、对你产生信心却要靠群星的努力。

企业文化集中体现在什么样的人、什么样的行为会得到奖励(或惩罚)上,也就是企业提倡什么,反对什么。群星需要有明确的行为指引,要有纪律的约束和威慑,也需要适当的激励。企业对员工的惩罚手段相当有限,只要没犯法,最多只能开除了事。而激励不仅人心所向,而且名目繁多,幅度几无限制。所以,薪酬激励是管理的显学,是企业的热门话题,也是几乎无解的难题。因为员工不仅要钱,又要公平,还要工作有意义。“既要、又要、还要”,真真不容易满足。

群星中不乏稚嫩的“微星”,也就是职场中的新人。这些离开学校不久的新人很难给企业作出实质性贡献,急功近利的企业往往不愿意接纳,但接纳和培育新人却是企业义不容辞的责任。要知道,他们中或许会产生未来的明星、未来的中坚力量。进而言之,这些稚嫩的年轻人每一个都是他们父母眼中的希望和宝贝,把他们培养成对社会、对国家有益的高尚人群其实正是企业重要的社会责任。我真心希望企业在招聘时能对从业经验的要求放得更宽一点,把更多的机会留给新人。

突破与守成

近几年,“卡脖子”这个词出现的频率很高,意思是企业在某些关键技术上受制于人，难以突破。“卡脖子”是如何形成的，对中国的经济发展会有什么样的影响，这不是本文所要讨论的。我想要讨论的是，为什么突破“卡脖子”很难，突破需要什么样的人才，我们最缺少的是什么？

突破的对立面是守成。守成就是让企业能够生存，能够稳住基业，并在此基础上谋求有序而平稳的增长。守成也是一种本事，做成百年老店需要有非凡的能力和运气。我在日本游学时曾和当地的企业界朋友讨论日本百年老店层出不穷的底层原因，讨论中的共识是百年老店通常必须具备一些基本条件。首先要选对行业。技术变化快、进入门槛低、产品迭代频繁的行业难以产生历史悠久的老企业。日本生存500年以上的企业很多集中在酿酒、和服、庙宇建设、文化用品等行业，这些行业的客户普遍希望企业的产品永远不要变。其次是合理而克制的投资。成功的企业一般都是利润丰厚、现金充裕的。这么多钱在手里，周边又有那么多看起来前景十分诱人的投资机会，不动心都难。谁都知道，跨企业投资是风险巨大的冒险，成功概率从来都不高。日本百年老店喜欢的投资有相当大一部分在不动产。好的不动产投资能带来稳定的现金流，长远而言会产生不错的资产增值，而且不动产投资经常被地方势力认为是对当地经济发展的信任，从而赢得好感。此外，运气也十分重要。躬逢盛世的理当格外珍惜并善加利用，而时运不佳的就不能强求，蛰伏等待也未尝不是一种有远见的选择。

大部分企业都有或短或长的守成能力，有突破能力，而能做到石破天惊的就只有极少数了。美国的苹果、特斯拉、亚马逊、谷歌，中国的阿里、腾讯、华为都可以归入这一类。突破的背后必然是创新能力，创新能力靠的是极个别天才异于常人的洞见和灵光一闪的天启。

无论是突破创新还是守成，都需要有人来完成使命。但创新与守成所需要的人才类型是完全不一样的。汉武帝的“求贤诏”把两种人才的不同说得很透彻：“盖有非常之功必待非常之人。故马或奔踶而致千里，士或有负俗之累而立功名。夫泛驾之马，跅弛之士，亦在御之而已。”弄翻马车的未必不是好马，不守规矩的未必不是立大功之人，关键在于如何使用。

如果立大功与守规矩不可兼得，你会偏爱哪一个？“当然是立大功”，你或许会不假思索地如此回答。毕竟，立不世之功绝对是可遇不可求的机会。其实，冷静地想一想，在现实世界我们的选择更有可能是偏向守规矩而不是立大功的人。原因很简单：斩立大功的人很少有低眉顺眼、招人喜欢的。这不是性格缺陷而是创新的思维基础所决定的。

创新的前提是挑战，是蔑视权威，是不守常规。无论是大咖还是领导，他都要挑一下刺，找一找你的毛病，然后当众拿出一个让你自愧不如，甚至有些下不了台的方案。你能忍吗？如果他的方案一定成功，一定会名扬天下，你当然可以忍。问题是，创新是高风险的事业，创新之举以失败收场的远远多于风光无限的。看着一地鸡毛，听着他无法自圆其说的理由，脾气再好的人恐怕也会暗暗下定决心以后再也不上他的当了。好的领导要兼备识人之明和容人之量，甚至还要替人揽责担过。想想都觉得难，觉得不甘心。

有创新突破能力的少有人缘好的，因为他们标新立异，因为他们不肯将就，因为他们固执己见。而且企业决策层都是现有产品的功臣，要他们支持创新在相当程度上就是要他们否定自己，偏离自己早已驾轻就熟的成功路径。IPod 的原型由菲利普的一位工程师发明，但在自己的公司里得不到重视、采纳，于是转而向欧美其他公司推销，但仍然乏人问津。幸亏有乔布斯慧眼识货，才不致让一个伟大的创新产品湮没在一堆失败的废品中。可以想象，不知有多少伟大的创新产品因为缺乏识货的高人而埋没在尘埃中。

令人遗憾的是，我们现今的学校教育与创新突破的要求几乎是背道而驰。我们要求学生循规蹈矩，尊重权威，服从各种规则，不质疑教科书的任何内容，甚至举报同学的叛逆言行。所有与标准答案不一致的回答都要扣分，课堂内外敢发声、敢出头、敢让老师难堪的都被归入“坏学生”一类。独立思考能力的培养被有意或无意地忽视，个性被遏制，天马行空成了不靠谱的代名词。这样的教育，培养出的只能是唯唯诺诺的乖巧听话仔，要靠这样的学生改变被“卡脖子”的局面难乎其难。要知道，创新天才的萌芽都是脆弱易折的，积极鼓励和小心呵护也未必能把他们的创新天分保留下来，更不用说讽刺打击了。

需要特别说明的是，我并不认为出几个有创新能力的天才就可以改变“卡脖子”的境遇。出现“卡脖子”情况的，基本上都有缺乏基础研究的深层原因。想绕开艰苦持久的基础积累而在尖端领域一蹴而就，结果基本上都是徒劳无功。长时间积累形成的优势才是真正靠得住的优势，这个道理无论在宏观还是微观层面都得到过无数次验证。

创新突破与守成并不是非此即彼、互相排斥的。创新的成果如果不能产生持久的效益和回报，创新就会失去持续下去的支持动力。而创新成果转化成商业的成功必须依赖守成能力的发挥；不规划好盈利路径的创新只能博眼球，不能养活企业。平衡车 Segway 的发明就是一个惨痛的教训，这一令乔布斯都赞不绝口的绝妙发明因为没有在一开始就规划好产品的应用场景，市场的推广又没有精准定位有需求又有支付意愿和能力的客户群，市场空间越做越小。如此出色的发明居然从来没有给企业贡献过任何利润，最后只能一卖了之。

说到这里，我不得不承认，我就是一个没有任何突破创新能力的凡夫俗子。既然认识到自己没有这种能力，在破除“卡脖子”障碍方面，我觉得我唯一能做的就是面对另类的人和事时，多一点宽容，多一点耐心。嘴上留情，手下留情，应该不难做到吧？

贵在独立，难在独立

著名文化人梁文道曾感慨:《纽约时报》的剧评食评对业界的影响之大令其他从事此类工作的同行叹为观止,羡慕不已。剧评人的一篇差评可以让一出本来预备演足一年的音乐剧在几个星期内草草收场。而餐馆评论的一个四星高评或无星差评可以让这家餐厅一座难求或门可罗雀。手握如此“生杀大权”的评论人是如何保持自己权威性的呢?曾经的《纽约时报》食评专栏撰稿人露丝·赖克尔(Ruth Reichl)在离职后写了一本《大蒜与蓝宝石》(*Garlic and Sapphires*)总算把这一行的秘辛公之于众。

露丝·赖克尔在《纽约时报》的任务说起来也简单:每星期给食评栏目写一篇餐馆测评。但为了写这篇食评,露丝必须去这家餐厅试吃三次,每一次还必须乔装打扮,隐姓埋名。戴上假发头套,使用化名的信用卡,还要带上不同的同伴(一个人去太显眼)。所有的这一切,无非是要保证她吃到的确实是一般食客平时会吃到的。餐馆当然也知道这位大神的威力,于是把她的照片发给每一位侍应,务必不能在无意中得罪她。一边是尽量瞒天过海,一边是努力识别取悦,食评人的压力可想而知。权势与压力并存,收入还不高,所以露丝在《纽约时报》没干多久就辞职了。

不难看出,《纽约时报》评论的权威不仅来自食评人的鉴赏评判能力,更来自他/她超然独立的立场。独立性是权威性的保障,这意味着掌握权力的人必须保证权力的施行不受私欲和个人偏见的影响。马来西亚羽毛球运动员李宗伟当年被检测出服用违禁药品。马来西亚当局迅速成立独立的调查委员会,并及时公开调查证据与结论。独立调查证明李宗伟因病误服药物,李的职业生涯因而得以继续。与许多因禁药而不得不退出赛场的运动员相比,李宗伟无疑是幸运的。这一幸运不是来自捶胸顿足,或名人支持,而是得益于独立且权威的证明。这就是独立鉴证的威力。

缺乏独立性的验证很难得到别人的信任。企业对外公布的数据如果缺乏独立的鉴证,影响的就可能是企业的存亡和投资者的安危。审计、验资、资产评估、财务顾问等就是提供鉴证服务的中介,他们生存的基础就是独立性。所谓独立性,一般是指除了该委托鉴证事项外,委托方与受托方没有其他实质性利益关联。我们A股市场上市公司很多光怪陆离现象的背后,细究起来都与独立性受损不无关系。

以注册会计师为例,他们对财务报表的背书会极大地增加市场投资者对报表数据的采信,从而显著降低企业的融资成本。可以说,有还是没有注册会计师的背书,企业财务数据的可信程度是不可同日而语的。

注册会计师的审计,概括起来讲无非是做两件事:(1)看看报表有没有违背会计准则的问题,(2)如果看到问题就站出来告诉报表使用者。前者取决于审计师的能力,后者取决于他们的意愿,我们一般称之为独立性。显然,保持独立性远远比拥有能力更重要,因为如果审计师说报表没问题,投资者根本无法判断是报表真没有问题,还是审计师看到问题不说。毕竟,他们有种种动机为客户掩盖问题。在客户面前坚持原则,毫不留情地揭露问题(即给予保留意见甚至反对意见)不仅可能会失去这个客户,更有可能阻吓潜在的客户。在经济利益面前做一点妥协不仅在人情味甚重的华人社会是常态,在欧美国家也屡见不鲜。

保持独立性的困难在于独立性是一种精神状态和价值取向,是否独立无法直接观察和证明。我们能够证明的通常只能是缺乏独立性的行为和关系。正因为如此,中介机构一定要努力避免出现有可能导致他人质疑其独立性的行为。从这个意义上说,形式上的独立(independence in appearance)和实质上的独立性(independence in reality)对从业人员而言几乎同等重要。20 世纪 80 年代我在澳大利亚学习审计,其间去事务所实习。踏足客户(一家世界知名化妆品公司)前高层再三叮嘱:不得以低价购买客户产品,下班后不得与客户的员工在外聚餐或娱乐。清规戒律一条又一条,谨慎之态令人难忘。

为保持审计师(其他中介也一样)的独立性,社会各界可谓是想尽了办法。最简单有效的一招就是不让你在做审计的同时承担其他有可能损害独立性的业务,如咨询。咨询的利润通常远高于审计,而且无须承担法律责任。在一段时间里,利用审计的机会发展咨询业务,然后为保住咨询业务在审计时适当放水成了行业的一种普遍行为。安然事件前的五大会计师事务所收入中来自咨询的部分都超过了审计,以至于当时行业里流行一句调侃:什么是审计? 审计就是为取得咨询业务而不得不提供的一种服务。有趣的是,迄今为止的学术研究始终不能证明咨询服务损害审计质量。但墙倒众人推,安达信出事结业后,四大会计师事务所中的三大(普华永道、毕马威和安永)在舆论压力下很快宣布剥离咨询业务,只有德勤扛了下来。这几年德勤的业务增长一枝独秀,不能不说当时顶住压力还是有远见的。

一方面要靠收客户审计费生存,另一方面又要对客户实话实说,审计师可以说是窘态毕露。如果这种利益关系不改变,那么保持严格的独立性只能是一种美好的愿望。于是不时有改变审计师和客户利益关系的方案(如通过保险公司雇用审计师)提出来让监管者考虑,但任何改变势必要触动很多人的利益,阻力之大让所有的方案只能一直停留在"画饼"的层次。

人人都知独立好,独立以后多苦恼。审计如此,其他要倚重独立性的行业又何尝不是这样?要让独立性成为企业界经济交易审核验证的基本行为方式,我觉得最有效的办法是让大家充分看到缺乏独立性的代价。这个代价就是交易成本的上升和交易阻力的增大。人和人,企业和企业,如果缺乏彼此间的信任,在自我保护意识的驱动下一定会设置障碍、增加环节、提高要价,结果要么是交易完不成,要么是交易的效率低下、成本上升。要取得别人信任,与其自己捶胸顿足、发誓赌咒,还不如让具有独立性的中介来架起信任的桥梁。独立性的妙用,区区一篇短文哪里说得尽啊!

门外汉说翻译

按《圣经·旧约》的说法，远古人类在建造通天塔时因为语言相通，无间合作，高效协调，所表现出来的创造力让上帝大感吃惊。于是把人类的语言打乱，使其沟通障碍重重，散居各地，各自发展。从此非经翻译，人们便无法沟通，协同能力自然大打折扣。如此这般，意外使翻译不仅成为一门独特的技艺和学问，也产生出艺术再造的阔大空间。

中国最早的翻译文学应该是现在的小学生都会背诵的《敕勒歌》了："敕勒川，阴山下。天似穹庐，笼盖四野。天苍苍，野茫茫，风吹草低见牛羊。"敕勒歌"本鲜卑语，易为齐言"（《乐府广题》）。原作在游牧民族鲜卑人中应该早已佚失，在汉民族中却传颂至今，优秀翻译作品的生命力由此可见。

翻译不易为，翻译者必须对本、外文均有深湛的了解和熟练运用的技巧。近代著名翻译家和教育家严复（字几道）把翻译的难处归纳为"信、达、雅"："译事三难：信、达、雅。求其信已大难矣，顾信矣不达，虽译犹不译也，则达尚焉。"本来只是严复自己翻译中偶发的感慨，不料"信、达、雅"从此成了翻译质量约定俗成的判断标准。严复译著中最出名的是《天演论》，英文原名为 *Evolution and Ethics and other Essays*，直译是"进化论、伦理学及其他"。"天演论"是否是合适的书名？见仁见智吧。钱钟书先生对严复的翻译评价不高:“几道本乏深湛之思,治西学亦求卑之无甚高论者如斯宾塞、穆勒、赫胥黎辈;所译之书,理不胜词,斯乃识趣所囿也”(《谈艺录》,第24页)。不过,严复当年对中国大量采用日译词汇提出的严厉批评却是很多人深为赞同的。比如,economics不应随日本翻译成“经济学”而应该译为“计学”,“哲学”应为“群学”,“进化”应为“天演”,等等。

民国初年另一位著名的翻译家是林纾(字琴南)。林纾不谙外文,翻译必须与朋友合作。大概是不懂外语之故,翻译起来特别放得开,甚至可以把剧本直接翻译成小说。用他自己的话就是“耳受手追,声已笔止”。一生翻译小说达213部,涉及英、法、美、比、俄、挪威、瑞士、希腊、日本和西班牙等国的作品。这么多产,每部都是精品显然是不可能的,越到后面似乎越缺乏苦心经营的态度,毁誉参半,可想而知。他将翻译中的讹误一概推给别人:“鄙人不审西文,但能笔达,即有讹错,均出不知”,倒也实诚。

相比之下,另一位翻译家朱生豪的声评要好得多。朱生豪共译出莎士比亚悲剧、喜剧、杂剧与历史剧31部半,译本作品质量与完整性广受好评。我们以前能读到一点莎士比亚都拜朱先生的翻译所赐。朱先生之后是梁实秋,据说是花了38年的时间翻译出版了莎士比亚全集,包括的莎著剧本和诗作更完整。但梁译的语言欧化色彩浓厚,读惯了朱译本的人便有些难以接受。据报中国现代文学馆的研究员傅光明正在重译全部莎作,他下了苦功夫逐一考证作品中的艰涩费解之处,力求让现代读者能最大可能理解莎士比亚作品的原意。我非常期待,也非常担心,用力过猛太贴近原义往往导致译文支离破碎,阅读愉悦感随风而去。

我原以为优秀的译本珠玉在前,会让后来者望而却步,却不知太出名的译本也会激起他人跃跃欲试的勇气。傅雷先生翻译的《约翰·克利斯朵夫》脍炙人口,翻译的文笔让读者忍不住击节称颂。尤其是开头的那一段:"江声浩荡,自屋后上升。雨水整天的打在窗上。一层水雾沿着玻璃的裂痕蜿蜒流下。昏黄的天色黑下来了。室内有股闷热之气。"文笔优美流畅,读来毫无翻译的迟滞感。最前面的那九个字真可谓神来之笔,读者无不赞叹,后译者只有望而兴叹的份。尽管如此,《约翰·克利斯朵夫》还是出了好几个中译版。

有些作品的翻译几乎注定是吃力不讨好的,爱尔兰作家乔伊斯的《尤利西斯》(*Ulesses*)即为一例。当年出版社邀钱钟书先生来翻译,钱坚拒并把翻译此书戏称为"别开生面的自杀"。不料 1994 年中国一下子出了两个译版:萧译(萧乾夫妇,译林出版社)和金译(金隄,人民文学出版社)。两个译版的区别有人概括为:萧译是急就章,金译是毕生血。翻译此书时萧乾和金隄都已进入暮年,可能正是出于这个原因,当两人知道对方在做同一件事的时候,他们的翻译速度变得奇快无比,日以继夜,等到大功告成之后,又因为译文出版的先后高低之争,竟至恶语相向,至死谁也没有原谅对方。由于《尤利西斯》隐喻典故太多,文字晦涩艰深,译者不得不加入很多注解,不知道的还以为是学术著作。我到今天都没有勇气来拜读。

改革开放以后,港台文化、港台翻译随着港台的投资一起涌入大陆。一个中国、多种译法于是成为常态。比如,taxi 在大陆是出租,在香港是的士,在台湾是计程车。约定成俗,无所谓谁对谁错,但如果彼此不理解却容易产生隔阂。Boycott 在大陆一直译为抵制,但也有一群人一起抵制的意思,港台干脆音译为杯葛。杯葛这个词在新华字典、现代汉语字典和汉语大字典中都没有,显然还没有被出版界正式认可。把plaza翻译成广场是另一个港味十足的习惯。我们自幼的印象中广场都应该是开阔空旷的大空间,而香港则用来冠名一般的大楼商场。当年李嘉诚在北京建东方广场,有老干部愤而写信给最高层举报,说是有人居然要在天安门广场边上另起炉灶弄一个广场出来,是可忍孰不可忍!领导批示改用其他名称。李嘉诚的手下立刻表示接受,但希望政府一视同仁,其他采用广场的商场也要改名。政府一查才发现,广场的冠名已经在北京泛滥成灾,到处都是,改不胜改,只好不了了之。

即使留在一地,翻译习惯也是可以大幅度改变的。想想20世纪40年代老一辈给好莱坞电影起的片名:《翠堤春晓》(*The Great Waltz*)、《魂断蓝桥》(*Waterloo Bridge*)、《出水芙蓉》(*Bathing Beauty*)、《乱世佳人》(*Gone with the Wind*)、《丹凤还阳》(*One Hundred Men and a Girl*)。再看看今天的电影翻译习惯:《哥斯拉大战金刚》《速度与激情》《007大破量子危机》。试想一下把《魂断蓝桥》改为《滑铁卢桥》,是不是整部剧都俗了起来? 现在的人大概没有耐心去品评文字的趣味,而是想一目了然地看清电影的大概内容。前几年好莱坞有一部灾难片 *The Day After Tomorrow*,大陆翻译为“后天”,香港翻译为“明日之后”。都没错,但香港的译法似乎更耐人寻味,也更符合电影所要传达的信息。

我在香港教书时曾被派去香港会计师公会参与英汉、汉英会计词汇的修订。与一帮从小接受英文教育的业界精英一起切磋,受益良多。碰到一个陌生的英文词汇,我一定想办法查清原义,如果查不到,只好到处问人。他们如果碰到没见过的词汇,会互相问一下看到过没有,如果几个人都没看到过,就果断认定这个词是不存在的。以我这样的半吊子英文,受到的震撼是可以想象的。

翻译讲究约定俗成。有些词的翻译未必那么准确,但如果大家都没有歧义,形成习惯,谁也不会计较。但是,凡事都有例外。比如,持股的人在英文中称为 shareholder,翻译成中文却有两种不同的译法:股东和股民,意思居然还有相当的差别。记得吴敬琏教授曾写过一篇文章,标题是"投资者要做股东,不要做股民"。我当时感慨不已:"就这个标题的翻译就难倒我了。"

翻译界有一个广受认同的说法:美文不信、信文不美。要做到字字符合原义,翻出来的文字一定难以卒读。信和美之间的取舍,在文学作品中如果还需要斟酌的话,在学术著作中则一定是以信为本。比如,做中外比较研究要对中外研究对象做问卷调查的,所用的问卷必须严格遵守公认的翻译流程:首先一方将英文原件翻译成中文,再由独立第二方将中文翻译回英文,再由另一位独立第三方(可能的话找问卷的原设计者)比较两个英文版本有无实质性差异。反复做几次以确保中外研究对象使用相同的问卷,问卷调查的差异是文化差异而不是翻译误差。

中外文来回翻译很容易闹笑话。以前人名的翻译采用威妥玛(Wade-Giles)拼法,与现在通行的汉语拼音很不一样。按威妥玛拼法,蒋介石就是 Chiang Kai-shek。有学者不察,硬生生将其翻译成常凯申(王奇:《中俄国界东段学术史研究》)。孟子(Mencius)被译成门修斯,中山大学(Sun Yat-sen University)被译成双鸭山大学。要知道这些译校者可都是名牌大学出来的啊。

与一般人想象的不一样,并不是所有的文章词汇都可以原汁原味翻译的。据说毛泽东主席有次接见文艺知识界人士时颇为困惑地问一位翻译家:诗是可以翻译的吗？这是对翻译边界卓有见识的疑问。“译诗最难。因为诗的文字最精炼,经过千锤百炼,几度推敲。要确切,要典雅,又要含蓄,又要有韵致,又要有节奏,又要有形式。条件实在太多”(梁实秋:《槐园梦忆》)。不要说诗,就是有些日常生活用语,翻译也难以做到传神。梁实秋先生曾说“馋”字在英文中找不到适当对应的词。查英汉字典,馋是 greedy 或 gluttonous,但馋不是贪多无厌。梁认为馋是有品位的,“既是生理的需求,也可以发展成近于艺术的趣味”。如此丰富的内容当然很难用一个对应的词汇来传递。不容易翻译的英文词汇也很多。比如,财经类文章中经常用到的 accountability 一词就找不到非常贴切的中文词汇,现在都沿用日本的译法译为“经管责任”,其实中国人无论说话还是行文都没有说“经管责任”的习惯。

与笔译相比,口译留给翻译者斟酌的时间要短得多。口译,尤其是同声传译,对译者的语言能力和反应速度要求极高。我也曾冒昧给人做过口译,每次都战战兢兢,如履薄冰。事后免不了感到汗颜和惭愧。口译最怕碰到笑话,最怕懂英文的听完哈哈大笑,翻译过来却一点笑声也没有。记得我第一次出国,在国外期间和一个部委的代表团一起出席会议。演讲的人说了一个段子,哄堂大笑。翻译过来我们却莫名其妙。显然翻译没听懂,我更没有听懂。事后我特意去找来演讲稿,才知道讲演者调侃了一下当时的人工智能水平:1962 年美国、苏联和古巴之间爆发导弹危机,苏联屈服,撤走导弹;1963 年肯尼迪遇刺;1968 年遗孀杰奎琳·肯尼迪嫁给希腊船王奥纳西斯。20 世纪 90 年代有研究团队运用当时最先进的电脑系统模拟当年的情景,问系统如果当时苏联拒绝妥协会有什么结果。经过几天紧张的运算,电脑终于给出了答案:杰奎琳不会嫁给希腊船王。

有鉴于此,经验老到的口译如果碰到听不懂的笑话,往往会直截了当地告诉听众:刚才他说了一个笑话我没听懂,大家能不能笑一下让我过关?听众当然配合如仪,笑声过去尴尬也就过去了。

1984年邓小平在天安门广场阅兵,与受阅部队互相呼应:"同志们辛苦了!""为人民服务!"非常有气势。这句"同志们辛苦了"该怎么翻译让翻译团队十分为难。据说现场的翻译是"You are tired",意思是这个意思,但字面上似乎完全体现不出呼应的精神。有人建议改为"A good job",这就比较符合英文的习惯了。斟酌再三,最后改成"Thanks for your service",真是译无止境。

我自幼在动乱中成长,教育基础实在太弱,中英文都差,尤其是英文。看到别人精彩的翻译每每自叹不如。有次在香港,我走过一间教堂Union Church。按我的水平大概会译成联合教会,再看门楣上的中文:佑宁堂。音意兼顾,庄重温暖,含义深远,当即佩服得五体投地。

唉,一辈子都学不够。

父亲节:不称职的父亲也过节

一年一度的父亲节,照例是向父亲和岳父表示感恩的日子,也是平时懒得过问我们状况的子女写几句祝贺话给我的日子。

今年的父亲节有些不同,主编要我写点杂感。在她看来,你父亲都当了三十多年了,谈点经验还不容易!殊不知,活了六十多年,父亲是我出演得最不成功的一个角色。哪有什么成功,尽是失败。“既如此,那就谈谈你是怎么失败的”,主编给我定了调,于是就有了下面这些文字。

所谓母亲节、父亲节其实都是舶来品。尽管中国有孝道的传统,出格一点的孝行像老莱娱亲、卧冰求鲤一类的还能凑出一套 24 孝来感天动地,但国人从来没有起过为当爸当妈的立个节日庆祝一下的念头。我们小时候从来没听说过母亲节、父亲节。即使在国外,母亲节、父亲节也是节日中的新秀,算起来不过是百来年的历史。细究起来,虽然起因不无美好而感人的故事,但铺陈出现今的规模则多少有点商业运作的痕迹。每到这两个节日将临之际,餐馆争相推出温馨套餐,价格当然不便宜;百货店精美礼品闪亮登场,做子女的不买都不好意思。因为商业色彩过于浓厚,欧美也有不少人对这两个节日啧有烦言。

母亲节在每年的五月,父亲节紧随其后,在六月中。不知为何,我总感到有点买一送一的况味。为了让当父亲的不至于太气馁,好吧,也给你们安排一个节日吧。事实上,母亲节的气氛和受重视的程度普遍大大超过父亲节。这也并非没有道理,对维持一个家庭的运作而言,母亲的作用是要远远超过父亲的。小孩遇到问题求老爸,得到的最有实际意义的回答一般是:“找你妈去!”前段时间,上海的家家户户因新冠疫情封闭在家。封闭期间,当妈的每天蓬头垢面,忙于团菜抢菜,而当爹的只会睡眼惺忪地问一句:“今天吃什么?”所以,对我们这些当爸的,能有个父亲节就应该知足了。

在漫长的人类历史上,父系社会在绝大部分时间内都是社会形态的主流。无论是狩猎还是农耕,男人更强一点的体力让父亲成为家庭生活物资的主要获取者。即便到了工业革命以后,男人似乎也更适合和机器打交道,因而理所当然地成了一家之主。科技革命带来的变化之一是,体力的重要性显著降低。随着男女同工同酬得到法律的确凿保障和社会的普遍认可,父亲在家庭中地位的下降就是不可避免的趋势了。作为父亲的我们,对此要有自知之明。

《论语》提到,齐景公问什么是理想的政治社会秩序,孔子回答说:“君君臣臣父父子子。”也就是说,君臣父子各守本分是社会良性运行的秩序基础。如果父不父,子不子,家庭一定内讧不止,鸡飞狗跳。但孔子没有进一步说明他心目中的理想父亲应该是什么样的。

我以为,一个称职的父亲应该以自己的言行给孩子树立一个足以让他们仿效的榜样。孩子到高中阶段,社交活动越来越频繁,做父母的一定会担心他们交友不慎。但如果你对他们管头管脚,严防死守,得到的很可能是瞒天过海,不可收拾。记得我当时只对孩子说:“我不会多管你们，但希望你们记住我们是很保守、很规矩的家庭。无论到哪里都请你们记住这一点。”这一句话如同一份无形的契约，让我们守住了“父父子子”的边界。

当然，父亲的示范作用会受能力边界的限制。当年我在香港工作时，一位香港同事有四个儿子，当时年龄在五六岁到十二三岁之间。同事每年都会把儿子们正装打扮好，带去豪华西餐厅吃饭，接受礼仪训练。从进门的招呼，到入座，到坐姿，到点菜上菜，到配酒，到正确使用餐具酒杯，到谈吐，到要咖啡、付小费，一一指点。可以想见，这样训练出来的孩子长大以后在社交场合一定会如鱼得水。我虽有心仿效，奈何还未说服孩子，自己先怯场了。毕竟，我辈没有自小出入华堂高屋、周旋于公卿贵胄的经历，贸然上台面一定是自取其辱。有一次家里吃晚饭时，女儿突然问我：“如果我去和英国女王吃饭，会吃什么？如果给我一个鸡翅我应该怎么吃？”我记不起来当时是怎么糊弄她的，一定是狼狈而语塞。像我这种连白金汉宫的餐桌都没见过的老爸，除了牛排、鱼排，我都想象不出来他们能吃什么高级的。还好，女儿至今未收到英国皇室的邀请。

那位努力训练儿子的同事曾感慨地对我说，我们的很多学生进入职场后，就因为怯于在正式场合与高层和显贵交谈而失去不少学习甚至进阶的机会，殊为可惜。等到进大学再来学基本的礼仪，为时已晚，举止习惯只能小补，无法大改。真是经验之谈。

做父亲的，最怕是把自己做不到的强加给孩子，希望他们能代你完成崇高使命。我女儿离家去读大学时，我郑重其事地要求她做到两件事：第一，肯吃亏，尤其要肯吃从来不肯吃亏的人的亏；第二，不在背后说人坏话,特别不能说专门在背后说人坏话的人的坏话。我言之凿凿地向她保证:“只要你做到这两点,一定天下无敌。”扪心自问,我其实从来没有做到过。吃亏都是因为愚蠢而不是有气度,别人的坏话时常也忍不住要说一点,最多在后面加一句叮嘱:千万不要告诉别人。不难想象,女儿根本没有把我的叮嘱当一回事,到现在,能不吃的亏一定不吃,想说的坏话照说不误,让为父的想起来就难堪。

父亲节最应景的文章莫过于朱自清的散文《背影》了。在浦口火车站,朱自清的父亲为年届20、正要去北京继续学业的儿子送行。体态肥胖、行动颇为不便的父亲要儿子待在车上别动,他自己则从站台爬下铁轨,蹒跚着走到对面站台,艰难地爬上去买了几个橘子。然后沿原路折腾回来。这个过程中朱自清多次潸然泪下。因为用情真挚,描写动人,《背影》曾被收入各种文集和教科书,知名度非常高。但《背影》这几年受人关注却是因为完全不同的原因。由于文章以正面的口吻描写、容忍甚至鼓励违反交通规则的行为,《背影》被踢出教科书。消息传出,争议声四起。争议中有人继续深挖,发现朱父人品不佳,不慈不孝,为纳妾把一个大家庭闹了个人仰马翻、支离破碎。更有甚者断定,20岁的小伙子居然动不动就哭哭啼啼,孱弱而虚假,不应该再去误导今天的青少年。

熟读《背影》的人本来无非从文章中找一点单纯的父亲节感怀,这一点点心理慰藉恐怕要被一帮“纯洁”的卫道士荡涤一空了。我不知道历史上的知名作家和他们的知名作品有多少经得起这样的深文周纳。

因为要写这篇小文,我努力地回忆以前的父亲节都是怎么过的。想来想去,记忆中都是母亲节的场面,不免有些忿忿然。内子一声不响,找出一沓以前孩子写给我的父亲节贺卡,扔在我面前。唉,自己记性不佳还要错怪孩子,实在不应该。其中有一张贺卡是女儿六岁时写的,标题是“爸爸能做什么?”,在列举了一系列老爸的壮举如安慰、鼓励、帮助、引导、赠送等之后,她大大地赞美了我一句:“没有什么是我爸爸做不到的。”看到这里,相信你也和我一样被孩子真诚的赞美所感动。且慢,后面还有一句话:“我想,其他爸爸也一样(And I think for other daddies, the same is true)。”想想也对,她老爸就是一个平常人。

写了这么多自己做父亲的不称职之处,心里未免有些不甘:难道我一点过人之处都没有吗?于是努力地深挖自己曾有的值得称道的行为。你别说,还真想起一件。犹豫要不要说,因为说出来多少有点卖友求荣的嫌疑。不管了,老友就是用来出卖的。

说起来已是近二十年前的事。我和老朋友陈杰平教授和陈世敏教授带着家人去长隆水上乐园度假。我们一共六个孩子,他们二位的孩子比较年幼,年龄约在七八岁的样子,恰是贪玩而不讲道理的年纪。乐园最刺激的一个项目叫“大喇叭”,一个上小下大的圆柱体,圆桶又高又大,湍急的水流从顶端注入喇叭旋转而下,人在里面随着水流转着圈子、头昏眼花地直往下出溜。孩子们雀跃着要去尝试,到那里才知道因为比较惊险,需要有一位成年人陪伴。于是他们回来搬救兵。二位陈教授看了看喇叭,喇叭里顺流而下的人都在尖叫,他们坚定地摇了摇头,任孩子们恳求也无动于衷。说老实话,我也怕,怕一把老骨头在喇叭里震散了,但架不住孩子们热切的眼光。我毅然带着他们,迈开颤抖的脚步,一步步不情不愿地挪上喇叭口。结果当然是有惊无险,皆大欢喜。当时的尴尬,如今想起来都是美好。

父亲节是感恩的季节。我是有双重身份的人,作为子女,感恩父亲和岳父。作为父亲,对这个身份不无感激之情。伴随孩子一起成长是我一生中最美好、最享受的时光。是小孩让我们感受纯真、享受阳光;是他们让我们这些成年人看到自己的卑微,自己的低俗,自己的市侩,于是奋然改进,做更好的自己。为父之人,父亲节的意义就在这里。

纪念葛家澍教授诞辰100周年

——少年家澍

恩师葛家澍教授(1921—2013),中国会计学界泰斗,长期任教于厦门大学,曾任厦门大学经济学院创院院长、国务院学位委员会(经济学)学科评议组第一和第二两届成员、财政部企业会计准则专家咨询组成员。此文写于2020年7月,并于2021年葛家澍教授诞辰百年纪念活动中收入《澍雨杏风》(苏锡嘉、刘峰主编,厦门大学出版社)一书。现经厦门大学出版社同意再发于此。

初　啼

1921年4月初的兴化,本应该是草长莺飞、春意渐浓的季节,今年却有点反常。一阵阵的寒意让人觉得好像冬天还不甘心就这样挥手告别。

江苏兴化县城西边的一条小巷里,昏暗的街灯下,葛家的门还不安地开着。葛家的男主人焦急地在门里门外来回走动,显然是在等什么人。屋里“弄璋之喜”的贺礼堆放在桌几上很是显眼,围坐的众人脸上却一点喜气也没有。

这家的主人是葛曾传，字省吾，在本地的开元观小学任教。夫人葛顾氏13天前足月产下一男婴，为家中长子，当然赢得一族亲友的羡慕和祝贺。不料夫人产后即显得异常虚弱，呼吸急促。请族中懂医的来看过，说是产后虚寒，无须过分担心。谁知夫人病势不仅没有逐渐缓解，反而日重一日。葛曾传这才慌了起来，赶紧请来县城里的名医王大夫来出诊，王大夫开了几贴中药，按嘱服药后仍未见起色。七嘴八舌中有人建议换西医来看看，于是托人去请城中唯一的西医顾医生。葛曾传在门口焦急地等候着的正是顾医生。

远处隐隐约约传来脚步声，顾医生到了。葛曾传赶紧迎上前，把匆忙赶到的医生往家里引。不曾想到，这时屋里忽然爆出一阵哭喊声。一行人走进卧室，顾医生大步走到病人床边用手一探，呼吸已停。再用听诊器听了一下，一丝气息也听不到。他直起身，叹了口气说道："我来迟了，各位节哀。"说罢转身离去，连出诊费也顾不上要了。

在顾医生身后的是此起彼伏的哭喊和捶胸顿足的悲伤。悲痛中的大家没有注意到哭声中还有一个婴儿的啼哭，还是祖母耳尖，赶紧抱起躺在摇篮里的孙子。"快把米汤拿来，小孩子饿了，"她对请来帮忙的侄女说道。

襁褓中啼哭的婴儿是葛曾传的长子，按族中辈分取名家澍。出生13天即丧母的家澍从这一天起开始了艰难的成长道路。

家澍的祖母和外祖母是姨表亲，因而两家的亲戚多有重叠。初为人母的女儿(儿媳)转眼间居然在大家面前香消玉殒，两位老人自然是难以接受，悲痛欲绝。忍着悲痛把丧事办完，两位老人与葛曾传商量起家澍的抚养事宜。

葛曾传的父亲(葛家澍的祖父)是一个屡试不第的秀才,祖上留有几分薄田,收来的租金勉强维持全家温饱。他一心想博个功名耀祖光宗,怎奈考运不佳,次次名落孙山。情绪低落之下竟抽上了鸦片,慢慢把祖业败个精光,只能靠开个私塾,招几个小孩授馆为业,日子过得十分不易。郁郁不得志下不到 50 岁竟撒手人寰,留下一家老少手足无措。葛曾传的母亲余氏娘家家境稍好,不时给一点补贴。加上葛曾传的大哥在米铺当学徒,母亲余氏给人做点女红,生计总算能维持下来,宽裕是无论如何谈不上的。

葛家对子女的教育非常重视。尽管生活不易,葛曾传的母亲省吃俭用,硬是让他在兴化读完中学,又去扬州读了师范专科,回到兴化即在县城最好的小学开元观小学找了份教师的工作。有了稳定的工作,做母亲的马上操心起儿子的婚事来。旧时的乡绅在婚姻上相当保守。虽然已进入民国,年轻人对依靠媒婆一张能说会道的嘴凑起来的婚姻渐生抵触之意,但父母在子女婚姻问题上仍然有着一言九鼎的威望。母亲给葛曾传提的亲是他的姨表妹,一起在兴化长大,彼此都有好感。即使稍有想法,葛曾传看着寡母热切的眼光,也不忍心让母亲失望。更何况顾家的家境和家世都要略强于葛家,没有拒绝的理由。

葛曾传夫妇婚后仍和母亲一起住,一家人其乐融融。这份恬静现在因为妻子的突然去世而荡然无存了,对眼前的路应该怎么走下去一片茫然的葛曾传不知说什么才好。还是饱经磨炼的母亲有主见,她平复了一下悲伤的情绪后说道:“先给孩子找个乳母,光吃米汤绝对不行。

白天我和你亲家母轮流照顾家澍,晚上让他跟我睡。除了学校的工作,你还要想办法找一点其他事做。小孩子用钱的日子还在后面。”

故　乡

兴化旧称昭阳、楚水,是一个有两千多年历史的古邑,地处苏中里下河腹地。境内河湖港汊纵横交错,密如蛛网。因四面环水,水系复杂,交通不便,少有外人来访,所以有“自古昭阳好避兵”的说法。行政上兴化在明清两朝属高邮州,隶扬州府。辛亥革命以后,废府存县,兴化县直属江苏省。民国22年(1933年)江苏省下设行政督察区,兴化县隶属于盐城行政督察区。今天的兴化由泰州市代管。离兴化最近的城市是泰州,直线距离约56公里;盐城次之,74公里;再其次是扬州,110公里。这里所说的直线距离对兴化人来说没有什么实际意义,因为河道密布,无论到哪里都是弯弯曲曲的绕行。

当时的兴化县城不大,家澍祖母家在县城西面,外祖母家在城东,读小学时经常要两家来回走动。以小学生的走走逛逛,半小时也可以走到了。

兴化是人文荟萃之地。从城西走到城东,对家澍最有吸引力的驻足点是四牌楼。四牌楼始建于明嘉靖年间,又称四攒坊。所谓四攒,也就是四赞:曰国朝省阁,曰淮海人文,曰极品封君,曰状元宰相。小小的牌楼里为每一个从兴化中举进仕的“成功人士”立一块匾。自南宋咸淳至清末光绪,小小的兴化居然有262人中举,93人中进士,1人中状元,全国罕见。除了当官的，兴化还诞生出《水浒传》的作者施耐庵、扬州八怪之首郑板桥等世界级名人。四牌楼里最大的匾理所当然是属于李春芳的，题曰“状元宰相”。李春芳(1511—1585)，明嘉靖二十六年中状元，后任建极殿大学士、吏部尚书、忠极殿大学士。是明朝少数能全身而退、安享天年的首辅。告老还乡后“晨夕置酒食为乐，乡里艳之”，十足的人生赢家。在外谋生的兴化人对别人介绍自己的故乡时，常常自诩其是“李春芳、郑板桥的故里”。

让多少兴化少年流连忘返、倾慕难忘的四牌楼毁于“文化大革命”期间，后又重建，属于假古董。里面的 49 块匾牌都请当代名家重新题字。现在我们看到的李春芳匾牌是请沙孟海重新题字的。

兴化属淮河流域，境内河道纵横，湖荡棋布，水域面积近 120 万亩，水产丰富自不待说。而且因为交通不便，大部分河鲜只能就地销售，价格之廉让河鲜成了兴化人日常饮食必不可少的一部分。兴化人不仅嗜吃，烹饪方法更是花样繁多，各擅胜场。葛曾传在开元观小学任教，月薪为 24 银圆(袁大头)，一银圆可兑 360 个铜板。以当时的兴化物价，一担大米(100 斤)要 100 个铜板，一斤猪肉 30 个铜板。两个铜板可买一个鸡蛋，一个铜板可买一根油条或一个烧饼。一个人的收入已可满足一家人基本的衣食之需，当然奢侈是谈不上的，温饱而已。

在兴化长大的，无不以对河鲜的精通和热爱为豪，家澍也不例外。成年离开故乡后，对兴化的美食尤其是河鲜鱼虾念兹在兹，说起来每每无限神往，听的人也颇受感染。不料移居厦门后慢慢习惯了食用海鲜，再尝河鲜总觉得泥土味太重。晚年的他对自己口味的改变也觉得不可思议，常感叹连口味都可以颠倒，还有什么习惯不能改变呢？

亲　友

家澍的祖母和外祖母是姨表亲，她们有许多共同的亲友。民国初年家族纽带远比今天紧密，亲友间互相提携是顺理成章的事。对这个家族影响巨大的是她们一个共同的晚辈（姨表侄或姑表侄）余井塘。余比葛曾传稍年幼，是表弟。

余井塘也在兴化出生并长大。与其他表兄弟不同的是，他被一个盐商赏识并以女儿相嫁，后又受资助入学，从复旦公学中学部一直到复旦大学商科。在上海，余井塘显示出卓越的社会活动能力。他在五四运动的影响下在上海创办了《平民周刊》，组织“平民学社”，并参与了创设国民合作储蓄银行。1923 年大学毕业后，余井塘留学美国主攻经济学，1925 年获爱荷华大学经济学硕士学位。即使在美国，余井塘也十分活跃。他加入了国民党，并担任《少年中国晨报》总编辑。在美期间曾游学苏联，与陈立夫同学并结成深厚友谊。回国后从事教育和国民党党务工作，参加了反对军阀孙传芳的斗争且险遭杀害。1927 年南京国民政府成立，余井塘被推荐为国民党中央组织部秘书，兼任中央党务学校教授。余井塘从此被公认为是 CC 系的重要成员。两年后，余井塘当选国民党中央执委，不久便出任多项要职，包括国民党中央组织部代理副部长、中央政治学校教务主任、中国合作学社执委、考试院考选委员会委员等。

1934 年余井塘出任江苏省政府委员兼江苏民政厅厅长，坐镇当时的江苏省会镇江，就近照顾家人自然方便了不少。但余井塘眼界甚高，亲属中得小恩小惠的不少，一般只能获得一个低级职位糊口，而作为亲信能被授予一官半职的却并不多。几经观察试探，最后得到余井塘认可的只有两个人：表兄弟葛曾传和顾耀祖（字庭光，家澍的舅父）。顾耀祖在江苏民政厅任监印，替余井塘把住机要关；葛曾传则在考试院谋得一个职员位置，抗战后跟着余井塘到重庆，在委员长侍从室第三处（类似政府组织部门）当科员。侍从室第一处首任主任为钱大钧，第二处主任是陈布雷，第三处由陈果夫挂帅，主管官员的考察任命。能在第三处任职，想来巴结的人应该络绎不绝。

全面抗战时期，余井塘先后担任国民党中央组织部副部长和教育部次长。1948 年，可能是出于对时局的失望，余井塘婉拒了蒋介石要其出任组织部部长的提议，避居杭州静观内战的潮起潮落。国民党败走台湾时余井塘选择追随老长官一路来到宝岛。在台湾当过“内政部长”、“蒙藏委员会”委员长、“行政院”副院长等职，1985 年因脑溢血死于台北，享年 89 岁。

余井塘在台湾虽未有显赫声名，但锦衣玉食应该勉强算得上的。然而，他这一走，留给在大陆的所有亲友一个滚烫的火球。一有政治运动，每个人少不了要交代一下和余井塘的关系，以及对余井塘的态度。葛曾传如此，其他族人也是如此。家澍虽只见过余井塘几面，泛泛聊一点家常而已，在历次政治运动中也因此而不断作出说明，苦不堪言，其他关系更亲密一点的亲友恐怕就更不易过关了。余井塘在台湾要是知道了不知作何感想。

葛曾传在鳏居四年后续弦徐氏，家澍又有了母亲。徐氏生了一子一女后竟又不幸去世，时年家澍十岁。同父异母的妹妹家祥和弟弟家濂，分别比他小四岁和八岁。葛家两度痛失亲人，悲情难忍。看到一脸悲戚的父亲和祖母，家澍顿时觉得自己的责任也重了起来。早熟的他默默看管弟妹，让大人少操点心。抗日战争时葛曾传到重庆，再次续弦，又生一子一女。因为从未生活在一起，这一位继母及两位弟妹和家澍的亲情就相当淡薄了，当然彼此也保持着足够的礼貌和尊重。

在兴化的葛余顾三族通过联姻形成了比较密切的关系，相互关照，彼此扶持，度过了战前平淡而略显拮据的日子和战时动荡而接近无望的岁月。到家澍这一代已是民国，家族成员之间的感情连接和经济交往逐渐淡薄。对家澍影响较大的有伯父葛殿传一家，因为大家庭都在一起生活。葛殿传从米铺学徒做起，慢慢升至管账，虽然收入不高，却是家中最稳定的经济来源，逾 40 年从未中断。风平浪静时他似有似无，若显若隐。到战火一起，交通中断，学校关门，其他收入来源都被掐断时，他那份微薄的收入就成了全家不至于无米下锅的关键。垂暮之年说起伯父，家澍仍然心怀敬意。

童　稚

按祖母和外祖母的要求，葛曾传立刻托人在镇上寻找合适的乳母。知道葛家情况的热心人也帮着四处打听。很快，乳母找来了，众人松了口气。说来也神奇，吃上人乳的家澍哭闹少了许多，晚上睡觉也比以前安静了。老人大感宽慰，孙子(外孙)终于活下来了。当年的习惯，乳母每天按约定上门若干次,每天收费若干。随着婴儿逐渐长大,乳母每天来的次数会逐渐减少,但每次喂奶量却是增加的。由于乳母的费用并不便宜,一般人用到婴儿两岁左右能自己吃一般食物时便停用乳母。家澍的乳母却一直喂养到他5岁左右,远远超过常人,老人的疼爱和小心由此可见一斑。家澍成年后虽饱经兵乱和饥荒,有很长一段时间缺衣少食,但后来仍得享高寿,不知是否与此有关。宫廷戏里经常会出现乳母与受乳少年情同母子的场景,这在现实生活中是完全不可能的。因为乳母喂完奶通常不会逗留,就像我们下班一样匆匆离去。但乳母对家澍甚有好感,停止哺乳后仍时常来葛府走动。后来家澍下定决心远赴福建求学,但因旅费筹措无门,几乎无法成行。乳母得讯,悄悄拿出仅有的一点积蓄帮助家澍凑足旅费。家澍在晚年的回忆中说起乳母,缅怀和感激之情溢于言表。

家澍的幼年是在祖母和外祖母的呵护和精心照料下度过的。外祖母骤失独女,痛不欲生,于是把全部的爱倾注到外孙身上。晚年回忆时,家澍记得最清楚的就是外祖母反反复复的叮咛:“你要对得起你的妈妈,我唯一的女儿!”“没娘的孩子要争气!”幼年的家澍承担了这个年纪的小孩少有的期望和疼爱。老人无论到哪里,都习惯把他带着一起去,家澍也因此养成了少年老成的个性和沉着应对的能力。

家澍通常白天去外祖母家,晚饭前后再回祖母家。开始是由老人接送,稍大一点就自己寻路而去,寻路而回。那时的兴化城很小,少有外人,治安无虞。只要大方向不错,小孩总能找到家。所以自其四五岁开始,老人就放手让家澍自己走来走去。对这个年纪的小孩来说,在城中自由行走是很享受的一件事。如果不是弯道绕得太多,半小时肯定能到。但是,路上能让小孩流连忘返的新鲜事太多了,所以这段路多走个十来分钟是常有的事。当然他也知道,路上耽搁的时间太多老人一定会着急的。路上对年幼的家澍最有吸引力的地方有两处,一是四牌楼。高悬四壁的四十多块牌匾看都看不过来,有时边上的大人会在那里对着牌匾念念有词,什么"时梦珙立""第一元勋""恩荣三锡""台藩衍贵""两朝忠荩""省阁名公""平章纶阁"。尽管听不懂,但家澍也知道能挂块匾在这里的先贤一定很厉害。幼小心灵中埋下的功名和荣誉的理念恐怕是隐藏在他一生努力背后无形的驱动力。

另一个让家澍兴趣盎然的地方是鱼市。兴化是水乡,水产自然多。各季的水产不尽相同,各显精彩。当时的水产以捕捞为主,养殖业相对不是很普及。兴化的长鱼(即鳝鱼或黄鳝)、螺蛳、螃蟹、河虾、河蚌、甲鱼、河豚、鳜鱼、鲫鱼、汪刺鱼都远近闻名。兴化的鱼圆也是当地酒席上必备的佳肴。兴化的水生植物如菱、藕、蒲草也是带有季节性的美味。家澍在鱼市东看看西望望,把兴化的水产慢慢都了解了,居然还能分清鲫鱼和鳜鱼。外祖母问他想吃什么,张口就是鱼虾,久而久之家里人都知道家澍爱吃鱼。

鱼市不仅市井气十足,也是兴化最容易见到外地人的地方。和茶馆类似,这种人多的地方就是小城镇的信息中心。平时说来说去多是家长里短,市面不平静了,市场差不多成了传言交换中心。随着战事的吃紧,鱼市上的悠闲气氛逐渐被慌乱的交头接耳和窃窃私语所代替,兴化人的生活已经失去了往日的平静。后来兴化街头来避战乱的人越来越多,变得有些杂乱,家澍也渐渐失去了在街上随意行走的兴致。

在家里,家澍有两个堂兄,家声和家桢,带着他玩;后面又添了一个比家澍小一岁的堂妹家美。家声和家桢分别比家澍大 10 岁和 6 岁,显然已经超出有共同游戏兴趣的年纪,更何况老人一再关照要照顾好家澍,不能撒野。所以两位堂兄凡事都先让几分。与其说是一起玩,还不如说是家澍跟在堂哥后面有样学样,结果是少年老成。大人都说他是小大人,外出应酬也喜欢带家澍去。小小年纪在场面上应对得当,大人小孩都有面子,只是童趣比同龄人少了许多,也没有养成任何体育项目如球类的运动爱好。等到同父异母的弟妹出生,家澍成了他们追随和模仿的对象,愈加老成了。

开　蒙

葛曾传在开元观小学教书,这是兴化人公认的最好学校。本来顺着这层关系进开元观小学是最顺理成章的,但一来开元观离家稍远,二来可能葛曾传也不想让儿子在自己身边上学,或有诸多不便。结果家澍在离家仅隔一座罗汉桥的西寺小学开始了学习生涯,时为 1926 年,家澍 5 岁。

民国时期政府主导的新式学堂国民学校已经逐渐取代了旧式的社学和私塾,尤其是经济较发达的沿海地区。江苏省政府将教员的工资纳入地方政府的预算,保障了最基本的师资力量。但师资的配备通常严重不足,不同年级的学生塞在一个教室里上课是常有的事。在这种情况下老师的注意力只能集中在最好和最坏两个极端的同学身上,学习成绩不上不下的只能自求多福了。好在家澍的学习成绩始终拔尖,加上性格温顺，于是自始至终在学校里都是所有老师会喜欢的那种学霸。

民初兴化只有一所中学，十所完全小学（含初小和高小）以及一批初级小学（见《兴化市志》，上海社会科学院出版社 1994 年版）。西寺和开元观虽然都是完全小学，但在规模和声望上有一定差距。幸亏是完全小学，否则，四年级时还要转一次学才能完成小学教育。

政府的预算只勉强够给老师发一点微薄的工资，要盖学校是完全不够的。所以教学场地必须由地方乡绅集资解决，一般是尽可能利用已有的场地稍加改善和修整。最容易找到的场地就是寺庙了。民国后新思潮此起彼伏，人心不稳，寺庙道观的信众大量流失，随着他们流失的还有一批僧尼和道士。因此而空出来的寺庙成了早期办学最现成的场所。寺庙的建筑一般空旷高大，有门而无窗，森森然令人生畏。居高临下的一个个菩萨慈眉善目的少，龇牙怒目的多，让小孩莫名生出许多害怕来。那时的寺庙通常都没有电灯，白天照进来的这点光线，祭拜礼佛是足够了，小学生上课未免有点勉强。

颓败的西寺有一个足够大的大雄宝殿。把破旧不堪的菩萨搬到一边，空出来的地方能容两组学生上课。再加上几个偏殿也能各容纳一组，如此，西寺小学的六个年级得以分开上课而不需要混编，在当时的兴化已算是比较难得的。但班上同学因入学年龄不一样，互相之间颇显得参差不齐。5 岁入学的家澍在班上是年纪最小的之一，加上个头比较矮，在同学中很不显眼。因为成绩好，老师特别疼爱，难免被同学嫉妒。一些年长个大的同学难免要动一点欺负的念头，但也就是想想而已。两位堂兄都在西寺高年级，奉祖母之命时刻关照着堂弟。六年的小学生活并没有在家澍的记忆中留下多少痕迹。晚年家澍坦承已经想不起来小学的同学和课程了，能记得起的倒是一些有趣的小事。有一天街上来了一位算命先生，祖母心血来潮，把他叫进来替家澍算一下。问了生辰八字掐指一算，算命先生故作惊讶地说这个小孩了不得，将来是要喝大墨水的。兴化人一向以读书博功名为正途，这个算命先生真是摸透了祖母的心思，恭维得十分到家。祖母心花怒放，算命先生赏钱到手，皆大欢喜。不过从后来的实际情况看，这或许是这位算命先生职业生涯中仅有的一次精准预言。

1932 年家澍小学毕业，本来要考中学，但家中的一些变化打断了他求学的计划。首先是两年前父亲葛曾传离开兴化，由余井塘推荐去南京，在考试院考选委员会当科员。舅父也差不多同时被余井塘推荐去芜湖电报局当职员，双双捧起了“铁饭碗”，开始了靠“朝俸”吃香喝辣的日子。葛曾传的工资从 24 元大洋骤升至 90 元，不久随着职位的上调又增加至 120 元。除每个月寄 40 元回家供开销，自己趁有余钱和余力，又去私立南京文化学院读了个学位。收入的大头留给自己，后面也不见有什么积蓄。葛曾传在南京的生活想来是相当奢侈，呼朋引类、应酬不绝应该是常态。家澍家中有 40 元入账，生活大为改善，开始和大伯分灶开伙，让大伯减轻一点负担。

第二个变化是一年前继母的过世。继母嫁入葛府五年多，尊老敬幼，把一家大小安排得妥妥帖帖，祖母难得地享受起清闲来。谁知天降横祸，未享寿年，继母得病仅几天就撒手逝去，家中顿时大乱。作为长子长孙，家澍不得不承担起照顾弟妹的责任。长叹一口气后，家澍知趣地打消了离开兴化去南京读中学的念头。

不出去读书,但也不能无所事事地待在家里。葛曾传和其他长辈都觉得家澍没有读过私塾,国学底子太弱,要他就近找一个私塾用一年时间补一下国学。听话的家澍依言而行,在兴化最有声望的私塾报了名,开始了恶补古文的苦读生活。进了私塾,大失所望。塾师头脑冬烘,行为乖张,上课常常以攻击新式学堂为乐事。更过分的是,他还时不时拿几句深奥的古文来难难家澍,借此显示新式教育的不堪。半年以后家澍忍无可忍,毅然退学,改去开元观小学补习备考。

1933年,12岁的家澍考取了兴化县立初级中学。兴化只有初中,三年后如果还要继续深造,那就必须离开兴化。家澍深知这也是他盘桓在祖母、外祖母身边最后的三年。兴化的空间太小,在外学有所成而又愿意回来服务乡梓的少而又少。即使想回来,合适的工作也不好找。离乡没有回头路,这在兴化似乎成了惯例。想到这里,家澍不由得格外珍惜这安宁又短暂的时光。

中学的学习生活与小学迥然不同。在兴化这样的小地方,当年的中学生就是大众眼中的读书人,一般人还是比较尊重的。不识字的收到一封信,通常都要请一个中学生把信读给他/她听,很可能还要麻烦他写个回信。做学生的可能不过是举手之劳,在受惠的一方却是实实在在的节省,在写字摊上写一封家书的费用抵得上好几顿早餐钱。

进入中学,家中的看管放松不少,同学之间有更多的课外时间相聚在一起。时间一长,亲疏远近就自然形成一个个小圈子。和家澍经常玩在一起的有两位,徐通敬和姚隽。因为彼此的家境和兴趣爱好相近,下课后就常在一起玩耍。三人的一个共同爱好是看闲书。学校里那个小小的图书馆早已满足不了三个人的胃口,于是下课后去得最多的地方就是县里的民众教育馆。这里有一批旧小说和笔记,吊足三个人的胃口。看完不免要入戏,各人挑一个自己喜欢的人物打闹一番,自得其乐。可惜的是,当时轰动一时的五四后新小说县城里没有。

这三个人每天上学时约好一起走,家澍离学校最远,因此第一个出门,分别把他们从家里叫出来,一路欢笑而行。时间一长,彼此的家庭成员也都非常熟悉了。姚隽的叔叔在中央大学当助教,在他们眼中高高在上又神秘莫测。三人羡慕不已,觉得这是天底下最风光体面的工作。家澍后来义无反顾地选择在大学任教,不能说和这段经历毫无关系。

当时的县立中学,教育已经在努力向西方体系靠拢,但又不能不顾及师资力量的限制和一般民众的观感。比如体育课,合格的老师不好找。只好退而求其次,找个军人来操练,美其名曰"童子军",不用考试,每天出出操罢了。家澍的成绩在学校里很快就脱颖而出,每门功课考试成绩都名列前茅,祖母、外祖母在街上撞见老师都会听到一串夸奖,当然是喜笑颜开。

挫　折

三年初中的生活很快就要过去了,现在面临的是实实在在的选择:到哪里去读高中。以家澍的心愿,要考就去最好的学校。当时江苏,可能也是全国,最好的高中大家公认是扬州中学(扬中),即使是八九十年后的今天,扬中依然是江浙沪排名第二的高中(仅次于上海中学)。既然公认是最好的学校,考的人一定多,跨进门槛一定不容易。能考进扬中的都被认为是天之骄子,等于一只脚跨进了名牌大学。

1936年7月,家澍要出远门去考"秀才"了,祖母、外祖母异常兴奋。葛曾传专门从南京赶回来,陪家澍赴考。

按当时的考试制度,政府不组织统考,各校按自己的办学理念和招生计划出题并组织考试,自行评分并公布录取名单。要考扬中,就要到扬州去。家澍由父亲陪着,兴冲冲地来到扬州。考生一般都要在亲友处借宿,住客栈是万般无奈下的选择,既不经济,又不利于考生休息和备考。家澍由父亲陪着来到余井塘在扬州的寓所,考试期间就要住在这里了。

余井塘在镇江、扬州和兴化都有房产,以扬州的居所最为宽敞舒适,布置也最为用心。家澍是第一次来余府,虽不至于如"刘姥姥进大观园"般惊叹,也着实有些吃惊。比起在兴化的余府,扬州的这栋楼,无论是规模还是规格都要高出不少,以一般人的财力是难以置办的。葛曾传与余井塘显然热络得很,进余府像进自家门一样随便。家澍跟在后面不免拘束得紧,佣人敬的茶险些打翻。余井塘出来迎接,顺便鼓励了几句,显得很有点敷衍的样子。这让家澍许多年以后回想起来仍然颇有些不快。在余府借住的这几天让家澍见识了国民党要人的气派和享受。葛曾传也顺势鼓励家澍要先吃苦中苦,然后挣得人上人的荣耀。晚年回想起这段经历,家澍苦笑着说,没想到这是这辈子唯一一次入住官邸的经历。

家澍读书一向用心,对如何考出好成绩更是独有心得。在县立中学,除语文考试经常在90分上下(因为语文老师不扣一点分显不出自己的高明,而且他们不难找出扣分的理由),其余几乎每门课都是100分。同学、老师和家人对此已经习以为常。那时的扬中,每年大约招200名高中新生,报名的往往过万,激烈的竞争程度可想而知。而且敢来扬中一试高下的,都是江苏和邻近省份的高才生。考试的三天,家澍并没有感觉到有多大的压力,题目的难度好像也不过如此。听他这么一说,父亲最后的一点担心也烟消云散了。父子俩趁着发榜前的空闲,在扬州城里享受了几天"早上皮包水、晚上水包皮"的舒服日子。

发榜的日子到了,几家欢乐几家愁是免不了的。父亲一早就自告奋勇去探榜,不一会儿就回来了,脸上是显而易见的失望和不解。听说自己榜上无名,家澍觉得不可思议,自己又去看了一次。悻悻然回来,虽然是一肚子的不服气,但在现实面前不得不认栽。下午父亲又出门去,回来对家澍连叹可惜、可惜。原来他去找了相熟的扬中校长周后枢打听。周校长一查,家澍以一分之差落榜,校长亦感惋惜。当年学界风气尚清正,谁也没想过要私下通融;即使有此想法,恐怕也办不到。失之交臂也是失,一分之差硬是把家澍挡在了扬中门外。扬中不第,是家澍一辈子绝无仅有的一次考场失利。塞翁失马,细究起来有实力稍逊的原因,更多的则是掉以轻心的结果。志满意得而去,名落孙山而回,个中滋味非亲身经历不能体会。从此以后家澍养成了遇事戒躁戒急,尽心尽力的习惯。

沮丧过后,父子俩收拾起心情,打点行装直奔镇江。镇江中学江湖排名仅次于扬中,考生多是在扬州失意后赶过来的。此仗不容有失,家澍深知一家希望都在他身上。真要空手而回,两位老人还不知能不能经受得住这样的打击。

重进考场，一切尽在掌握之中。以游刃有余的实力和势如破竹的气势家澍顺利考上了镇中。虽不是自己最喜欢的学校，但也足以告慰家人和亲朋。

这个世界从来不喜欢按预设的轨道运行。本以为接下来要用三年的时间在镇江中学读完高中，本以为从此与扬中无缘，谁知一场战争让预设的轨道改变了方向。一年半后家澍与镇中的缘分戛然而止，回到家乡又与扬中不期而遇。造化弄人，可发一叹。

国　殇

镇江，古称京口、润州，是江苏当时的省会(1929年起)、历史名城。镇江中学的前身为1892年镇江知府王仁堪创办的南泠书院。1903年，改为镇江府中学堂。1932年，中学和师范分校设立，改为江苏省镇江师范学校。三年后省立南京中学迁来镇江，遂在镇江南郊黄山建楼，以南京中学为班底重建江苏省镇江中学，所以也有人按习惯把这所学校沿旧称继续叫南京中学。因为重建关系，这一年镇中开学延至十月，家澍得以在家多住了一段时间。

镇中校歌的开头几句把学校的地理特征和历史渊源大致概括了："壮丽山川古润州，江左人材渊薮。院本南泠，山依北固，一黉弦诵声悠。"镇中的校训则简单明了地体现了一百多年来国运多舛下的不甘："一切为民族。"今天的镇中即使在江苏省也排不进前三名，但当年的镇中可是响当当的名牌。历史上镇中也出了不少人才，院士、博导、校长一大批，校友中最出名的还要算蒋南翔和李岚清，大名和照片都高挂在学校的各种宣传材料上。

1936 年 10 月，家澍正式入读镇江中学，这也是他第一次离开家乡和家人。学业的繁重和生活的多彩让他无暇思乡，只有在食堂吃饭时才感觉到什么叫在家千日好。

不知是学业太重还是生活过于平淡，家澍对镇中的记忆非常淡薄，谈起来从来没有多少神往和深情。不仅晚年如此，年轻时也不见有什么特别的牵挂。后来到福建，新同学交往多了互相介绍自己过往的经历，这才发现好几个都是镇中同一级甚至是同一班的同学，竟然一点印象都没有。

在镇江的不愉快还与一件事有关。舅父顾耀祖经余井塘安排到镇江在江苏民政厅担任监印要职，大小公文发出去都要由他盖印，实际上就是最后把关。因为舅父同城居住，遵长辈嘱咐每星期都要去和舅父一起吃饭。长辈的初衷或许是让家澍借此经常改善伙食，但这顿饭吃得并不愉快。舅父本就是个沉默寡言的人，加上又担任要职，格外谨慎。作为晚辈，家澍也不敢贸然谈及学校和社会上的热门话题。两个人枯坐在饭桌旁，经常是一顿饭下来话说不到两三句。久而久之，家澍每星期去吃这顿饭，都有点慷慨赴难的感觉。

镇中同学中与家澍关系最密切的是姚沛盈，班上唯一的兴化同乡。姚上一年没考上好学校，在一所私立高中混了一年，把高一的沟沟坎坎摸了个透，说起来头头是道，让家澍好不佩服。加上姚家里有产业，家境不错，对家澍多有关照。学业上家澍要高出姚沛盈一截，两人可以说各补短长，相得益彰。到了新年后的新生军训，已经经历过一次的姚显得驾轻就熟,不容分说地让家澍跟着他混。家澍有样学样,少吃了不少苦,但也掉了一次坑。

家澍入镇中的 1936 年秋,日本全面侵华的野心越来越暴露无遗。1931 年,“九一八”事变后日本霸占了东北,次年淞沪抗战爆发,1935 年日本策划制造了华北事变,妄图把华北变成第二个“满洲国”。山雨欲来风满楼,国人的不安和愤怒与日俱增。国民政府加紧备战,备战的第一要义是备人,尤其是有一定文化基础的年轻人。于是国民政府大力推行在校学生的军事训练。在江苏,凡入学高中和大专一年级的新生都必须参加为期三个月的集中军训。

1937 年 5 月,江苏省 3 000 多名高中和大专一年级新生集中在镇江七里甸参加军事训练。军训总队长是八十八师师长孙元良,副总队长禹治。下分大队、中队和区队,区队下面再分班。家澍被分在第二大队第 13 中队,这一队都是刚入高中的少年,在全部受训人中年纪最小,个子也小,被大家讥为“矮子队”。训练分术科和学科。术科就是操练,又分步兵操和实行训练。步兵操极为枯燥,立正、稍息、向右看齐、齐步走……,动作不对的还要被拉出来单练。实行训练是军事技术的培训,从徒手到持枪,再到野外对抗和实弹射击,强度大但内容稍新鲜。学科包括军事常识和思想(忠党爱国)教育两部分。军事常识由军队派下级军官来完成,内容无非是常用武器装备的介绍、战场生存常识、班排战术的应用、战场的配合支援,等等。思想教育是国民党借机推销其治国理念,在民族危亡之际鼓吹“一个国家、一个主义、一个领袖”很容易得到年轻人的认同和接受。

军训中的思想教育几近于洗脑,大会训话、小会表态、个别谈话轮番上演,目的就是要使年轻人从心底里认同政府和蒋介石总裁的权威,防止青年学生被共产党拉拢。日复一日的灌输多少起到了潜移默化的作用,后来国民政府的很多骨干就是当时被同化的青年学子。

姚沛盈因为已经经历过一次军训,所以经常和家澍分享怎么来应付政工人员的拉拢手段。总之是能推则推,推不掉的拖,拖不下去的敷衍,敷衍以后该怎么过日子还是怎么过。除了投笔从戎,加入军队,其他的都不妨含糊答应,答应了又什么都不要做,若无其事,其奈我何。姚沛盈的这套办法还真的帮家澍应付了不少尴尬的场面。

某一天,家澍和另外几个同学被教官叫去。教官慷慨激昂地讲起了家仇国恨,讲起了救亡图存,讲起了万众一心。然后问听得心潮澎湃的各位同学:"要不要跟着领袖救国?要不要复兴中华民族?"在那种气氛下谁会说"不"呢?接下来,教官拿出一沓油印的表格让大家填,还说很多同学已经填了。所谓填表,其实就是填上个人信息然后签上自己的姓名。想起姚沛盈教的套路,家澍想先敷衍一下再说。和在场的其他同学一样,家澍也填了表。事后既没有人来找他跟进,也没有告诉他需要做什么,慢慢地就淡忘了。不久有人传出话,说那天填表就是同意参加组织,那个组织叫"复兴社",是国民党的外围。后来更说复兴社是特务组织,参加的都是特务分子,这时候很多人才紧张起来。新中国成立后每次政治运动都要为此事反复说明,苦不堪言。好在确实什么活动都没有参加过,解释一下大家也接受了。

1937 年是中国历史上十分悲壮的一年,也是家澍求学历程中的一个转折点。这年的 7 月,军训结束,家澍回到兴化家中,9 月再到镇江继续读书。但战事的急转直下已经让镇江越来越容不下一张安静的书桌了。11 月，上海、苏州、无锡相继沦陷，市面上谣言汹涌，人心惶惶。眼看镇江和南京就要不保，省政府急令镇江中学解散，师生全数遣散回家。惶惶如丧家之犬，连一个惜别的仪式都来不及举行，大家一哄而散。

怀着一腔的愤恨和无奈，家澍回到兴化。没过几天，父亲葛曾传也被政府遣散回家。家中顿时断了主要的经济来源，生计立刻成了大问题。家中的主要经济来源仅剩下大伯在米铺的微薄收入。而父亲葛曾传是高不成低不就，兴化城里贩夫走卒一类的工作他根本看不上，体面一点的又找不到，只好再去走余井塘的门路。但这又不是即刻可以办成的，所以每天就这么盼着、耗着，一事无成。

无奈之下，家澍只好自己出去想办法，通过在兴化教育局管事的亲戚的介绍，在荻垛乡找了一个小学代课老师的工作，担任一二年级常识和算术两门课的老师。年方十七的少年，习惯的是坐在台下听老师授课，突然位置颠倒过来，不免尴尬。初为人师，面对下面十几双好奇的眼睛，一时喃喃，不知道说什么好。僵持了一会，镇定了一下，第一次当老师的家澍终于开口说话。说的什么当然怎么也想不起来了，但这不重要，重要的是“我在讲台上站住了，我开始自食其力了”！这段神奇的教师生活持续了两个学期，对家澍的意义绝不仅仅是金钱和自信心的获取。要是不出去工作，窝在家里，整天围绕着你的就是家长里短、柴米油盐、牌九麻将，沉沦下去不知伊于胡底！

这时的兴化却意外地繁荣起来，在一些人的嘴里成了“小上海”。“自古昭阳好避兵”，平时仅仅是兴化人自诩的俗语，战时却是外乡人逃命的指南。不仅四方百姓蜂拥而来，文教人士也大量转移到兴化。三十万人口的县城一下子涌进来十多万避难的老少，这些人要吃，要住，要各种生活用品。小小的县城一时生机勃勃，百业兴旺。

镇江于1937年12月8日被日军攻陷，比南京早了5天。沦陷后日军大肆烧杀抢掠，镇江惨案成了南京大屠杀的预演。江苏省政府于是一路转移，先江都，再淮安，到1939年2月，兴化正式成为临时省会。1940年5月日军曾攻入兴化，但三天后便撤回高邮，这时的江苏省政府已经撤到了安徽。在兴化的省教育厅眼看省内各地的学校在战事冲击下纷纷关门，老师四散各地，学生学业荒废，恢复遥遥无期，于是便兴起了因陋就简，办几个临时中小学以救燃眉之急的念头。据留下来的资料，当时至少办了5所临时中学，其中的第二临时中学就在兴化县下的中堡庄。

在兴化组建的二临中，甫一诞生便引来一片赞誉，因为师资阵容实在太豪华了。扬州中学高中部最好的老师几乎全来了，可以说是扬中的缩小版和复刻版。二临中仅设高中部，校长、教务主任和数理化、英语、语文等课的老师全部由原扬州中学高中部的教师担任。1938年春第一期招生、开班，优先录取原扬中的学生。但散落在各地的扬中学生能穿过战地来就学的实在太少，于是开放给其他学子报考。老天开眼，把自己最心仪、久久不得其门而入的学校送到了家门口，天下快事，莫此为过！机不可失，时不再来，任谁都会第一时间报名备考。然而，家澍竟生生错过第一期的报名。原因简单而凄楚：没钱。

葛府上下，待哺之口多而挣钱之手少，加上祖母年事渐高，求医问药的开支日渐增多，家中难免捉襟见肘。维持一日三餐和日常开支已属不易，要再拿钱出来供养学费杂费，谈何容易！见家人面有难色，家澍知难而退,绝口不再提二临中之事。家澍失学之痛,家人岂能不知?怎奈现实面前,不由人不低头。

葛曾传知道,正值壮年的他是家中打破僵局的唯一希望。身无长技又要在兵荒马乱中找一份体面的工作,没有贵人扶持是根本不可能的。所以他觍着脸再找余井塘,希望表弟能施以援手。不久余井塘便帮他就近找了一份工作,后来干脆把他拉到重庆,在侍从室第三处谋得一个肥缺。

父亲有了工作,家澍便把代课老师的工作辞了,一心一意准备考试。1938 年 12 月参加考试,不仅录取,而且直接进高二。接下来的一年半时间是家澍一生求学中最愉快,也是收获最大的时期。二临中老师的水平高,教学也认真严格。学生要打点起十二分精神才能满足要求。而且很多教材直接用国外的,直到晚年,家澍对一些高中术语的英文原词如椭圆(ellipse)、抛物线(parabola)、双曲线(hyperbola)等仍是脱口而出,基础之扎实可见一斑。

二临中学生的平均水平比镇中高出一大截,而且学风严谨,专心致志,心无旁骛。同学间你追我赶,不甘人后。这样的学习环境彻底激发了家澍的潜能,学业突飞猛进,成绩始终在班上位居前列。

鞭策班上同学努力奋进的一个重要动因是,学校一开始就宣布,年级毕业总成绩前三的同学可以免考保送上海交通大学。这一特殊的奖励政策明确无误地说明了扬中在学界的声望和地位。所谓重赏之下必有勇夫,同学们铆足了劲都想挤进前三。但一个年级四五十人,大部分都是品学兼优的尖子,要在他们中挤进前三谈何容易。

在二临中的学习始终在战争的阴影下进行,日本人要打过来的传言无日无之。日军离兴化时近时远,师生在课堂里如惊弓之鸟。日本人靠得实在太近了,学校就紧急停课解散。一年半的时间中解散了两次,又顽强地复课了两次。咬着牙坚持,冒着险苦读,绝望中盼望,无路处寻路,抗战中的这一代中国学人把坚忍不拔、百折不摧的精神发挥到了极致,战后成为中国最有成就的一代人就丝毫不让人意外了。

对家澍来说,1939 年是学业突飞猛进的一年,也是伤逝感怀的一年。这一年,最疼爱家澍的祖母和外祖母相继过世,让他伤心不已。母亲早逝,父亲外游,始终不离不弃、呵护陪伴家澍成长的就是这两位老人。如今老人仙逝,报恩无门,想到此不禁伤心欲绝。老人一去,家乡不再那么让人留恋,离去已是早晚的事。

1940 年春,家澍从二临中毕业。毕业成绩揭榜,家澍高居年级第二,但他一点也高兴不起来。因为就在前一年,搬到兴化的省教育厅大概是无事可管,静极思动,在眼皮底下的二临中搞起军训。学生当然不乐意,但又无可奈何,勉强停下课业,跟着教官出操。厅长派来的督导也许被这帮学生慵懒敷衍的样子激怒了,下令要全体男生剃光头以培养“军人气质”。这下轮到学生被激怒了,群情哗然,打死也不剃头,坚决抗命不从。督导也不肯退缩,宣布三日内不剃头,全班操行分数降为丙下,那就是不及格了。重话狠话都说出口了,双方都没有退路,结果全班得个丙下收场。有一门课不及格,自动丧失保送资格,代价不可谓不重。其实,即使有保送资格,也无处可去。从兴化到上海一路上沦陷区和国统区犬牙交错,交通早已断绝。而且听说交大已搬到西南大后方,上海只剩一个空壳。就算交大还在上海,筹措路费也几乎是不可能完成的任务。

哀莫大于心死。其实有时心死了反而简单,不存念想,另辟蹊径。

兴化是不能待了,既无学可上,也找不到合适的工作。一个十九岁的高中毕业生能到哪里去呢?

抉　择

选择还是有的。

第一个选择是去国民党军校。国民党的军校一直在苏皖一带招募学生,把军校的前程和使命说得灿烂而神圣。但葛府上下,向不尚武,从没出过军人。而且家澍自忖,军校的管束和单调恐怕是自己难以承受的。再说,自己的体格和运动能力都与军官的要求相去甚远,弄得不好,结局就是自取其辱。

第二个选择是到解放区参加新四军。新四军长期在苏北地区活动,兴化也时有新四军人员活动的影子。但兴化长期都是国民党统治,反共宣传深入而彻底,一般民众受宣传的影响对加入新四军顾虑重重。而一旦家中有人参加新四军,这家人就成为"共属",虽不致有即时的麻烦,但一有风吹草动家人就可能是重点关照的对象。再说,新四军主要在黄桥一带活动。从兴化到黄桥要穿过日军占领的区域,风险还是相当大的。

这两个选择都是投笔从戎,看似可选,实则无从选起。想到这里家澍不由得长叹一声,都说天无绝人之路,可路究竟在哪里呢?就在几乎无路可走之时,突然冒出一个闻所未闻的"苏皖联立临时政治学院",犹如一片漆黑中亮起一盏明灯，让绝望中的家澍重新燃起希望。

抗战兴起，国难当头，谁能置身事外？或主动，或被动，几乎人人都卷入了这场关系国运的大战，真可谓“地无分南北，人无分老幼”。战火燃及之处，人们流离失所，百业俱废。最让人揪心的是一大批莘莘学子蹉跎岁月，无学可上。别的错过了战后可补，唯辍学后无可弥补，年龄不会因战事而停顿。有识之士纷纷建议政府应担起战时教育的责任，为战后重建未雨绸缪。

道理当然大家都懂，但一旦要落地实行，便难到无处下手。战时的地方政府经常是迁徙奔波，居无定所。而且辖下百姓流离失所，政府税源枯竭，维持支军接待已有力不从心的感叹，哪有余力兴学办学？即使有心有力，地方政府又有什么办法来保证战火中学校和学生的安全？有资源又有能力的只有军队。但军队又有什么动机来把这件显而易见不好办的事揽到自己身上呢？

军队其实对办战时学院有极大的兴趣和利益诉求。

首先，学员就是兵源。军队办学，学校的主要负责人一开始都是由军队派出。半军事化的管理势在必行，终日相处在一个封闭的环境里，很容易产生感情关联。通过党团和社团组织，恩威并用，不难甄别筛选出符合军队要求的骨干。有相当文化基础的兵源是任何军队都渴求的，更何况是长期积弱的中国。这些学生将来要是进了军队，会形成一个强有力的势力圈。同学加同袍，相互提携和关照，对人事替代非常频繁的军队来讲不失为一种不无裨益的额外保护。

其次，办学一般会以省籍为号召，对乡梓是一个交代，也是一种回馈。当时的军中大佬，身边亲信多起用同乡，下级军官也偏向优先提拔同一省籍的，信任和沟通成本比较低。要想时不时能从家乡招募亲信和壮丁，在地方的声誉就非常重要了。在战时为失学的家乡学子提供一个继续学业的场所，在家乡父老眼里无疑是功德无量的大好事。

此外，办学是获取资源最有说服力的理由。充足的军需保障不仅是维持战斗力的前提，也是不让军纪散乱不堪的必要条件。但军需的供给有限，僧多粥少，入不敷出。如果由教育部额外拨款，或许竞争对象会少一些。毕竟，当时的教育经费在政府的预算中是仅次于军费的大项。

而且，还有一个没有说出来的意思，就是要和共产党争年轻一代。眼看越来越多的青年辗转奔赴延安，投奔共产党，成一时之风气，国民党也必须拿出一点对年轻人有吸引力的办法来。

当然，军人办学也有难处，最大的难处是高层的干预。据当时主管教育的陈立夫回忆，军事高层和行政院多次要把收留失学青年的学校直接变成军校，学员直接变成军人。具体办校的人不愿背欺骗乡梓的恶名，拼命抵制才没有让军方高层的计划得逞。

军人中首先动起来的是江苏的顾祝同和山东的李仙洲。时任第三战区司令长官的顾祝同呈请国民政府在苏皖沦陷区附近设立国立大学和师范学院各一所，旨在“收容沦陷区不甘作亡国奴而纷纷走向抗战后方的爱国青年，使其来有归宿，并以教育，培养人才和师资，为社会服务，增强抗日力量”。李仙洲更提出了“春种一粒粟，秋收万石谷”的动人理由。

顾祝同在福建崇安（今武夷山）筹建“江苏大学”，几经周折，教育部只批准设立“苏皖联立临时政治学院”，以收容江、浙、皖三省流亡学生。

李仙洲则在安徽阜阳办了国立第二十二中学,收容逃难的山东青少年。

苏皖联立临时政治学院于 1941 年更名为“苏皖联立技艺专科学校”,1943 年 8 月再度更名为“江苏省立江苏学院”。1946 年 5 月,学校迁至徐州,两年后迁镇江,临解放又想迁上海,后遭抵制而分裂,新中国成立后并入南京大学。

入学二十二中学的山东学子几经迁徙,师生八千多人最后在 1949 年由山东烟台联合中学校长张敏之带领流亡到澎湖。澎湖防卫司令李振清、三十九师师长韩凤仪等人欲强征学生入伍充当兵源遭抵抗,竟将校长张敏之、分校校长邹鉴和五位同学枪决,另有四十一人被羁押入狱,并受九个月的感化教育,六十一人历经酷刑。

求学之路如此艰难凶险,在和平年代成长起来的我们是难以想象的。

当家澍从朋友处得知苏皖联立临时政治学院的招生条件和待遇后,不禁喜忧参半。喜的是这是政府主办的国立大学,背景和资质无可置疑,不仅学费全免,还提供膳食和书本文具。考核录取的,发给个人旅途所需被服和食物,并由第三战区派专人护送到学校。这种梦寐以求的待遇对处于经济困境中的家澍无疑是天降福音。忧的是,宣传中的学校毕竟还没有办起来,所有吸引你的都还只是纸上谈兵,实际办起了恐怕难免要打一点折扣吧? 再说崇安远在天边,关山重重,途中山川河海,兵匪战乱,稍一不慎便性命难保。

权衡再三,家澍觉得坐困兴化终不是办法。岁月蹉跎,时不我待,困顿中几年时间很容易就过去了。到那时即使战火平息,雨过天晴,求学的最好时机早已过去。出门难,在家也不容易。既然都难,不如出去闯一下,天无绝人之路。而且,留在兴化,哪天日本人打进来,我们就是亡国奴了。一想到会当亡国奴,在日本兵刺刀下过日子,决策就变得简单了。

尽管苏皖联立的办学计划只有文科,与家澍偏理科的兴趣不甚相符,但有学上总比失学好。更何况二临中的许多同学都约好一起报名,显然大家都觉得机不可失。

苏皖联立的招生点设在东台,离兴化直线距离约45公里,水路要长一些。去东台考试的路费难倒了家澍,家中实在没有余钱可让他出门。父亲这时在泰州附近教书,暑假回兴化。家澍向父亲要路费,回说没有,但答应想想办法。办法来了,他有一位在东台开布店的好友愿意赞助,但要你帮个小忙。朋友的儿子想考当地的一个农业职业学校,考期与苏皖联立相近。他有些怯考,希望你能代考一下。家澍听了如吃下一个苍蝇般恶心,严词拒绝。但父亲说我已经答应人家了,再说除此再也没有其他办法可以帮你筹措到这笔路费。父亲强人所难,软硬兼施,僵持到最后一天家澍无奈答应,却不想一辈子为此事愧疚自责,虽然他不说根本没有人知道。家澍父子感情淡薄,或许与此事有关。

后来班上凡去东台考试的同学几乎全部被苏皖联立录取,大部分的人也跋山涉水,顺利到崇安继续当学生。

录取通知寄到家,再也没有什么好犹豫的了,着手准备吧。首先要准备一个应付沿途日本兵盘查的假身份证。他给自己起了个假名葛寄春,通过关系用这个假名做了通行证。所有起假名的最怕的就是自己把这个名字忘了或记错了。所以家澍那几天不停地提醒自己"我叫葛寄春""我叫葛寄春"。令人啼笑皆非的是,这个假名本来只想路上用几天,没想到日后填履历,每次都要把这个甩都甩不掉的假名老老实实地填在“曾用名”一栏,生怕组织怀疑他不老实。

接着要准备一些路上的行装。家澍所有的衣服,包括苏皖联立发的几件衣服,穿起来一看就知道是学生。因为学生有激情,会闹事,敢冒险,从来都是各方盘查防范的重点。家澍向邻居要了一套补丁叠补丁的旧衣服,把自己打扮成店铺学徒的样子,希望不要引起别人的注意。

学校的录取通知告诉大家,各位需自行到国统区集合,然后跟着大部队一起步行到崇安。商量下来最近,也是交通最方便的地方是常州,于是大家说好了 8 月 20 日前后在常州聚集。

兴化一起出发的有王嵩生、王昆生、伍益斌、凌熙烺等四位,其中只有王嵩生后来在苏皖联立成为家澍的好友。

日期既定,就各自准备。

所谓准备,主要就是告别。物质上并没有多少可以带的。时值盛夏,需要的衣物有限。秋冬衣物学校会有制服发放。再说多年兵荒马乱导致大家都是身无长物,值得随身带走的东西实在不多。

家澍在兴化的亲戚不少,但彼此住得不远,告别也容易。祖母和外祖母去世后,最牵肠挂肚的亲人不在了。父亲这时还在兴化,问家澍是否需要陪到扬州。想到有同学作伴,苏皖联立也会有人在邵伯接站,家澍婉拒了。

到各家辞行,难免依依不舍。因为各家生活都不宽裕,所以没什么体面的礼物可送,都是一些路上可以食用的干粮点心,但那份情谊仍然让人感怀不已。到乳母家辞别时,更是泪目相对,因为彼此明白,此一去再无相见之日！乳母问："还缺什么？"家澍赶紧说："一切都准备好了，什么都不缺。"乳母闻言，颤抖着手从衣服里面的口袋中拿出早已准备好的一个纸包交给家澍："这点零钱你拿着路上花吧。"家澍深知，这点钱一定是老人家半辈子省吃俭用节约下来的全部积蓄，怎么忍心拿呀。一推再推，乳母坚持一定要家澍收下："在家无论有多困难，总有人会帮你。到了他乡，举目无亲，叫天天不应，叫地地不灵，我想帮你也帮不上啊。你收下我就放心了。"家澍含泪收下，深深一鞠躬，依依不舍地转身离去。

事后才发现，没有乳母给的这些钱，家澍根本凑不齐到常州的路费。难时有人帮一把，人生从此不一样。

8月一个烈日炎炎的下午，他们约定离开兴化的日子。家澍背着一个小小的行囊，走出家门，对送行的亲友挥挥手，毅然离去。他不敢停留，知道一旦停留，泪涌难忍，更添无限离愁去苦。

罢，罢，罢，自古人生伤别离。所谓"仰天大笑出门去"，诗人说说而已，寻常人等哪有这样的气派。但是，不别离，焉知天下有多大？是我闯荡天下的时候了！

辗　转

从兴化出去，一般都走水路。兴化水网密布，河小而蜿蜒，只能行小船。出门的人要先坐小船到大一点的码头换大船。家澍他们一行五人从兴化出发，第一站是高邮的邵伯。

从邵伯开始,都是沦陷区,一定有日本人盘查。六人约定,彼此装不认识,路上不要说话。

第一天下午在兴化上船,船上载有十二三人。

欸乃一声,橹摇篙撑,小船离港而去。就在小船离岸的那一刻,只见几个年轻人齐刷刷转过头去,望着岸边挥手送别的亲友,凝重而伤感,与漠然旁观的其他旅客恰成对比。说什么少年不识愁滋味,未到时机而已;此时此刻此景,任谁看了都会愁绪满怀。

“今日一别,不知何时才能重见”,看着慢慢远去的故乡,家澍生出许多感慨。如果他知道终此一生,再也没有回望故土的机会,会不会让船再行慢一点?

船行河中,缓慢而安静。天色渐沉,夜幕降临。摇篮一般的小船把其他旅客很快送入梦乡,只有几个前程未定的年轻人还睁大着眼睛揣测那未知的前方。

第二天上午九十点钟光景,船到邵伯,旅客鱼贯而出。家澍小心翼翼地穿过跳板,踏上岸一抬头便看到两个日本兵,心头一紧:没想到这一切来得这么快。与家澍年龄相仿的日本兵靠得很近,脸上倒是没什么戾气,看到老人小孩还会搀扶一把。和气的神色给不安的旅客送上了一点宽慰,但边上大剌剌飘着的太阳旗还是在提醒大家,侵略者的善待未必靠得住。

不敢在邵伯逗留,苏皖联立接站的人和同学们决定当天就去扬州。邵伯到扬州是机动大船,船大人多,各色人等杂处,你永远猜不透在你面前的是友还是敌。于是只能默默地承受一片嘈杂,在提防中熬过漫漫长夜。

天刚放亮扬州就到了。船停扬州城外，而去镇江的渡船码头在城内。大家下船后便匆匆往城里走去。到城门边上，脚步都慢了下来。原来所有入城的人都要排成一列，到城门口对日本兵敬礼通过。中国的国土飘着的却是日本的太阳旗，穿过自己的城门却要向入侵者敬礼。这份难以忍受的屈辱让所有人暗生怒气，现场一片死寂。家澍无奈，跟着大家一起施礼而过。眼前的日本兵木然站着，对施礼的人视而不见，更让人感到几分肃杀之气。多少年以后说起这个场面，家澍依然愤慨难平。

扬州的日本兵还是在沉默中施威，而镇江的日本兵已经是耀武扬威，嚣张跋扈。这个区别等家澍他们到达镇江火车站的时候就看明白了。在候车室里日本兵随意地挑人出来接受检查，不幸被挑到的人只能在枪口下打开行李，一件件呈示自己的物品。

镇江坐上火车，到了常州就走不下去了。大家下车，步行到郊外一个苏皖联立的接待点住下，谋划下一段行程。

接待点借用的是一个农家院落，宽大疏落。腾出来的几间厢房空空如也，地上铺了一点稻草。厅房原来的摆设已不见踪影，代之以几张简单的桌椅，供借住者进餐。餐食由学校提供，单调而实在，既不会好到让人流连期盼，也不至于差到难以下咽；像极了军服的学校制服穿上身，轻轻松松地就把同学间的差异抹平了，不用提醒大家也马上意识到，我们现在是一个集体了。

按计划，行程的下一个站点是宜兴。常州至宜兴的距离约为 70 公里，因为水系密布，实际路程要远大于 70 公里。这段路程是全程最危险、最困难的。首先，找不到合适的交通工具，只能步行，而且有些路段只能夜间通过。其次,路上战况交错且进退变化频繁。日军占领了县城、主要集镇和交通要道,还时不时出来骚扰“扫荡”。日军无力占领的地方基本由国军管辖,地方上村乡长都由国民党指派。共产党的游击活动神出鬼没,基层组织建设卓然有成。国民党在江南的头目是江南行署主任冷欣,恰为兴化人,陆军大学 13 期毕业。冷欣在顾祝同手下主理江南行署,与新四军既摩擦又合作。冷欣个人与新四军的陈毅、粟裕维持着还算不错的关系,互相时有往来。

大队人马在常州住了两天。其间不断地规划路线,设想各种可能的危险,调整人员组织。队伍被冲散后的应对措施也一遍遍讨论,直到大家烂熟于胸。

终于到了要出发的日子了。因为第一段都在国统区里,大体安全,所以上午就出发。一路有说有笑,轻松自在,全然没有战时避难的沉重。到了下午,大家越走越累,说笑声渐低、渐少,直至消失殆尽,只剩下打听还有多远的疑问。

天色渐暗,领队找了一个比较偏僻的村庄,向几位看上去还算殷实的村民借了可以容身的棚屋,将就住了下来。就着开水,吃着干粮,即便是精力旺盛的年轻人也没了聊天的兴致。吃完打开铺盖草草入睡。

第二天出发前,领队把大家召集起来,再一次提醒:今天要通过日占区,大家一定要万分小心。到达宜兴前的这一段,属于三方势力犬牙交错地段。顾祝同手下已经向国共两边打过招呼,有了默契。但要是碰到日本人,尤其是成队出来扫荡的,成群结队的学生是显眼的目标,难免凶多吉少。

这一天的行程差不多是在恐惧中完成的。每到一个村庄领队都让大队人马远远地躲起来，直到确认村中没有日本人活动才快速通过。路上碰到过几次日本兵扫荡，最近的一次距队伍仅两三里路，着实让这帮学生惊恐不已。最可笑的是一队出殡的行列被人误传是日本兵而引起一阵恐慌，惊弓之鸟的心态事后自己想想都觉得不可思议。

就这样走走、躲躲、停停，直到夜深才抵达宜兴的接待点。

宜兴是江南行署主要办公据点之一，主任冷欣那时候就住在宜兴。其实，冷欣和苏皖联立从一开始就有着密切的关系。当年苏皖联立临时政治学院成立时，冷欣就应顾祝同邀请兼任了院理事会常务理事，只不过从不过问院务罢了。苏皖联立的事他一直在力所能及的范围内给予帮助，算是对老长官的"孝敬"。苏皖联立在他的辖地送往迎来，想来是得到了他的允许和关照。

家澍和他的同学把宜兴的接待点当作半个家，安安心心住了下来，一住就是一个星期。如果不是一场意外的惊吓，恐怕还会多住几天。

某晚，大家在熟睡中突然被一阵密集的枪炮声惊醒。外面有人惊叫："日本人来扫荡了！"走出去一看，远处火光冲天，枪声一阵密过一阵，还有炮声夹杂其间。再一听，枪声似乎越来越密，越来越近。领队大叫："不好！好像是冲我们来的！"然后让大家按预先商量过的办法拆成小组，分散隐蔽，明天下午前到另一个接待点集合。

话音刚落，众人便一哄而散，奔回房间抓起自己的东西，夺门而出。

家澍和另外两名同学是预定好的一个小组，三人弃大路，走小道，走着走着，感觉已经走了好几公里，又感觉似乎一直在绕圈子。实在跑不动了就在农地里猫了一晚。枪声时密时疏，嘈杂嚎啼声时起时落，三个人根据传来的声音揣测局势的发展，一夜未能合眼。

天亮后到附近村庄打听后才知，昨夜鬼子扫荡，又抢又抓，各村都有无辜死伤的。悲愤和恐惧中三人走到新的接待点，下午点名，有两位同学未到，第二天大家出发时仍不见踪影。前几天还在一起说笑的同学居然说不见就不见了，沮丧的情绪写在了每个人的脸上。那两位未能及时归队的同学，有一位后来自行赶到崇安，另一位则不知下落，再无联系。

宜兴的下一站是安徽的徽州，也就是今天的黄山市。队伍中的大多数人和家澍一样，从来没有出过省，对徽州充满好奇。

宜兴到徽州今天有高速公路直达，距离约 300 公里，非常便捷。当年却是一段不好走的路，山峦迭起，峰回路转。苏皖联立通过江苏行署的安排，部分路程让同学们搭军队的卡车。装货的卡车中间留出一点勉强可以容身的空间，挤进几位同学，几乎不能动弹。每一辆卡车通常只能挤上四到五位同学，同学们只好化整为零，能走的先走。而且，这些货车并不是直接到固定或统一的目的地，有的要绕好几个地方才回到徽州方向，有的则半途就停下来，接下来只好步行。二十多个同学零零散散花三四天时间才聚齐在徽州。但毕竟是部分以车代步，大家还是庆幸不已。

一路颠簸艰辛，回报是看尽沿途风光。途经广德，民生凋敝，可发一叹。天目湖水面开阔，气象雄壮。绩溪是胡适老家，凭空多少联想。

家澍自幼在平原水乡长大，从未见过名山大川。到徽州，已经是黄山附近，山峦叠翠，连绵不断，气势迫人，可入诗，可入画。前人咏黄山，赞为孤峰绝顶，云烟竞秀；悬崖峭壁，瀑布争流；洞里桃花，仙家芝草。如今景到眼前，方知不虚。胸襟为之开阔，眼界自此不同。

徽州的菜系，与江苏大不同。但时在战乱之中，果腹已属不易，遑论品鉴美食。家澍晚年，对徽菜毫无印象，只是对徽州的大米赞不绝口，说是好吃到什么菜都不用，两三碗饭就下肚了。

徽州过去，进入浙江界，目的地是金华。徽州至金华，两百五十多公里，以山路为主。这段路，搭车和走路交错，以走路为主。

别有人生行路难，从没走过长路的，难上加难。在江苏境内走，胜在锐气尚在，加上担惊受怕，你追我赶，未觉得有多辛苦。徽州一段，许多人走到鞋底磨穿，脚底起泡，因为初到外乡，事事新鲜，处处意外，所以还能笑谈天下。

皖浙边界一路走来，除了山，还是山，其他什么也看不见，乏味之极。人到此时，困乏不堪，三四天的路程，留下的记忆就是一路惦记传说中的金华火腿到底是什么味道。

金华火腿终于尝到了，比之家乡咸肉，滋味醇厚而复杂，恰如有故事的人生。那时的家澍，还在铺陈故事的人生阶段，空白尚多。彷徨中眺望未来，希望在有无间跳跃，梦想于虚实中转换。

从金华到崇安，中间穿过江西的上饶。途中的山比起安徽，似乎更雄峻，更荒凉，更险恶。三百多公里的山路，有时候充满希望，觉得离大学梦的实现越来越近了；有时候又倍觉惶恐，不知等待自己的是祸是福。

苏皖联立于1940年2月在江西上饶举行筹备委员会，当时决定将临时院址放在福建崇安武夷山中的万年宫(今称武夷宫)。万年宫位于今天九曲溪筏游的终点晴川，旧称会仙观、冲佑观。宫址在武夷山大王峰南麓，前临九曲溪口，是历代帝王祭祀武夷神君的地方，也是宋代全国六大名观之一。万年宫始建于唐天宝年间(公元742—755年),至今有1 000多年历史。南宋词人辛弃疾、诗人陆游、理学家刘子军、朱熹等都主管过冲佑观,宫里如今有一个朱熹纪念馆。如中国许多地方的古建筑一样,万年宫屡毁屡建,屡建屡毁。今天游客看到的武夷宫是改革开放以后才修建的。想发思古之幽情的,大概只能冲着院中的几棵古树发呆了。

选址万年宫,看中的是院落开阔,可改造成教室的房间多,空地也多,对后续发展有利。而且地处福建腹地,遗世独立,远离战乱。因为远离喧嚣,与世隔绝,也方便管理控制。代价是生活不甚方便,许多必需品只能远道从山外运进来。

办大学,很忌讳的一件事就是交通不便,优秀师资不愿意来,其家属更不愿意来。但抗战时期情况却完全不一样。越是在大城市的大学,越不安全。京津沪的著名大学争先恐后地迁校至西南边陲,甚至迁了又迁。诸多大学挤进狭小的城市如昆明,饮食起居顿时供不应求,百物腾贵,苦不堪言。于是,教授择校,安全和相对充裕的生活条件是不得不考虑的重要因素。在这一点上崇安有相当大的优势:远离战火,独占名山,物价廉宜,民风淳朴。因为这些优势,苏皖联立吸引了一批国内相当优秀的教授,如孔充(留美)、毛常(古汉语,前清秀才)、范任(留法)、周枬(法律)、詹剑峰(逻辑学,留法)、黄静宜(经济学,留美)、邹文海(政治学,留英)、梁希杰(留日)等,均为一时硕彦名家。

耗时几近一月,历尽千辛万苦,武夷山终于就在眼前了。憧憬了很久的大学生活即将开始,锦绣人生晕染似的在眼前浸漫开来。

对家澍来说,人生幸事,莫过于入名校,拜名师。这一切,似乎正在变为现实,亦真亦幻,如梦如歌。

困 斗

顾祝同办苏皖联立临时政治学院,本意是要办成一所四年制大学,对外招生和吸引师资也是如此宣传。但能否如愿,最后的决定权还在国民政府的教育部手里。

家澍他们是第一批学生,苏皖两地一共录取了 212 名。1940 年 9 月第一个学期开始,实际上很多同学还没有到校。上课是 10 月份开始,开学典礼则拖到 12 月才举行,因为一直在等教育部批文。当时的教育部部长是 CC 系的陈立夫,与军方关系并不融洽。等到批文下来,大失所望。教育部只批准为预科性质的临时政治学院,学制一年,然后转入其他国立大学学习。师生皆有上当受骗的感觉,愤愤不平。眼看学潮要起,校方安慰大家:“顾长官也不满,正在与教育部交涉,大家少安毋躁。”

临时政治学院的班子正式确定,院长为顾祝同,副院长是顾的办公厅主任朱华。朱华是一员儒将,被陈毅誉为“春华秋实就是朱华”,擅诗词,爱字画,好围棋,也曾在新民学院和东洋政治学院任教。顾祝同找朱华来主理院务,各方都表欢迎。但朱华在第三战区本来就多重任务在身,少有时间来过问院务,于是委任孔充代行副主任职权。孔充是留美留欧归国的学人,也是我国行政管理学的奠基人,深孚众望。朱华又任命范任为教务长，李宗义为训导处主任。顾、朱、孔皆为江苏籍，范、李为皖籍，省籍的平衡也为日后的明争暗斗埋下远因，两年后安徽干脆直接退出。

虽然教育部批的是一年制，但校方还是心存侥幸，不断交涉，学制仍按四年制大学安排，分文法两科。文科因师资不足，未及组成，实际只有法科的政治、经济、法律三科系。家澍的兴趣一向在理科，三个科系中，经济科似乎还比较靠近理科，于是报名加入经济科。一年级所设课程与其他文科大学一样，只是管理上大不相同。

学院既由第三战区司令部创立，当然要贯彻军人的理念。学生穿着统一军服，实施军训，早晚点名训话。教务处和训导处对学生学习、思想管理非常严格，生活管理也基本军事化。自由散漫惯了的学生，适应起来异常辛苦。家澍成绩优异，加上主持院务的孔充也是兴化人，对家澍照顾有加，所以他这一年的学业相当顺利。

学院的教职员按省籍分为江苏和安徽，按派系分为军方和CC，各方又可进一步细分如苏北和苏南、皖北和皖南，等等。校内山头林立，各有靠山。各方力量争权夺利，对学生也尽力分化拉打，做学生的自然十分为难。

建校伊始，军方兴致勃勃。后来在教育部屡屡碰壁，才知道术有专攻，外行难有作为，不免意兴阑珊。第一年过后CC系在苏皖联立的影响大有后来居上之势。党棍入校，思想控制为第一要务。学院建立了训导制度，开设了诸如“三民主义”“国父遗教”“总裁言论”一类的说教课程，谁都不许缺席。课外则大会小会，日谈夜谈，直到把大部分学生都变成国民党员才放心。

1941 年夏天,按一年学制,家澍他们就面临毕业了。但一年中修的都是些基础课,作为毕业生,一无所长,难免不伦不类。学生群起而请愿,强烈要求延长学制。顾祝同也觉得有违当年招生时的承诺,对学生和家长欠一个合理的交代,所以硬着头皮再次将学院拟改办大学一事报请教育部批准。经过多次折冲通融,教育部批准苏皖联立临时政治学院改制为三年制的专科学院:苏皖联立技艺专科学校(苏皖技专)。

新成立的苏皖技专为三年制永久性学校,设行政管理、会计、银行、机械工程、应用化学、茶叶六科,以行政管理、茶叶科为其特色。对于这几个专业,家澍都不熟悉,对有些如应用化学和茶叶更是一无所知,只好采用排除法,将后面三个先剔除(机械工程对动手能力要求高,家澍自觉难以胜任)。行政管理太泛泛,在家澍眼里其实是没有专业的专业,非其所喜。银行和会计之间,实在难以取舍。银行的求职估计不如会计容易。毕竟,公司无论大小,会计还是要一个的。就这样,几乎是儿戏般的二选一,家澍进了会计科。从此,银行少一个大班,会计添一位巨匠。

顺便说一下苏皖技专的后传,虽然已经与家澍无关了。1942 年夏,日寇沿浙赣铁路西犯,金华沦陷、上饶战事吃紧,闽北成为战争前沿,安全受到威胁,学校奉命南迁三元(今福建三明)。1943 年,全体师生再次闹事,强烈要求学校改制升级为学院,教育部照样不予批准,不久,安徽愤然退出“联办”。后在政界江苏籍元老吴稚晖、叶楚伧等的大力帮助下,孔充奔走数月,不辱使命,教育部终同意学校改制升级为江苏省立江苏学院。此时家澍早已转入厦门大学。

苏皖技专会计科的主任是赵棣华。赵是江苏财政厅长,还兼着第三战区经济委员会主任，以身份背景而言，其实比孔充还要过硬许多，所以根本没把孔充放在眼里。但政务的繁重让他无暇顾及会计科的事务，于是只好把留美时的同学马裕藩找来代理科主任。

家澍进入会计科，深深地得罪了一个人，就是孔充。孔充与家澍既是兴化小同乡，又对家澍极为欣赏，一直把家澍当成自己的得意门生和可靠亲信。几次三番动员家澍选行政管理科，家澍对此实在缺乏兴趣，碍于情面又不便开口拒绝，虚与委蛇，一拖再拖。等到选科结束，看到家澍居然加入了对头马裕藩的会计科，孔充的失望和愤怒可想而知。

会计和银行两科的教职员，因种种原因对孔充的治校方式十分不满，暗暗发起倒孔活动。孔对此洞若观火，反击行动接二连三。双方你来我往，剑拔弩张。家澍加入会计科，发现处境极为尴尬。孔充视他为叛将，马裕藩防他如密探，夹在两者中，左右为难，频生去意。

到 1942 年，家澍已是二年级学生，如无意外，明年就要毕业了。如果毕业，就是大专生，而且还是苏皖技专这种一般人闻所未闻的新学校。凭此学历找一份足以养家糊口的工作大概不会有太大的困难，但以这样的身份结束自己的求学生涯，家澍觉得实在无法接受。本来的理想是考上交大这样的名校，学成出国深造，归国报效乡梓。在现实面前，原来的理想一退再退，居然要退到连一个本科学历都没有，家澍实在心有不甘。

浮云游子意，落日故人情。然而，故人日渐疏离，游子一再落魄，前路茫茫，不见归处。

情绪的低落让周围的人都察觉到了，大家纷纷探问有何难处。家澍知道，别人帮不上忙，只能靠自己找出路，下决心。

事关命运的选择并不多,但每个人一生中都会遇到几个。选对了,豁然开朗,渐入佳境。选错了,命运蹇涩,处处碰壁。

家澍能做对这道命运选择题吗?

依　归

以苏皖技专的学历去申请大学本科,或难或易,端视对方学校的地位和对苏皖技专的认可程度。因为苏皖技专在福建,本省的大学当然接受程度会高得多。读福建本省的大学,是家澍的首选,也是战时比较现实的出路。

那一年,在福建招生的国立大学有两所:厦门大学和上海暨南大学。当时,厦门大学并不在厦门,上海暨南大学也不在上海,统统搬到了福建山区,离地处武夷山的苏皖技专并不太远。

在报考之前,家澍写信给父亲征求意见。毕竟,和苏皖技专不同,这两所学校都不免学费,食宿必须自理,衣服也没人发了。经济负担骤然增加,父亲如不给予支持,家澍无以为继。还好,父亲已到重庆投奔余井塘,在委员长侍从室三处谋得肥缺,经济上给予支持绝无问题。

很意外地,父亲给家澍提供了一个新的选项:国民党中央政治学校外交系。这是国民政府专门用于培养外交官的"贵族"学校,非一般人所能问津。如家澍有兴趣,余井塘可以让江苏省教育厅出面保送。想象中的外交官,周旋于公卿之间,出入在庙堂之内,折冲樽俎,谈笑中谋得一方平安。这种想象对年轻人吸引力太大,不由得你不动心。

然而,入读中央政治学校就意味着横跨千山万水,穿越各种势力。即使在平时,也不是一件容易的事,更何况战火正炽。而且,去重庆就不得不生活在父亲身边。长期以来,家澍父子聚少离多,虽不至于貌合神离,但彼此间共同语言不多是两人共同的感受。做家长的总觉得有资格也有能力对子女指指点点,但见过世面的子女往往不能接受。世间多少家庭悲剧就是这样发生的,家澍当然不想重复。

家澍不想让父亲失望,难得他主动来出谋划策,还把表叔也牵扯进来。家澍不忍对父亲回以一个直截了当的拒绝,何况这个选项必要时或许有意想不到的价值。想到此,家澍回信给父亲说先让我考完试再说。

厦大和暨大的转学考试都安排在南平,一天之隔。问遍身边相熟的同学,居然没有人报名参加转学考试,家澍只好独身一人上路。两天的考试很快过去,两所学校毫无意外地都给了录取通知。

人的痛苦往往来自有选择,特别是当每一个选项都有其利弊,家澍现在就是如此。

暨南学堂为清廷所创,1906 年(光绪 32 年)成立,目的是为侨居南洋的华侨子女回国读书提供一个官办的学校以“宏教泽而系侨情”。次年在南京开班招生,辛亥革命后因学校频出革命党人而遭袁世凯停办。1918 年复校并更名为“国立暨南学校”,1923 年迁上海真如。1927 年将商科改为商学院,并增加农学院、文哲学院、自然科学院、社会科学院和艺术院五门,将暨南学校扩充为当时唯一的华侨大学——国立暨南大学。抗战爆发后迁上海租界,1941 年播迁至福建建阳。

暨南大学以侨生为主要招生对象,一般民众对暨大了解相对较少。

从两所学校当时的声望和水平看,厦大和暨大应该在伯仲之间,但厦大在两个方面占了极大的优势。首先是出生:厦大毕竟是福建本地产生的大学,在本地的知名度和民众支持度不是迁来福建没多久的暨大可以望其项背的。其次是厦大享有的名人效应。厦大的校主陈嘉庚是著名的侨领,捐出全部家产办学,一时为全国民众所敬重。他发出的"政府官员主张议和者即应以汉奸论"的通电让他俨然成为舆论领袖。再加上他又请来一位名重一时的大学者萨本栋来当校长,赚足世人的眼球。

转学暨大的好处是入学可以直接从三年级读起,苏皖技专的大部分学分可以直接转为暨大学分,苏皖技专的学历得到充分的认可。动荡不安的年份,衣食堪忧的时代,能早点毕业,找一个可以安身立命的职位,不能不说具有极大的吸引力。

厦门大学是国内少有的以爱国侨领陈嘉庚一已之力办起来的私立大学,1937年由私立改为国立。美丽的校园矗立在海边,像一个传说。陈嘉庚眼光超群,请来知名学者萨本栋当校长,一时传为佳话。萨本栋,清华毕业,后留美,先学机械,后学物理。在美国得两个学士学位和一个理学博士学位后回国,任教清华,后仍在中美间来回讲学。萨校长在美国出版的专著得到同行高度评价,被多所顶尖大学用作教材。回国后活跃在国内的学术界,地位崇高。后来担任中央研究院总干事,兼任物理研究所代所长。1948年当选为第一届中央研究院院士,是数理组28名院士之一。令人扼腕的是,萨校长未享遐龄,1949年便去世,得年仅46岁。

1937年7月,萨本栋被任命为国立厦门大学第一任校长。没想到,上任后做的第一件事竟是带着师生迁校避祸。先从海边迁到鼓浪屿，眼看鼓浪屿也不安全，又迁到长汀。这段艰难的经历在郑朝宗教授撰写的萨校长墓碑上有很概括的描述：率全校师生急迁闽西山区长汀，途遥路险，而开学必需之图书、仪器、文件、标本，均得安全转移，迅速复课。亲自擘划、监督营造新校，旧房、衙署、文庙、废园广加改造，学校范围赖以扩充，学生人数较前倍增。

在萨校长身体力行下，地处偏远山区的厦大依然朝气勃勃。老师努力传授，学生一心向学，学校严谨的学风在东南地区声誉渐起。萨校长的风范和声望对家澍毫无疑问有极大的吸引力。

但厦大对苏皖技专的认可度较低。以家澍在苏皖技专两年的优异成绩来厦大仍需从二年级读起。如此，一个本科学位实际要花五年时间才完成，未免有点“小题大做”。更何况，三年以后，时移事易，到时是否还有年轻学子谋一个职位的机会也不好说。

中央政治学校外交系，职业前景确有吸引力。但是，外交系出生并不是当外交官的充分条件。职位越是光鲜，趋之若鹜的人越多。拼后台从来不是家澍所喜欢或擅长的。况且，干外交的须长袖善舞、巧舌如簧，一般人难以胜任。再说，到中央政治学校必须从头开始，从一年级读起，因为专业完全不同了。两年的钻研，家澍对会计学由无感到接受，再到兴趣盎然，会计俨然已成生活的一部分，岂是随手可弃的身外物？在别人眼里枯燥无味的数字和错综复杂的报表，在家澍眼里好像处处蕴藏着有待开发的宝藏。

权衡再三，家澍毅然决定投到萨校长门下，入读厦门大学。决心既下，后面的事就容易了。先写信向父亲解释，再向苏皖技专的老师报告。

该办的手续办好,回宿舍收拾行李。行李还是那几件,书却攒了不少,一本也舍不得丢。

和同学话别,少不得要推杯换盏、杯盘狼藉一番。即使平时龃龉不断、话不投机的,到这时都是推心置腹,依依不舍,互道珍重。

临别回首,再看万年宫,别有一番滋味。两年苦读,彷徨挣扎,以为虚掷岁月,浪费青春,其实都是人生路上少不了的铺垫。知识的积累和阅历的增长都在不知不觉的一得一失、一进一退之中。

溪流秀峰,沃野碧川,鸟语山花,似乎都在向家澍话别。上天眷顾,两年平安,家澍仰天长叹:“天不负我,我必不负天!”

崇安到长汀,好几百公里的艰难山路,因为希望萦绕在心上,走来轻松愉快。

长汀到了。厦门大学到了。

尽管委屈地蜷缩在陋巷破房中,厦大依然书声琅琅,来来去去的老师同学依然镇定自若、神采飞扬。这才是大学!这才是我要读的大学!

家澍找到不甚显眼的校门,在门口张望了一下,喜不自胜地迈步跨了进去。

许多年以后回望才知道,这一跨,便是一生的归宿。

图书在版编目(CIP)数据

商学院里的闲聊 / 苏锡嘉著. -- 上海 : 上海人民出版社, 2024. -- ISBN 978-7-208-19141-9

Ⅰ. I267

中国国家版本馆 CIP 数据核字第 20245CF793 号

责任编辑 项仁波

封面设计 @Mlimt-Design

商学院里的闲聊

苏锡嘉 著

出　　版 上海人民出版社
(201101　上海市闵行区号景路 159 弄 C 座)

发　　行 上海人民出版社发行中心

印　　刷 上海盛通时代印刷有限公司

开　　本 890×1240　1/32

印　　张 12.25

插　　页 5

字　　数 266,000

版　　次 2024 年 11 月第 1 版

印　　次 2025 年 10 月第 3 次印刷

ISBN 978－7－208－19141－9/F・2892

定　　价 98.00 元